京都風音《かぜのね》ピアノ 100年の物語

～この町で生きている～

文・絵　隅垣　健

京都新聞出版センター

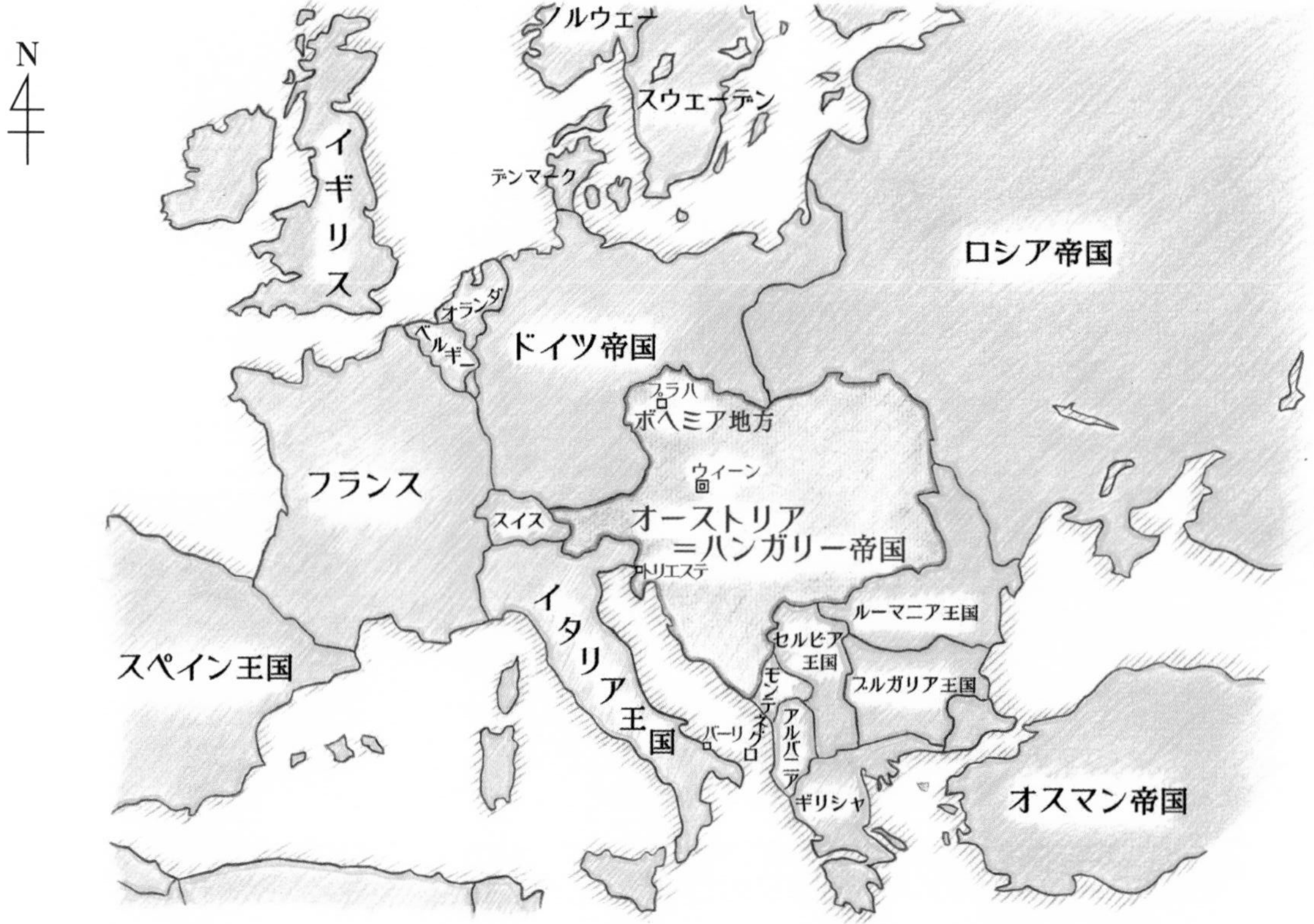

風音ピアノが生まれた頃：1910年のヨーロッパ

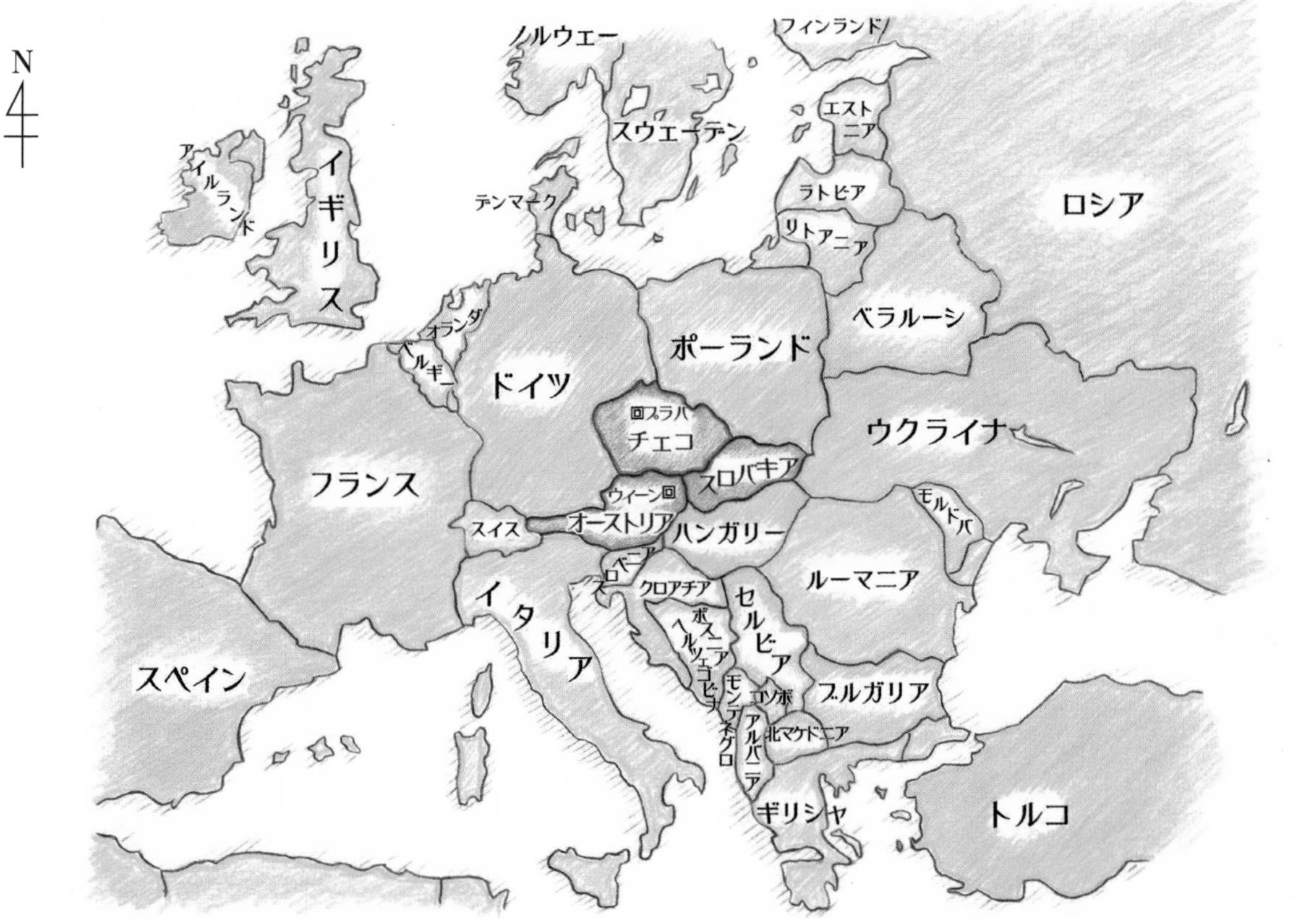

現在(2020年) のヨーロッパ

京都風音ピアノ100年の物語　～この町で生きている～

目次

第一部

風音《かぜのね》ピアノが奏《かな》でる物語

プロローグ

夕闇《やみ》が空をふかい藍《あい》色に染め、星がひとつ、ふたつとまたたきはじめた頃、ざわついた街の片隅に、ピアノの音が漂いはじめました。

素朴で温もりのある音色。でも、どこか華やかさと気品もそなえた芯《しん》の強い音です。

ここは京都の中心部、古い商家《しょうか》が軒《のき》をつらねる通りの一角。廃校の校舎が残され、若い芸術家たちの制作や発表の場として使われている施設です。

かつてここには多くの児童がつどい、その笑顔にあふれた学び舎《や》――風音《かぜのね》小学校がありました。すっと伸びる廊下には、その頃の床材が張られたまま。今にも向こうから子どもたちが、足もとをギシギシきしませ元気にやってきそうな気配に満ちています。

廊下の隅には、上の階へとつづく階段がありました。その床や手すりもやはり木で作られたもの。長い年月を経て、角が丸っこく磨《す》り減り、表面がつるりと光っています。

ピアノの音は二階から聞こえてきます。

音色にみちびかれて階段を上ると、その先は天井の高い広間へつづいていました。

そこは講堂。いろんな学校行事がおこなわれた場所でした。

期待と不安で胸をふくらませた新一年生、未来へ巣立ってゆく卒業生など、この場所は子どもたちの晴れがましい瞬間をいくつも見守ってきました。天井の白い梁《はり》に残る古風な装飾が、ここで流れては消えた時の長さを物語っています。

そして今、この講堂ではピアノコンサートが開かれているのです。幾重《いくえ》にも並べられたいす席で、じっと演奏に耳をかたむけているのは、近所の主婦や子ども、お年寄り、さらには仕事帰りの背広のサラリーマンたち。

ステージでは女性のピアニストが、漆黒《しっこく》に光るグランドピアノに向き合っています。

彼女が、鍵盤《けんばん》に顔を寄せて優しいタッチで触れると、ピアノは繊細《せんさい》な音色で、甘美《かんび》な旋律を紡ぎはじめます。上半身をゆったり揺らすと、楽器は朗々とした響きで歌い、鋭い腕の動きで鍵盤をたたきつけるように弾けば、力強い音で高らかに空気を震わせます。

そして聴き手は、変幻自在にうつろう音楽とピアノの響きに身をゆだね、そっとため息をもらすのです。

このピアノ。実はとても古いもので、古風なこの講堂ができるより、さらにずっと昔、校舎がまだ木造で風音尋常《じんじょう》小学校と呼ばれていた頃から子どもたちの歌声に寄り添って音色を奏でつづけてきました。それは今からざっと百年前のこと。オーストリア＝ハンガリー帝国の一地方ボヘミアから、このピアノはやってきたのです。

なぜ、そんなピアノが、ここにあるのでしょうか？
どうして、今も使われ続けているのでしょうか？

さて、ここから紹介するのは、この風音校のピアノがいろんな時代、様々な場所で体験した記憶の断片です。

もちろんピアノは言葉で話すことができません。

そこで、ちょっと特別な方法を使って、夢の世界のピアノに会うことにしました。その世界では、彼はまるで音楽を奏でるように自分がたどってきた道、見てきた光景を語ってくれるのです。

さあ、夜ごと、ピアノが奏でてくれた長い年月の物語をお聞きください。

第一夜　ボヘミアの森と草原から

ぼくは風音ピアノ。

森の命と職人たちの誇りが込められたグランドピアノだ。

今から百年と少し前にぼくは生まれ、一九一八年にここ京都中心部にある風音尋常小学校へやってきた。

風音校にあるピアノだから、いつの頃からか「風音ピアノ」と呼ばれるようになった。

呉服問屋が軒をつらねるこの界隈《かいわい》は、その頃の京都でひと際活気に満ちていた場所の一つ。とにかく人がたくさん行き交っていた。

荷車のけたたましい音に混じって、商家の小番頭や丁稚《でっち》たちの威勢《いせい》のいい挨拶《あいさつ》、堀川の女学校へ通う生徒たちの楽しげな笑い声なんかが聞こえてくる。ずいぶん賑《にぎ》やかなところへやって来たな、と思ったものだ。

それからぼくはずっとこの町にいる。校舎は一度建て替えられたけれど、ぼくが暮らす町はここで変わらない。

昔の日本では長い年月を経た道具は魂を宿して付喪神《つくもがみ》になると信じられていたそうだね。だから、作られてから百年以上なんて言うと、百鬼夜行《ひゃっきやこう(やぎょう)》にでもまぎれていそうなおどろおどろしい楽器を思い浮かべる人もいるかもしれない。

でも、ひとたびヨーロッパに目を移せば百年以上経つ楽器が、あちらこちらにゴロゴロ残っている。ベートーヴェンが活躍した二百年前のピアノも残っているし、クープランや大バッハが生きた三百年前のチェンバロ（クラヴサン）だって保存されている。ストラディバリやグァルネリらの工房で作られた弦《げん》楽器にいたっては、十七世紀や十八世紀初期に作製されたものが現役で活躍していて、一流演奏家がステージで今なお使っているのだから驚いてしまう。

そういう楽器たちに比べるとぼくもまだまだ若い部類だ。


ただし、モダンピアノに限れば、少し事情は変わってくる。

ピアノは、イタリアの楽器製作家クリストーフォリによって十八世紀の初め頃には製作されていたけれど、普及しはじめたのはもう少し後、モーツァルトたちが活躍した時代になってからだ。でも、その頃のピアノは小ぶりで、鉄製の頑丈《がんじょう》なフレームもなく、ずいぶんと細い弦を使っていたから響きも小さかった。音域もずっと狭かった。今のピアノと区別するために「フォルテピアノ」とか「ピアノフォルテ」、または「ハンマークラヴィーア」と呼ばれたりもする。

続くベートーヴェンや、ショパン、シューマン、リストらの時代に、フォルテピアノの可能性はぐんぐん広がり、それに合わせて彼らの作品も躍動感や表現の幅を獲得していった。

ピアノが今のような姿——モダンピアノといわれる形に進化したのは十九世紀も半ばを過ぎてから。それからせいぜい百五十年と少しぐらいの歴史だ。

そのなかで百歳を超え、しかもまだ現役。今も演奏会で使われているぼくが、現存するモダンピアノの仲間たちの中では〝けっこうすごい〟部類に入るのは確かだと思う。

さて、少々前置きが長くなってしまったけれど、ここらで本題に入ってゆこう。

では、最初にまず、ぼくの故郷のことから話しはじめようか。

※

ぼくが生まれたのは、ヨーロッパ中央部の豊かな森と草原におおわれた美しい場所。ボヘミアと呼ばれる地方だ。

製作された年は、一九一〇年。日本の年号で言えば明治時代の終わりごろ。

ボヘミアの中心都市プラハから東におよそ百キロ、フラデツ・クラーロヴェーという町にあるペトロフ社のピアノ工場で作られた。

当時と今とでは、ヨーロッパの地図も大きく様変わりしたから、ボヘミアなんて言っても、ぴんと来ない人も多いだろう。

ボヘミア地方は、隣のモラヴィア地方とともに今のチェコ共和国を構成している地域で、チェコの中部から西部にかけての部分にあたる。

ぼくが生まれた頃はまだチェコの建国前で、ボヘミアはオーストリア＝ハンガリー帝国の一部だった。この国はウィーンを中心に、ヨーロッパ中央部から東部にかけての広い支配領域を持つ大帝国だった。中世以来の名門ハプスブルク家が君主の地位についていたからハプスブルク帝国と呼ばれることもある。

　ボヘミアとモラヴィアは、音楽・芸術の都としても名高いウィーンからもほど近く、豊かな自然に育まれた独自の文化、風土を色濃く残していたから、ここから多くの個性的な音楽家が育った。スメタナ、ドヴォルザーク、ヤナーチェクなんかはとても有名だから、作品を聴いたことがあるかもしれないね。他にもスークやマルティヌー、それから日本ではあまり知られていないけれどフィビヒやフェルステル、ノヴァークなど才能ある作曲家たちを輩出《はいしゅつ》している。かのグスタフ・マーラーもボヘミア在住のユダヤ人家庭で生まれ、この地域で幼少期を過ごしたんだ。

　そんな音楽的な風土に恵まれた土地がぼくの生まれ故郷というわけだ。

　ボヘミアは音楽家たちを育んだだけでなく、多くの優れた楽器の産地でもあった。なにしろ、ここには豊かな森が広がっており、良質な木材には事欠かないからね。

　ぼくを生み出したペトロフ社の創業者アントニン・ペトロフは、建具《たてぐ》職人の家庭で生まれ育った。

　彼は若い頃に、ウィーンに職人修業へ出て、ピアノの製作法をみっちり学んだ。もとより建具職人として仕込まれてい

たものだから、めきめきと腕の良いピアノ製作者に成長した。

七年の修業期間を終えて、ボヘミアに帰ってきたアントニン・ペトロフは、フラデツ・クラーロヴェーの父の工房でピアノ作りをはじめた。そしてピアノの命とも言える響板《きょうばん》や側板《がわいた》に故郷の森で育まれたスプルースという針葉樹を厳選《げんせん》して使った。

ボヘミアのスプルースは、軽くて柔らかいのに、木目が細かく丈夫で共鳴《きょうめい》しやすい。その特長が、つややかで温もりのある響きを生み出してくれる。

アントニン・ペトロフのピアノ工房は次第に規模をひろげ、フラデツ・クラーロヴェーの郊外に大きな工場を持つまでになった。そしてペトロフの技術はウィーンでも認められ、一八九九年には、ついにオーストリア＝ハンガリー帝国の宮廷ピアノビルダーに任命された。

そして、ぼくが作られた二十世紀初頭は、まさにペトロフの隆盛期にあたる時期だろう。

ぼくの体は、まずスプルースを使った

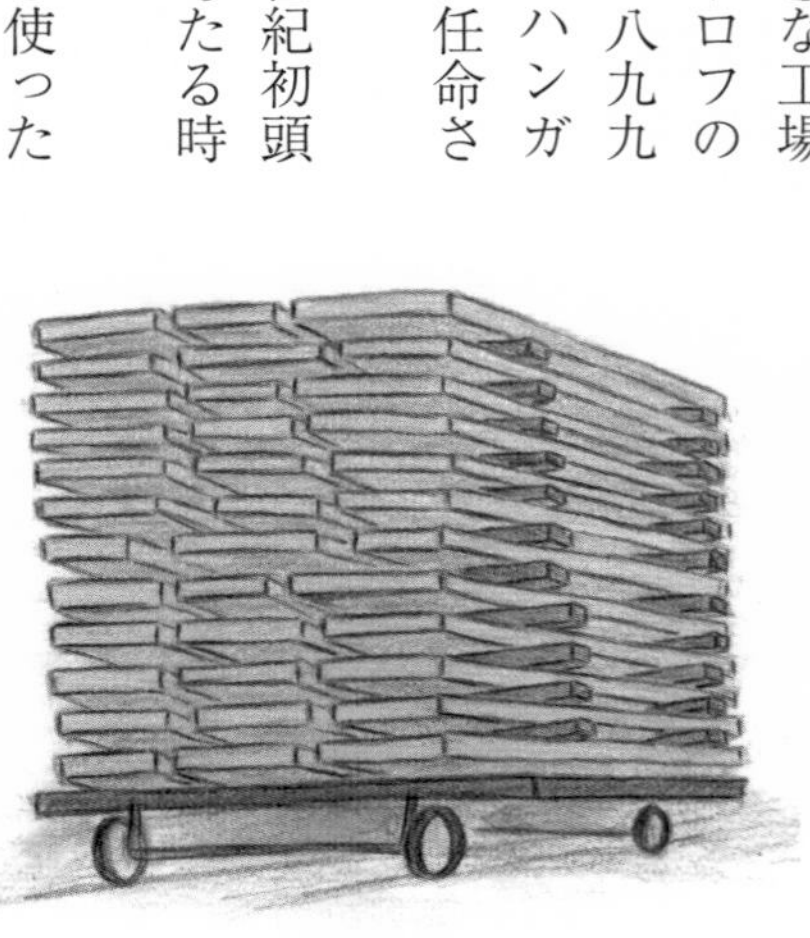

響板から作られはじめた。しっかり乾燥させた原木の板材を接着、加工して響板の形状に整えたあと、さらに時間をたっぷりかけてシーズニング（乾燥）を行う。

次いで、ボディの組み立て。切込みを入れたスプルースの側板と支柱で組み上げられた木製フレームに響板が接着され、その内側に鋳鉄《ちゅうてつ》製のフレームが取り着けられる。

そして約二三〇本もの鋼鉄の弦がものすごい力で張られる。一本あたりの張力は八十キロとも九十キロとも言われるから、全ての弦になるとおよそ二十トンもの力がかかっていることになる。それから、八十八鍵の鍵盤やアクション、またペダルや脚柱なども取り付けられ、徐々にピアノらしい姿になってゆく。

最後に、仕上げの調律、整音が行われてようやく完成だ。

ここまで全てが丁寧な手作業なんだ。

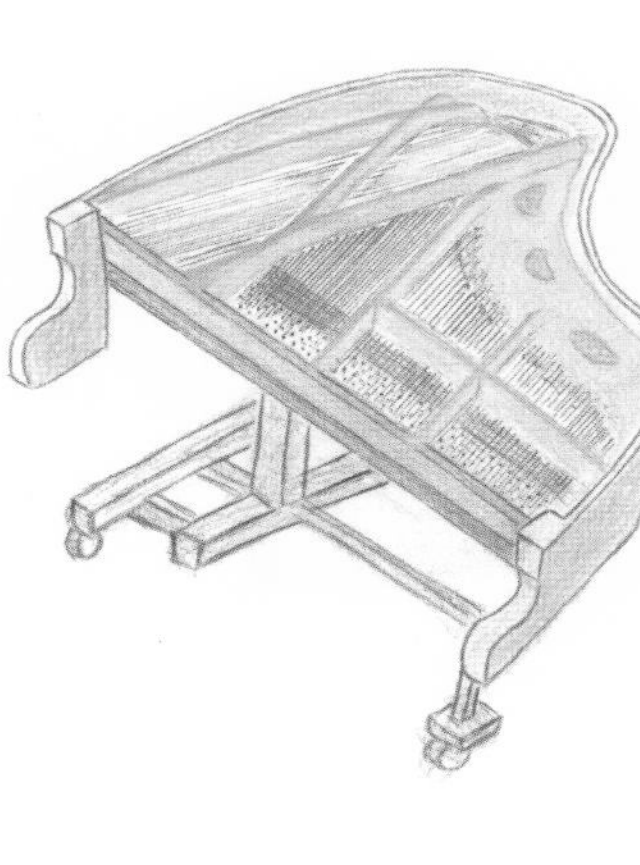

※

ピアノとして命が吹き込まれたぼくは、その夜、工場の片隅でワクワクしながら未来のことを思った。

ぼくは、これからどこへ行くのだろう？　プラハ？　それともウィーン、ベルリン？　もしかしたら、パリやロンドンかもしれない。

どんな人たちに弾いてもらえるのだろう？　大きなお屋敷もいいけれど、リサイタルかなにかで大勢の前で弾いてもらえたらうれしいな。

窓から差し込む月の光を見つめながら、そんなことを考えていたら、工場の中にこっそりと入ってきた人物がいた。若い男の人で、よく見かける顔。ぼくの鍵盤やアクションの調整を丁寧にやってくれた職人さんの一人だ。名前は、確かヨセフとか言ったかな?

彼は、ぼくのボディにそっと触れて、「少し弾いてみてもいいかい?」と聞いた。

〝いいよ。思う存分弾いておくれ〟

もちろん、ぼくは人間の言葉で答えることができなかったけれど、ヨセフにはぼくの心が伝わったみたい。彼はそっと鍵盤のふたを開け、おもむろに静かな曲を弾きはじめた。

トロイメライ。

ロベルト・シューマンが、ピアノ曲集「子どもの情景」の一ピースとして作曲した夢の音楽。

ヨセフのピアノの腕前は、それほど上手いわけではなかった。どちらかと言えばたどたどしい弾き方だといえるかもしれない。でも、ぼくは他に何も物音のしない静かな月光の下で、とても気持ちよくトロイメライを奏でることができた。

弾き終えるとヨセフは微笑《ほほえ》み、「いいピアノだ。君の未来に幸《さち》あれ」と言って、去っていった。

そう、これがぼくの最初の演奏体験となったんだ。

第二夜　ヨーロッパの大きな戦争

ぼくは、ペトロフ社の職人たちと別れて、フラデツ・クラーロヴェーの工場から旅立った。車の荷台に揺られて、丘をいくつも越えていった。

到着したのは、プラハの楽器店。

そこは、はじめて見る大都会。多くの人が店の前を通り、ショーウィンドウ越しにぼくの姿を眺めてゆく。

店内にはピアノや弦楽器、管楽器が整然と並べられ、奥には蓄音機《ちくおんき》やレコード盤の売り場もあった。壁にはアルフォンス・ミュシャ（ムハ）の絵がかかっていた。

ぼくは店を訪れる客たちの前で、来る日も来る日も試演を行った。楽器店の若い調律師で、腕利きのピアノ弾きでもあるヴァーツラフが相棒だった。

ヴァーツラフは、ドヴォルザークの音楽が大好きで、よくスラブ舞曲集の中からいくつか選んで弾いた。もともと連弾用の作品だけれど、彼は独奏用に編曲された楽譜で演奏した。あとよく弾いていたのは、八つのユモレスク集。ヴァーツラフは五番と七番、そして八番のユモレスクが気に入っていた。とりわけ五番は、跳《は》ねまわるリズムが面白くて、ぼくも大好きだった。

これらの曲を奏でるときは彼の弾む鼓動《こどう》がこちらにまで伝わってくる。すると、ぼくの音色まで一層輝きを増して響きわたるように感じるのだ。

ヴァーツラフの演奏を楽しんでいたのは、客たちだけではなかった。同僚の店員たち、とりわけ三歳年上のパヴェルは三度の食事より楽しみにしていたと言ってもいいだろう。

もう一人、パヴェルに負けないくらいヴァーツラフの演奏を心待ちにしていた人をぼくは知っている。隣接する弦楽器の売り場から、いつも顔をのぞかせていた女の子の店員ユリエだ。

とにもかくにも、ぼくはここプラハの町で音楽の喜びを知った。音楽が人びとを幸せな気持ちにさせる力を知った。たくさんの客の前で音楽を奏でていると、いつまでも豊かで華やかな世界が続くように思えた。

※

ところが、一方で世の中には急速に黒い影が広がりはじめていた。

その頃のヨーロッパは国々が覇権《はけん》を競い合っていた時代。領土や権益をめぐって対立し、いさかいが絶えなかった。そんな中、オーストリア＝ハンガリー帝国とドイツ帝国は同盟を結び、フランスやロシアを中心とした国々との溝を深めていた。

とりわけオーストリア＝ハンガリー帝国は、国内に大きな問題を抱え込んでいた。この国を実質的に支配していたのはゲルマン系の人々で、マジャル系やスラブ系など多様な民族が暮らす地域を抑え込んでいる状態だった。そして、独自の文化や言葉を持つそれぞれの民族が、いつか独立を果たして自分たちの国を作りたいという願望を抱いていた。

ボヘミアも、もとはスラブ系の人々が建てた国だった。数百年にわたるオーストリアの支配に、ボヘミア人の不満の火種がくすぶりはじめていた。

そこはかとない不安が広がる中、楽器店の客足はめっきり減ってしまった。閑散《かんさん》とした店内で、ヴァーツラフが演奏する手を止めて、パヴェルにぼやいたことがある。

「まったく世の中はどうなってしまったのだろう？　突然、楽器も、音楽もまるで見向きされなくなった」

「残念だが、今は先の見通せない不透明な世の中だ。誰も優雅に音楽を楽しもうという気分になれないのだろうな」

パヴェルもため息をもらし、左右に首を振った。

ヴァーツラフはいとおしむような柔らかいタッチで鍵盤の上に指を滑《すべ》らせた。

「こいつは、こんなにいいピアノなのに。多くの人に美しい音楽を聞かせて、和《なご》ませる力を持っているのに」

「そうだな。こいつの音色を聞くだけで、温かな気持ちになれるものな」

パヴェルは目を細めてうなずいた。

その後、間もなくヨーロッパの社会情勢は一気に暗転した。

オーストリア＝ハンガリー帝国の皇太子夫妻がサラエボでセルビア人青年に暗殺されるという事件が起きたのだ。

それをきっかけにオーストリアとセルビアの戦争が始まった。戦火は瞬く間に燃え広がり、ヨーロッパ中が巻き込まれる戦いになった。

これが一九一四年に始まった戦争。今では「第一次世界大戦」と呼ばれている。

この戦争は、それまで人が経験したどんな戦いよりも大規模で、かつ悲惨なものだった。戦車、戦闘機、潜水艦……、新しい兵器が次々と開発され、戦場に投入された。

敵陣へ突撃する兵士たちは、機関銃にことごとくなぎたおされた。鉄条網が張り巡らされた大地におびただしい血が流れ、累々《るいるい》たる死者の山を築くことになった。

塹壕《ざんごう》に立てこもった攻防がジリジリと続くと、今度は身を隠した兵士たちに向かって容赦《ようしゃ》なく毒ガスがまき散らされた。

信じられるかい？　そんな凄惨《せいさん》な戦場に、未来のある多くの若者が送り込まれていったんだ。

ボヘミアやモラヴィアの若者たちも例外ではなく、オーストリア＝ハンガリー帝国軍の兵士として次々に出征していった。

※

そんな頃、沈みがちな店内の雰囲気を変えようとしたのか、店の奥の蓄音機売り場から、レコードの音が聞こえてきたことがあった。

ボヘミアが誇るソプラノ歌手エミー・デスティンが吹き込んだオペラのアリアの数々だった。その中で、ユリエがとりわけ耳を澄ませ、じっと聴き入っていた歌があった。

「『ある晴れた日に』だね。この曲が好きなのかい？」

とヴァーツラフが彼女にたずねた。

「ええ、プッチーニの曲はどれも素敵だけれど、この歌の旋律はとりわけ気に入っているの」

「歌劇場で『蝶々《ちょうちょう》夫人』を聴いたことはあるの？」

「ううん、ないわ。わたしの故郷は小さな町で歌劇場がなかった。プラハへ出てきてからも、まだ一度も歌劇場へ出かけたことはないの。ヴァーツラフは？」

「何度かね。もっとも、安い天井桟敷《さじき》ばかりでステージはあまり見えなかったけれど、音楽は存分に堪能できたよ」

「一度行ってみたいわ」

「戦争が終わったらぜひ行こう」

それから、二人は「蝶々夫人」について語り合った。ヴァーツラフは、この歌劇の舞台は日本のナガサキという町なのだと言った。神秘的な東洋の港町に暮らす女性とアメリカの海軍士官の悲恋《ひれん》の物語。でも、ヴァーツラフもユリエも日本のことはあまりよく知らないようだった。もちろん、ぼくも日本について何一つ知識がなかった。後年、ぼく自身がこの国と深く関わることになるなど当然思いもよらなかった。

※

戦争の重苦しい空気が濃くなってゆく中、音楽を楽しむ余裕のある人は街からすっかり消えてしまった。

ひさしく客足の途絶えた店内でも、ヴァーツラフは日課のように演奏し続けた。戦争が始まる前と変わらず、ドヴォルザークのユモレスクやスラブ舞曲を淡々と弾いた。

すでに同僚のパヴェルは兵士となり出征していた。彼が国を離れるとき、ヴァーツラフとユリエはお守りとして、四つ葉模様をあしらった青い硝子《ガラス》玉のペンダントを手渡した。硝子はボヘミアの名産品でボヘミア人の誇りだったし、四つ葉のクローバーは幸運の象徴だった。

パヴェルの所属する部隊が向かったのはロシア軍と戦う東部戦線だ。しばらくは家族や友人への便りもあったが、その後の消息はようとしてつかめなかった。

噂《うわさ》では、東部戦線で多くのボヘミアやモラヴィア、スロバキアの兵士が、自らロシア側に投降《とうこう》しているという。そして、彼らはロシア国内で「チェコ義勇兵団」を組織し、今度はオーストリア＝ハンガリー帝国軍に反旗をひるがえしはじめたというのだ。

ボヘミア人の多くは、この動きに色めきだった。「今こそボヘミアの独立を勝ち取るときが来たのだ」と。

ヴァーツラフも、同郷の兵士たちの動きに心が躍《おど》らないわけではなかっただろう。しかし、彼は心を曇らせていた。親友のパヴェルが、今どこでどんな境遇にいるのか、まるでわからなかったからだ。果たしてパヴェルはチェコ義勇兵に加わっているのだろうか？　戦場ではボヘミア人同士が敵味方にわかれ戦っている可能性すらある。そう考えると、何が正しい道なのか、ヴァーツラフにはますますわからなくなってくる。

ヴァーツラフが奏でる音楽は次第に曇り、精彩を失っていった。彼は漫然と弾きつづけていた手を鍵盤からおろした。そして、瞑想《めいそう》でもするように目を閉じて動かなくなった。

そんな彼に背後から声がかけられた。

「大丈夫。パヴェルならきっと無事よ」

ヴァーツラフは振り返った。そこに立っていたのはユリエだった。

「しっかり者のパヴェルなんだもの。きっと戦場でも、うまくやっているわ」

ユリエはそう言って微笑《ほほえ》んだ。彼女の言葉にヴァーツラフも強ばっていた表情を崩した。

「そうだよな。パヴェルは思慮深い男だ。きっと正しく判断して、うまく立ち振る舞っているだろう」

そして、いたずらっぽい口調で付け加えた。

「それに、ああ見えて実はすばしっこい男だから、きっと鉄砲の弾なんてヒョイヒョイよけて当たりっこないだろうねえ」

「ええ、支配人の雷が落ちるときも、いつも真っ先に勘づいて逃げちゃったもの」

「あれは嵐を予見する動物以上の俊敏さだったなあ」

ヴァーツラフの言葉に、ユリエもクスクス笑っている。

その時、ヴァーツラフが顔を輝かせて「そうだ！　いいことを思いついた」と言った。

「パヴェルが帰ってきたら、ぼくと君とあいつの三人でピアノ三重奏に挑戦しよう。君がヴァイオリンで、パヴェルがチェロ。曲はドヴォルザークのドゥムキーがいいかな。ピアノは、このペトロフを使おう。それでプラハじゅうの人びとをなごませるんだ」

「素敵！　わたしもメンバーに加えてくれるのね」

「当然さ。君のヴァイオリンの腕前をぼくたちはよく知っている。一緒にやるのは、君しかいないさ」

「期待に背かないように、しっかり練習しなくちゃ」

ユリエは満面の笑みを浮かべた。

「さあ、もう一度、あなたのピアノを聴かせてよ。今はせめて、このお店の中だけでも明るい空気で満たしましょう」

ユリエの言葉に、ヴァーツラフは力強くうなずき、再び鍵盤に向き合った。

彼が弾いたのは、スメタナ作曲の「ヴィシェフラド（高い城）」と「ヴルタヴァ（モルダウ）」のピアノ独奏版。それぞれ交響詩「我が祖国」の第一曲、第二曲として書かれたものだ。

ヴァーツラフは「ヴィシェフラド」の勇壮な主題を高らかに奏でた。ボヘミア人としての誇りが刺激され、彼の心が波のように震えたつのが、ぼくにも伝わってきた。

やがて、ヴァーツラフは「ヴルタヴァ」を弾き始めた。澄んだせせらぎを思わせる繊細な序奏に続いて、滔滔《とうとう》と流れはじめる主題。彼は演奏しながら、ユリエそしてぼくに語りかけた。

「早く、以前のような明るいプラハの街に戻したいよな。みんなで笑って暮らせる世の中に」

「ええ」

彼女はうなずいた。「穏やかで美しいボヘミアを取り戻しましょう」

「穏やかで美しいボヘミアか。そして、誇り高いボヘミア……」

そうつぶやいたとたん、腕利きのヴァーツラフとしては珍しく指先が揺らいだ。ヴルタヴァの旋律が静かに崩れた。ヴァーツラフは、そのままぼくの鍵盤に突っ伏して涙を流した。

ユリエも彼に寄りそって静かに涙を流していた。

ぼくは、ただ黙って二人を見守るしかなかった。

第三夜　旅立ち

旅立ちの日は、よく晴れ渡っていた。

ぼくは突然、円柱状の脚とペダルを取りはずされるや、木枠のコンテナボックスのなかに梱包《こんぽう》されはじめた。

「行き先が決まってよかったな」とヴァーツラフが快活な声で言った。「お前は、いいピアノだ。どこへ行っても通用する。自信を持っていい」

彼は、ぼくを元気づけようとしてくれているのだろう。だけど、こちらはまるで何も聞かされていないものだから面食らってしまう。

〝えっ、ぼくはどこへ行くことになったの？〟

コンテナが閉じられるとき、ヴァーツラフとユリエは笑顔でぼくを見守ってくれた。それが二人の姿をしっかりと見た最後の機会になった。コンテナの中に入っても、枠の隙間《すきま》から外を垣間見ることはできたけれど、断片的な映像でしかない。かろうじてヴァーツラフの手が見えた。毎日のようにぼくを奏でてくれた手。少し節くれだった指……。

〝もうあの指で弾かれることはないのだな〟

彼らが、その後どういう人生を歩んだのかは、残念ながらぼくには知る術《すべ》もない。戦争の長期化にともなって、ヴァーツラフも兵士として戦場へ赴《おもむ》いたのかもしれないし、もしかすると、惹《ひ》かれあった二人

だったから、幸せな結婚をしたのかもしれない。

店の前でぼくはトラックの荷台に積み込まれた。出発する間際、ヴァーツラフの声が聞こえた。

「向こうでも元気でな」

明るく装っているけれど、寂しさを隠しきれない声だった。

〝君こそ元気で！　ぼくは、どこへ行こうとも明るく音楽を奏でるよ！　今までありがとう〟

心の中で精一杯、友人に感謝の気持ちを述べた。

トラックはプラハの街をしばらく走った。厳重に閉じられたコンテナボックスの隙間から通り過ぎてゆく街の光景の欠片《かけら》が見えた。

建物の上に折り重なる赤褐色《せきかっしょく》の屋根、林立する教会や時計台、火薬塔の尖塔《せんとう》。

時を報《しら》せる鐘《かね》が石造りの街路に響き渡る。

やがてトラックは鉄道の駅に到着し、ぼくは蒸気機関車が牽引する貨物列車に積み替えられた。

汽車は南へ向かって走りだした。プラハの街を離れ、ボヘミアの牧場と森の中をずんずん進んだ。もうもうと煙を吐き、木立や花畑が風に揺れるゆるやかな丘を突っ切って走った。

どれくらい走っただろう。汽車は日暮れ前に大きな都市のターミナルに到着した。そばを行き過ぎる人びとの会話から察するに、どうやらウィーンに着いたらしい。

〝もしかして、ウィーンの大きな屋敷にでも引き取られるのだろうか〟

ぼくは心臓が高鳴った。何せ、ウィーンといえば音楽の都だ。ハイドン、モーツァルト、ベートーヴェン。それからシューベルト、ヨハン・シュトラウス、ブラームス……。燦然《さんぜん》たる大音楽家たちが活躍した街だ。この都会でぼくの未来が開けるのかと考えると、ピアノ冥利《みょうり》につきる思いだった。

〝さあ、どんな人が迎えに来てくれるのだろう〟

ところが、いくら待っても、ぼくは一向に貨物列車から運び出されなかった。おやおやと思っている間に、そのまま夜を迎えた。

翌朝早く、鉄道員たちが大勢でやってきた。ようやく降ろしてもらえるのかと思いきや、車両ごと別の列車に連結しなおされ、再び南へ向かって出発してしまった。ああ、ウィーンの街並みがどんどん視界の彼方へ遠ざかってゆく。

〝いったいぼくはどこへ向かっているのだろう？〟

数時間後、汽車はグラーツの街を越え、山深い谷あいの路線を進んでいった。信号で汽車が停車したとき、鳴き交わす小鳥の声が木立から聞こえてきた。懐かしいフラデツ・クラーロヴェーの森でも耳にしていた声。

〝このさえずりはシジュウカラ？　それともヒガラだったっけ〟

やがて汽車はカルニオラ地方の中心都市ライバッハ（リュブリャナ）を過ぎた。今度は進路を西方へと切りかえて走りはじめる。

風の匂いが変わった。

今までにかいだことのない香り。

肥沃《ひよく》な大地とはまた違う、透明な空気。

汽車が軽快なリズムを刻みながら、なだらかな勾配《こうばい》を下ってゆく。貨物列車の扉の細い隙間からお日様の光がキラキラ反射し、ゆらめく光景が見えた。

青い空の下に、どこまでも広がる水、水、水……。

ぼくが初めて目にした海——アドリア海だった。


到着した街の名前はトリエステだった。

碧《あお》い海とゆるやかな緑の丘にはさまれた美しい港町。白い壁と煉瓦《れんが》色の屋根が海岸沿いにつらなっている。その先につづく岬には靄《もや》がかかり、うっすら海と空にとけこんでいる。海上には堂々とした汽船やスマートなスクーナー帆船がいくつも浮かび、その上空にはまっ白な雲が漂っていた。

ここは、オーストリア＝ハンガリー帝国領内で最大の貿易港だった。

戦争が始まって十カ月近くも経っていたから、敵国は海上封鎖《ふうさ》をしようとやっきになっていたはずだけれど、中立国の

イタリアへの通商ルートがまだ残っていたらしい。どうやら、完全に封鎖される前にぼくは国外へ出されることになったようだ。

駅で貨物列車から降ろされ、数日間、倉庫に保管された。

ある朝、作業員たちに再び港へ移され、コンテナのままクレーンで船に積み込まれた。

「おい、ゆっくり、そーっとやれよ」

「わかった、わかった。で、積荷は何なんだ？」

「中は大切なピアノだ。むやみに揺らすな」

「そうかい、ピアノだったのかい。道理で重いはずだ」

作業員たちは声を掛け合い、丁寧な作業でぼくを運び上げてくれた。

船は野太い汽笛を鳴らしながら岸壁を離れた。船倉の床が静かにゆれる。

とうとう、ぼくはオーストリア＝ハンガリー帝国の外に出ることになったのだ。

残念ながら、船倉の中に押し込められているため遠ざかるトリエステの街並みを見ることはできない。故郷とつながっている大地との別れを、暗い部屋の中でひっそり行わなければならなかった。

いまだ最終目的地がどこなのか、まるでわからない不安もあったけれど、どちらかといえば見知らぬ世界への憧《あこが》れやドキドキ感のほうが勝っていたようにも思う。

ぼくが出国した翌月に、イタリアがオーストリア＝ハンガリー帝国に宣戦布告《せんせんふこく》した。結果的に、国外へ出られたギリギリのタイミングだったということなのだろう。もう少し、出発が遅れていたら、ぼくは帝国領内のどこかで別の人生を歩んでいたのかもしれない。

第四夜　アドリア海

トリエステを出港してから、まる一日がかりの航海を経て、船はある港街に着いた。同じ碧いアドリア海に面しているのに、白壁のトリエステとはまた趣《おもむき》の違うくすんだ色合いの街。イタリア半島南部のバーリだった。

船倉から出され、クレーンで下ろされるとき、街の様子が高みから一望できた。遠方の高台には茶褐色のゴツゴツした重厚な建物が並んでいるのが見える。

〝ここがぼくの新天地なのだろうか？〟

岸壁に下ろされたコンテナは、慎重に台車に載せられた。港湾の作業員たちが台車の周囲にわらわらと集まってくる。どうやら、波止場近くの倉庫に運ばれるらしい。

作業員たちは、台車を押しながらおしゃべりを始めた。ぼくは、そっと耳を傾ける。

「こんなご時世で、グランドピアノの運搬なんて珍しいな」

「ああ、俺はてっきり田舎の別宅にでも避難する金持ちの荷物だと思ったけれど、どうやら輸出品らしい。ずいぶん遠くまで運ばれるらしいぜ」

「遠くってどこだい？」

「なんでも、日本って話だ」

ぼくは〝えっ〟と心の中で叫んだ。

「ええっ、日本！」

作業員の一人がぼくの心をまるっきり代弁するかのように声をあげてくれた。「おいおい、日本って？」

「おや、知らないのか。十年ぐらい前に戦争で大国ロシアをてこずらせたアジアの国があっただろう。それが日本だ」

「そんなことは知っているさ。あの時はいまいましいトルコの船乗りたちまでが浮かれ騒いでやがったからな。俺が言いたいのは、何で日本人がわざわざグランドピアノなんか欲しがるのか、ってことだ」

「そりゃあ、どえらい戦争がおっぱじまった今のヨーロッパじゃ、こんなご立派なピアノを買って『さあ音楽を楽しみましょう』なんて余裕はないだろう。王侯貴族でさえ明日をも知れぬわが身だ。今、こんな高価な買い物ができるのは景気のいいアメリカか日本ぐらいのものなんだろう」

「アメリカならばわかるさ。あそこは一応西洋の範疇《はんちゅう》とも言えるからな。でも、日本は違う。インドより、中国より、まだずっと先にある東の最果ての国なんだぞ。そんな所に住んでいる日本人が西洋のピアノ音楽なんてたしなむのか？」

その作業員は、日本人がピアノを買うってことに、まるで納得がいかない様子だった。もちろん、ぼく自身もそれに劣らないぐらい戸惑っていた。あまりにも想定外すぎる人生のなりゆきに、呆れさえ感じていた。

倉庫にしまいこまれた後も、ぼくは日本のことばかり考えた。

〝いったい、どんな人たちが暮らしているのだろう。人びとは、どんな歌を歌っているのだろう。スメタナやドヴォルザークの音楽を知っているだろうか〟

当時のぼくの乏しい知識の範囲で思い浮かぶ東洋の印象といえば、草原と馬、砂漠とラクダ、トラやワニの棲《す》むジャングル。そしてパゴダやモスクの上空には空飛ぶ絨毯《じゅうたん》がひらひら舞っているという感じ。それは中国もインドもアラビアもペルシャもモンゴルも、あらゆる要素がごちゃごちゃっとかきまぜられたイメージだった。そして、ピアノや西洋音楽が、それらのイメージと相性が良いとはとうてい思えなかった。

〝ん……、でも待てよ。プラハの店で聴いたあの歌は確か……〟

ぼくはふと、ある曲を思い出した。レコード盤に吹き込まれたノイズ混じりの旋律、楽器店の奥の蓄音機売り場から聞こえてきた音楽だ。

エミー・デスティンの透明な歌声。

感傷的に響くオーケストラのサウンド。

プッチーニの歌劇「蝶々夫人」の中の一曲「ある晴れた日に」。

確か、ヴァーツラフがユリエに「このオペラは日本のナガサキという町が舞台なんだ」と説明していた。

「ある晴れた日に」の旋律とともに、プラハで暮らした楽しい日々が、胸の中によみがえってきて、ぼくはホロリとした気持ちになった。

〝ヴァーツラフとユリエ、二人は元気にしているだろうか？　パヴェルは戦場で無事なのだろうか〟

その夜は、やるせない感傷に浸りながら眠りについた。

※

日が差さない真っ暗な倉庫に押し込まれていると、どれぐらいの時間が経ったのかわからなくなってくる。たった数日だけなのかもしれないし、もしかすると数週間が過ぎたのかもしれない。

でも、その日、きしむ音を響かせて倉庫の扉が開けられたとき、いよいよヨーロッパ世界との別れがやって来たのだとぼくは直感的に悟った。

緑が香るうららかな日だった。

台車に載せられて、久々に陽光のもとに出たぼくは、まぶしげに視線をめぐらせた。

海は心地よいリズムで波音を刻んでいる。澄んだ空には、ゆうゆうと飛び交う海鳥。高い声で気持ちよさげに歌っている。

そんな穏やかな光景を目にするとヨーロッパ中を巻き込んでいる戦争が、同じ世界の出来事とは思えなくなってくる。

やがて台車の進む先に大きな青い船体が見えてきた。

どうやら、ぼくはこの船に運び込まれようとしているらしい。岸壁から見上げると小山のような塊《かたまり》に感じられた。トリエステから乗った船の何倍もありそうだ。

クレーンで吊り上げられると、あまりの高さに目がくらんだ。コンテナの隙間から真下に、ゆらめく海面が見え隠れするのが恐ろしかった。

クレーンと言っても当時のものはずいぶん華奢《きゃしゃ》だったし安定感にも欠けていた。ちょっと風が吹けばグラリと大げさに揺れた。反射する水面を見下ろしながらぼくは思った。

〝あそこに落っこちたら、ぼくの重い体は二度と浮き上がってはこられないだろう〟

うーん、あのスリルは何度も経験したいものじゃないね。

船倉には、ぼくの後からもどんどん貨物が運び込まれてきた。一方で、甲板からは人びとの話し声や足音が賑やかに響いてくる。

〝どうやら、純粋な貨物船ではなく、旅客も乗せる貨客船のようだな〟

戦時中とはいえ、この時期はまだ人びとの往来が活発だった。

やがて、始動したレシプロエンジンの音も伝わってきたが、船そのものが大きいためか、振動は思いのほか気にならなかった。

ぼくのような数多くの部品で細やかに組み上げられた楽器は、ことさら振動に弱い。震えがずっと続くと、あちこちが緩んだり、歪んだりして困ってしまう。この船は思ったより振動が少なくてありがたいと思った。

乗船してから、どれくらいが経っただろう。突然、銅鑼《どら》の音が響きわたり、甲板から歓声が上がった。次いで汽笛も鳴らされ、船はゆっくりと動きはじめた。

いよいよ、新しい世界へ向けての出港だった。

第五夜　長い航海とピアニスト

バーリを出港してからも、ずっと船倉に閉じこもっていたものだから、海上の光や風の匂い、寄港地ごとに移り変わる風物といった航海の醍醐《だいご》味《み》を直接味わうことはできなかった。

航路は、地中海からエジプトのスエズ運河、そして紅海、やがてアデン湾を経てアラビア海、インド洋へと続いてゆく。移りゆく景色を見つめ、それぞれの場所の香りを思いっきり吸い込めたらどんなに最高な気分だったろう。その体験だけで、一冊の立派な航海記ができそうだ。

しかし、暗くて静かな場所でたたずんでいたからこそ、こまやかに感じ取れたこともある。

気温や湿度の変化からは、徐々に南方へ向かっていることが生々しく感じられた。そして物音。船というものは、しんとした海上に浮かぶ鉄の箱みたいなものだから、船倉のように静かな場所には意外と様々な音が伝わってくる（それに加えて、ぼくは極めて地獄耳だ。音を豊かに響かせるため体内に大きな響板を備えているものだから、逆に周囲の小さな音にも敏感になるのだ）。

通奏低音のように床から響くレシプロエンジンのリズムに重ねて、食事どきには、食堂へ向かう乗客たちの楽しげな話し声や足音、楽団の奏でる軽快な音楽が聞こえてくる。そして夜も深まれば、きらびやかに、時にはしっとりと演奏されるピアノの音色。

当然ながら、ピアノとして生まれてきた以上、他のピアノがイキイキと演奏している様子には、うらやましさを覚えた。

〝ああ、ぼくもあんなふうに思いっきり音楽を奏でられたら、どんなにいいだろう〟

でも、悔しさや妬ましさのようなものはあまりなかった。まるで天上から降りそそぐ妙なる楽の音のようにも思えたから。

心地よく響く音色に耳を傾けながら思った。

〝いったい、どんなピアニストが弾いているのだろう？〟

船上のピアニストが弾く音楽は、プラハの楽器店でヴァーツラフが弾いていたものとはまるで違った。選ばれる曲はショパンが多かったし、時にドビュッシーやサティの小品などが演奏されたけれど、必ずしも譜面通りにきっちりと弾かれるわけではなかった。ただし、決して腕の悪いピアニストではない。指づかいのなめらかさは絶品と言ってもよかった。そして、その勢いに任せて、曲の随所で大胆なアレンジを加えてゆく。

ぼくの知らない曲が奏でられることも多かった。疾走感をともなう独特なリズム。聴いているうちに律動に合わせて思わず体を揺すりたくなるような音楽。

〝何なんだ、この音楽は？〟

この軽快な音楽を乗客たちも心から楽しんでいるのが、熱い拍手や歓声がわきおこることからもわかった。

ますます、どんな人物が弾いているのか気になってしまう。

〝会ってみたいものだ。このピアニストと〟

※

船はバーリを出港した後、アフリカ大陸北岸のアレクサンドリアへ向かった。このヘレニズム時代以来の歴史を持つ大都市でも、船は多くの乗客を乗せた。

そして、ポートサイドからスエズ運河に入り南下した。

次の寄港地は、おそらくフランス領のジブチあたりだったと思うが、もしかするとアラビア半島南部のアデンだったかもしれない。何しろ、外の様子が見えないものだから、記憶がずいぶんあいまいになっている。

そこを過ぎると、インド半島の南にあるセイロン島までアラビア海、そして広大なインド洋を横切ってゆく。その途上、船は北回帰線《かいき》を南へ越えて、赤道近くへ向かって進むので、ますます暑くなり湿度も高くなっていった。

やはり外洋は波も高い。大きな船なのに床がかな

りの傾斜で揺れることもあった。

ぼくのコンテナボックスは、しっかりと床に固定されていたので、波の揺れで転げることはなかった。でも、周囲の貨物の中には、きちんと固定されていないものもあり、波に襲われるたびに滑ったり、転げまわったりするので、見ているほうが落ち着かない気分になった。

※

そんなインド洋を航行していたある日、波の穏やかな午後のことだった。

昼なお暗い船倉には、普段は誰も入ってこないのに、その日は間近で不自然に歩き回る人の気配を感じたのだ。その人影は、大きめの貨物コンテナを一つひとつのぞきこんでは、何やらブツブツつぶやいている。

「うーん、これじゃねえな」

「これでもない。いったいどこにあるんだ」

ウーム、怪しい。怪しすぎる。きっと他人の荷物を狙っている悪党に違いない。

大勢の旅客が乗り込む客船は一種の社会のようなものだ。品行方正な紳士もいれば、ならず者がまぎれていることだってある。

ただし、金品や宝飾を狙っている悪党ならば、ピアノには関心がないだろう。ぼくは、そうタカをくくっていた。さっさと用を済ませ、ここから遠ざかって欲しいものだ、と願った。

ところが人影は、通り過ぎていくどころか、ますますぼくのほうへ近づいてくる。体中に緊張がはしった。

もし、大声を出せたなら間違いなく助けを求めただろう。でも自分だけでは一切音を出すこともできないぼくは、怪しい人物の接近をただ静かに待ちうけるしかなかった。人影は不気味な靴音をコツーンコツーンと大胆に響かせて近づいてくる。そして、ぼくの正面でふいに立ち止まり、こちらを見据えるとヒューッと口笛を吹いた。

「おっ、やっと見つけたぜ。これだ」

えっ、まさか、悪党の狙いがぼくだったなんて。

いったい何をされるのだろう。

木枠の隙間から、男が中をグイッとのぞきこんだ。緊張が最大限に高まる。ところが、男は意外にもやさしい声で、ささやきかけてきた。

「よう、やっと会えたね、ペトロフのピアノさん」

ん、なんでこの人物は、ぼくのことを知っているんだ？

「前々から、この船にペトロフ社のグランドピアノを積み込んでいるって話を聞いていたから、一度会いたいと思っていたんだ。ようやく願いがかなったな」

彼は、不思議な人物だった。まるで人と会話するようにぼくに語りかけるのだ。

「オレの名はロイ・キング。上のラウンジから時折、ピアノの音が聞こえてくるだろう。あれはオレが弾いているのさ」

なんということだろう。てっきり悪党だと思い込んでいたのは、ずっと会いたかった人物だった。天上の音楽を奏でるピアニストだったのだ。

ロイと名乗る人物は歯を見せてニコッと笑った。それから、彼は様々なことをフランクな口調で話してくれた。自身はアメリカ合衆国ルイジアナ州の片田舎で生まれた黒人ピアニストだということ。そして、この船はマルセイユを母港とするフランスの貨客船「ビクトル号」だということ。もともとは、フランス本国とフランス領インドシナを結ぶ航路に就航している客船だったけれど、戦争が始まってからは時勢に合わせて物資の輸送も行っているということ、などなど。

「今じゃ中途半端な貨客船みたいになってるが、戦争が始まるまでは、そこそこ豪華な客船だったんだぜ」

ロイはそう言って、軽く鼻をならした。

「オレが上のラウンジで弾いているのは、プレイエルのピアノだ。知っているか？」

彼は天井のほうを指差した。

「ショパンも愛用したというフランス製のピアノだ。なかなか優雅でこじゃれた音色を奏でやがる。あんたにもぜひご対面させたかったな。

この船のプレイエルは、極めて上質なんだが、航海に出て振動や揺れにさらされていると、さすがに日に日に音が狂ってくる。この船には調律師は乗っていないから、大きな町に寄港するまで、どんどん狂っ

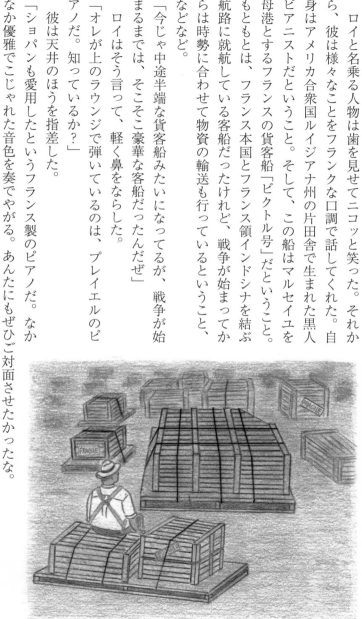

てゆく。でもな、そうなってからがオレの腕の見せどころなんだ。ホンキートンクって言ってな。オレの故郷で流行っていたラグタイムの曲には、そんな調子っぱずれのピアノがじつによく合うんだ」

そして、ロイは豪快に大笑いした。

〝あれはラグタイムっていうのか〟

夜によく聞こえてくる、ノリのよいリズミカルな音楽を思い出した。ぼくは、音が狂ってしまったピアノに合う音楽もあるってことに、少なからずカルチャーショックを受けた。プラハの店では、少しの狂いも生じないように念入りに調律されていたから。

ロイは、ぼくを囲っているコンテナの木枠をうらめしそうに見た。

「ほんとは、お前さんを弾いてみたいって思って来たのだが、こうがんじがらめにされていては、お試しすらできねぇな」

彼はじつに残念そうにつぶやいた。

「さて、そろそろ戻るとするか。じゃあな、ペトロフのピアノさん。また来るよ」


しかし、その後ロイは、なかなか姿を現さなかった。

夜がくるたびに、彼が奏でるショパンやラグタイムの音色が上のフロアから聞こえてくる。

彼はプレイエルのピアノと戯《たわむ》れるように楽しげに演奏していた。

〝うそつき。また来ると言ったくせに〟

ぼくは、いつしかロイの来訪を心待ちにするようになっていた。

彼が再び現れたのは、コロンボを出港してから一路、シンガポールを目指していた頃。初めて会ったときのように、船倉のなかをウロウロ歩き回ったりせず、まっすぐ足早にやって来た。

「よう、ペトロフのピアノさん、久しぶりだな」

ロイは、すっかり旧知の仲といった調子で気安く話しかけてきた。

「ちょこっと小耳に挟んだのだが、お前さんは日本へ行くらしいね。ずいぶん長い旅路だ」

彼はさも感心したようにぼくを見つめた。

「日本のことは、オレもくわしく知っているわけじゃないからアドバイスめいたことは何も言えん。でも、ボヘミアだかどこだかで作られたピアノが、どういう巡り合わせか知らないが東洋の隅っこの国へと運ばれてゆく。これはきっと何かの力がお前さんを、日本という国へ導いているのだって思うんだ」

ロイは少し咳《せき》払いをしてから、横に置かれたニシンの缶詰のコンテナにどっかり腰かけて話をつづけた。

「オレがルイジアナ生まれだということは以前話したよな。今日は、ちょっとばかり身の上話につきあっておくれ。

大きな農場で使用人をしている貧しい両親のもとでオレは生まれた。バカでかくて、やたら広い農園だった。

どこまでも見渡すかぎり、風になびく青いサトウキビの葉。

なにせ広い土地なものだから、時には妙なことも起こる。オレが子どもの頃には竜巻がいきなり現れて農園の一角をかすめたことがあったし、賑やかなバッタの大群が通り過ぎたこともあった。あの時は、あっち向いても、こっち向いてもバッタだらけ。シャツの襟元《えりもと》や脱ぎかけた靴《くつ》の中にまでモゾモゾ入りこんでくるから、心底うんざりしたものだ。

まあ、それ以外は、スタンプでペタンと押したように変わりばえのしない毎日が、ただ静かに繰り返されてゆくだけ。そんな場所だった。

そんな農園で、父は日がな働き、母は農場主の屋敷で炊事《すいじ》、洗濯《せんたく》、裁縫《さいほう》なんでもござれの小間使いをしていた。

ルイジアナは黒人への差別意識の強い土地だったけれど、白人農場主一家は、オレたち使用人の子どもにも最低限の教育を受ける機会をくれた。それだけじゃなく、屋敷の広間にあったアップライトピアノを自由に弾かせてくれたりもしたんだ。最初は見よう見まねだったけれど、オレがピアノにかじりついて離れないのを見て、奥さんが時間をかけて基礎から教えてくれた。

大人になると、幼馴染《おさななじみ》の多くは、差別が色濃く残る南部をきらって北部の州へ工場労働者になるために移っていった。

オレは勤勉な労働者って柄でもないし、かといって農場に残るつもりもなかった。だからニューオリンズに出て、気楽な酒場のピアノ弾きなんかをやっていたのだが、ひょんなことから船乗りたちと意気投合して、そのまま船に乗り込んでカリブ、南米、そしてヨーロッパ。今はこの船の船長にたぶらかされてピアノを弾きつづけているってわけだ。

気の向くまま風まかせみたいな生き方だが、それなりにいろんな友にも出会えたし、好きなピアノを弾きながら世界中の港を巡るという今の暮らしもそう悪くはないと思っている」

ロイはここで一旦、話を切った。

そして少し考え込んでから、再びゆるりと口を開いた。

「とりとめのないことを長々と話したが、ようするに人生には、時おりあらかじめ準備されていたかのように次に進むべき道が開かれる瞬間があるってことが言いたいんだ。そこを見逃さず、勇気をもって一歩を踏み出せば、その先にはたいがい〝悪くはない〟道が続いているものだ」

ぼくは彼の話を聞きながら、これはぼくに語っていると同時に、ロイが自分自身に向かって語っているのだなと感じた。もしかすると、ロイ本人も次に進むべき道を探しあぐねているのかもしれない。

「そうそう、言わなければいけないことがあった」

ロイは突然思い出したように言った。

「お前さんとは短すぎるつきあいだったが、もうすぐお別れしなくちゃならない。シンガポールから先、この船はインドシナのサイゴンへ向かう。お前さんは、シンガポールで日本の商船に積み替えられて神戸を目指すのだそうだ」

ロイは立ち上がりながら言った。

「最後の夜はお前さんのために一曲弾こう。〝アメイジング・グレイス〟知っているか？」

〝ううん、知らない曲だ〟って、ぼくは答えようとしたけれど、言葉には出せない。でも、ロイにはなぜか伝わったみたい。

「そうか、知らないか。その昔、イギリスにジョン・ニュートンっていう外道《げどう》な船乗りがいたんだ。多くの黒人をアフリカから連れ去って売りさばく奴隷《どれい》商人だったのさ。でも、ニュートンは大嵐で九死に一生を得たのを機に、自分の半生を悔《く》い改めた。そして自らの体験をもとに歌を作った。それが〝アメイジング・グレイス〟だ。ニュートンのような罪深い非道なヤツさえ神は見捨てず、正しい道を示してくれる。ましてや純粋な心で新天地へ向かう者を神は決して見過ごしはしない。この曲をお前さんへのはなむけにするよ。神の恵みが、お前さんを正しく歩むべき道へとお導きくださるように」

そしてロイはポケットからハーモニカを取りだし、「アメイジング・グレイス」の旋律を奏でた。華麗《かれい》で繊細なピアノさばきとは勝手が違うのか、ハーモニカは、すこぶる大雑把《おおざっぱ》で下手くそだった。

シンガポールに着く前夜、ロイは約束どおり「アメイジング・グレイス」をぼくのために弾いてくれた。降り注ぐ音色に、ぼくは全身を浸した。自分の響板にじっくりと共鳴させ、こころゆくまで味わった。

その後、ロイと再び会うことはなかった。ぼくはシンガポールに入港するや、すぐに日本の商船に積み替えられてしまったから。

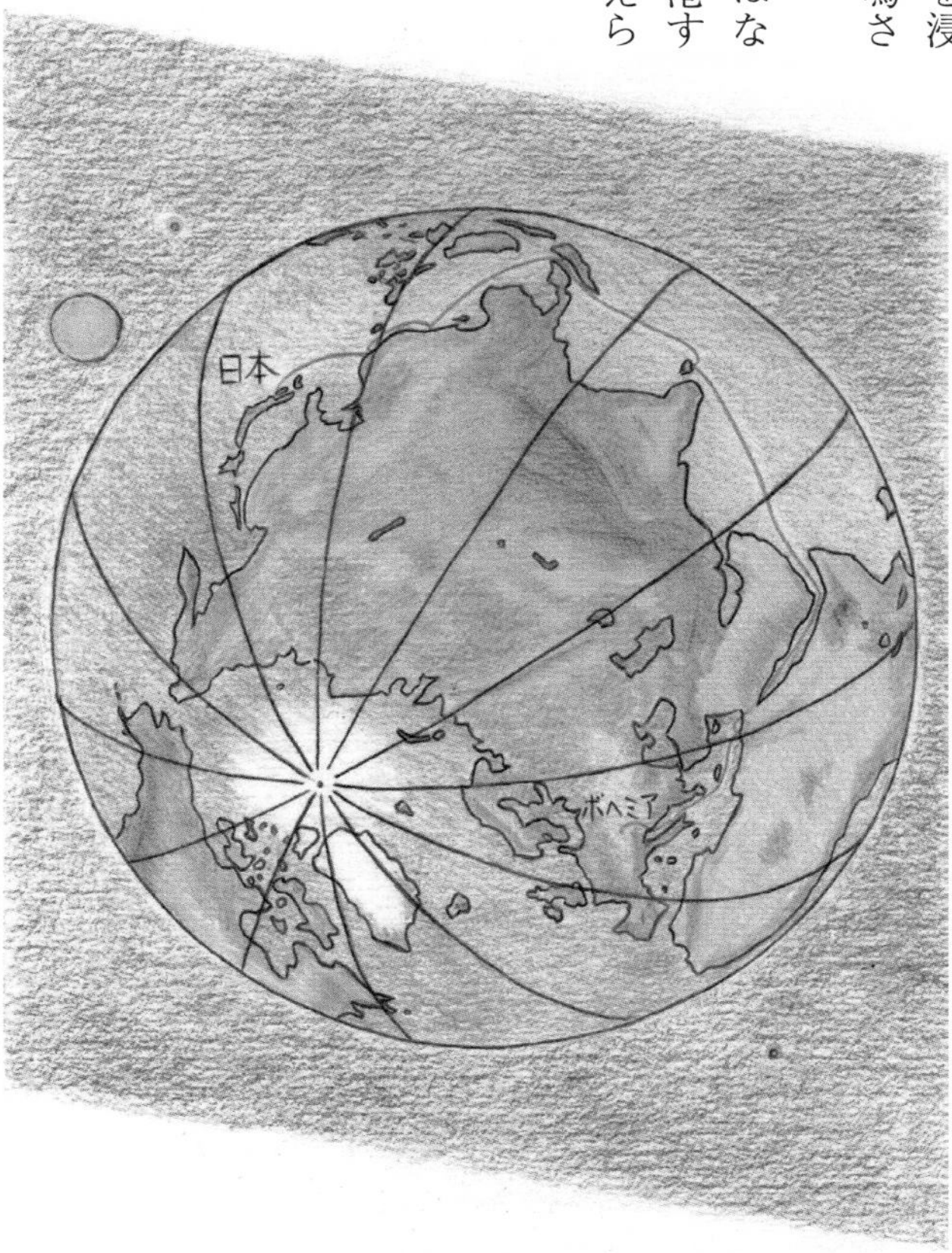

第六夜　日本へ

ぼくはシンガポール港で日本の船に積み替えられた。

じつのところ、東アジア独特のジャンク船が蛇腹《じゃばら》の帆を広げ、高い波にもみくちゃにされながら迎えに来るんじゃないか、とこころもとない気持ちでいっぱいだった。

こんなこと言うと冗談に聞こえるかもしれないけれど、当時のシンガポールは、今のように立派な高層ビルが林立する大都会じゃなかった。実際、港いっぱいに木造船があふれかえっていたのだから、ぼくが抱いた不安もあながち的外れではなかったと思う。

でも、日本からやってきた商船を見て安堵《あんど》した。それは、ヨーロッパのものと変わらない大きな汽船だった。

ただ乗組員たちは、明らかにヨーロッパの船乗りたちより一回り小柄な人たちだった。小さいながらも、よく気づき、よく働く人たちだった。

この赤道直下の港町を出港すると、次の寄港地は香港《ホンコン》、そして上海《シャンハイ》。かつては地球の裏っ側にあると思っていた中国の海を船は北上してゆく。

神戸の港に着いたのは、シンガポールを出ておよそ十日後、最終寄港地の上海からは、三日後のことだった。

船倉から出されたとき、瑞々《みずみず》しい風と心地よい潮騒《しおさい》がぼくの体を優しく包み込んだ。

白雲がたなびく空、そして港町のすぐ背後には緑におおわれた山なみが連なっていた。

風はこの山のてっぺんから静かに吹き下ろしていた。

〝ここが日本。目指していた国なんだ！〟

日本がどれくらいの大きさの国なのか、どこにどんな町があるのか、当時のぼくはまるで何も知らなかった。

〝これから、この国のどこに運ばれ、誰のもとへ行くことになるのだろう〟

ぼくは胸の高鳴りをおさえきれなかった。

岸壁では人びとが忙しそうに働いていた。荷車に貨物を満載《まんさい》し、気《きっ》風《ぷ》のいい掛け声とともに、車輪の音をきしませて走り去ってゆく。あとで大阪や京都でも思ったけれど、清清《すがすが》しいまでの「威勢《いせい》の良さ」っていうのが、当時の日本の人たちの特色だった。これが今の日本人たちからすっかり失われているのは、さみしい気もする。

とにかく荷車が次から次へとやってきては荷物を積み込み、ガラガラガラって、これまた威勢のいい音をきしませて大急ぎで四方八方へと散ってゆく。そんな様子を、ぼくはただただ固唾《かたず》を飲んで見守っていた。

　すると、耳元で大きな声がした。

「おお、これや！」

突然だったものだから、ちょっとばかり度肝《どぎも》を抜かれた。

「これや、これや。発注しとったペトロフのグランドピアノは」

　ぼくは、いつの間にやら、傍らに和服姿の小柄な紳士が立っているのに気づいた。紳士は目を細めて、ぼくをじいっと見つめている。

「ほぉー、なかなかの面構《つらがま》えをしとるわ、このピアノ」

　彼は振り返って、作業員たちにどなるように言った。

「さあ、トラックへ運びこんでや。ええか、丁寧にやで。通関手続きをちゃっちゃと済ませて、はよ店まで持って帰りまひょ」

※

　ぼくが運ばれた店があったのは、神戸港から少し離れた大阪の中心街。俗に船場《せんば》と呼ばれる辺りだった。そこはプラハの店にも負けないくらい大きな楽器店だった。店内にはスタインウェイ、フォイリッヒ、ベヒシュタインなど、世界のピアノが所狭しと並んでいた。

　それらの中でペトロフは珍しかったのか、人びとの目を引いたらしい。多くの客がぼくの姿を興味深げに見にやってきた。

「へぇー、これがペトロフのピアノか。オーストリー製やて」

「ハイドンやらモオツァルトの国から来たんやねえ。どことのうウィーンの薫《かお》りがするわ」

どうやら遠い日本から見れば、オーストリアと言えば、取りも直さずウィーンということになるようだ。

「一口にオーストリーと言いましても広い国で、これはボヘミヤという地方で作られたピアノですわ」

お客さんたちに説明しているのは、神戸の港まで引き取りに来た和服の紳士だった。彼は売り場の支配人だった。

「へぇ、ボヘミヤいうのはどの辺りなん？」

「オーストリーの都はウィーンでっしゃろ。その、もうちょい北。地図で言うたら上のほうですな。スメタナやら、ドボルジャックらのおったところです」

「ほぉー、なるほどなぁ」

説明を聞いていた客は、感心したようにため息をもらしたが、隣でウンウンうなずいている連れの男に、やにわに言葉を振った。

「なあ、あんた、見とるとさっきから景気ようなずいとるけど知っとるんか？　スメタナに、ドボルジャック」

「それぐらい知っとるがな。モルダウやろ。新世界交響楽やろ」

「新世界ちゅうても、キンキラキンの通天閣《つうてんかく》がある新世界とちゃうで」

「わかっとるがな」

お客さんも支配人も大笑いした。

何がおかしくて笑うのか、ぼくには今ひとつわからなかったけれど、とにかく大阪の人たちは賑やかにおしゃべりしながら、大笑いするのが大好きだった。

それに、ボヘミアも、スメタナも、ドヴォルザークも、この国の人はまるで知らないわけじゃなかった。ぼくにとっては、それが一番うれしかったし、心強い気分にもなった。

店内の数あるピアノの中で、ぼくに目をつけて試演を望む客もいた。

「ちょっと、このピアノ弾かせてくれまへんか」とある中年の太った男性客。

「はあ、よろしおまっせ」

「ほな、いっちょうベエトオヴェンでも弾こかいな」

そう言って客が、ぼくの前にどっかり腰掛け、やおら弾き始めたのは「乙女の祈り」だった。中年男性にも関わらず、懸命《けんめい》に乙女チックさ全開の曲を弾く姿が微笑ましかった。もちろん、作曲者はベートーヴェンではなく、テクラ・バダジェフスカというポーランドの女性作曲家だけど、本気で間違っているのか、大阪人特有のすっとぼけた冗談なのか、ぼくには判断がつかなかった。

「ええわ、このピアノ。なんや素朴な味わいがある」

弾きながら客が言った。

「そうでっしゃろ。なんや、あったかい気持ちになりまっしゃろ」

支配人もわが意を得たりという表情でにこやかにうなずいた。

同じような会話を以前も聞いたことがある。プラハの店でのヴァーツラフとパヴェルの会話。パヴェルもぼくの音色を聞くだけで温かい気持ちになれると言ってくれた。

『日本の人たちも、ぼくの音色で同じような気持ちになってくれているよ』

ぼくは遠い空の下の二人に、呼びかけた。

第七夜　京都 ──ぼくの生きてゆくべき場所

日本へ来て、早くも幾年か過ぎた。

そして、ある秋晴れの清々しい日に、一人の壮年の紳士《しんし》が大阪の楽器店にやってきた。京都から来たという。

なんでも京都の中心部には古くから商いで栄えた町があり、そこにある小学校がまもなく開校五十周年を迎えるのだそうだ。そして、その記念すべき年を祝うため町の有志が外国製のピアノを学校へ寄贈《きぞう》しようと計画しているらしい。

客人の説明を聞いて店の支配人は、

「お話はようわかりました。しかし、小学校のためにわざわざ舶来《はくらい》のグランドピアノとは。思い切った決断ですな」

と驚きの声をあげた。何しろ、その頃（大正時代）の日本では外国製のグランドピアノ一台で、ちょっとした家を何軒も建てられるほどの値段だったのだから。

「確かに、子ども相手に贅沢《ぜいたく》や、と言う人もおるでしょう」

京都から来た客人は笑った。

「そやけど、我々としては地元で学ぶ子には小さい頃からええ楽器に親しんでもろうて、本物の音楽や芸術の良さが分かる心を育ててほしいんです」

「なるほど」

支配人はうなずいた。

「さすがは京の町衆の心意気ですな。豪気な方々が大勢いらっしゃると見える。根っこの生えた文化を育むということを、ちゃんと理解しておられますな」

客人は「いやいや、そんな大層なもんでも」と笑いつつ、首を伸ばしてピアノ売り場のほうを見やった。

「どうですやろ？　子どもらの心を育むのに、あつらえ向きのピアノはここにありますやろか」

「へぇ、この店は世界中から一流のピアノを取り寄せています。名高いスタインウェイやベヒシュタイン、グロトリアンなんかも揃《そろ》えてございますが……」

支配人はそう言いながら、客をぼくの前へ連れてきた。「わたしの一番のおすすめは、このピアノです」

「ほほう、これは？」

「ペトロフです。オーストリーのボヘミヤ地方で作られたピアノです」

「ペトロフ？　あんまり聞かん名前やなあ」

「いやいや、なかなかの名品です。ペトロフの工房は、ウィーンの宮廷御用達《ごようたし》のピアノをまかされるほどの技量を持っとるんですわ」

「ほう……。でも、それはさすがに、ちょっと身の丈にあわんかな」

宮廷のピアノと聞いて、客人は少したじろいだようだった。

「いやいや宮廷御用達いうても、そんな堅苦しいピアノやおまへん。いっぺん音色を聞いてください。これはボヘミヤにひろがる松林の材を使ったピアノで、ほんまあったかい音色がしよるのです。子どもらに音楽に親しんでもらうとしたら、このピアノを置いてほかにありまへんわ」

そう言って、支配人はやおらぼくの鍵盤をたたきはじめた。長くこの店にいたけれど、支配人に直接弾かれるのは初めてだった。というより、いつもコテコテの大阪弁で客あしらいをしている支配人がピアノを弾けるなんて思いもよらなかった。

実直で、丁寧な弾き方で彼は「トロイメライ」を弾いた。偶然にも、ぼくがフラデツ・クラーロヴェーの工場で、月光の下、若い職人に奏でられたのと同じ曲だった。

「ほんまや。なんとも言えん温《ぬく》もりのある音色や」

京都から来た客人も納得したようだった。

「これに決まりやな。うちらの学校の子らにふさわしいピアノは」

※

そして、時は一九一八（大正七）年春。

ぼくは、ついに京都へ向かうことになった。

大阪で車の荷台に積み込まれ、大きな川に沿った道をひたすら走った。両岸に見える小高い山々が春霞にけぶっていた。

京都は千年の歴史を持つ古い町と聞いていたから、どんなに煤《すす》けてひなびた所だろうと思っていたけれど、実際に町へ入って驚いた。

南北と東西にまっすぐのびるいくつもの大通りには、路面電

車が忙しそうに行き交い、自動車もひっきりなしに走っている。

目指す小学校は目抜き通りから、家々が建てこんだ通りに入り、数百メートル進んだ先にあった。

正面には立派な木造の門。門柱には「風音《かぜのね》尋常《じんじょう》小学校」と大きく筆書きされた表札が掛けられている。奥には、唐破風《からはふ》造りの立派な屋根を持った校舎が建っていた。

ぼくが門に入る前から、通りには大勢の人が待ち構えていた。子どもたちのにぎやかな歓声も聞こえてくる。

「あっ、来た来た！」

「うわあ、グランドピアノって思っていたより大きいなあ」

「オルガンの何倍もあるで」

「どんな音がするんやろ」

「こんなん買うて、ちゃんと弾ける先生いやはるのやろか」

珍しいグランドピアノをひと目見ようと人びとがわらわら寄り集まってくる。子どもたちだけじゃなく、物見高い大人たちも集まってくる。

そんな人びとをかき分けるようにして、ぼくは門の中へと運びこまれた。

正面の道場みたいな校舎は、校長室や教員室の入った建物。その脇を回ってさらに奥へ行くと中庭が

あった。きれいな花壇がしつらえてある。

花壇の傍らにはだだっぴろい建物があった。ぼくが運び込まれたのはその建物の中。何も置かれていない板張りの大広間だった。あとで知ったのだが、体操場と呼ばれる建物で、今で言う体育館と集会場を兼ねたような施設だった。

この国へ来て幾ばくかの年月が経っていたけれど、ずっと洋館造りの楽器店にいたものだから、純粋な和風建築の中に身を置いたのは、この時が初めてだった。最初は足もとで木板の床材がギシギシきしむ感触に少々落ち着かない気分になった。ぼくの重みで歪《ひず》んだり、場合によっては床がドスンと抜け落ちたりしないだろうか。

ところが、これが存外丈夫にできているらしい。しばらくすると木造の床の柔軟な構造にだんだん体がなじんでいった。

ぼくが校舎に運び込まれたあとも、子どもたちが後からついてきて、じっと作業の様子をみつめている。

「ねえ、ゆりえ先生。今日はピアノ弾かへんの?」

と小さな女の子がたずねた。ゆりえと聞いて、ぼくは少しドキリとした。まさかプラハのユリエがここにいるのかなって。

ゆりえ先生とよばれた教師が振り返った。袴《はかま》姿の若い先生だった。

「あらあら、みんなそろって見に来たのね」

「うん。ピアノの来る日を、うちらずっと楽しみにしてたんやもん」

「そうね、指折り数えて待っていたものね」

「ねえ、今日は弾かへんの?」

「ええ、まだ調律とかいろいろ済んでいないから、今日演奏することは無理なの」

「音だけでも聞けないの？」

「そうね……」

そのとき、一緒に作業に立ち会っていた男性の教師がうなずきながら、ゆりえ先生に何ごとかささやいた。先生の表情がぱっと明るくなり、子どもたちに言った。

「許可をいただいたから、特別にちょっとだけ音を出してみるね」

先生はぼくの鍵盤のふたをそっと開けて、すっと息を吸った。指先が少し震えている。さすがの先生も、初めて触れるグランドピアノに緊張しているのかもしれない。

先生はおそるおそるキーを叩いた。

ドミソの長三和音が響き渡った。

澄んだ音色は、空気を弾むように震わせてから、空間に溶け込むように消えた。

わあー。

きれいー。

子どもたちは目を輝かせている。

「もっともっと」

「はいはい」

先生は子どもたちの反応を見て、次は簡単な旋律を奏でた。

出だしのいくつかの音だけで、子どもたちにも何の曲かすぐにわかったようだ。一斉に歌い始めた。

はーるのおがわは　さらさらながるー
きーしのすみれや　れんげのはなにー
にーおいめでたく　いろうつくしくー
さぁけよさけよと　ささやくごとくー

先生は手を止めて言った。

「さあ、今日はここまで。遅くなるから、みんなおうちへお帰りなさい。楽しみは、先にとっておきましょう」

子どもたちはそろって「はーい」と答えて、帰っていった。

口々に、戻ったら家族にどう報告するか言い合っている。

「お母ちゃんに教えてあげよう、えらいきれいなピアノ来たねん、って」

「うちは、外国のピアノやで、いっしょに歌ってんで、って言おう」

「どこの国のピアノって聞かれたら？」

「そんなん、わからへんわ。でも、魔法の国のピアノかもしれへん。あんなきれいな音、初めて聞いたもん」

「うん、きっと魔法のピアノやね」

子どもたちの笑い声が次第に遠くへ消えていった。

〝ああ、ここがぼくの生きてゆく場所なんだな〟

ようやく実感がみなぎってきた。

子どもたちが風のように去ったあとも、広間には明るい余韻《よいん》が残っていた。ぼくは、その気配に身をひたして、じっと楽しんでいた。

第八夜　ぼくの学校と、京都の小学校の歴史

ここで京都の小学校の歴史と、ぼくが暮らすことになった風音尋常小学校について説明しておこう。

ぼくが日本へやってくるほんの五、六十年前、この国はまだ武士が治めている世の中だった。その頃、ペリー提督《ていとく》が率いる黒船のアメリカ艦隊が来航し、日本は蜂の巣をつついたような大騒ぎとなった。そして太平の眠りから覚めた日本が世界へ広く門戸を開くことになったのは、ご存知の通り。それまでもオランダを通じて、西洋への扉は細々と開かれてはいたけれど、この時期を境に西洋文化が日本国内へ一気に流れ込むことになった。

その後、日本は幕末《ばくまつ》の動乱期に入った。朝廷のあった京都は時代の大きなうねりに巻き込まれてしまう。一八六四（元治《げんじ》元）年の「禁門《きんもん》（蛤御門《はまぐりごもん》）の変」では、戦火が市街に燃え広がり、「どんどん焼け」とか「鉄砲焼け」といわれる大火になった。

一八六八（慶応四）年には京都南郊で「鳥羽《とば》・伏見《ふしみ》の戦い」が起こった。

騒乱続きの数年間で、京都はすっかり荒廃してしまったけれど、時代が明治に変わると人びとはすぐさま町の復興に取り掛かった。

なかでも真っ先に取組んだのが「小学校」の開設だった。彼らの小学校作りへの情熱とエネルギーはすさまじいものだった。なんと「鳥羽・伏見の戦い」のあくる年、一八六九（明治二）年には京都市中各所に六十四校もの「番組《ばんぐみ》小学校」を開校させるという離《はな》れ業《わざ》をやってのけたのだ。

外国生まれのピアノなのに、やけに詳しいなって思うかい？

そりゃあ、学校で長年ずっと耳を澄ませていたら、これくらいは自然と覚えこんでしまう。何十回となく同じ話を繰り返し聞かされてきたんだからね。

さあ、先を続けよう。

京都での小学校作りの取り組みは、国が学校制度を整えるより何年も早く、日本最初の学区制小学校といわれている。かの福沢諭吉《ふくざわゆきち》も視察にやって来て、「京都学校記」という文章をしたためたそうだ。

明治になると皇族や公家の多くは東京へ移った。有力な商人たちもあとを追って次々と東京へと居を移し、戦乱の跡ばかりが生々しく残っていた京都は一気に寂《さび》れてしまうかに見えた。

そんな時期に、京都の人びとはまず小学校の整備を最優先に行おうと判断したのだ。しかも、住民がお金を出し合い（どうしても足りない分は京都府が補った）、学校の敷地や設備も自分たちで用意した。町の人たちの寄付は「竈金《かまど》」と呼ばれ、家に子どもがいるいないに関係なく、かまどの数に応じて公平に負担をしたそうだ。

風音校も、この時——一八六九（明治二）年に番組小学校の一つとして開校した。

もともとこの学校の敷地となっている場所には、江戸時代に庶民の学びの場となっていた石門心学《せきもんしんがく》の道場があったそうだ。

町に残る伝承によると、この道場から夜毎篠笛《よごとしのぶえ》の音が聞こえ、町中の者が耳を澄ませて聞き入っていたらしい。いったい誰が吹いているのだろうと確かめたところ、じつは風のたてる音が笛の音色のように聞こえていたそうだ。この伝説にちなんで、風音《かぜのね》という校名が付けられた。

ぼくが生まれ育ったボヘミアも、木々が揺れる幾重もの丘を、穏やかな風が吹き渡る場所だった。風音という名前は、そんな故郷の光景をも想起させるので、ぼくはこの校名がとても気に入っている。

やがて、日本は文明開化の時代を迎え、近代化をどんどんおし進めた。ちなみに、ぼくがプラハの店で耳にした「蝶々夫人」は、この時代の日本を舞台にしたオペラだ。

そして、ぼくがこの学校へやってきたのが一九一八（大正七）年。その年の児童数は、男女あわせて四百人あまり。なかなか賑やかな学校だった。

この年には、開校五十周年が祝われた。


開校五十周年の記念式典が行われたのは、ぼくが京都へ到着してから少し経った頃。花壇の花が色とりどりに咲きほこる五月上旬のことだった。

式典には京都府知事の代理人をはじめフロックコートや黒紋付《もんつき》に身を包んだお偉い方々が大勢集まり、ちょっとばかり物々しい雰囲気だった。校長先生の話に続き、来賓《らいひん》たちの祝辞《しゅくじ》がとぎれず延々と……。ぼくはその後も数多くの式典に関わってゆくことになるけれど、偉い人の話が長いのは、いつの時代も変わらない。

四百人以上の児童たちは体操場には入りきれず、中庭にもずらりと並んでいた。子どもたちは、最初こそお利口にきちっと並んでいたけれど、次第に退屈になってきたのだろう。隣の子にちょっかいを出したり、地面につま先で落書きしたり、空に浮かぶ雲の形を見上げて空想を始めたり……。ぼくはそんな子どもたちの様子を微笑ましく見守っていた。

開校五十周年に合わせて、いくつかの校舎が増築されていたようで、そのお披露目も行われた。もちろん、グランドピアノの贈呈《ぞうてい》式とピアノ開きも式典のメインイベントの一つになっていた。校長先生が、来賓たちにぼくを紹介し、引き続き児童たちがいくつかの唱歌を斉唱した。

伴奏でぼくが響かせた音色は、児童や親たちを少なからず驚かせたはずだ。それまでの授業では小さなリードオルガンばかりが使われてきたし、その音色にみんななじんでいた。ピアノの弾むような響きは、オルガンとはずいぶん違うからね。

ぼくはリードオルガンがピアノに比べて劣《おと》るなんてちっとも思わない。音色そのものが持つ豊かな情感ではオルガンにはかなわない部分もあると思っている。とくに長く引き伸ばした美しい和音は、オルガンでないと表現できないだろう。幾重もの響きが織りなす神々《こうごう》しさには、ぼくも圧倒されてしまうことがある。

しかし、切れ味鋭く響き渡るピアノの音色は、多くの人に新鮮で強い印象を与えたのじゃないだろうか。ただ、この式典はぼくが経験した初めての大舞台。ずいぶん緊張していた。必死で音を奏でたものだから、何の曲を演奏したのか、ちっともおぼえていない。

当日の式典の出席者の中には、ピアノの贈呈に関わった有志たちの面々もあった。

その中の一人、日本画家の大《だい》さんとは、後年浅からぬ縁ができるのだけど、その時のぼくにとっては、知る由《よし》もないことだった。

※番組小学校の『番組』とは？

時は十五世紀、室町時代までさかのぼります。天下を二分した「応仁《おうにん》の乱」のあと、荒れ果てた京都では、町衆が生活や秩序を守るために「町組《ちょうぐみ》」という組織をいくつも作りました。通りをはさんで向かい合う家々が「町」を構成し、それら「町」がいくつか寄り集まって自治・自警のためにさらに大きな組織になる。それが「町組」です。

その後、豊臣や徳川の時代に何度か再編されながらも、数百年にわたって「町組」が京都の住民自治の単位となってきました。

そして、幕末維新《いしん》の頃、地域のつながりがより深まるように「町組」を再編しなおしたものが「番組」です。その「番組」ごとに小学校を作ったのが「番組小学校」というわけです（番組は明治二年末の時点で六十六ありましたが、二つの番組で作った共立校が二校あったため六十四校になりました）。

番組小学校には、学校施設だけでなく、地域の自治会所や防火施設（火の見櫓《やぐら》など）も併設され、地域のコミュニティセンターのような役割を果たしました。

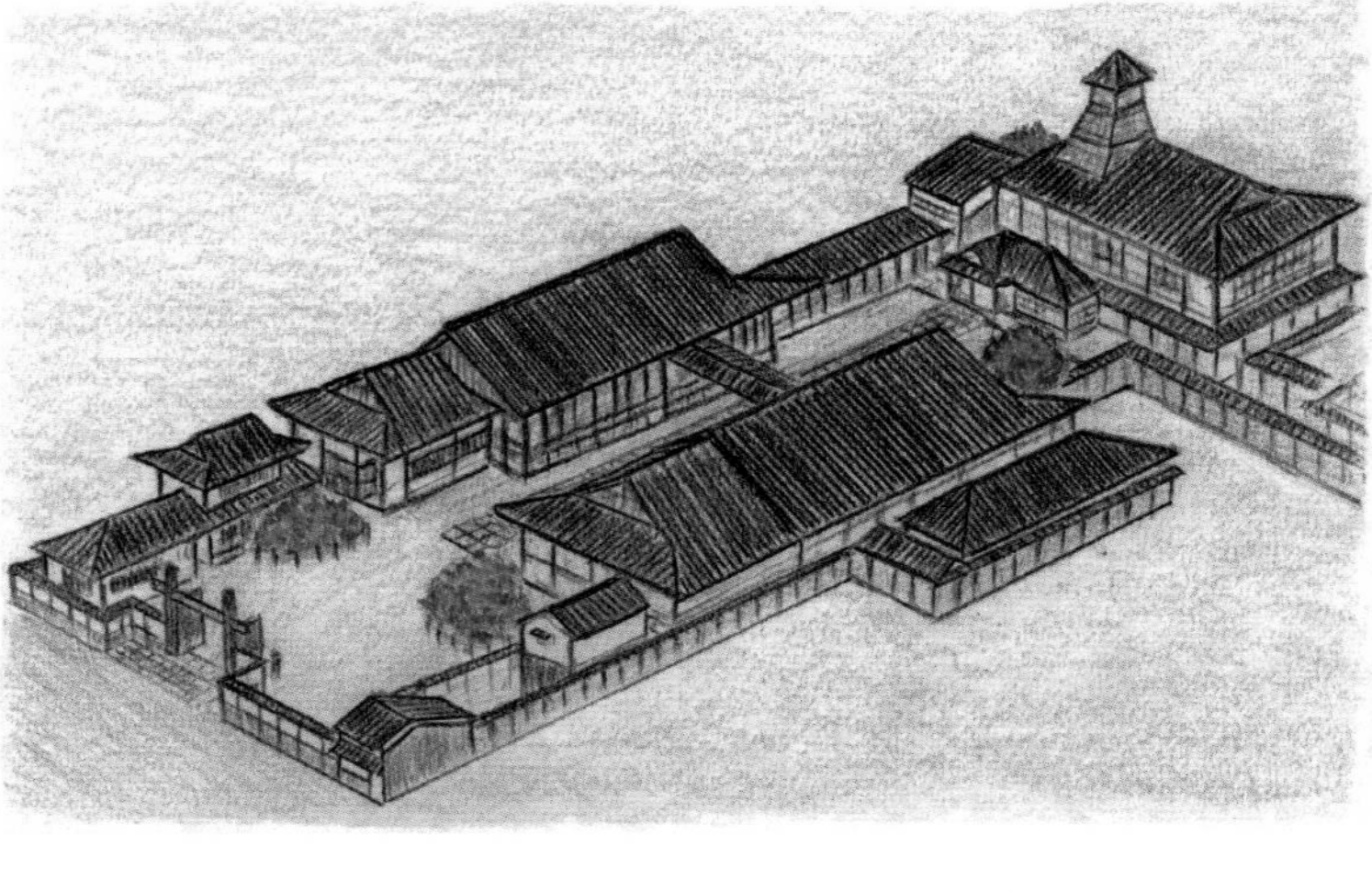

第九夜　活気にあふれる街、祇園祭《ぎおんまつり》

商家の朝は早い。

まだ薄暗い時分から、丁稚《でっち》たちの挨拶をかわす声で始まる。そして門掃《かどは》きと打ち水。商人の街だけあって、ぴりっと引き締まった空気がそれぞれの店先から漂ってくる。

通りに人や荷車の行き来が増えはじめる頃、女の子たちの朗らかな声が混じりはじめる。堀川の市立高等女学校に通う女生徒たちの声だ。

そうこうしているうちに、さらに幼く元気な声が、小学校の門をくぐって飛び込んでくる。

「先生、おはようございまーす」

学校の朝は、新鮮な空気が生き生きと動く。軒にぶら下げられた板が木槌《きづち》でパーンパーンパーンとたたかれると始業の合図だ。

登校してきた生徒たちは、毎日新しいことを学び、朝よりほんの少し成長して帰ってゆく。

そう考えると、学校というところは、やはり神聖な場所なのだと実感がわいてくる。そして、その場に携われる喜びも大きかった。

五十周年の式典が終わると、ぼくは校地のさらに奥まった場所にある「唱和室」いう教室へ移された。今で言う「音楽室」だ。

授業では、もっぱら唱歌の伴奏をつとめる。

子どもたちが大きな口をあけ、ぼくの音色に合わせて歌う。

早春賦《そうしゅんふ》、春が来た、おぼろ月夜、花、村の鍛冶屋《かじや》、鯉のぼり、茶摘《ちゃつ》み、われは海の子、虫の声、村まつり、一月一日、そして故郷《ふるさと》……。

日本の唱歌には、この国の季節の移ろいや穏やかな情景がとてもきれいに織り込まれていた。何より、歌っているときの子どもたちの表情がいい。

さらに、もとはヨーロッパやアメリカから伝わった歌なのに、まるで昔から日本にあったかのように親しまれている曲もあった。

たとえば、故郷を離るる歌、蛍の光、庭の千草《ちぐさ》、埴生《はにゅう》の宿、故郷《こきょう》の空、アニー・ローリー、仰《あお》げば尊《とうと》し、旅愁《りょしゅう》など。

これらの旋律は外国のものだけど、日本人の心のひだにすっと入り込み、特別な作用を引き起こすらしい。伴奏を弾きながら、つい涙ぐんでしまう先生たちがじつに多かった。

もっとも、旅愁（原曲はアメリカの作曲家ジョン・P・オードウェイの〝Dreaming of home and mother〟）などを奏でると、ぼくまで遠いボヘミアの森を懐かしく思い出し、ひとりでに体が震えだしてしまう。

ふけゆく秋の夜　旅の空の
わびしき思いに　ひとり悩む

恋しやふるさと　なつかし父母
夢路にたどるは　さとの家路

※

そして夏――。

ぼくたちの学区が最もいきいき輝く季節。

七月に入れば町は祇園祭一色になる。

この祭りの華《はな》は何と言っても絢爛豪華《けんらんごうか》な山鉾《やまほこ》だ。その山鉾を出す山鉾町が、周辺の学区にまたがっていくつもあり、祭りの季節が近づくと、一斉に祇園囃子《ぎおんばやし》の稽古《けいこ》がはじまる。耳を澄ませば、どこからともなくコンコンチキチン、窓を開ければ風にのってコンチキチン……。そうして祭りの気分は人びとの心に浸透してゆく。

この時期になると、子どもたちはてきめんに落ちつかなくなり、授業中も気がそぞろ、「誰ですか、頭のなかがお囃子でいっぱいになってるのは」という先生たちの叱咤《しった》の声がひんぱんに飛ぶことになる。でも、そう言った先生自身が次第に浮かれた気分に支配されてゆくのだからお祭りというものは面白い。

この町でずっと暮らしていると、おのずと祇園祭の知識は増えてゆく。ずっと学校の中にいるぼくにも、祭りの様子や雰囲気は十分すぎるほど伝わってくる。

風音校の学区の近辺は、古くから京都の商いの中心地だった。朱印船《しゅいんせん》の貿易で財を成した豪商や、後世

の財閥の礎を築いた大商人が屋敷を構えるなど、とにかく羽振りの良い地域だったらしい。だから華やかな懸装品《けんそうひん》で飾り立てられた山鉾がいくつも建つ。

鉾建て、山建ての日に、釘をいっさい使わない「縄がらみ」という方法で木材が組まれると、山鉾の形がおおむね出来上がる。すると、町内の子どもたちは、待ってましたとばかりに、山鉾の骨組みに取り付き、よじ登って遊びはじめる。昭和の後半や平成の時代になると、子どもたちも行儀がよくなり誰もこんなことはしなくなったけれど、昔はおおらかなもので、大人たちも叱《しか》ったりはしなかった。

山や鉾を飾る懸装品やご神体は、各山鉾町に代々伝わる宝物だ。前懸《まえかけ》、胴懸《どうかけ》、見送《みおくり》、水引《みずひき》、そして金幣《きんぺい》、隅金具、神像、神面、人形などなど。それぞれが染織《せんしょく》、金細工、彫り物などの高い工芸技術で作られた美術品だ。

懸装品の中には、古い時代に異国から伝えられたものも多く含まれている。中国の織物、ペルシャやインドの絨毯《じゅうたん》、そして遠くヨーロッパのフランドル地方で作られた毛織物のタペストリー……。まだ汽船もない頃、そして日本がオランダ以外の西洋諸国への扉を閉じていた時代に、はるばる海を渡ってきた織物たち。ぼくは彼らに思いをはせてしまう。

ビクトル号のピアニスト、ロイ・キングも言っていた。「きっと何かの力がお前さんを、日本という国へ導いているのだ」って。

ぼくもヨーロッパの片隅、ボヘミア地方で生まれたピアノ。日本の伝統文化とは所縁《ゆかり》のない西洋音楽を奏でるための楽器だ。

それが何かの縁《えん》でこの国へやってきて、京都のこの界隈の小学校に迎え入れられた。

古い伝統や文化にこだわりつつも、外国の優れた技術や新しい文物《ぶんぶつ》を進んで取り入れる。この地域の人たちの精神は、祇園祭を守り育ててきた町衆の頃と変わらず、ずっとつながっている。

※

祇園祭りの山鉾巡行は、前祭《さきまつり》（七月十七日）と後《あと》祭《まつり》（二十四日）の二回に分けて行われる。

世の中では、前祭の宵山《よいやま》や巡行あたりが祇園祭のクライマックスと見なされている。

でも、ぼくたちの学区には、後祭に参加する町内から通う子も多かった。そのため、七月の初めから下旬まで、とても長い期間、祭りの空気にどっぷりと浸かることになる。そして、後祭の宵山にあたる七月二十三日の夜は、いよいよ祇園祭が過ぎ去ってしまうという感傷的な気分も加わり、子どもたちの心がもっとも浮き立った。

日が沈むころ、駒形提灯《こまがたちょうちん》に火が灯《とも》される。

家々の前には、床机《しょうぎ》が出され、蚊取り線香が焚《た》かれる。

やがて、新町の北観音山や南観音山から鉦《かね》、笛、太鼓のお囃子が聞こえてくる。

浴衣《ゆかた》を着た見物客たちが、団扇《うちわ》を片手に町をそぞろ歩く。

ぼんぼりに照らされた町家の奥座敷には、古くから伝えられた絵屏風《えびょうぶ》が飾られる。

提灯のあかりの下では、子どもたちがわらべ歌を唱和し、人びとに粽《ちまき》やお守り、ろうそくをすすめる。

厄《やく》よけのお守りはこれよりでます
ご信心《しんじん》のおんかたさまは受けてお帰りなされましょう
ろうそく一丁、献《けん》じられましょう

校内にいるぼくは、直接宵山の雑踏《ざっとう》に身をおいたことはない。でも、暗く静まった学校で、流れてくる祇園囃子や子どもたちの歌声にそっと耳をすませるだけで、その光景や風情はしっかりと胸のなかに浮かび上がってくるのだ。

第十夜　大戦争の終わり、ボヘミアの独立、そしていくつもの別れ

京都へ来て最初の秋のこと。ぼくにとって大きなニュースが飛び込んできた。一九一四年に始まったヨーロッパの大戦争が終わったのだ。

戦争とともに古い時代も終わりを告げた。ぼくの出身国オーストリア＝ハンガリー帝国はドイツ帝国とともに敗北し、数百年続いたハプスブルク王朝が終焉《しゅうえん》した。

その一方で、帝国内で支配下にあった諸民族が独立を果たした。ぼくの故郷ボヘミアも隣り合うモラヴィアやスロバキアの人びとともに、チェコスロバキアを建国した。この知らせはぼくを興奮させた。ぼくは、かつてヴァーツラフと一緒に奏でた「ヴィシェフラド（高い城）」と「ヴルタヴァ（モルダウ）」を今一度力いっぱい奏でたかった。高らかに響かせたかった。さあ、誰か彼に代わってともに奏でてくれないだろうか？

でも日本は、やはり遠い国だった。ヨーロッパでの戦争終結を知っていても、その陰でいくつかの国々が生まれたことに注目する人は少なかった。ましてや、新しい国の一つチェコスロバキアがぼくの故郷だと気づく人など、まるでいなかった。

ぼくは一人思いをめぐらせた。

フラデツ・クラーロヴェーの工場やプラハの楽器店は、戦火をまぬがれただろうか。

ヴァーツラフとユリエはどうしているだろう。今も元気で過ごしているだろうか。

ぼくは校舎の窓から高い空を見上げた。空はボヘミアまでひとつながりだ。心だけでもこの空を越えて故郷へ舞い戻り、彼らの姿をひと目見たかった。いくつもの丘をわたって吹き寄せる風が黄金《こがね》色に色づいた森の枝々を揺らしているにちがいない。そんな風土のなかに少しだけでもいい、この身を置いてみたかった。

そして、もう一人パヴェルのことも気にかかっていた。果たして彼は無事に国へ帰ることができたのだろうか。

以前、ボヘミアの兵士たちが自ら投降し、ロシアでチェコ義勇兵団を作ったという話をしたと思う。彼らは、祖国の独立のためにロシア軍と協力して戦っていたが、戦争の後半に思わぬ事態に巻き込まれることになった。

それは、ロシア国内で起きた革命だった。ボリシェビキという社会主義者の一派が主導するロシアは、オーストリア＝ハンガリー帝国やドイツ帝国と戦うことをやめ、ソビエト政権による新しい国づくりを始めてしまったのだ。ソビエト＝ロシアの国内に取り残されたチェコ義勇兵団は、ある小さな事件をきっかけにボリシェビキの軍とシベリアの各地で戦うことになった。

パヴェルも、この兵団に身を投じていたとしたら今頃、シベリアの大地のどこかで戦いながら帰国がかなう日を待っているのかもしれない。

大戦終結後もソビエト＝ロシア国内に残るチェコ兵たちは日本でも大きな関心事になっていた。というのもチェコ兵の救出を理由に、多くの国々がシベリアへ派兵していたのだ。日本はとりわけ大規模な軍隊をシベリアの内陸深くまで送り込んでいた。

※

この戦争が終わった秋には、さびしい知らせも舞い込んできた。

ある日大阪からやって来た楽器店の調律師さんが伝えてくれた話だ。彼は、ぼくの調律や整音作業の合間に、お茶を運んできたゆりえ先生と雑談をはじめた。

「このピアノは、つくづく世渡り上手なピアノやと思います。戦争が激しいなる前にオーストリーをうまい具合に離れて、平和な日本へ運ばれてきたんですから」

と調律師さんが言った。

「一歩間違っとったら、戦火に巻き込まれてたかもしれません。ヨーロッパ中えらいことになっていると聞きますからね」

「ほんと、その通りですね」

ゆりえ先生はうなずいた。「このピアノはオーストリーのどの辺りで作られたのでしょう？　ペトロフという会社のものだとは知ってるのですが」

「ボヘミヤ地方というところです。なんでも、オーストリーから独立して、何とかいうややこしい名前の別の国になるらしいですけどね」

もし声を出せたなら「チェコスロバキアだよ」と教えてあげられるのにと、ぼくははがゆい気持ちでいっぱいになった。

ゆりえ先生はぼくの鍵盤の少し上を見つめながら、調律師さんに尋《たず》ねた。

「そう言えば、前々から気になっていたのですけど」

「はあ、何でしょう」

「鍵盤蓋《けんばんぶた》に金色のローマ字でANT. PETROFって書いてありますけど、ANT.ってどういう意味ですか?」

「ああ、これはアントニンという名前の略です。アントニン・ペトロフ。ペトロフの会社の社長さんで創業者。やっぱり、ピアノの一番目立つところに自分の名前をバーンと入れたはる」

　そう言って調律師さんは笑った。そして、加えてこんなことを言った。

「ああ、そう言えば、このアントニンさん、戦争中に亡くなったという話です」

〝えっ、亡くなった……〟

　ぼくはさすがに衝撃《しょうげき》を受けた。もちろん、本人の手で製作されたわけではないが、それでもアントニン・ペトロフのピアノという誇りを持って生きてきたつもりだ。自分にとっては父親とも思える大きな存在だった。

「それはお気の毒に。もしや、アントニンさんは戦災に巻き込まれてしまったのでしょうか?」と先生。

「いやいや、もう、けっこうなお歳やったんと思いますよ」

「そうだったのですか。かわいそうに、このピアノも親を亡くしたようなものですね」

　ゆりえ先生は、ぼくのそばによって体をそっとなでてくれた。

ところが、職人さんがもたらした驚くべき知らせはそれだけではなかった。

「実はこのピアノは、もう一つ命拾いしている可能性があるんです」

「他にも何かあったのですか」

「うーん、これはあくまで噂話ですがね。このピアノを運んだ輸送船が、ドイツの潜水艦に沈められたらしいのです。ヨーロッパから楽器を輸入するときによく使っていた船便なのですがね」

「潜水艦に？　でも、民間の船なのでしょう？」

「ジリ貧になってきたドイツ軍が、途中から民間船も無差別に攻撃するようになったそうです。フランスのなんという名前の船やったかいなあ。地中海で沈められたと、もっぱらの噂です。これまた一歩間違っていたら、このピアノもいっしょに海の底やったなあ」

「まあ、こわい。その時に積まれてなくてよかったねえ」

ぼくの耳にはもう何も入ってこなかった。しばらく何も考えられなかった。

ビクトル号。そして、プレイエルのピアノを弾くロイ・キング……。

大波でギシギシきしむ真っ暗な船倉や、天井から聞こえてくる音色を思い出した。

ロイが奏でてくれた「アメイジング・グレイス」の旋律が繰り返し頭の中をめぐった。

もっとも調律師さんの話だけでは、沈められた船がビクトル号という確証にはならない。フランス船籍《せんせき》の輸送船は他にもいくらでもあるはずだ。

ぼくは、ロイやプレイエルのピアノの無事を祈った。

神の恵みが彼らを新しい道へと導き、新天地で大好きなラグタイムを弾きつづけていることを祈った。

第十一夜　子どもの情景

子どもたちの遊びっていうのは見ているだけでも飽きないものだ。

日本に来て、まずびっくりしたのはメンコって遊びだ。そう、紙のメンコ。男の子たちが集まってきて、いきなりベチンベチンとやりはじめる。あの荒っぽい音に最初は驚いたものだった。

メンコは、昭和の半ば過ぎまでずっと男子の遊びの定番だったけど、大正の頃にはもう子どもたちの間に、しっかり定着していた。

当時のメンコは丸い形が主流で、絵柄も勇ましい軍人や古《いにしえ》の武者、豪傑《ごうけつ》たちが描かれていることが多かった。

軍人メンコの場合、乃木《のぎ》大将だとか、広瀬中佐だとか実在した軍人の似顔絵が描かれたものもあったし、また中将とか、大佐とか、軍曹《ぐんそう》といった階級名とイメージの絵柄だけが描かれたものもあった。当時の子どもたちは、軍の階級にはけっこう詳しかったから、例えば伍長《ごちょう》のメンコが、大佐や大将など上級将校や士官のメンコをひっくり返そうものなら、大きなどよめきが起こったものだ。

休み時間や放課後になると、わんぱく小僧たちが、唱和室に一人、二人と集合してくる。やがて五、六人集まった頃に、やおらメンコ大会が始まる。

ベチン！　ベチン！

メンコはひっくり返されると取りあげられてしまうから、みんな真剣そのものだ。

ベチン！　ベチン！　ベチン！

こんな単純な遊びでも、百戦錬磨《ひゃくせんれんま》の上級生はやっぱり強い。あらゆる方向から床面のメンコの様子を眺め、少しでも浮き上がったところがあれば見逃さず、その傍らを目がけてメンコをベチンと打ち込む。中にはキェーィという剣術ばりの奇声を発しながら全身全霊で打ち込む者もいる。

上級生たちのすさまじいばかりの気迫の前に、下級生たちのメンコはいともたやすくひっくり返されてしまう。買ってもらったばかりのメンコを何枚も取られてベソをかく子もいた。もっとも、取り上げすぎるとかわいそうだから、後でそっと返してやる上級生が多かったけれど。

もちろん、学校は学習の場だから、遊びの道具を持ってきてはいけない。でもメンコは紙の札のようなものだから、袖の中でも、ポケットでも、どこでも簡単にしのばせられる。

しかも唱和室は、教員室から離れた場所にあり、唱和の授業時間以外は先生も滅多《めった》にやってこないから見つか

りにくい。

ただ、床にメンコを叩きつけるベチンという音は、かなり豪快に響きわたる。この強烈な音とパラリとめくれあがる浮遊感こそが、メンコ遊びの魅力であり、快感だともいえるのだけど、終《しま》いには教員室の先生たちの察知するところとなってしまう。

「こらあ、お前ら、またメンコかあー」

先生の怒鳴り声が聞こえるや、子どもたちは電光石火《でんこうせっか》のごとく撤収、そして雲隠れ。唱和室のメンコ大会はあっという間にお開きになってしまうのだ。


聞いた話では、明治の頃には雷爺《かみなりじい》とあだ名され、恐れられていた名物老人が校番（留守番役）として校内に住みこんでいたそうだ。雷爺は、規則を守っていない子どもを片っ端から取っ捕まえ、懲《こ》らしめるのを自らの使命としていた。

「こらあ、悪さしとる子はおらんか！　言うことを聞かん子はおらんか！」

雷爺は空を旋回する鳶《とび》のごとく鋭い目で、日夜、どなりちらしながら巡視してまわる。学校の中だけじゃなく、暇《ひま》さえあれば学区一円を巡回し、悪さをしている現場に神出鬼没《しんしゅつきぼつ》の業《わざ》で忽然《こつぜん》と現れるのだ。もし取っ捕まろうものなら一大事。子どもたちは皆戦々恐々としていたそうだ。

そんなある日、一人の男の子が敢然《かんぜん》と立ち上がった。雷爺の監視の目をかいくぐり校庭で凧揚《たこあ》げを試みようというのだ。

周囲は「いくら何でも目立ちすぎる、あっという間にとっちめられるだろう」と引きとめたが、本人は涼しい顔で「大丈夫」と言い、計画どおり凧揚げを始めてしまった。

男の子の腕前は確かで凧は風をつかまえると音もなくスルっと揚がった。そして雷爺に気づかれないまま、校庭の空に高らかにひるがえった。それを見守っていた他の子どもたちも、拍手こそできないけれど、皆心の中で割れんばかりの大喝采《かっさい》をしていた。

誰しも彼の凧揚げが大成功に終わると思った矢先、折り悪しく吹き寄せた西風が凧を校庭の奥へと押し流した。男の子は、凧を抑えようと必死に糸をたぐり寄せるが間に合わない。凧は校舎の屋根めがけて急降下、そのとき糸が屋根瓦《やねがわら》の一枚をひっかけて落としてしまった。ガッシャーン。たちどころに雷爺があらわれ、男の子が大目玉を食らったことは言うまでもない。

ぼくがこの学校へ来た頃には、こんな名物の校番さんはもういなかった。でも、先生たちとやんちゃな男の子らの滑稽《こっけい》なせめぎ合いはあい変わらず続いていた。

※

一方、女の子たちは、お手玉やおはじき、お人形遊びなどが大好きだったけど、男子のように学校に持ってきて遊ぶなんてことはなかった。その代わりに、彼女たちがよくやっていたのは折り紙遊びやあやとりだ。

　ゆりえ先生が、放課後に唱和室でピアノの練習をしていると、いつの間にか、そばに数人寄り集まって、色紙や千代紙《ちよがみ》で鶴や奴《やっこ》さんを折っていた。

　折り紙って、いかにも日本的な遊びのように思えるけれど、西洋にも無かったわけじゃない。彼女らが、好んで折っていた紙風船やだまし舟などは、もともとヨーロッパの折り紙で、明治の頃に日本に伝わったものらしい。紙飛行機も、やはり西洋発祥《はっしょう》の折り方が多いようだ。

　でも、ぼくが感心したのは彼女たちの手つきの細やかさだ。まだ幼い子なのに、小さな指先で、器用に鶴や金魚を折りあげる。それらは小ぶりながらも、ちょっとした美術工芸品といった出来ばえだった。そして、先生に見せようと、ぼくの周囲を色とりどりの折り紙で飾り立ててくれる。

「まあ、きれいね。私もひとつ折ってみようかしら」

　気づくと、ゆりえ先生までピアノの稽古《けいこ》はそっちのけ、折り紙に夢中になっている。

「先生なに作っているの？」

「できてからのお楽しみ」

　女の子たちが周りに集まってくる。

「さあ、できた。ホラ」

　先生が手を広げて見せてくれたのは、二色の紙を組み合わせて作った手《しゅ》裏剣《りけん》だった。

「わあ、すごい。折りかた教えて！」

「うちにも」

女の子たちは、新しく覚えた折り紙作りに夢中になった。それも少々男の子っぽい手裏剣。それぞれ数枚ずつ折りあげると、部屋の左右に分かれて、くノ一のように投げあいっこした。

「これ、わりとしっかり飛ぶねえ」

「男子が知ったら、喜ぶやろうねえ」

「きっと、夢中になるやろうねえ」

「でも……」

「うちらだけの内緒にしとこうね！」

そう言って、女の子たちは大笑いしたんだ。

※

当時の日本では、男の子と女の子は別々に行動することが多かった。学校の授業も低学年以外は男女別の組に分かれて行われるのが普通だった。でも男の子と女の子が一緒に遊ぶことがないのかといえば、そうでもなかった。

つかまえ（鬼ごっこ）や隠《かく》れんぼでは、小さな頃から一緒に遊んでいたし、目隠しをしたオニが他の子を捕まえる目《め》ン無《な》い千鳥《ちどり》という遊びもそうだった。そして下駄《げた》かくしなんかも、よく男女一緒にやっていた。

ぼくのいる唱和室の周りでも、しばしば下駄かくしがおこなわれたものだ。

この遊びは、まず参加する子が下駄や草履《ぞうり》や靴を片方ずつ脱いで、ずらりと並べるところから始まる。そして、わらべ歌を唄いながらオニを決める。

下駄かくし　チュウネンボ
はしりの下の　ねずみが
ぞうりをくわえて　チュッチュクチュ
チュッチュクまんじゅうは　だれが食た
誰も食わへん　わしが食た
おもての看板　三味線《しゃみせん》や
うらからまわって　三軒目

オニが目隠しして数えている間に、他の子は自分の履物を隠す。オニはそれを一つひとつ探しだす。

子どもたちは、オニに簡単に見つからないように、それぞれ隠し場所に工夫をこらすのだ。柱の陰や梁《はり》の上なんかだと、当たり前すぎてすぐに見つかってしまう。物置の床の隙間や、道具箱のふたの裏、あるいは庇《ひさし》の雨どいの中など、思いがけないところに巧妙に隠さなくてはならない。

ところが、あまりにも奇想天外なところに隠してしまって、あとで隠した本人までわからなくなってしまうこともままあった。

ある時は、一年生の男の子のまっさらな下駄が行方知れずになってしまった。

男の子は、わんわん泣き出すし、遊び仲間全員で部屋中探してみたのだけど、一向に見つからない。ついには先生にも知らせて一緒に探してもらうがわからない。

母親が迎えに来て、「あんた、何やってんの」とこづくものだから、余計に男の子は泣きだしてしまう。

その日はあきらめてみんな帰ったけれど、翌日になって、秋の天長節祝日で歌うための君が代斉唱の稽古がおこなわれていたときのことだ。

ゆりえ先生が演奏するピアノ（つまり、ぼく）の底からけたたましい音が響き、床にゴツンと落ちたものがある。みんなでぼくの腹の下をのぞきこむと、下駄が一つ、ころんと転がっていた。

「あっ、みーつけたー！」

男の子は、ぼくのペダルの後ろ側のでっぱりにうまくひっかけて隠していたのだけど、それをすっかり忘れてしまっていたのだ。

えっ、ぼくはずっと知っていたんじゃなかったのか、って？

もちろん、ぼくは自分の腹の下に下駄が隠されていることはわかっていたさ。でも、声に出して〝ここにあるよ〟って教えるわけにもいかないしね……。お腹の底に下駄を抱えたまま、なんとも、じれったい一夜だったんだ。

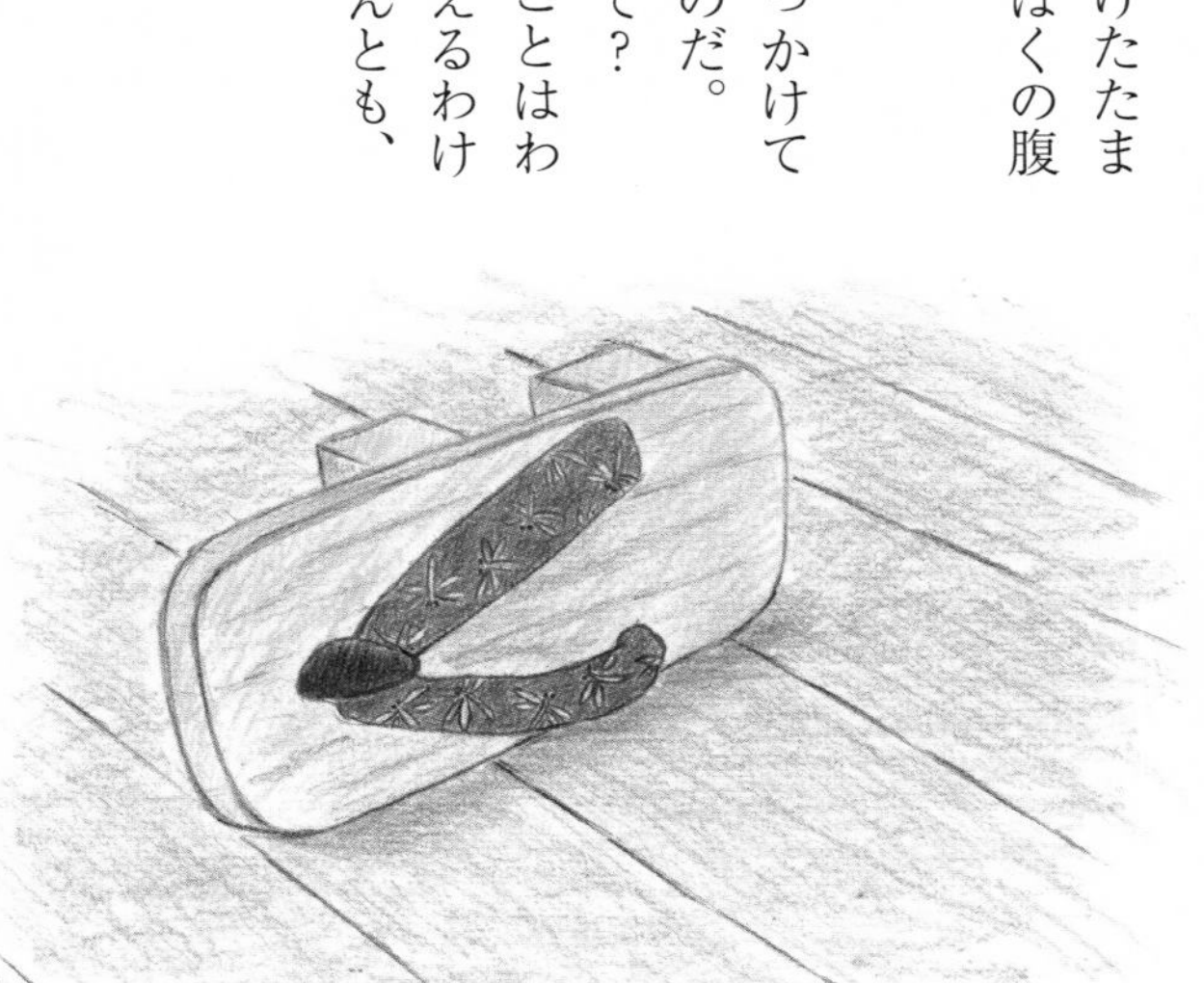

第十二夜　思いがけない来訪者

長く生きていると、〝こんなことってあるのか〟と思える出来事に遭遇《そうぐう》することがある。今夜はそんな話をしよう。

あれは、京都へ来て一年以上が経った一九一九（大正八）年の秋。そう、時代祭が行われた日の午後のことだ。

祭行列の先頭、山国隊《やまぐにたい》が奏でる印象的な鼓笛《こてき》の旋律を、子どもたちは口笛や鼻歌で真似っこしながら行進ごっこをしていた。

白鉢巻《はちまき》を締めて、太刀《たち》を斜めに背負う山国隊士たちの姿はりりしく、男の子たちはたちまち虜《とりこ》になってしまったのだ。刀がわりに竹ものさしを衿《えり》ぐりの後ろから背中へ斜めに差し入れて、いっぱしの隊士《たいし》気取りだ。ある者はさらに鉄砲を勇ましく肩にかつぎ、ある者は横笛を涼しげに吹く真似をする。

唱和室でピアノの稽古をしていたゆりえ先生は、そんな彼らに行進の旋律を弾いてくれとせがまれ、鍵盤に向かい、必死にうろ覚えの鼓笛のメロディをなぞっていた。

「うーん、こんな感じかな？」

「違うよ。最後の締めのところは、チャーンチャーカ、チャンチャカチャチャチャン」

「ちゃうで、チャーンチャンカ、チャンチャンチャンやで」

「違う、違う……」

だんだん訳がわからなくなってきた先生は頭を抱え、

「キミたち。先生はね、明日授業で弾く歌のお稽古をしているの」

と言って、唱和室から男の子たちを締め出した。仕方なしに子どもたちは、今度は校庭で行進のつづきだ。チャーン、チャカチャン、チャカチャン、チャン……。

「やっと練習に専念《せんねん》できるわ」

ゆりえ先生は、フウッとため息をつき、「埴生《はにゅう》の宿」の伴奏を弾きはじめた。

この歌は、先生が大好きな曲だ。もとはイングランドの歌だけれど、そのやさしい調べは、日本の風土にすっかりなじみ、先生にも懐かしい光景を思い浮かばせるのだろう。ことあるごとに、この歌を取り上げて、唱和の合間に児童たちに自分の子ども時代の思い出話などを聞かせていた。

しばらく稽古にいそしんでいると、中庭から誰かがやってくる物音がした。一人ではなく、何人かいる。

「またあなたたち？　もう邪魔しないでってお願いしたでしょう」

ゆりえ先生が、あきれ声で扉をガバリと開けると、そこには三人の男性が立っていた。一人は丸眼鏡をかけた日本人。そして、あとの二人は背の高い西洋人。

「ややっ、お邪魔でありましたか？」

丸眼鏡の日本人男性が、うろたえた表情を浮かべた。

「いえ」

先生は顔を赤らめた。「てっきり、児童たちだと思いまして……」

三人の背後から、校長先生が下足をつっかけて急ぎ足でやってきた。

「この方々は、祭り見物で京都へお越しになられたそうだ。前を通りかかったら、ピアノの音色が聞こえてきたものだから、ちょっと立ち寄られたらしい。こちらは通訳の方だよ」

丸眼鏡の男性は会釈をし、同行の西洋人を紹介した。

「お二人は、チェコの兵士の方々です。ほんの二月《ふたつき》ほど前までシベリアの戦地におられました」

「ほほう、チェコの兵隊さんでしたか。もしや、わが国も派兵している、あの関係ですかな」

と校長先生。

「そうです。わが軍が救出したチェコの兵士です。聞くところ、なかなか精強《せいきょう》な軍団だったそうで、シベリアでも簡単にやられていなかったとか」

通訳はそう言いながら、会話の内容を兵士にも伝えている。兵士たちは大きくうなずいた。

『そうだ、俺たちはいつでもボリシェビキの兵を圧倒していたが、いかんせん孤立して補給もなく、祖国へ戻ることもできなかったのだ』

通訳は、先生たちに説明を続けた。

「ようやく今年の夏にウラジオストックから船に乗り、お国へ戻れることになったのです。ところが日本近海で嵐に遭《あ》い、船が傷んでしまったのですよ」

「ははあ、それは何たる不運。お気の毒に」

校長先生が同情しきり、という声をあげた。

「今、船は神戸まで曳航《えいこう》されてドックで修理しています。乗船していたチェコ軍のおよそ八百五十人がわが国で待機《たいき》中というわけなのです」

ゆりえ先生は、はっと目を輝かせた。

「ああ、新聞の記事でそのお話を読みましたわ。待機中の兵隊さんも兵庫《ひょうご》の学生さんたちと一緒に音楽会を開いたとか」

「ほほう、よくご存知ですね」

通訳氏が微笑んだ。「そうなのです。関西学院《かんせいがくいん》の学生合唱団と合同音楽会を何度かやっています。チェコ兵のほうにも、楽器や歌に心得《こころえ》のある者がたくさんおりまして、楽器をかき集めて管弦楽団《かんげんがくだん》、そして合唱団をにわか仕立てで編成したのです。コントラバスなど足りない楽器はビール箱や電線を使って手作りでまかないましたが。そうそう、この方は楽団でチェロを弾いていました」

紹介された男性はニコッと笑い、日本人のしぐさを真似て、ぎこちなくお辞儀《じぎ》をした。

ぼくは、チェコ兵という言葉が聞こえた瞬間からずっと落ち着きを失っていた。窓辺に立っている二人の兵士の顔をよく見ようとしたのだけど、差し込む陽が邪魔をしてはっきりと見えなかった。

でもチェロ奏者だと紹介された兵士がお辞儀した時、顔が陰になり表情がよく見えた。

間違いない、パヴェルだ！　プラハの楽器店で働いていた時より、頬《ほお》がこけ、口やあごに髭《ひげ》を立派にたくわえているが、忘れるはずもない、この顔はパヴェルだ！

パヴェルが、ゆりえ先生に何か言った。先生は言葉がわからず、きょとんとしている。

「彼は、何か弾いてもらいたい、と言っとりますが」

と通訳氏。

「そりゃあいい。ぜひ日本らしい曲を弾いて差し上げなさい」

校長先生が満面の笑顔でうなずく。

「いつも児童に教える歌ばかりなので、異国の方にご満足いただけるかどうか……」

ゆりえ先生は戸惑《とまど》った表情を浮かべたが、意を決したのか椅子《いす》に腰かけると、唱歌の「紅葉《もみじ》」を弾きはじめた。子どもたちに聞かせるのと同じように歌いながら奏でた。

秋の夕日に　照る山紅葉《もみじ》
濃いも薄いも　数ある中に
松をいろどる　楓《かえで》や蔦《つた》は
山のふもとの　裾模様《すそもよう》

渓《たに》の流れに　散り浮く紅葉
波に揺られて　離れて寄って
赤や黄色の　色さまざまに
水の上にも　織る錦《にしき》

二人のチェコ兵は、喜んで拍手をした。

『素晴らしい』

『心にしみる旋律だな』

ゆりえ先生は照れくさげに頭を下げたが、すっかり気分をよくしたのか、自ら「日本の歌だけではなんですから、西洋の歌もやりましょう」と、続けて稽古中の「埴生の宿」を披露《ひろう》した。

埴生の宿も　我が宿　玉の装い　羨《うらや》まじ

のどかなりや　春の空　花はあるじ　鳥は友
おお　我が宿よ　たのしとも　たのもしや
書《ふみ》読む窓も　我が窓　瑠璃《るり》の床も　羨まじ
清らなりや　秋の夜半《よわ》　月はあるじ　虫は友
おお　我が窓よ　たのしとも　たのもしや

『これは、先ほど聞こえていた曲だな』

パヴェルが感激したように頬を高潮《こうちょう》させて言った。『ありがたいことだ！　日本の古い町に来て、このような歌を聴けるとは』

そのとき彼の視線がふと、ぼくの方に注がれた。

『そのピアノをちょっと拝見《はいけん》させてください』

そう言ってパヴェルが、ぼくのそばへ近寄ってきた。

『ペトロフだ！　やっぱりペトロフだよ、アレシュ』

パヴェルは、もう一人の兵士に言った。『この音色、そして丸みを帯びた三本の脚、もしやと思っていたんだ』

アレシュと呼ばれた兵士も表情を輝かせた。

『おお、ペトロフか！　こんな遠い国へ来て、同郷の楽器に出合えるとはなあ』

『俺はプラハにいた頃、楽器店で働いていた。そこで扱っていたペトロフが、これとそっくりそのままなんだ。この温もりのある音色、別のピアノとは思われん』

　とパヴェルが言った。

『おいおい、まさか〝プラハの店のピアノと、京都で再会した〟なんて言い出すのじゃないだろうな』

　アレシュが笑った。『ペトロフだって、数多くのピアノを生産しているんだ。きっと同じ型のピアノが日本まで輸出されていたということなのだろう』

『まあ、君の言う通りだろう。そう考えるのが自然だろうな』

　パヴェルもうなずいた。

　ぼくはもどかしくなって必死に呼びかけようとした。〝ぼくは、君と一緒にプラハの店にいたペトロフのピアノなんだよ。毎日ヴァーツラフと音楽を奏でていたあのピアノなんだよ〟って。

　パヴェルは、ただ黙ってぼくをじっと見つめていた。

　通訳氏が二人の会話の内容を、先生たちに説明をした。

「どうやら、このピアノはチェコスロバキアで作られたピアノだそうですよ」

「おお、なんと奇遇《きぐう》な」

　校長先生が感に堪《た》えないという面持《おもも》ちで言った。「そういえば、これはオーストリー帝国で作られたピアノだという説明を受けておりました。確か、今度の戦争で、チェコスロバキアはオーストリーから独立したのでしたな」

「先日、調律に来られた楽器店の方もそのようなことおっしゃっていましたわ。このピアノはボヘミヤ地方で作られたのだって」とゆりえ先生。「と言うことはボヘミヤ地方がチェコスロバキアという国になったのね」

パヴェルが、ぼそぼそと通訳氏に何かささやいた。

「この方が、返礼に一曲奏でたいと申し出ておられます」

「そりゃ、願ってもないことです」と校長先生が頭を下げた。

パヴェルは、椅子に腰かけ、鍵盤を何度か試しに叩《たた》いた。それから息をすっと吸い込むと、おもむろに旋律を奏ではじめた。ドヴォルザークの交響曲「新世界より」の第二楽章ラルゴの主題だった。

パヴェルの弾き方は、少々たどたどしかったけれど、情感がこもった演奏だった。

祖国で帰りを待つ家族と温かな我が家、そんな幻影《げんえい》がぼくのまぶたの裏に浮かんだ。

パヴェルの奏でる音楽は、そこにいたすべての者に似たような幻を見せたにちがいない。

旋律を聞き、アレシュが無言のまま涙を浮かべていた。見ると、丸眼鏡の通訳氏も、ゆりえ先生も涙を流している。校長先生は一番ボロボロ涙をこぼしていた。ぼくも負けないくらい泣いた。涙だって流せるものなら、思いっきり流したかった。

ひとしきり奏でたのち、パヴェルは静かに演奏を止めた。

「では、そろそろ失礼いたします」

と通訳氏が言った。「お二人の船の修理も仕上げの段階に入っておりまして、早ければ今月末ごろには出港という運びになるかもしれません」

「そうでしたか。旅のご無事をお祈りします」

と校長先生が言った。

「お国へ戻られても、日本のことを忘れないでくださいね」

ゆりえ先生も頭を下げた。先生たちは、二人の兵士とかわるがわる握手をかわした。

その時に四人はお互いきちんと名乗っていないことに思い当たり、遅まきながらも自己紹介しあった。

ゆりえ先生が名乗ると、パヴェルは目を輝かせて微笑んだ。

『祖国であなたと同じ名前の女性と親しくしていました。私の親友の恋人だったのです』

「まあ、チェコにもゆりえって名前があるのですね。その方は、お元気なのでしょうか？」

『さて、ここ数年は故郷の様子を知る術もなかったので……。今はどうしているだろうか』

「あなたの奏でた曲は素晴らしかったわ」

『わたしの方こそ、あなたの歌に聞き惚《ほ》れました。京都で出会ったゆりえという女性をわたしは終生忘れないでしょう』

パヴェルは首からペンダントを外して、ゆりえ先生に手渡した。四つ葉のクローバーがあしらわれた青い硝子玉だった。

「これは？」

『出征するとき、友人たちから贈られた幸運のお守りです。ここで出会った記

念にあなたに差し上げたい』

「いえ、そんな大切なものを」

『生きて国へ帰る私にはもう不要なものだ。今日の思い出に、ぜひ受け取って欲しい』

「ありがとうございます。きっと大切にします」

二人の会話をいちいち几帳面《きちょうめん》に訳しながら、「泣かせるなあ」と通訳氏がつぶやいた。

ゆりえ先生は、譜面台に置いていた楽譜の束の中から、先ほど演奏した「紅葉」の譜面の写しを抜き取り、パヴェルに差し出した。

「これを。お返しには不釣り合いなものですが」

『ありがとう、国へ帰ったら皆に聞かせてみます』とパヴェルは礼を言った。

学校を去る前に、パヴェルはもう一度ぼくのそばへ歩み寄った。そして、小さな声でそっとつぶやいた。

『お前は、やはりプラハの店にいたペトロフだろう。俺には、どうしてもそう思えて仕方がない。わかるんだ、その温かい響き。決してほかのピアノじゃない』

パヴェルは、優しいまなざしでぼくを見つめた。

『俺は、これから国へ帰る。そして、チェコスロバキアという新しい国づくりのためにできるだけのことをするつもりだ。お前も、この国で幸せに生きろよ』

彼は、戸口で待つ同行者たちに『待たせてすまなかった』と言い、一度だけゆりえ先生とぼくの方を振り返ってから去っていった。

秋の風がふわりと流れた。

校庭のほうから、男の子たちの口ずさむ山国隊の鼓笛の旋律が聞こえてきた。

それから数年後、野上彰《のがみあきら》という人の作詞で「家路」という歌曲が出版された。これは、まさしくパヴェルが奏でた旋律と同じ、ドヴォルザークのラルゴにつけられた歌だった。親しみやすい曲なので、すぐさま日本でも広く知られる愛唱歌になった。

響きわたる　鐘の音に　小屋に帰る　羊たち
夕日落ちた　ふるさとの　道に立てば　なつかしく
ひとつひとつ　思い出の　草よ　花よ　過ぎし日よ　過ぎし日よ

「家路」の楽譜が手に入るや、ゆりえ先生は、児童たちにもこの曲を披露した。そして、パヴェルたちがやって来たときの話や、ぼくの故郷が作曲者と同じくチェコだという説明も付け加えてくれた。

さらにもっと新しい時代になると、夕暮れ時に下校をうながすために、この音楽が学校放送で流された時期もある。旋律を耳にするだけで、郷心《さとごころ》がくすぐられる不思議な魅力の曲だ。ぼくも、この曲を聞くたび、心はボヘミアの森へと帰ってゆくのだ。

第十三夜　ピアノ―新しい日本画―

大《だい》さんが以前からぼくを見に、何度も学校へ来ていたのは覚えている。

ぼくを学校に寄贈した有志の一人だということも知っていた。

古い染物屋さんのご子息だったらしい。

ただ絵描きさんだと知ったときは驚いた。

でも、改めて思い返してみると、なるほどとうなずける部分はたくさんあった。

じっとぼくを見つめる目。それは明らかに他の人たちとは違う鋭さだった。こちらのすべてを見透かそうとする眼差《まなざ》し。一体、この人は何者なのだってね。

その頃から、いつかぼくを描くことを考えていたのだろう。

ただし彼は洋画家ではなかった。この国の風物、自然、そして人びとの暮らしを描くなかで培《つちか》われた画法や様式を身につけた日本画家だった。この時代までの日本画の常識から言えば、ぼくのような西洋生まれのモダン楽器が画題の中心に選ばれることはありえなかった。

試しに、明治や大正半《なか》ばまでに描かれた日本画の数々を見るといい。

そこには、たおやかな日本の山野が写しとられ、着物をまとった女性の優美さが織りこまれ、野や庭に咲く草花の慎ましい美しさ、そして繊細にうつろいゆく四季のはかなさが描写されているだろう。

花鳥風月《かちょうふうげつ》、これこそがこの国の風土に育まれた絵画の理想の美であり、こころの拠《よ》り所だったんだ。

もちろん、彼も日本画のそういう伝統は大切にしていたはずだ。

しかし同時に、そこへ新しい風を吹き込みたかったのだろう。

一方で、彼は今を生きる女性の輝きを日本画に取り込めないだろうかと模索《もさく》しはじめたらしい。

日本では、関東で大地震があった頃を境に、女性の装いが急速に変化した。百貨店の売り子やバスの車掌《しゃしょう》、電話の交換手、レストランやカフェの店員など、いわゆる職業婦人の活躍の場が増えたんだ。

それに合わせるように、活動的な洋装で街を歩く女性が増えた。女学校の制服も次々に洋服へと変わっていった。

とりわけ京都というところは、保守的である反面、新しいもの好きなのは、今も当時も変わらない。三条や四条の大通りには、伝統的な和装の人びとに混じって、新しい時代の女性・モダンガールたちがさっそうと歩いていたようだ。

そんな新しい時代にふさわしい日本画は、どうあるべきなのか……。

活動的な「今の女性たち」を画題に取り込むことで、日本画そのものが躍動《やくどう》しはじめるんじゃないだろうか。

彼自身、長い時間をかけて思案を巡らせ、構想を練っていたのだろう。

そして、一人の女性が、その答えをもたらしたに違いない。

※

彼が洋装の女性――ツユコさんを伴ってぼくを訪ねてきたのは、大正の終わりごろだったように思う。

「これが、以前から言っていたピアノだよ」

と彼は言った。

「思っていたより、ずいぶん立派なピアノね」

ツユコさんは目を見張ってぼくを見た。「小学校のピアノって言うから、もっと華奢《きゃしゃ》なピアノを想像していたわ」

「果たして小学校に、こんな上質なピアノが必要なのか……」

彼は笑みを浮かべて言った。「もちろん寄贈するピアノを選ぶときも、そういう議論はあったよ。でも、この地域で育つ子どもには、幼い頃から〝ほんまもん〟の文化に触れさせるのが、大人の務めだろうと」

「ほんと、洛中《らくちゅう》の人らしいこだわりね」

彼女はいたずらっぽく笑った。「都人《みやこびと》の〝Pride《プライド》〟っていうものかしら。うちの父と同じね」

「いやいや〝Pride〟という語には高慢《こうまん》や驕《おご》りという含みもある」

彼は不満げに鼻をならした。「むしろ〝Passion《パッション》〟かな。京都人の熱情ととらえてほしいね」

ふふふ、と彼女は声をおしころして笑った。「確かに、あなたも、父も熱い人ね」

「さあ、ピアノをよく見てくれたまえ」

彼はツユコさんをぼくの傍らへといざなった。彼女は鍵盤蓋の中央に書かれた金文字を読んでいる。

「アント・ペトロフ？」

「うん、かつてのオーストリー領ボヘミヤ、今のチェコスロバキアで作られたピアノだよ。なんでもウィーンの宮廷の御用達ピアノだったらしい」

「なんだか、ワクワクするわね。少し奏でてもいいかしら」

「ああ」

彼女は、椅子に腰掛け、モーツァルトのロンドを軽快に奏ではじめた。

「優雅なんだけれど、同時にとても素朴な響きがするわ。温かなまあるい音色」

「まあるい音色か。うまく言うな」

彼は笑った。

彼女は、続けてベートーヴェン、シューマンらの曲を奏でた。

その姿を、大《だい》さんは様々な角度から眺め、時には片手に携《たずさ》えたスケッチ帳に素描《そびょう》をしている。

「うーん、何か物足りないな」

「……物足りない？」

「うん、画面に何かが足りないんだ。そのまま描けば、ピアノを奏でる乙女の、ただ美しいだけの作品になってしまう。もっと観る人に強い印象を残さなくては」

「こだわるのね。ピアノ演奏を描くという発想だけでも、日本画としては十分に新しいと思うけれど」

ツユコさんは、しばらく思案するふうに曲を奏でていたが、ふと何かひらめいたらしく「そうだ」と言って、演奏をぴたりと止めた。

「ん？」

彼は、つんのめるように素描の手を止めた。「どうしたんだい」

「わたし、着物でピアノを奏でようかしら。ほら、あなたとの婚礼で着た振袖《ふりそで》があるじゃない」

「振袖とピアノ……」

「うん、いい思いつきじゃなくって？　活動的な女は洋装という〝常識〟も取っ払ってしまえばいいんじゃないかしら」

「それだ！」

彼はスケッチ帳を放りだして叫んだ。「それだよ！」

※

写生の日、二人はハイヤーで学校へやってきた。

嵯峨《さが》の有栖川《ありすがわ》にある自宅から、振袖姿のまま移動してくるのは道中《どうちゅう》目立ちすぎるからとのことらしい。

されど、ハイヤーで乗りつけること自体、十分に目立っていた。校門から、ぞろぞろやんちゃな子どもたちが「なんや、なんや、何がはじまるんや」と興味津々ついてくる。そのため、校番さんが「コラッ、邪魔しちゃいかん。あっちへ行ってろい」と追い払わなければならなかった。

この日のために彼らが準備した楽譜は、ロベルト・シューマンの「小さなロマンス」と「トロイメライ」。この二曲を代わるがわる演奏した。

「トロイメライ」は、ぼくにとっても懐かしい曲だ。月光のフラデツ・クラーロヴェーで初めて奏でた夢の音楽。「小さなロマンス」は、「子どものためのアルバム」という小曲集のなかの一曲だ。

写生は、ぼくの各パーツの細部から、ツユコさんが鍵盤をつまびく指の動き、後ろ姿の首すじにかかる髪にいたるまで綿密に行われた。

学校での写生に要した日数は三日。彼らは毎日ハイヤーでやってきた。

そして、その度に、

「こっらー、邪魔しちゃいかーん！」

校番さんと、やんちゃな子どもたちの愉快な追いかけっこも行われることになった。

※

作品の仕上げは、彼らの自宅のアトリエで行われたので、その後の制作の様子をぼくは知らない。

でも、学校の先生たちの会話から、四曲一隻《よんきょくいっせき》の立派な屏風絵に仕上がったことを知った。高さは約一・六メートル、横幅はおよそ三メートルということだから、なかなかの大作だ。

絵のタイトルは、ずばり『ピアノ』。

そして、二人が懐かしい顔を風音校へ見せにきてくれたのは、その年の秋のことだった。

作品は東京の権威ある展覧会で発表され、大きな反響を呼び、高い評価を受けたそうだ。

画面の上下からはみ出さんばかりの構図で大胆に描かれたグランドピアノ。そのボディにむらなく塗られた漆黒と弦やフレームが発するまばゆい金の輝きのやわらかな対比、そしてピアノを奏でるツユコさんが着た振袖の柄やぼかしの繊細な表現。

それらは彼の日本画家としての技巧が最大限に活かされたものだった。その結果、ピアノというささか無骨で大柄な西洋楽器が、あでやかな屏風の中心に違和感なくとけこむことになった。

また、音楽好きの人びとのあいだでは、絵の中の譜面台にシューマンの「トロイメライ」と「小さなロマンス」の楽譜が忠実に描きこまれていることも話題となった。

それに何より、活動的な現代女性を表現する二人の試みが人びとから熱烈に支持された。この作品以降、モダンガールや現代風俗を題材にした日本画が数多く現れることになった。

大《だい》さんは日本画の伝統を守りながらも、粋《いき》なモダン文化を取り込み、新風をもたらすことに見事に成功したんだ。

ぼくが描かれた作品が評価されたこともちろん誇らしかったけれど、彼が目指していた新しい日本画が認められたことが何より喜ばしかった。

数日間だけど、濃密な時間をともに過ごす中で、完全に二人とは同志のような気持ちになっていたからね。

屏風画「ピアノ」は、京都市が岡崎公園に大きな美術館をつくったときに寄贈された。その美術館では、今もこの屏風画が大切に所蔵されている。

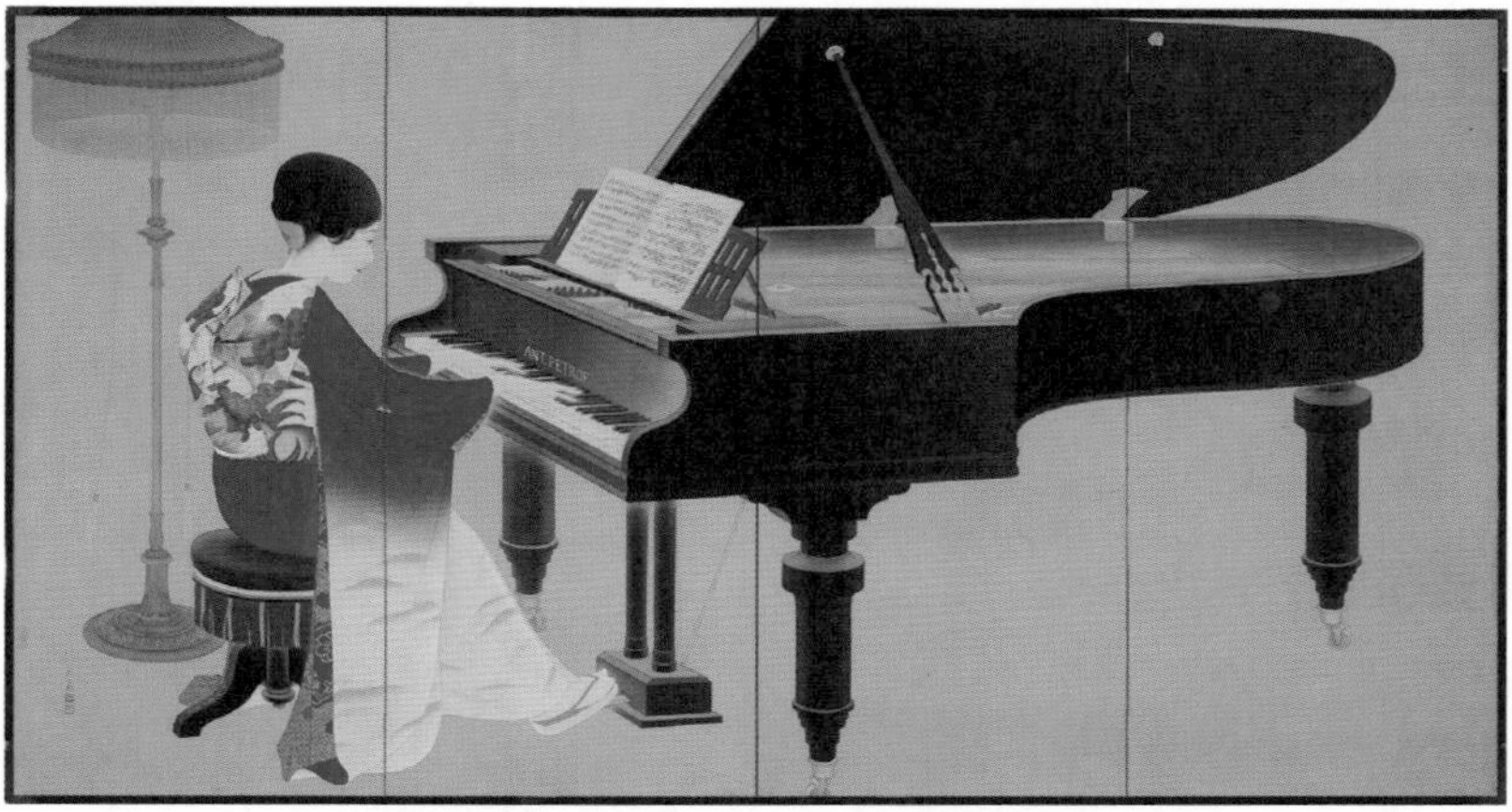

中村大三郎《ピアノ》大正15年（京都市美術館蔵）

※第十三夜は、日本画家中村大三郎《なかむらだいざぶろう》氏が、妻の都由子《つゆこ》さんと明倫尋常小学校のペトロフピアノをモデルに屏風画「ピアノ」を描いたエピソードが元になっています。二人が大正十五年（一九二六年）五月に結婚した直後に「ピアノ」は描かれ、その年の秋に帝展に出品されました。

都由子さんは、文化勲章を受章された日本画家西山翠嶂《すいしょう》氏のご息女でした。ちなみに大三郎氏と都由子さんのご子息が、洋画家中村実氏です。

京都の小学校の源流ともいえる明治期の番組小学校では、筆道・算術・読書といった基本的な科目に加えて、図画（日本画）も積極的に子どもたちに教えていました。

当時の京都では、織物、染め物、焼き物など伝統工芸が主要な産業でした。そして、そのいずれにも図画は基本技術として重要視されていたのです。

学校で画法の基礎を学んだ児童の中から、後年、高名な芸術家、文化人として名を馳《は》せる人も数多くいました。

中村大三郎氏もそんな一人でした。

彼の代表作の一つとなった屏風画「ピアノ」は、関東大震災後の不景気な世の中にあえぐ人びとの心にうるおいをもたらし、元気づける作品になりました。そして同時代の風俗をいきいきと描く近代日本画の先駆的な作品として、日本画の歴史にその名をとどめることになったのです。

第十四夜　昭和と新校舎

日本人にとっては当たり前のものかもしれないけれど、ヨーロッパから来た者にとって珍しかったのが元号だ。ぼくが京都に来た一九一八年の元号は『大正』だった。

それから八年後、ぼくは初めて元号が変わるときを経験した。

新しい元号は『昭和』。

時代が激しく、そして世の中がめまぐるしく揺れ動くことになる『昭和』がついに始まったのだ。

※

昭和の始まりの頃は、日本各地で奉祝《ほうしゅく》の事業が続いた。

風音校の新校舎建設も、そのような時期に昭和御大典記念事業として計画されたものだ。

校舎の建て替えが具体的に始められたのは、昭和四（一九二九）年だった。

ここの学区の住民が、教育に一際情熱を燃やす人たちだったということは、もう先刻承知だと思うけれど、新校舎建設

にあたっても彼らの姿勢は決してブレなかった。

「せっかく建てるのなら、東洋一の小学校校舎にしよう！」

そんな掛け声のもと、時間をかけて建設計画はじっくり進められた。

とは言っても、さすがに東洋一だなんて……とたかをくくっていたが、二年後に完成したあかぬけた建物を見て正直たまげた。

確かに、もっと子どもの数の多い小学校はいくらでもあるだろうから、規模や壮大さで東洋一というわけにはいかない。しかし、デザインや造り、機能の斬新さという面からみれば、東洋一だと豪語したとしても、あながち的《まと》はずれでもないんじゃないかと思える校舎だったのだ。これが二十一世紀の今でも「風音芸術館」として使われ続けている建物だ。

鉄骨・鉄筋コンクリートの二、三階建ての堂々とした校舎が、本館、北校舎、南校舎の三棟。当時の最先端技術をふんだんに取り入れて建てられた。

北校舎には最上階まで段差なしに昇り降りできるスロープも備えられている。非常時に、全校児童が速《すみ》やかに外へ出られるようにとの配慮なのだそうだ。

外観は、南欧あたりのヴィラを思わせるエキゾチックな雰囲気。クリーム色の外壁とスペイン様式のオレンジの屋根瓦を取り合わせた瀟洒《しょうしゃ》さが、日本家屋の並ぶこの界隈で異彩を放った。でも不思議なことに、時がたつと違和感は薄れ、しっとりとした和の街並みに自ずと融け込んでいった。このあたりは、

京都の町の懐の深さというところなのかもしれない。

建物内に目を移せば教室や講堂には高くて明るい窓が配されていたし、廊下や階段には装飾的なアーチ窓や丸窓がつけられた。バリエーション豊富な窓のデザインは、子どもたちにも好評だった。

そして梁や柱、手すりに施された装飾、金具・器具類の意匠《いしょう》など、そこかしこにこだわりが見えた。

また、五、六年生の自由学習のために地歴教室が校内に設けられ、本や資料のほか、日本の各時代や世界の諸民族の衣装を身にまとった陶製人形が展示された。この部屋には近畿地方の地形をかたどった巨大な立体模型も置かれていた。

学校を訪れる人は校地西側の正門から入り、長いエントランスをまっすぐに歩いて昇降口へ向かうことになる。その視線が向かう先、南校舎のてっぺんには祇園祭の鉾を模した特徴的な飾り屋根がつけられた。

歴史のある祭りを守ってきた町衆の誇り。これが学校の新しい象徴となった。

新校舎が出来上がると、ぼくは本館二階の講堂へと移された。

この重い体が、新校舎自慢の北校舎スロープで軽々と二階へ運び上げられ、廊下伝いに搬入された。なんともスムーズなものだった。船に積み込まれる時のように、またクレーンで吊るされるのはおっかないなあと思っていたから、これにはちょっとばかり感激した。

新築落成の式典行事が行われたのは、その年の十月十日からの三日間。なんと四千人もの人びとが新しい校舎をひと目見ようと集まってきた。

もちろん、ぼくは真新しい講堂の前面に置かれ、大勢の招待客の前で高らかに曲を奏でた。

それ以来、入学式に卒業式、そして四大節《しだいせつ》（四方拝《しほうはい》、紀元節《きげんせつ》、天長《てんちょう》節《せつ》、明治節《めいじせつ》）の式典など、この講堂がぼくの活躍のメインステージになったのだ。

※

校舎が新しくなった頃、子どもたちの装いも変わった。

大正半ばの頃は、着物姿の児童がほとんどだったけれど、大正の終わりから昭和の初めにかけて洋服を着た子が増えていった。大人たちにはまだまだ和装にこだわる人が多かったので、むしろ子どものほうが一気に洋装化が進んだという印象だった。

そうなると履物も草履や下駄から靴に変わってくる。廊下も教室も板張りのフローリングなわけだから、下駄履きは歓迎されなくなった。何しろカランコロンカランコロンとすさまじい音が響くから。

靴の子が増えたこの時代、とても印象に残った歌があった。「靴が鳴る」っていう童謡だ。

おててつないで　野道を行けば
みんな可愛い　小鳥になって
歌をうたえば　靴が鳴る
晴れたみ空に　靴が鳴る

この歌は真新しい校舎や校庭で元気に歩く低学年の子たちにとってもよく似合っていた。そのせいか、先生たちもこの歌を授業で歌わせることもあったし、子どもたち自身も歌いながら、校内で手をつないで歩いていたものだった。

第十五夜　モダンタイムス

戦前の昭和なんて言えば、今の人たちは「さぞ暗い時代だったろう」という先入観をもっているかもしれないね。

でも、その当時を生きてきたぼくの実感から言えば、大正の後半から昭和の始まりの頃は、人びとが生き生きと暮らす活動的な時代だった。

京都でも、あちらこちらの街角にカフェや洋食店ができ、人びとは大丸や藤井大丸、当時烏丸高辻《からすまたかつじ》にあった髙島屋、京都駅前の京都物産館（丸物《まるぶつ》）といった百貨店でショピングを楽しんでいた。美容室へ通っておしゃれな髪形をするモガたちも増えていった。

以前、モダンガールと呼ばれる洋装の新しい女性が現れたって話をしたけれど、昭和に入るとみんな縮めてモガなんて言っていた。ちなみに男性の場合は、モダンボーイでモボだ。今でも日本人はスマホとか、パソコンとか、ファミレスとか略語づくりが好きだけれど、この頃から基本的な性質は変わっていない。

ダンスホールが流行ったのもこの頃だった。風音校周辺の商家で働く若い勤め人たちにも、週末になるとダンスホールへいそいそ通うモボが多くいたようだ。そうそう、この時代に、商家に住み込みで働く小番頭や手代《てだい》、丁稚たちは次第に少なくなり、背広とネクタイ、頭には中折れ帽やカンカン帽といういでたちで通勤をする人たちが増えていった。

映画や芝居といった娯楽も人気だった。新京極や河原町《かわらまち》、西陣・千本あたりの映画館へ大人も子どもも通い、こぞってチャンバラものやハリウッド映画の名場面の真似をした。学校の規則では、映画館には行ってはならないことになっていたけれど、そんなことみんな気にしていなかった。ロイドやチャップリンの喜劇映画も人気で「黄金狂時代」や「サーカス」などがヒットした。ある時、そのチャップリンが京都へやってきて、近所の柊家《ひいらぎや》に宿泊したものだから、大騒ぎになったこともある。

野球観戦も庶民の娯楽に加わった。ベーブ・ルース、ルー・ゲーリックなどを擁するメジャーリーグ選抜チームが来日し、京都の西京極球場でも日米野球が行われた。また、静岡での試合では京都商業学校出身の澤村榮治《さわむらえいじ》投手が、ベーブ・ルースを含むアメリカの強打者相手に九奪三振という好投を見せて、大きな話題になった。

そういえば、まだ大正だった頃には物理学者のアインシュタイン博士が京都に来た。そのときは地元出身の高校生が通訳兼案内役を買ってでるというので、これまた名誉なことだと大騒ぎになった。こうやって思い返すと、皆がしょっちゅう共通の話題で盛り上がっていた楽しい時代だった。

※

風音校やこの学区にとって、とっておきの大騒ぎの事件があったのは、昭和六（一九三一）年五月のことだ。

かねてから風音校では、ぼくを使って合唱の練習が盛んにおこなわれていた。当時、この学校にはマキ先生という音楽教育に熱心な先生がいた。

うちの学校の合唱団の評判は徐々に高まり、ついには大阪のラジオ局から出演の依頼がきたのだ。当時、ラジオに出るというのは、今のテレビに出るよりももっとすごくて名誉なことだったと思う。マキ先生の指導の下、子どもたちも毎日熱心に練習した。ぼくも、それに応えようと一生懸命に音を奏でた。

放送当日、マキ先生と子どもたちは電車で大阪の放送局へ向かった。ぼくもともに練習をしたわけだから一緒に行きたかったけれど、それは無理な話。とても残念だった。

放送が行われたのは午後六時過ぎ。アナウンサーから、学校名と先生の名前が紹介されたときは、学校の中だけじゃなく、近所からも拍手の音が響いた。

歌われたのは「春のわかれ」、「茶摘み」、「京都」、「あかるい晩」、「蝶々のお家」、「花召せ」、「星」、「つばめ」、「皐月《さつき》」の九曲。ラジオのスピーカーから、聞きなれた子どもたちの声が飛び出してきたときは感動で身震いした。さあ、ラジオをお聴きのみなさん、しっかり堪能しておくれ、これが風音校の子どもたちの歌声なんだ。

「茶摘み」以外は、今ではほとんど知られなくなったけれど、「あかるい晩」などは歌詞も含めてぼくは大好きだ。

「あかるい晩」

　ちらほらあかりがつきだした

　町にはまあるい月も出た

　お舟がお舟がぎっちりこ

お舟がお舟がかよいます
お手々をたたいて遊ぼうか
皆そろってうたおうか
まあるいまあるいお月様
お舟が川にぎっちりこ

とくに、お手々をたたいて遊ぼうか、皆そろってうたおうか、の部分はリズムの変化がかわいらしい。このラジオ出演は、ピアノを使った教育の成果だと、高く評価されることになった。ぼく自身の出演はかなわなかったけれど、十分に誇らしく思える出来事だった。

※

そんな頃だ。学校に、ショートヘアで洋装の女性教師が赴任《ふにん》してきた。

子どもたちは「こんど来た先生、モガやなあ」、「うん、モガや」なんてささやきあっている。

ぼくは、それまで〝ほんまもん〟のモボやモガを見たことがなかったものだから、新任先生の姿を見て「フムフムなるほど、こういう人たちをモガというのか」と得心した。

ただ、いささかハイカラすぎるスタイルで授業をすることに対し、それなりに風当たりも強かったのだろう、先生の服装は少しずつ穏やかになっていった。

その新任の先生――さくら先生は、音楽の教育をしっかり受けてきたようで、ピアノの腕前は確かだった。授業で唱歌の伴奏をするだけじゃ物足りなかったらしい。放課後になると、しばしばぼくのところへやって来ては、シューベルトやショパン、シューマン、リストらの曲を演奏した。

児童たちの中には、それを楽しみにしている者もいて、「今日は先生の音楽会を聴いて帰るんだ」と居残りした。

さくら先生は、時折、ジャズにもチャレンジした。そう、かつてロイ・キングが演奏していたラグタイムが、この頃にはジャズに進化して世界中でムーブメントを巻き起こしていた。日本も例外ではなく、若い人たちの間でスウィング・ジャズが流行していたのだ。

まだクラシック音楽の深みはよくわからなかった子どもたちにも、ジャズ演奏のスウィング感は軽快で心地よく感じられたらしい。

「先生、またあの面白い曲やってー」とことあるごとにリクエストする。

すると、さくら先生は、いったいどこで聞き覚えたのか、デビュー間もないアート・テイタムらの奏法を器用に真似て演奏した。これはクラシックの曲をやるより子どもたちに受けるので、ついつい調子に乗って演奏を重ねた。しまいには、ご近所から「最近、学校からいかがわしい音楽が聞こえてくる」という投書が寄せられ、さくら先生も学校でのジャズ演奏は封印しなくてはならなくなった。

※

さくら先生の音楽会を聞きにくる児童は圧倒的に女の子が多かった。その頃の日本の男の子には「ピアノは女のもの」という固定観念もしくは偏見を持っている者も多かった。もっとも、腕白《わんぱく》盛りの彼らの感覚からすれば、かしこまってピアノ演奏を聴くより、メンコやビー玉遊びのほうが面白いと感じるのも無理からぬことだろう。

そんな中にあって、熱心に先生の演奏を聴きに来る男の子が一人いた。五年生のカオル君という子で、ちりめんの反物を扱う店の子だとのことだった。当時の男子としては珍しくピアノを習っており、彼自身もそこそこの演奏の腕前を持っていた。

カオル君はやってくると、決まってぼくのそばで三角座りをし、目をキラキラ輝かせて演奏に聴きいっていた。心の底から音楽が好きなのだろう。演奏が終わると、曲名や作曲者の名前を、先生に聞いて帳面にメモしていた。そして、曲の感想などを忘れないうちに細かく書き記しているのだ。

ある日のこと、カオル君は突然立ち上がるや「ぼくもこのピアノ弾いていいですか?」と先生にたずねた。

その時まで、彼がピアノを習っていることを誰も知らなかったらしく、その場にいた女の子たちは「エーッ」と一斉に驚きの声をあげた。

「カオル君、弾けるの?」と先生がたずねた。

彼はコクリと黙ってうなずいた。先生が立ち上がって椅子を空けると、カオル君は緊張した面持ちでちょこんと腰掛けた。先生や女の子たちの注目を集めて、明らかに手や足が震えている。けれど、フーッと息を吐き出すと、吹っ切れたように「小犬のワルツ」を一気呵成《かせい》に弾ききった。

「すごーい」

女の子たちは歓声をあげた。先生も「とても、よかったわ」と言って拍手した。

その日以降、カオル君は女の子たちのヒーローになった。ピアノを弾ける男の子という噂はまたたく間に学校中に広まった。

ただ、ほかの男の子たちは、あまり好意的には受け取らなかった。カオル君に「ピアノを弾くなんて、女みたいなヤツやなあ」とか「女とずっと一緒におると女になるで」とか「明日から女組で授業受けたほうがいいんちゃうか」などと、ことあるごとに嫌がらせを言った。中には「カオルという名前が、そもそも女みたいやもんなあ」と、これまた嫌なことを言う者もいたが、カオル君としては幼い頃から言われ慣れていたことらしく、存外、平気な顔をしてやり過ごしていた。

それよりも彼としては、大きなグランドピアノを弾けることがこの上ない喜びだったようだ。彼の家にはアップライトの小さなピアノしかなかったのだ。

その後も、彼はレパートリーが増えるたびに、先生に申し出て弾かせてもらった。クーラウの「ソナチネ」、ベートーヴェンの「トルコ行進曲」、ランゲの「荒野のバラ」などなど。ショパンの「ノクターン第二番」を弾いたときは、あまりの素敵さに失神しそうな女の子が現れたくらいだ。

こうなってくると、彼が次に何を弾くのか、いやが上にも注目されるようになっていった。

さて次はいよいよラフマニノフ？　さすがにそれは子どもの手

では無理かも。じゃあ、ドビュッシー？　ラヴェル？

　こんな具合に勝手なうわさが独り歩きしてゆく。

　やがて、カオル君が新たなる曲を披露する日がやってきた。普段はあまり聞きに来ていない先生方や男子児童たちも興味深げに集まってきている。

　でも当のカオル君は、いつもどおりだった。いつものように手をあげて「ぼくに弾かせてください」と言って先生に代わってもらい、いつものように緊張でガタガタ足を震わせながら椅子に腰掛けた。普段といたって変わらないカオル君だった。

　そうして衆目を集めるなか、彼がおごそかに奏ではじめた曲は、ラフマニノフでも、ドビュッシーでも、ラヴェルでもなく、小唄勝《こうたかつ》太郎《たろう》と三島一声《みしまいっせい》の『東京音頭《おんど》』だった。そんなズッコけた一面もカオル君は持っていたのだ。

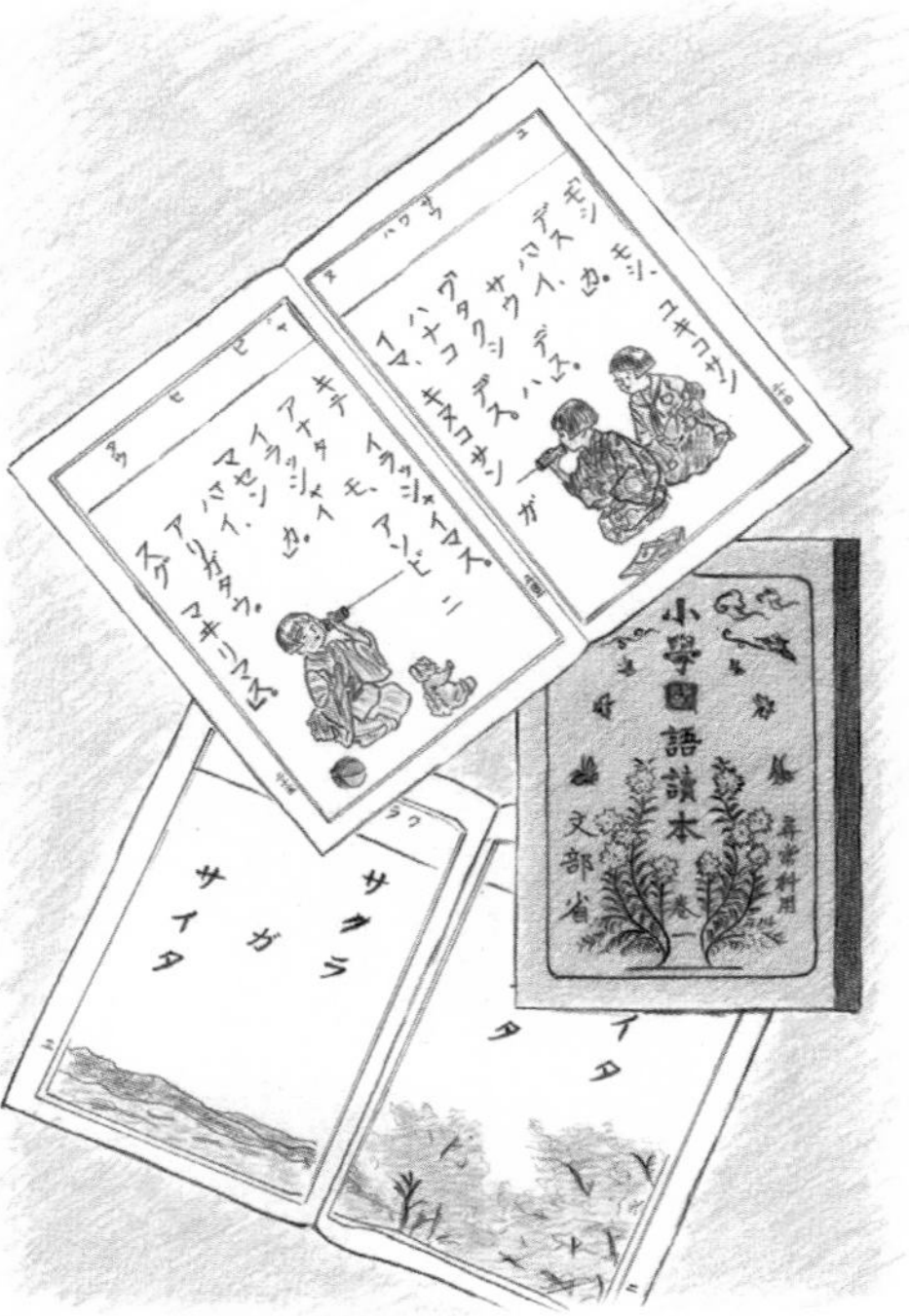

第十六夜　不思議な男の子

カオル君は、不思議な男の子だった。

彼はまるで人に話すようにぼくに語りかける。そう、かつてロイ・キングがそうしたように。

一方で、こちらが言おうすることもちゃんと伝わっているらしい。だから彼とは会話のようなものが成立したのだ。こんなことができたのは、後にも先にも彼一人だけだ。

今夜は、カオル君のことを中心に語ろう。

彼は、さくら先生の〝音楽会〟以外の時間にも、頻繁《ひんぱん》にぼくに会いに来るようになった。そして、二人きりになると、多くのことを語ってくれた。

彼の家は、もともとは丹後の峰山《みねやま》という町にあったそうだ。丹後の各地からちりめんの仲買《なかがい》をして、京友禅《きょうゆうぜん》の染匠《せんしょう》のもとへ送る商家をしていたらしい。

道理で他の子たちと言葉づかいやイントネーションが違うはずだ、と思った。

〃丹後って、ものすごい田舎なのだろう〃と軽い気持ちで言ったら、カオル君はとんでもないって表情を浮かべ、全力で否定した。

「そりゃあ確かに、峰山は京都や大阪のような大きな町ではないよ。でも通りにはいろんなお店屋さんが並んでいて、とても賑《にぎ》やかだったんだ」と彼は熱っぽく語った。近くの宮津も古くから栄えた港町で、開放的でハイカラな雰囲気が漂っていたらしい。

　カオル君によると「夏は断然、丹後のほうがいい」。

なぜならきれいな海が近いから。峰山から網野《あみの》方面の浜辺へは汽車と車を乗り継いですぐ。鉄道で反対方面へ向えば天橋立《あまのはしだて》、その先には栗田《くんだ》や由良《ゆら》の水泳場もあった。休日になれば畑でとれたばかりのスイカをぶら下げて、父母そしてまだ赤ん坊だった妹のユヰちゃんと海辺へ遊びに出かけたそうだ。

「真っ黒に日焼けするまで泳いだり、磯の潮だまりでカニやヤドカリを捕まえたりしたんだ。魚を網ですくったこともあったな。箱メガネの中に海水を溜《た》めて、生簀《いけす》がわりに入れておくんだ」

　カオル君は目をキラキラさせて語った。

「あれは橋立の文殊《もんじゅ》の桟橋《さんばし》から、船に揺られて府中《ふちゅう》の浜まで行ったときだったなあ。屋台で買ってもらった赤や黄色の海ほおずきがとてもきれいだった。ぼくやお母さんは簡単に音を出すのにお父さんだけうまく鳴らせなかったっけ。あと、あの浜では砂をちょこっと掘っただけでアサリがたんと獲れてね」

〝おいしかったんだろうなあ〟

「そりゃ、おいしいよ。たまに子ガニが貝殻《かいがら》の中に隠れていたりしてね。貝に砂を吐かせていると、ひょっこり出てくる。そうそう、海から帰ってくると、お風呂に入るときが一番大変。ちょっと熱いお湯でも、日焼けのあとがヒリヒリしてたまらなかった」

〝海へ行かない日は何をしていたんだい？〟

「普段はもっぱら山を遊び場にしていたのさ。近所の子たちを引き連れて金比羅《こんぴら》さんの森の奥へ探検に出かけるとカブトムシやクワガタがわんさか採れた。珍しいカミキリムシもいたし、そうそうタマムシを見つけたこともあったよ。タマムシって、まるでブリキのおもちゃみたいにキラキラしているんだけれど、小さな体にちゃんと命を宿しているんだ」

ぼくが知っているカオル君はどちらかといえば、色白でおとなしいタイプだ。彼自身が語る峰山時代の腕白《わんぱく》なカオル君とのギャップにぼくは驚いた。

カオル君の一家が京都へ転居したきっかけは、昭和二（一九二七）年に丹後を襲った大地震だった。まだ残雪が残る三月初旬の夕暮れ時、突然、町中が地響きをともなって上下に激しく揺れたそうだ。ちょうど夕食の時間だった。居間にそろっていた一家やお手伝いさんたちは、転びながら大あわてで家の外に飛び出した。まだ小さなユキちゃんもお父さんの胸に抱かれて無事だった。

通りは、着の身着のままあわてて飛び出た人たちがひしめいていた。近所同士、安否《あんぴ》を確かめ合っている。

「おお、あんた無事でおんなったか」

「おっとろしやぁ。うちの母屋が倒れてしもうたわ」

頑丈な造りの旧家だったカオル君の家は何とか踏ん張っていたけれど、近所には無惨《むざん》にも倒壊してしまった家が無数にあった。

「おーい」

「なんだぃやあ」

「あっちに挟まれて動かれん人が、よーけおるで、手ぇ貸しておくれや」

「なんとなー、えらいことだあ」

大人たちは一斉に救出に向かう。ところが、そこかしこで同時に火の手があがりはじめた。炊事やストーブなど火の気が多い時間帯だったのだ。

「あかへん。これでは手ぇ出しようがないわ」

人びとはくやしそうに言った。

幼かった彼の記憶にも鮮明に残っている。大好きな峰山の町がみるみる赤い炎に呑《の》まれてゆく様子が。毎日、母の手にひかれて買い物に行った街道筋の家並みがゴウゴウと獣の咆哮《ほうこう》のような猛火に覆われた。入学を楽しみにしていた峰山尋常小学校の方面にも火の手が上がっているのが見えた。

炎はカオル君の家にも容赦なく近づいてくる。周囲には降り積もった雪など水気も残っていたけれど、すさまじい炎の前には、文字通り焼け石に水、到底抗《あらが》えなかった。なすすべもなく、ただ家が焼け落ちるのを見守るだけだった。地獄のようなその夜を、身を切る寒空の下、家族やお手伝いさんと身を寄せあって乗り切ったそうだ。まだ幼い妹が冷えきってしまわないように、みんなで押しくらまんじゅうのように固まり暖め合って一夜を過ごした。

「翌朝、日が昇ってからみんな息を呑んだ。目の前に広がっていたのは真っ黒な焼け野原だった。まだ、いたる所で白い煙がくすぶっていた」

実際、被害は甚大《じんだい》で、峰山では住民の五人に一人が亡くなったと言われている。カオル君の幼馴染《おさななじみ》やその家族にも、数多くの犠牲者が出た。

被災地は丹後全域に広がり、峰山や網野、加悦《かや》、岩滝《いわたき》では、七割から九割の家屋が倒壊したそうだ。家を失った被災者に追い討ちをかけるように大雨や吹雪が丹後地方を襲い、山間部では山崩れ、がけ崩れも発生した。

住居と生活の基盤を失ったカオル君の一家は、そのまま親類を頼って京都へ移ってきた。

〝大変な思いをしたのだね〟

そんな月並みな言葉しか思いつかないのが、我ながら情けなかった。そして、ぼくは気になって、カオル君にたずねた。

〝新しく越してきた京都はどう？　この学校はどうだった？　京都の人たちは、君たちをやさしく迎え入れてくれたかい？〟

そこでハタと気づいた。ぼくはずっと自分を遠い国からやってきたよそ者だと思ってきた。でも後から生まれた子や、新しく京都へやってきた人たちに比べると、自分のほうがよっぽど京都人らしくなってしまっている。

「うん、京都は好きだよ。新しい友だちもたくさんできたしね。たくさんの本にも京都で出合ったし」

京都へ来てからのカオル君は、どちらかといえば内向きな性格となっていった。でも、それなりに気の合う友人も何人かいたようだ。とりわけ、町医者の息子正一くんとは仲が良かったみたいだ。彼は本の虫として有名だった。

正一君は児童雑誌や単行本をどっさり持っていた。そしてカオル君は彼から本を借りてどっぷり読みふけったらしい。

小川未明《おがわみめい》の「赤いろうそくと人魚」、芥川龍之介《あくたがわりゅうのすけ》の「杜子春《とししゅん》」、有島武郎《ありしまたけお》の「一房《ひとふさ》の葡萄《ぶどう》」、雑誌「赤い鳥」に掲載された新美南吉《にいみなんきち》の「ごん狐《ぎつね》」などなど。大正から昭和初期にかけては日本の児童文学の輝ける時代で、多くの名作が生まれていたのだ。

そのほか子ども用に書かれた「平家物語」や「保元《ほうげん》・平治《へいじ》物語」、「太平記」など古典の軍記ものもカオル君は気に入っていたようだ。

正一君は、少年倶楽部《くらぶ》という雑誌も講読していて、読み終わるとカオル君にも貸してくれた。その雑誌には田河水泡《たがわすいほう》の「のらくろ」が連載されており、カオル君はたちまち夢中になってしまった。カオル君は、のらくろが兵隊になって、ヘマをやらかしながらも二等卒から少しずつ昇進してゆく様子を、ぼくにも面白おかしく説明してくれた。ぼくはヨーロッパで、戦争の悲惨さを体感していたから、素直に感心ばかりはできなかったけれど、なるほど漫画というものは面白いものだと思った。

「それから、京都に来てピアノと出合えたのもうれしかったんだ」

とカオル君は言った。

峰山の大地震のあとは、しばらくふさぎこんでいたカオル君だったが、そんな彼を元気づけようとお父さんが蓄音機とレコードを買ってくれたそうだ。

佐藤千夜子《ちやこ》や藤山一郎らの流行歌のレコードももちろん楽しかったけれど、カオル君が次第に心ひかれていったのは、ピアノ音楽やオーケストラ曲の芳醇《ほうじゅん》な響きだった。彼は、両親にピアノが弾けるようになりたいと言った。

「お父さん、かなりびっくりしていたな」とカオル君は笑いながら言った。「それでもどこからか、いらなくなったアップライトピアノを手に入れてくれて、ピアノの先生も見つけてくれた」

〝これからもピアノを続けるつもりなのかい？〟

カオル君はうなずいた。

「できるならば続けてゆきたいなあ。さすがに本当のピアニストになるのは無理だろうけれど、ほかの仕事をやりながらでもピアノは弾きつづけてゆきたい」

〝がんばりなよ。君ならできるよ〟とぼくは言い、音楽の素晴らしさ、とくに国境も文化も時代も超えて、あらゆる人の心に訴えることのできる音楽のすごさについて語った。

ぼくは、アメリカのルイジアナの農場出身で、フランスの船でピアノを弾き続けていたロイ・キングの話を聞かせた。クラシックの曲を決まりきった形だけでなく、ラグタイムなんかの要素もふんだんに取り入れて自由気ままに演奏していたことも。

彼は、目をキラキラさせて聞き入っていた。

「ぼくもいつかアメリカやインドやアフリカの人たちとも音楽で仲良くなる事が出来るだろうか」

〝もちろんなれるよ。これから世界はどんどん近くなってゆく。君が大人になる頃は、おそらく大きな飛行機に乗って世界旅行ができる時代だよ。行った先々でピアノを奏でてあげてごらん。きっと、その土地の人たちとすぐに打ち解けることができるから〟

カオル君は力強くうなずいた。

※

カオル君は理科が得意だった。

とりわけ生き物のことを学ぶのが大好きだった。

昭和初期は子ども向けの科学雑誌がいろいろ発行されていたから、彼はそういうものを定期購読していろんな知識をためこんでいた。アフリカ奥地の密林にいるゴリラという大猿の生態や、とてつもなく深い海に棲《す》む奇妙な形の魚や生き物のこと、または太古に大地をのし歩いていたという巨大爬虫類《はちゅうるい》の話を嬉々《きき》として語ってくれた。

また、いずれ人は宇宙へ飛び出す乗り物で月世界への往復の旅へ行くはずだって熱っぽく語っていた。その乗り物は、地球の重力を振り切るために、すごい力でポーンと一気に飛び上がるものになるらしい。揚力《ようりょく》を利用した飛行機の飛び方とはまったく異なるそうだ。ジュール・ヴェルヌの「月世界旅行」という物語にもそういう描写があるらしい。

「物語のような砲弾に乗り込むのはちょっと無茶だけれど、これに近いやり方で月へ行くのが一番確実なように思えるんだ」

とカオル君は言った。

カオル君本人も高学年の自由学習の取り組みとして、図鑑を片手に採集活動を熱心に行っていた。おもに鴨川や京都御苑の周辺で、虫や植物、鉱物などを採集していたようだ。彼自身は重々しく「調査活動」なんて称していたけれど。

「ねえ聞いて、タンポポの調査をしていてちょっと気づいたことがあったんだ」

彼が言うには、野に咲くタンポポの生態に異変が起きているのだとか。日本の在来種がみるみる少なくなり、一方で海外から持ち込まれたタンポポが急激に数を増やすという現象が起きているらしい。田舎のほうへ行けばまだ在来種も健在だけど、都市部とりわけ町なかで見かけるタンポポは十中八九《じっちゅうはっく》外来種のタンポポに置き換わっているのだそうだ。一般的には、外国の植物のほうが繁殖力に勝っており、同じ場所で競合すれば、外来種が日本古来の品種を駆逐《くちく》してしまうと解釈されているらしい。

「でもね、それに当てはまらない場所が京都のど真ん中にもあったんだよ！　ぼくが見つけたんだ」

カオル君は、御苑の周囲でタンポポを観察していて、御苑に近い場所ほど在来種の比率が高くなることに気づいたらしい。

「そしてこの間、お父さんと御苑へ入ったときに確かめてみた。すると思った通り、そこは日本の在来タンポポの楽園だったんだ。ということは、西洋のタンポポも闇雲《やみくも》に日本のタンポポを追いやっているわけじゃない。昔どおりの環境さえ保たれていたら、日本の植物が外来種にも負けずに生き残ることが可能なはずなんだ」

彼はやや興奮気味に説明した。

〝じゃあ、町の西洋化や近代化が、植物の分布に色濃く関わっているということだね〟とぼくは言った。〝御苑は街の真ん中にあるけれど、都市化の影響の少ない場所だ。田舎と同じような環境が守られているから、タンポポの聖域も守られているんだなあ〟

カオル君は満足げな表情を浮かべた。

「理解が早いね。さすがは風音校のピアノだ」

ぼくが科学大好きのカオル君を感心させたのは、その一回だけだったのかもしれない。

※

学校にいる以上、これは宿命とも言えるものなのだけれど、卒業の季節は何度経験しても切ないものだ。

一年生のときに、輝く笑顔で入学した子が、少し大人びた顔になって元気に羽ばたいてゆく。もちろん喜ばしいことなんだけれど、胸をえぐられるような寂しさはどうにもならない。

ぼくと仲良くなったカオル君も、昭和九年の三月に卒業していった。緊張しやすい性格は相変わらずで、校長先生から卒業証書をもらうときも足がガタガタ震えていた。

ぼくは精一杯心をこめて、卒業生が歌う「仰げば尊し」の伴奏をつとめた。

もう一人、さくら先生も卒業シーズンの寂しさに打ちのめされるタイプだった。

式典のあいだは、あふれんばかりの笑顔を見せ、明るく卒業生を送り出した先生だけど、会場の後片付けが終わり、ほっこりと力を抜いた瞬間に涙がこぼれそうになっていた。

彼女は気を紛らわすために、誰もいなくなった夕暮れの校舎でピアノを演奏した。

ショパンのエチュード第三番。今でこそ「別れの曲」とも呼ばれているけれど、この当時はそんな副題も一般的ではなかった。

さくら先生はこの曲を弾きながら、ただ静かに涙を流していた。ぼくも心を震わせつつ丁寧に涙の音楽を紡《つむ》いだ。

あの子、そしてあの子。今日巣立っていった子どもたちの明るい笑顔が次々と浮かんでくる。

「あかんやん、こないなええ曲弾いたら、涙とまらへんわ」

先生は京言葉丸出しにつぶやき、気持ちを切りかえるために明るく元気が出る音楽を奏ではじめた。弾いたのは、シューマンの「謝肉祭」の終曲「ペリシテ人と闘う〝ダヴィッド同盟〟の行進」。まるでワルツみたいに三拍子で弾む風変わりな行進曲を、先生とぼくは笑いながら踊るように演奏した。それから先生は勢いに乗って、唱歌をスウィング感たっぷりにアレンジして演奏した。また、ご近所から「いかがわしい音楽が……」と文句をつけられたって構うもんか。先生とぼくはアート・テイタム風味に酔いどれた「村まつり」や「われは海の子」を存分に奏でた。

ひとしきり演奏を終えると、ぼくらはヘトヘトになった。

その時、講堂の片隅から拍手が聞こえた。先生が振り返る。その視線の先にはカオル君が立っていた。

「まだ、帰ってなかったの?」

と先生が聞く。

「ううん、一旦帰ったけれど、もう一度先生の演奏が聴きたくて戻ってきたのです。きっと何か弾いておられるはずだと思ったから」

とカオル君は言った。「ねえ先生、最後にとっておきの演奏を聴かせてください」

先生は「んー、とっておきかあ」と言いつつ、自分の鞄《かばん》から楽譜を取り出した。

「先生、これをがんばって弾いてみるね。うまく弾けないところもあるかもしれないけれど」

そして、先生は心を込めてピアノを奏でた。ぼくもカオル君の未来のために全力で音を響かせた。

ベートーヴェンのピアノ・ソナタ第八番「悲愴《ひそう》」の第二楽章アダージョ・カンタービレ。

いつしか窓の外に月が昇っていた。

凍った夜空を、音楽が温かく包みこんだ。

第十七夜　野わき

あの日はまだ夜が明けきらないうちから、いつもと勝手が違う風が吹いていた。と言っても、びっくりするような強い風だったわけでもない。

時おりビュッという鋭い風切り音が木々の枝をかすめてゆく。それが過ぎ去ると、また平穏な風にもどる。そんなことの繰り返しだった。雨もまばらに降る程度でそれほど激しくはない。

ただ、南面の硝子窓を叩く大気の力が、まるでいつもと違った。どんと重く鈍い感じ。

ドッ、ドッ、ドッ、ドッ……。

言い知れぬ不気味な気配が漂っていた。

何やらおかしな天気だなあ、と思いつつも雨風が目立って強いわけでもなかったから、児童たちはいつものように家を出た。

ところが始業時間が近づくにしたがって、雨も風も目に見えて激しくなってくる。それでも、児童たちは手をつなぎ団子のように固まって次々に登校してきた。

二年生を担当していたさくら先生は心配になって、校門の前まで出て子どもたちを出迎えた。

「気をつけて、ゆっくりと歩いていらっしゃい」

「はーい」

　こんな悪天候の中でも子どもたちは無邪気そのものだった。

「今日の風はでっかいなあ」

「傘が吹っ飛びそうやもんなあ」

「見て。松の幹が折れ曲がりそうにしなってるよ」

　興奮気味に交わす声が聞こえてくる。

「うわぁ、あそこ！　けったいな雲やなあ」

　子どもたちは南東の空を見上げた。水桶にぶちまけた墨汁のように不気味にうごめく黒い塊が、頭上をおおうように迫りつつあった。


　やがて一時間目の授業が始まった。いつもなら太陽が高度を上げ、明るさを増すはずの時間。でも、この日はあべこべにどんどん暗くなっていった。

「なんや夕方みたいやなあ」

「このまま夜になってしまうんかな」

　日常とは違う様子に、子どもたちも空を見上げ騒ぎ始める。

「いよいよ嵐になりそうね」

　さくら先生も不安げに外を見やり、窓辺の留め金を確認した。

その刹那《せつな》、いきなり風雨が牙をむいた。

ゴオオオオッ。

地鳴りを思わせる低い響き。風を受けた町中の屋根がうなりをあげた。

とてつもない風圧が街を包み込む。

バラッバラッバラッ……。

横殴りの荒い雨粒が、一斉に放たれた弾丸のように窓硝子に襲いかかり、すさまじい音を立てた。

近隣の建物からは、あらゆる物が吹き上げられた。看板、木切れ、トタン板、防火バケツ……。ずっしり重い瓦までもが煎餅《せんべい》みたいに軽々と巻き上げられ、回転しながらでたらめな方向へ飛び交い始める。それらがもし教室につっこんできたら、どんなことになるだろう?

「すぐに窓から離れなさーい!」

さくら先生は子どもたちを教室の中央へ集めた。他の教室からも先生たちの張り詰めた声が響きわたった。驚いて泣き出す子たちもいる。

「大丈夫ですからね。これから先生の言うことを聞いて、落ち着いて行動をしましょう」

さくら先生はつとめて明るい声で、子どもたちをはげました。それでも、べそをかいた子たちの動揺はおさまらない。

ゴオゥオゥオゥオゥオゥ。

風雨は魔物のような雄叫びでますます勢いづき、子どもたちを震え上がらせる。

そのとき一人の女の子が、やにわに歌いはじめた。

やっとこやっとこ　くりだした
おもちゃのマーチが　ラッタッタ

ん、この声はユヰちゃん。この春卒業したカオル君の妹だ。彼女なりにみんなを元気づけるつもりだったのかもしれないし、単に自分の不安を紛らわそうとしただけなのかもしれない。

最初は他の子たちもあっけにとられていたけれど、ユヰちゃんの歌い方がたどたどしくて滑稽で、あちこちで笑い声が起こった。そして、ユヰちゃんに合わせて歌いだす子が、一人、二人……。

人形の兵隊　せいぞろい
お馬もわんわも　ラッタッタ

しまいには、さくら先生も含めて、みんなの合唱になっていた。

やっとこやっとこ　ひとまわり
キユーピもぽっぽも　ラッタッタ
フランス人形も　とびだして
笛ふきゃ太鼓が　パンパラパン

さくら先生の教室の歌は、自然に広まり、低学年のほかの教室でもまねをして歌いだす子が現れた。

間もなく全校児童への避難誘導が始まったけれど、おかげで動転する子も現れず、みな落ち着いて避難することができた。

「ユヰさんには、本当に助けられました。後で聞いても『どうして歌い始めたのかわかんない』なんてあっけらかんとした顔で本人は言うのですけど」と後日、さくら先生は同僚の先生に言っていた。

児童たちはまず本館一階の雨天体操場に誘導され、入りきらない子たちが、ぼくのいる二階の講堂へやってきた。

二階は建物や塀が周りにないので、雨風がまともにぶつかってくる。大気の塊が窓枠ごと吹き飛ばしてしまえとばかりに、背の高い硝子窓に体当たりし、ぎしぎしばりばりと不気味な軋《きし》みをあげた。四散する風が建物の脇でごうごうとうなりを立てた。

吹き飛ばされてきた危険物が、いつ窓をぶち破って飛び込んでくるわからないものだから、先生たちは戦々恐々とした面持ちで周囲に目を光らせていた。子どもたちは先生の周りで、身を寄せあい、また時には歌いながら嵐が過ぎ去るのをじっと待った。

とても長い時間に感じた。このまま永遠に恐ろしい風が止まないのでは？　そこにいる誰もがそう思うほどのすさまじい嵐だったけれど、吹き荒れていたのは正味一時間ほどだったらしい。

どう、という一吹きを最後に過ぎ去ってしまうと、拍子抜けするほど、急速に天気は回復した。時おり思い出したように強い吹き返しがあったが、危険な気配は徐々に薄らいでいった。雲間からは幾筋もの光が差し、隠れていた雀《すずめ》たちが飛び出してくる。まるで何ごともなかったかのように、朗らかな声で彼らはさえずりはじめた。

授業は、そのまま打ち切りとなり子どもたちは雨上がりの道を帰っていった。朝までとまるっきり違う姿をさらしている街並みを見て、みな驚きの声をあげている。心配をして学校まで迎えに来る親たちも大勢いた。

街はひどい有様だった。下校する児童を途中まで送った先生たちによると、通りにはどこのものとも知れない看板や荷車、板切れ、瓦や硝子の破片などが散乱していたらしい。土壁や塀は崩れ落ち、街路樹が折り重なって倒れていた。市電の架線は切れて垂れ下がり、濡《ぬ》れた地面でバチバチと火花が散っていたそうだ。

「やれやれ、これから町の片づけが大変やね」

「電車も動かんし、今夜は歩いて帰るしかないわ」

「それにしても、校舎がコンクリート造りに替わっていて助かったよ」

「市内には木造の学校もまだまだ多いから心配だ」

先生たちは、そんなことを口々に言い合っていた。

すると、そのとき学校へ駆け込んできた人が大声で叫んだ。

「おおーい、西陣《にしじん》校がえらいことや。倒れた校舎で子どもらが下敷きになっとる！」

木造二階建ての校舎が風をまともに受けて、北側へどんと倒れたらしい。多くの児童が瓦礫《がれき》に埋もれたままという話を聞き、男の先生たちがいてもたってもいられずに学校を飛び出していった。

ぼくも自由に動き回れる人間だったらどんなに良かったろうと思った。現場へ駆けつけて一人でも二人でも助け出したい。

間もなく、別の知らせが飛び込んできた。西院《さいいん》の淳和《じゅんな》校でも校舎が倒れ、先生と生徒が生き埋めになっているという。

その後、私立の中学校の倒壊した校舎から火の手が上がったという話も伝わってきた。瓦礫の下にはまだ救いを待つ生徒たちが大勢残っているそうだ。

学校に残っていた先生たちは、次々と寄せられる恐ろしい知らせに足をガタガタ震わせた。

ぼくは、カオル君から聞いた丹後の大地震を思い出した。なすすべもなく、町中が焼き尽くされるのを、ただ見つめるしかなかったというあの大災害を。

地震と暴風雨、形は違えども凄まじい自然の猛威が、今度は京都を襲ってきたのだ。

あっという間に子どもたちを奪い去ろうとする自然の巨大な力の前に、なすすべのないやるせなさを感じた。

その後、西陣校では四十一人もの児童が犠牲になったことがわかった。

淳和校では、三十一人の児童と、我が身を投げだして倒れる建物から子どもたちを守り抜こうとした若い女性の先生が亡くなった。

私立の中学校の火災は、理科の実験用薬品の発火が原因だったらしい。瓦礫の下で動けず救出を待っていた生徒約二十人が炎に巻かれ犠牲となった。

いずれの学校でも、親御さんたちの悲痛な叫びが絶えなかったそうだ。

これが昭和九（一九三四）年九月二十一日に経験した悲しい記憶だ。

※この暴風雨は、今では室戸《むろと》台風と呼ばれています。

上陸時の最大瞬間風速が六〇メートル以上（計測不能）というすさまじい嵐で、京都では最大瞬間風速四二・一メートルの風が吹き荒れました。京都府だけでも約二四〇人もの命が失われたのです。

当時はまだ木造の校舎も多く、学校での被害がとりわけ目立ちました。西陣校、淳和校以外の小学校でも、大内第三校で児童五人、下鳥羽校で児童が十八人、向島《むかいじま》校で先生二人と児童十四人、大藪《おおやぶ》校で児童五人、明親《めいしん》校で児童一人、八幡《やわた》校で先生二人と児童三十二人、有智郷《うちごう》校で児童一人が亡くなりました。負傷者は府全域の学校で、およそ千人にものぼりました。

もちろん被害は京都だけにとどまらず、台風が通過した地域全体に、死者・行方不明者約三千人、負傷者約一万五千人という深い爪痕を残しました。隣の大阪府でも木造の校舎に被害が集中し、多くの児童・生徒や教職員、子を心配して迎えに来た保護者らが犠牲になりました。この台風被害は海外でも報じられ、アメリカの新聞記者団からの義捐《ぎえん》金が京都日出新聞社などに寄託され、復興に役立てられました。

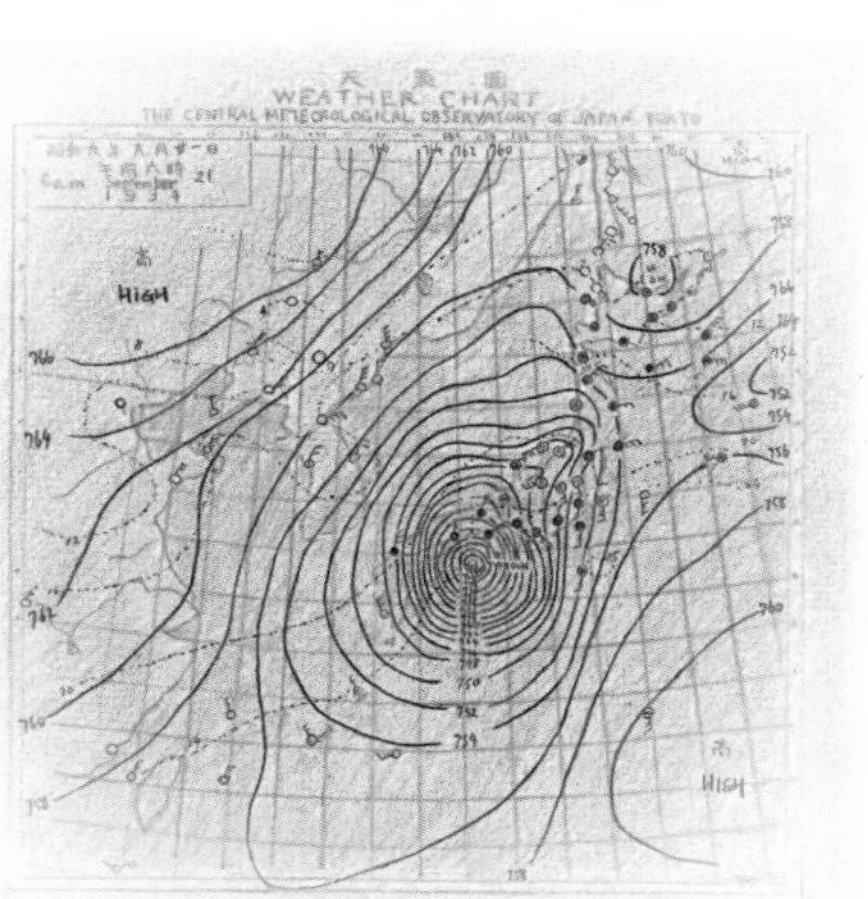

最後に。

淳和校（現西院校）で、児童を守り抜こうとした先生（松浦壽惠子《まつうらすえこ》先生）は、倒れる木造校舎から守るように一人の女の子を胸に抱えていました。瓦礫が除かれたとき、先生は深い傷を負い、既に亡くなっていましたが、先生に抱かれてうずくまっていた少女は怪我もなく助かったそうです。今でも知恩院南門（円山公園へつながる通路）のすぐ脇に、子どもたちを守ろうとする先生の姿が銅像（師弟愛の像）になって残っています。

第十八夜　ミクロコスモス

二・二六事件、そして中国との戦いの引き金となった盧溝橋《ろこうきょう》事件。昭和十年代に入ると世の中が大きく動き始めた。しかし、学校を取り巻く日常は穏やかに続いており、世の変化を日々生々しく感じ取っていたわけじゃない。

風音校の周辺には、以前と変わらず子どもたちの声が満ちあふれていた。この界隈はなにぶん町家が建て込んでいる地域なので、子どもたちが集える空き地が少なかった。かといって広い境内を持つ神社や寺もない。自然のなりゆきで校内に残って遊ぶ子たちが多くなった。

　男の子の遊びの横綱はやはりメンコだった。でも、この頃それに劣らず人気があったのがバイゴマ（べーゴマ）だ。みんな略して「バイ」と呼んでいた。よろず屋とも呼ばれていた雑貨店や駄菓子屋に行けば、鋳鉄《ちゅうてつ》製のバイゴマが安く売られていた。八角形（たまに六角形や円形もあった）の背の部分にいろんなマークや文字、模様が刻み込まれている。

　男の子たちはコマを集めて眺めているだけでも十分楽しめた。まとまった数をジャラジャラと持っていると、ちょっとした財産家にでもなった気分だ。実際、ポケットのなかにいくつものバイゴマをしのばせ、四六時中ジャンジャラ音を鳴らして悦《えつ》に入《い》った表情を浮かべる者もいた。

でも、バイゴマ遊びの本来の醍醐味はやはりメンコと同様、取ったり取られたりの真剣勝負だ。

たいていは台や机にござが敷かれ、その上で勝負がおこなわれた。せいので一斉に回し、相手のコマを残らず弾《はじ》き飛ばした者や、より長く回り続けた者が勝ちだった。

雨降りの日は講堂の中でも、こっそりバイゴマ勝負が行われた。ぼくはそんな子どもたちの世界を、じっと見守っている時間が大好きだった。

コマ回しは、メンコのような気合いや力まかせの要素より、技術が勝負を左右する。特にバイゴマはひもの巻き方が独特で手先の器用さがものを言った。上手い巻き方や投げ方のコツさえつかめば、非力な下級生でも上級生に勝つことがあった。実際、まだ二年生の小さな子が上級生をバッタバッタと打ち破るのを見たことがある。まるで、小兵《こひょう》力士が並み居る巨漢力士たちを次々と打ち負かすような爽快感があった。

あとで得た知識だけど、バイゴマ遊びの歴史はずいぶん古いそうだ。鋳鉄製のバイゴマも巻き貝のフォルムの名残をとどめているけれど、平安京の遺構からは本物の貝殻に粘土を詰めて作られたコマが出てくるらしい。おそらく千年前のわんぱく小僧たちが遊んだ物だろう。もともとは貝ゴマ（バイゴマ）だったものが、関東に伝わったあと次第になまってべーゴマになったのだとか。

むろん男の子たちは、そんな小難しい歴史なんてまるで知らない。コマ回しの面白さそのものに夢中に

なっている。

でも、楽しいことは長続きしない。ある日、一人の子の手からすっぽ抜けたコマが、校舎の硝子窓を派手に破ってしまったのだ。その日以来校内へのバイゴマ持ち込みは堅く禁じられてしまった。

その頃の遊びといえば、あとは石蹴り、挟み（オニにゴムまりを当てられないように二ヵ所の陣地を往復する遊び）など。こういった遊びは周期的に流行りがやってきて、しばらくは誰も彼もがそればかりに熱中した。ところが、ひょんなきっかけで皆の関心が別の遊びにコロッと移ってしまう。そんなことの繰り返しだった。

シャボン玉遊びの光景もよく覚えている。窓から外を眺めていると、すぐ下の通路から、まあるい玉がいくつもいくつも空高く舞い上がって行く。

ふんわりふわり――。

当時は学校の周囲に高い建物が少なく、町家の屋根が波の重なりのように続いていた。そこを、虹色に輝くまあるい玉がのんびりした様子で浮かび上がり、風に吹かれ、やがて消えてゆくのだ。子どもたちの歌声がそれらを追いかけて響く。

シャボン玉飛んだ
屋根まで飛んだ
屋根まで飛んで
こわれて消えた

シャボン玉消えた
飛ばずに消えた
産まれてすぐに
こわれて消えた

風、風、吹くな
シャボン玉飛ばそ

まるっきり童謡に描かれた世界が、青い空の下にひろがっていた。

※

手工（工作）の時間には、乗り物の模型制作が行われた。自分自身で描いた設計図面にしたがって木のパーツを削りだし、組み上げてゆくという作業だ。

「ぼくは蒸気機関車を作ろう。デゴイチだ」

「いや、ぼくは飛行機だね。九一式戦闘機を作ってみよう」

「やっぱり自動車がいいな。ダットサンのトラックだぞ」

みんな思い思いの乗り物の設計図に取りかかる。

中でも一番人気は、何と言ってもチンチン電車。京都の大通りには縦横に市電が走っていたから、子どもたちにとって最も親しみ深い乗り物だった。

当時、手に入らないオモチャは、自分たちで木を切ったり削ったり、工夫して作ることが当たり前だった。だから、道具の扱いにしろ、材料の加工にしろ、大人顔負けの器用さでこなしてしまう。仕上がりは小学生の手によるものとは思えない出来ばえだった。

放課後、子どもたちは、完成させた乗り物を講堂へ持ち込んで心ゆくまで遊んだ。電車や自動車の模型は、ちゃんと車輪が回るようになっている。広い講堂や体操場はそれらをゴロゴロ転がすのにもってこいの空間だった。

遊んでいるうちに、ついつい夢中になってぼくの脚やペダルにガツンとぶつけてしまう子もいたけれど気にはならなかった。ぼくも一緒に遊んでいるような気分になっていたからね。

※

日本の学校では、子どもたち自身に掃除をさせていた。

放課後やお昼の掃除時間になると、当番の子たちが講堂にもやってきて、ぼくの周囲をきれいにしてくれた。だから学校で埃《ほこり》をかぶって困ったという経験がほとんどない。

ただ、なぜか日本の学校の掃除では雑巾《ぞうきん》がけが異様に尊ばれていた。夏はともかく、冬の寒い日でもブリキバケツの冷たい水に手を入れて雑巾を絞っている。小さな手が真っ赤に火照《ほて》っている。もしかすると、雑巾がけという行為には精神修養的な意味も込められているのかもしれないと思った。

それはともかく、水気が苦手なぼくまで雑巾がけをされてしまうのには閉口した。

ぼくをピカピカにしようという心はありがたかったし、その善意はわかる。でも、絞りの甘い水の滴る雑巾でボディや鍵盤をゴシゴシ拭かれるのには正直なところまいった。

あ、それから、掃除のたびに男の子たちが箒《ほうき》を刀に見立ててチャンバラをはじめる。これはもう、長い棒を手にした日本男児たちの本能というか、お決まりの儀式のようなものだった。見ているぶんには面白かったけれど、時おり豪快な空振りの一撃がぼくに振りかかってくることもある。

ガツーン。

さすがにあれを食らった日は、一日中頭がクラクラしたな。

※

この時代は今よりも頻繁に縁日の市が立った。六角通にもちょくちょく屋台が並んだ。子どもたちにとって縁日は、娯楽の楽しさと同時に、そこはかとない怪しげな気配も運んでくる非日常の時間と空間だった。

夜風がこうばしい匂い、甘い香りを漂わせ、道行く人びとを誘う。

食べ物以外にも、輪投げ、射的、コリントゲーム、金魚すくい、鯉釣り、当てもの……。

アセチレンランプや裸電球の明かりの下に色とりどりのおもちゃや

景品がところ狭しと並べられ、子どもたちは目をキラキラ輝かせる。夏には風鈴《ふうりん》売りが引く車も現れ、涼やかな音色が町に響き渡った。

カオル君がまだ学校にいた頃、よく縁日の夜店の話をしてくれた。夜店ではいろんなおもちゃが売られていたけれど、カオル君たち男の子が、一時夢中になっていたのがポンポン蒸気だ。

ブリキ製のカラフルな小船で、船体のボイラーの下に置いたろうそくを灯すと、加熱された水が船尾の管から押し出されて前進する仕組みらしい。なにより構造がシンプルなので、ぜんまい仕掛けのおもちゃのようにたやすく壊れて動かなくなるなんてことはなかった。ろうそくなんて仏壇からくすねてくればいくらでもあったし、小遣いの乏しい子どもたちにとっては優れもののおもちゃだった。

このおもちゃの船はカオル君の科学的探究心をいたく刺激した。彼は熱せられた水蒸気が推進力を生むメカニズムをよく知ろうと、自作のポンポン蒸気作りにも挑戦した。

ポンポン蒸気に関しては、ちょっとした事件もおこった。

桶屋《おけ》のサブロウ君という子が神泉苑《しんせんえん》の池に、この船を華々しく就航させたところ、池のど真ん中でピクリとも動かなくなってしまったのだ。おそらく、ろうそくの火が消えたのだろう。

サブロウ君は、船がおのずから漂着するのを待とうとしばらく様子をみていたが、その日は風もなく、水面は鏡のように静止したままだ。船はピタリと動きを止め、戻ってきそうな気配はない。

彼は、どこやらで竹の竿《さお》を見つけてきて、ひっかけて取り戻そうと試みたが長さが届かない。石を放り込んで波紋を立ててみるも、いたずらに横波を起こしてポンポン蒸気を転覆させそうになるだけ。下手して船に命中すれば、あわれ撃沈ともなりかねない。どうにもこうにも取り戻せない。

仕方なく、サブロウ君はまっ裸になって緑色に濁った水に入り、泳いで取りに行ったそうだ。

ところが、アオミドロまみれの必死の形相で泳ぐサブロウ君を目撃した子が「河童《かっぱ》が出た」と騒ぎ出し、まもなくその正体がサブロウ君と知れるや、その噂は翌日には学校中にゆき渡ってしまった。それ以来、「カッパのサブロー」というありがたくないあだ名がつくし、神泉苑の池で泳いだことも先生にばれて大目玉食らうし、サブロウ君にとってはさんざんな一日になった。

そうそう、ポンポン蒸気と似たおもちゃに、樟脳船《しょうのう》というものもあった。

これは船尾部分にのせた樟脳が少しずつ溶け出し、水の上をすべるように進みはじめるというもの。ミズスマシやアメンボのように水面を滑走する様子が面白く、これまた男の子たちの好奇心を大いにくすぐったが、なぜかみんなすぐに飽きてしまった。あまりにも静かに、そしてスーイスイとなめらかに動きすぎるのだ。ポンポン蒸気のようにとぼけた音を発しながら、少々ギグシャク動くほうが、男の子たちには素敵に見えるらしい。

カオル君にも樟脳船についてたずねたことがあったが、「ああ、あれは子どもだましだね」の一言で片付けられてしまった。まったく、自分だって子どものくせに！

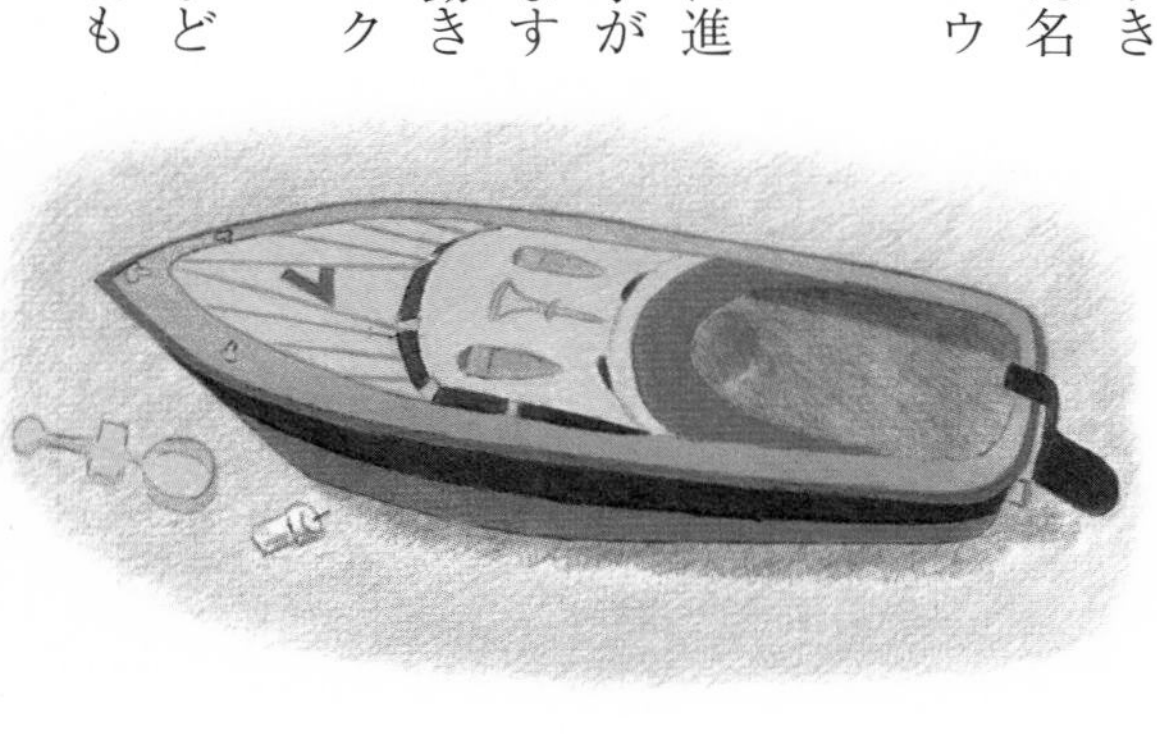

第十九夜　国民学校

風音校の創立七十周年の式典が行われたのは昭和十四（一九三九）年。ぼくがここへやって来て、早くも二十年あまりの歳月が流れたことになる。
全校児童数はおよそ六百人。ぼくが来た頃の一・五倍ぐらいの規模になっていた。
めでたい式典がとり行われる一方で、この時期には、後の日本の運命につながる深い影が世を覆い始めていた。
ただ、それも後から思い返せばそうだった、と言えるだけだ。
陽の光も、
心地よい風も、
夜空の星座のきらめきも、
子どもたちの明るい笑顔も、
何もかもが以前と変わらなかった。
市井《しせい》の人々が普通に暮らす、当たり前の日常が続いていた。
もちろん、中国やノモンハンなど大陸でつづく戦いや、大切な人を戦場へ送り出す家族たちの悲しみはあった。ものものしい法律や決まりごとが徐々に人びとから人生の楽しみや歓びを奪いつつあった。
それでも、日々の暮らしは穏やかに行われていた。お国を守る兵隊さんたちは、子どもたちのあこがれの的だった。近所から聞こえてくるラジオからは「上海の花売り娘」や「満州娘」、そして「蘇州夜曲《そしゅうやきょく》」などの異国情緒あふれる調べが流れていた。

静かな夕べに、さくら先生と「蘇州夜曲」を歌い奏でたこともある。

君がみ胸に　抱かれて聞くは
夢の船唄　鳥の唄
水の蘇州の　花散る春を
惜しむか柳が　すすり泣く

花をうかべて　流れる水の
明日の行方は　知らねども
こよい映した　ふたりの姿
消えてくれるな　いつまでも

髪に飾ろか　接吻《くちづけ》しよか
君が手折《たお》りし　桃の花
涙ぐむよな　おぼろの月に
鐘が鳴ります　寒山寺

可能性が無尽蔵《むじんぞう》に広がっているかに見えた大陸に、皆が夢とあこがれを抱いていた。

※

そして、昭和十六（一九四一）年。

この年の春先に、ぼくの学校は風音国民学校という名称に変わった。

日本の将来を担う子どもたちは「少国民」とも呼ばれるようになった。

授業では心身の鍛錬《たんれん》にますます重きがおかれ、「体操」は「体錬《たいれん》」と呼び方を変えられた。

教官の厳しい号令のもと、隊列行進の練習に始まり、男子には銃剣道や柔道など、女子には薙刀《なぎなた》の稽古。

ピリリと張りつめた空気がぼくのところまで伝わってくる。

〝おやおや、学校は小さな兵隊さんたちを養成しようとしているのかな〟

ぼくはそこはかとなく不安な心持ちで、その様子を見守った。

その前年ぐらいから「贅沢《ぜいたく》は敵だ」といったスローガンのもと、簡素な身なりが奨励《しょうれい》され、パーマネントなどおしゃれも自粛《じしゅく》ムード。町からモボやモガはすっかり姿を消した。繊維類の消費統制も進められたから、風音校の近隣で盛んだった和装産業には大きな打撃だった。

※

〝あの頃と比べて、どうだろう〟

ぼくは、かつてプラハで経験した第一次世界大戦の開戦前夜を思い起こした。この時代の日本の雰囲気と、似ているようも感じたし、まるで違っていたようにも思った。

あの頃のヨーロッパは、華やかで優美な装いをまとった世の中だった。フランスではベル・エポック（美しき時代）と呼ばれたりもする。世界中の富がヨーロッパに吸い寄せられ、文化の華が咲き誇り、爛熟《らんじゅく》の香りと輝きを放っていた。ぼくたちモダンピアノはそういう時代の申し子のような存在だ。

ただ、優雅な暮らしができる人はほんの一握りで、世の多くの人びとは貧しく、時代の華やかさとは無縁だった。澱《おり》のごとく溜まった矛盾や不満が、はち切れんばかりに膨らみきっていた。

片や、昭和十五年、十六年頃の日本は——。

あらゆる統制がますます厳しくなり、町の人びとの暮らしから自由や豊かさが目に見えて失われていった。社会全体には、まだまだ貧困にあえいでいる人たちも多かった。

でも、ある種、あっけらかんとした明るさも漂っていた気がするんだ。貧しいなりに、自分たちは一等国の国民になった、日本は列強《れっきょう》の一角を占めるようになったのだと誇らしげに思う気分があった。人びとの心には、不安におびえるより希望にすがろうとする気持ちのほうが大きかったのかもしれない。明るい未来を信じていたい思いが強かったのだろう。

子どもたちは、夏の夜空を彩る天の川を見上げながら、星に願いをかけた。

ささの葉さらさら
のきばにゆれる
お星さまきらきら

きんぎん砂子《すなご》
五色《ごしき》のたんざく
わたしがかいた
お星さまきらきら
空からみてる

しかし、日本全体を回す歯車はいったん狂い始めると、もう止まることはなかった。

十二月八日、連合艦隊の機動部隊がハワイの真珠湾を攻撃し、とうとう日本はアメリカ、イギリスを相手に、後戻りのできない戦争を始めてしまったのだ。

冬の初めの少々肌寒い月曜日だった。

朝一番、講堂での朝礼でアメリカとの戦争が始まったことが校長先生から児童たちに伝えられた。昼休みになると近所からラジオの音が聞こえてきた。勇ましい軍艦マーチが高らかに響いていた。

第二十夜　戦争の影

年の始めの　例《ためし》とて　終りなき世の　めでたさを
松竹《まつたけ》たてて　門《かど》ごとに　祝う今日こそ　楽しけれ

昭和十七（一九四二）年のお正月は、穏やかな雰囲気で過ぎていった。

日本軍は快進撃を続けていた。その様子は、新聞やラジオ、ニュース映画などで刻々と伝えられ、人びとは戦勝気分に酔いしれていた。

戦争ごっこをする男の子たちが校庭をかけまわる。

「それっ、バタアン、ダバオを攻略だ！」

「こちらはマレー上陸成功！　さあ、ビルマへ進軍だ」

日本軍の南進にしたがってアジアや南洋の地名が、にわかに子どもたちの遊びや話題の中にも登場するようになっていった。

まだ、日本にも余裕があった時期で、綴《つづ》り方の時間にこんな文章を書き、発表する子もいた。

「家族みんなであたご山へ遊びに行きました。まず嵐電《らんでん》で嵐山まで行き、清滝《きよたき》へ行く電車に乗りかえました。清滝駅からはケーブルカーに乗り、あたご山のホテルまであがりました。ここの遊園地の飛行塔は大好きなのですが、今は寒くて乗れませんでした。その代わりのお楽しみは雪がたくさんのスキー場です。

ゲレンデでは色とりどりのセエタアとえり巻きの人たちがスキーをしていました。お兄さんもさっそくスキーを始めましたが、わたしはスキーがうまくないので、ソリをかりてくり返しすべりました。みかんの木箱でできたソリでした。こぶでソリが何度もころんだので、毛糸のボウシや手ぶくろが雪まみれになってしまいました」

この冬はまだ、京都周辺のゲレンデが営業しており、うちの学校にも愛宕山《あたごやま》や比叡山《ひえいざん》へ鋼索《こうさく》鉄道（ケーブルカー）でのぼって、山上で雪遊びを楽しんだ子がたくさんいたようだ。

ところが、この年の半ば頃には、日本軍は徐々に劣勢に回りはじめていたらしいね。にもかかわらず国内にもたらされるのは華々しい戦果と快進撃の報せばかり。夏が近づく頃になっても、人びとは意気盛んだった。

校庭では木銃を使った教練が行われていた。教官の鋭い号令や指示が飛び交うなか、子どもたちは真剣な表情で訓練をおこなっていた。兵隊さんへの純粋な憧れもあり、担《にな》え銃《つつ》の行進や突撃、匍匐《ほふく》前進の稽古を誇らしげにこなしていた。

やがて京都に祇園祭の季節がやってきた。灯火管制がしかれていたこともあって、宵山の点灯は自粛となったけれど、ほかは例年と変わらずとりおこなわれた。

山鉾巡行では「祈　皇軍武運長久」という垂れ幕が掲げられた鉾もあったそうだ。もっとも国をあげての戦いの最中《さなか》のことなので、後世の人がこれを批判するのは酷《こく》なことだ。

前祭りの巡行の日は、戦時にも関わらず多くの見物客が押し寄せた。四条通は、高倉の大丸前も、寺町の藤井大丸前も黒山の人だかりだったそうだ。その場にいた人びとの中で、どれだけの人が翌年から山鉾巡行が見られなくなると想像しえただろうか。

秋の虫が鳴きはじめる頃から、人びとも戦況が思わしくないことを察しはじめた。報道では、相も変わらず戦果ばかりが強調されていたけれど、いつまでも実状を覆い隠せるわけでもない。にわかに世の緊張感が高まり、社会全体の締め付けもいっそう厳しくなっていった。

先生たちの姿も、すっかり変わった。男の先生は国防色とも言われたカーキ色の国民服に足もとはゲートル巻き、女の先生は地味な柄のもんぺ姿ばかりになった。

防空頭巾をかぶり、水で満たしたバケツをリレーする防火訓練も頻繁に行われるようになった。各学校の校庭には次々に大きな防空壕《ごう》が掘られた。

それでも、子どもたちは、日本の勝利をまるで疑っていなかった。

「しっかり勉強して、お国に役立つ大人になるのだ」と、健気なぐらい勉学や鍛練にいそしんでいた。休み時間には「軍艦、沈没、破裂」という掛け声の軍艦じゃんけんが流行り、学校がひけると戦争ごっこなどで勇ましさを誇りあった。

そして昭和十八（一九四三）年の夏。

戦況は、ますます悪化の一途をたどっていた。

町衆が守ってきた祇園祭もとうとう宵山や山鉾巡行など主要な行事を取りやめることになった。山鉾を飾る懸装品や御神体も、万一の戦災に備え分散させて厳重に保管された。

京都の夏の終わりを彩る五山《ござん》の送り火も中止が決まった。灯火管制が厳しくなっただけではなく、生活

に必要な薪《まき》が不足するというやむを得ない事情もあったのだ。町では、出征兵士を送り出す家族たちの声が響いた。隣組や近所の若者が出征するときは、子どもたちも小旗を振って見送った。

苦しくなっても、もはや誰にも止められない。底なしの戦争の深みに日本全体がずっぽりはまりこんでいた。

そんな時代でも京都を取り巻く山々は穏やかな表情を変えず、季節は同じように巡ってきた。この世は自然の摂理《せつり》に従って淡々と動いていた。

本来は送り火が行われるはずの八月十六日。朝から子供たちが大文字山に登り集団で体操をした。参加した子がその体験を絵日記に書いた。盆地の底で暑さにうだる市内とは違い、山上には涼やかな夏風が吹いていたそうだ。

眼下には京都の古い町並み。吉田山から鴨川、御所、遠くは双《ならび》ヶ丘や嵯峨《さが》、愛宕山まで一望できたらしい。人びとの暮らしや活動の気配がさざ波のような音をたてて町の空をおおっていた。街からも体操服の子らは大の字にそって白く見えたそうだ。

絵日記は「このおだやかな町がいつまでも、このままでありますように」という言葉で締めくくられていた。ぼくも、日本の国と世界が一刻もはやく穏やかになってほしいと願った。

第二十一夜　なみだ

あれは昭和十八年の秋、確か十一月半ばのことだった。

二日ほど雨が降ったあとの晴れた午後。温もりがしみる木漏れ日のなかを赤とんぼが軽やかに舞っていた。

〝しばらく肌寒かったのに、まだまだ元気なものだなあ〟

ぼくは飴《あめ》色の硝子越しに、健気《けなげ》に躍動する小さな命を眺めつつ、深くため息をもらした。

学校へ不意の客が訪れたのはその時だ。

遠くから聞こえる話し声だけで誰だかすぐにわかった。

カオル君。

昭和九年三月の卒業式以来だから、ぼくとは九年ぶりの再会ということになる。年齢は二十歳をいくつか超えたぐらいだろう。

彼を案内しているのはゆりえ先生。そう、大正の頃にぼくを迎えてくれたあのゆりえ先生だ。ゆりえ先生は昭和の初めに結婚し、教職を離れていたけれど、再び教育の現場に戻ってきていた。

戦争が激しくなるにしたがって、出征してゆく若い男の先生も増えていった。次第に不足する先生の数を補うために、かつて訓導《くんどう》（教師）をしていた人、さらにはまだ資格を持たない師範《しはん》学校の生徒たちにも

先生となってもらい、子どもを教えていた時期だった。ゆりえ先生が学校へ戻ってきたのも、そんな時代の要請に応えてのことだ。

　カオル君とゆりえ先生は初対面のはずだった。

　ふたりは言葉を交わしながら、ぼくのいる部屋へと近づいてくる。カオル君の話しぶりがずいぶん落ち着き、大人っぽくなったと思った。

「へぇ、そうなのですか、今は帝国大学で学んではるのですか」とゆりえ先生は感心したように溜め息をもらす。

「はい、農学部で農林経済学を専攻しております」

「農学部ですか。こういうご時世ですから、普通の倍ぐらい収穫できるお米とか、三倍の大きさに育つお芋《いも》さんとか、みんながお腹いっぱいになれる研究を進めてもらえると助かりますわ。あらっ、それは大学ではなく農事試験場のお役目だったかしら」

　と先生が冗談っぽく言った。

「ははは」とカオルくんは笑いつつ、「みなさんの暮らしに役立つ研究でもっと貢献できれば本望だったのですが……」

「と、おっしゃいますと」

　カオル君は笑みを消し、まっすぐな表情で答えた。「じつは、これからは別の形でお国のためにつくすことになりました」

「まあ」

　カオル君は、簡潔に説明した。これまで徴兵猶予《ちょうへいゆうよ》されていた大学生も兵役の対象となったこと、そして今までのように学業ばかりに専念するわけにいかなくなったことを。

「ええ、聞いております。学生さんもいよいよ戦地へ行かはることになったって」とゆりえ先生は言った。「それで……、あなたも？」

「ええ、このたび晴れて入営することになりました」

「はっ、そうやったのですか。それは、おめでとうございます」

「ありがとうございます。お国のために働けることを光栄に思っております」

「ご武運をお祈りいたします」

ゆりえ先生の反応に明らかな戸惑いの色が現れた。出征が決まったのだから、もっと祝いや労《ねぎら》いの言葉をかけるべきところなのだろう。でも、お互い本心が別のところにあることはわかりきっている。直接の教え子ではなかったとはいえ、風音校の卒業生の一人が戦地へ赴こうとしている。果たして、どんな言葉をかけたものか……。

二人は微妙な空気をまとったまま部屋へ入ってきた。

雰囲気を変えるためか、カオル君が明るい声で言った。

「……それで、今日は入営前に、思い出深い学び舎を訪問させてもらったというわけなのです。講堂にご案内いただいたついでにお願いなのですが、あのピアノを少し弾かせてもらえないでしょうか」

「ええ、それは一向に構いませんが」

「これは、在校中にずいぶん弾きこんだピアノなのです。どうしても会っておきたくなりまして」

「会っておきたい……」

先生はカオルくんの顔をじっと見つめた。「もしかすると、あなたも、このピアノに『会いたく』なる人なのですね」

「はい」

　ゆりえ先生は、にこやかに微笑んだ。

「わかりました。時間は気になさらず、思う存分お弾きください。わたしは席を外しておきましょう。お帰りになるときにお声掛けください。私は教員室におりますから」

「ご配慮ありがとうございます」

「それから――」とゆりえ先生は付け加えた。

「はっ」

「くれぐれも、お命を大切に。無事に戻ってくるのですよ」

「はい、ありがたいお言葉、肝に命じます」

　先生が講堂から立ち去るや、カオル君は急ぎ足でぼくのもとへやってきた。

　ずいぶん背が高くなり、精悍《せいかん》な風貌になっている。

　でも、顔つきはあの頃のカオル君とちっとも変わらない。さくら先生に「ぼくにも弾かせてください」とおずおずと申し出ていた頃の、おっとりした表情はそのままだ。

「やあ、久しぶり。ぼくのこと覚えているかい？」

〝当たり前だ、忘れるものか。卒業したきり、さっぱり顔を見せないなんて冷たいじゃないか〟

　ぼくはわざと怒ったように言った。

「ごめん。これでも学業が忙しかったんだ。それに特段の用もないのに小学校に度々来るのも変だろう」

〝まあ、いいや。今日はこうして会えたのだし〟とぼくは言った。〝帝国大学にいるんだって。たいしたものだ〟

「さっきの会話を聞いていたのだね。相変わらずの地獄耳だな」とカオル君は笑った。「今は百万遍《ひゃくまんべん》の農学部で研究をしている」

〝君らしい進路だよ。生き物が昔から好きだったからね〟

「うん、蚕《かいこ》の品種改良と養蚕《ようさん》業の経営がテーマなんだ」

〝あっ、そうか。丹後ちりめんは生糸《きいと》で作るのだものね。故郷のための研究をしているってわけか〟

カオル君は満足そうにうなずいた。

「よく覚えていてくれたね。ぼくが丹後の生まれだったことを」

〝君と話したことは、しっかり覚えていているさ〟とぼくは言った。〝それで……、入営が決まったというのは本当なのかい？〟

ハハハ、とカオル君は笑った。

「まさかね。真っ先に自分に召集がかかるとは思ってもみなかった。昔から体操とか、体を動かすことは大の苦手だったからね」

〝力仕事も似合わなそうだしなぁ〟

「ほんと、こんなにひ弱なのに！　だのに一体どういうわけだい。徴兵検査の結果は甲種合格だったのだよ。それでも、理系の学生は免除されるっていう噂も聞いていた。でも、結局のところぼくがやっている学問は、戦争に勝つためにはちっとも役立ちそうにもないってわけなのだろうな」

　彼もぼくが相手だから安心して本音が言えるのだろう。ぼくもピアノだから世間体なんて全く気にせずに本音で話す。

〝絶対に死ぬんじゃないぞ。危ないところには近寄るな。率先して先を歩くな〟

「まったく君にはかなわないな」

カオル君は大笑いした。「うん、決して死ぬものか。危ないところには近寄らない。宇治川の先陣争いじゃないのだから率先して人より前には出ない。とにかく危ないことはできるだけしない。だって、まだまだ学びたいことがいっぱいあるのだから」

〝必ず戻って来いよ。約束しろよ〟

「うん、必ず」

カオル君は椅子に腰かけた。ぼくは続けてたずねた。

〝入営はいつなの？〟

「今月の二十日に京都帝国大学の全学壮行式が行われる。そして、十二月が来れば、各々が入営や入団する場所へ行く。本籍地によって振り分けられるんだ。ぼくはまず伏見の営舎に入る」

〝伏見ということは陸軍なんだね〟

「うん、本当はどっちかというと海軍にあこがれていたのだけれどなあ」と言ってカオル君はペロッと舌を出した。「海軍ってもともと志願制だったけど、今はそうでもないんだ。だから、どのみち戦地へ行かねばならないのなら海軍に振り分けられたかったなあ。丹後に住んでいたころ水平線を進む艦影を見たこともあった。あれは確か由良の海、舞鶴《まいづる》から沖に向かう軍艦だったのだろう」

〝家族で海へ出かけたときに見たのだね〟

「うん、あの頃は勇ましいなあってワクワクしながら、無邪気に手を振っていた。でも、いざ自分に出征する順番が回ってくると、全く複雑な気分になるものだね」

〝カオル君……〟

彼は笑いながら、つとめて快活な声を出した。

「ごめん、ごめん。不謹慎なこともたくさん言ってしまったけど、ぼくは元気に行ってくるよ。そして、きっと帰ってくる。だから笑顔で送り出しておくれ」

〝ああ、もちろん。待っているよ〟とぼくも笑った。そして、冗談めかして言った。〝そうかぁ、十二月に行ってしまうのかぁ。まったく急な話だなあ〟

「ああ、ほんとうに急だね」

カオル君は、ゆるやかに口を結んで、ぼくの鍵盤のふたを開けた。

奏で始めたのは、ベートーヴェンのピアノ・ソナタ第八番「悲愴」。かつて卒業式のあと、さくら先生がこのソナタの第二楽章アダージョ・カンタービレをカオル君のために弾いた。思い出の曲だ。

カオル君は、この音楽を実直に奏でた。心にぎゅっと凝縮させた情熱を、指先からにじみ出させるような弾きぶりだった。

彼が弾いたのは、それ一曲きりだった。終楽章を弾き終えると、そっとふたを閉めて、彼は立ち上がった。まだ、音楽の余韻《よいん》が講堂の中を満たしてい

た。

〝もう行くのかい？〟

カオル君はうなずいた。

「長く居すぎると、どんどんさびしくなってしまうから」

〝そうだね〟とぼくは言った。〝ぼくは、ここで待っているからな。戻ったら、また新しい曲を弾いておくれ。大学での蚕研究の話をしておくれ。あっ、それから世のため人のためにでっかい芋を開発しておくれ〟

「うん、きっと大きな芋作ってみせるよ。食べきれないくらい大きなのを」

カオル君は、笑みを浮かべた。「じゃあ」

彼はぼくに向かって挙手敬礼をし、そのまま振り返らずに講堂を後にした。

廊下に響く彼の足音がいつまでも耳に残っていた。

そして彼は、必ず帰ってくるというぼくとの約束を、いまなお果たしていない。

第二十二夜　児童の集団疎開《そかい》

真冬の寝静まった夜、強い振動で目を覚ました。ぼくはてっきり地震だろう、と思った。ずんと縦に揺れるような強い衝撃、震源が近かったのかもしれないとぼくは考えた。

風音校の周囲でも目を覚ました住人が大勢いたらしい。

「ずいぶん揺れたな」

「なんや、ズシンと重く響いたわ」

「一体、何やろうな」

でも、人びとも地震だろうと判断したらしく、しばらくするとまた町は深い眠りの底へ戻った。

翌朝になって、あの振動がアメリカ軍機の爆撃によるものだとわかった。着弾したのは東山区馬町《うままち》周辺。風音校からは直線距離でも二キロ以上離れている。にもかかわらず、やけに生々しい振動だったなと、あらためて爆弾の威力を思い知った。

新聞やラジオでは、被害は軽微、僅少《きんしょう》と報じられたが、後々、伝わってきた話によると、民家の密集する町で子どもを含むおよそ四十人もの犠牲者が出たらしい。

その夜は空襲警報も出されておらず、全くの不意をつかれた爆撃だったので被災者は逃げることすらかなわなかったのだろう。

これが昭和二十（一九四五）年一月十六日深夜の出来事だ。この年になると、空の魔物――アメリカ軍のB−29爆撃機による日本本土への空襲が激しくなった。

今夜は、そんな緊迫した大戦末期の記憶を語ろう。

※

戦争が生活に落とす影は年々色濃くなっていった。かつてはきらめく華だった京都の中心街だってそうだ。百貨店では、売り場が縮小され、建物の上層階は軍需品を作る作業所として使われていた。働き盛りの男性は、次々に戦地へ送り出されてゆく。そのため、農場や工場、建設や土木の現場では、足りなくなった労働力を、中学校や女学校の生徒たちが勤労奉仕で補い、支えていた。

昭和十九年の後半からは、空襲に備え町のあちらこちらで家屋の強制疎開が始まっていた。日本の町は木造家屋が建て込んでいるから、ひとたび火災が発生すると一気に燃え広がってしまう。それを未然に防ぐために、町の所々に広い空き地をあらかじめ設けておこうということなのだ。

建物疎開の方法は、非常に乱暴で荒っぽいものだった。まずは一方的に立ち退き対象の家屋が決められる。対象となった不運な住人は、わずか十日ほどの間に自らどこかへ移り住まねばならない。期日がくれば、大勢の作業者がわらわらとやってきて、柱に縄をくくりつけ、否も応もなく家を引き倒すのだ。住み慣れた我が家が壊されてゆくのを、ただ涙ながらに眺める一家の姿が方々で見られた。戦災から町を守るためとはいえ、思い出の詰まった大切な家が無情に引き倒されてゆくのを、彼らはどんな思いで見つめていたのだろう。そのような悲しい労働の現場にも、多くの中学生たちが動員されたという。

あくる年になると建物疎開の範囲も広げられ、御池《おいけ》通、堀川通、五条通で大規模な拡幅工事が行われた。

同時に立ち退きを迫られる人びとの数も膨大なものとなった。今ではそれぞれ立派な大通りになっているけれど、その裏側では多くの人のつらい思いもあったのだ。

子どもたちを空襲の危険から守るために、東京や大阪の国民学校では十九年の夏ごろから田舎への集団疎開が始まっていた。しかし、当時京都はまだその対象になっておらず、以前と変わりなく授業が続けられていた。

ただ若い男の先生たちが次々と出征していったので、学校では臨時的に雇用される先生が増えていた。まだ女子師範学校で学んでいた女学生もいたし、軍務を退役した年配の男性もいた。そんな中、しばらく教職を離れていたゆりえ先生も、教育の現場に戻ってきていた。

ぼくがこの学校へやって来た頃は、おぼこい娘さんみたいだったゆりえ先生も、落ち着いた大人の女性になっていた。頼りがいのあるお母さんのような温かさで、子どもたちだけでなく、若い先生たちにも慕われる存在だった。

また、ちょうどこの年には教員の異動で、さくら先生も再び風音校に戻っていた。二人は時おりぼくのところへやってきて、一緒にピアノを弾いたり、新しく知った歌を紹介しあったりしていた。そんな中で、ゆりえ先生が見つけてきた「たき火」という歌をさくら先生もすっかり気に入ってしまった。

「三年ほど前かなあ。ラジオで聞いていっぺんで気に入ったんやけれど、『たき火は敵機に見つかると危ない』とかで今では放送されていないらしいのよ」

とゆりえ先生は笑いながら言った。

「確かに灯火管制が厳しくなってますからね。歌には罪はないけれど」

さくら先生も苦笑いした。「でも、とても愛らしくていい歌だと思います。お堅い方々からとがめられないように、気をつけて使いましょうよ」

その冬、ストーブを焚く燃料にも事欠く中で、ほっぺを真っ赤にした子どもたちが、寒さを吹き飛ばさんばかりの元気さで、この歌を唱和した。

かきねの　かきねの　まがりかど
たきびだ　たきびだ　おちばたき
あたろうか　あたろうよ
きたかぜ　ぴいぷう　ふいている

さざんか　さざんか　さいたみち
たきびだ　たきびだ　おちばたき
あたろうか　あたろうよ
しもやけ　おててが　もうかゆい

窓から外を見ると、小雪まじりの木枯らしが吹いている。寄り添うように窓枠からぶら下がった二匹のミノムシが、ゆらりゆらりと揺れていた。

〝雪がはげしくならなければいいけれど〟

ぼくは寒風の中、手袋もなしに下校する子どもたちのしもやけやあかぎれが心配だった。

※

昭和二十年の春、京都でもとうとう集団疎開がはじまった。

この時期には、すでに親戚などを頼って自主的に疎開している子どもたちも大勢いた。でも、まだ多くの児童が京都市内にとどまったままだった。空襲の危険が日々高まるなか、三年生以上の児童が学校単位でまとまって山村へと移ることになったのだ。

三月に入ってから、日本各地での空襲が大規模に、また無差別的になっていた。十日には東京で大空襲があった。多くの人が暮らす下町が紅蓮《ぐれん》の炎で焼き尽くされたという。十二日には名古屋で同様の空襲があった。どちらも詳しく報道されなかったが、それでも雨のように焼夷弾《しょういだん》が降り、火に包まれて何千何万という人が亡くなったらしいと伝わってくる。

特に三月十三日深夜から翌日未明にかけての大阪空襲は、京都の人たちに大きな動揺をもたらした。あの夜、約四十キロ離れた京都からも、大阪方面の空が赤く染まるのがはっきりと見えた。それだけじゃない。町を焼き払った煙や煤《すす》、そして臭いさえもが遠く京都まで運ばれてきたのだ。

情報統制の時代といえど、燃える大阪の夜空は、もはや覆い隠しようがなかった。誰もが、空を焦がす火炎の下で繰り広げられる地獄絵図を思った。

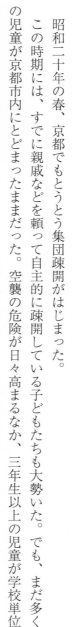

ぼくにとっても大阪は、しばらく過ごした思い出の街だ。縦横にめぐらされた水路にしっとり銀杏《いちょう》や柳の枝が揺れる瑞々《みずみず》しい都会だった。おしゃべりと笑うことが大好きな人たちが暮らす賑やかな街だった。そんな大阪がまるっきり焼け野原になってしまったと聞くと暗澹《あんたん》たる気持ちになった。

〝あの楽器店や店の人たちは無事だっただろうか〟

大阪を焼き尽くしたあと、次は京都か神戸が標的になるだろう。人びとが、そう考えるのは自然のなりゆきだ。

現実に十七日には、神戸が猛火に包まれた。さらに十九日には名古屋が再び襲われた。こうなると京都が大きな空襲に見舞われるのも時間の問題だろう。よく京都は文化財があったから守られたと言われる。当時にもそんなことを言う人がいたけれど、何ら根拠があるわけでもなかった。そんな理屈でアメリカ軍がターゲットからはずしてくれるとは到底思えなかった。

集団疎開で大半の児童がいなくなった風音校は、ぽっかり空いたがらんどうのようだった。

本来、明るい声で満たされるべき教室の多くがしんと静まりかえり、教職員たちが廊下を足早に行ったり来たりする靴音ばかりが高く響きわたる。

ただ、全ての児童が疎開地へ向かったわけではない。親元を離れるにはまだ幼すぎる二年生以下の子は学校に残された。また、三年生以上でも健康上の不安や家の事情などで残留する児童がいた。

ゆりえ先生ら学校に残った教職員はそんな児童たちを優しく見守った。いつ敵機が襲ってくるかわからず、気が抜けない毎日だったけれど、残された児童たちは緊張感をはねのけるように、力一杯無邪気な歌声を張り上げた。

かもめの水兵さん　ならんだ水兵さん
しろい帽子　しろいシャツ　しろい服
波にチャップチャップ　うかんでる

ゆりえ先生に奏でられながら、ぼくも精一杯明るい音色を響きわたらせた。

以前に比べるとずいぶんさみしくなった学校だったけれど、彼らが残ってくれただけで大きく救われた。彼らが心の支えだった。

※

風音校の子どもたちが疎開先へ向かったのは三月二十九日。校庭の桜のつぼみがめいっぱいに膨らみ濃い紅《くれない》に色づく頃だった。

快晴の朝、学校で出発式が行われた。

児童らが整列した校庭は、見送りの父母たちであふれかえらんばかりになった。

三年生の子たちの中には、まるで行楽へ出かけるような笑顔を見せる者もいたけれど、事情のわかる高学年の子たちは神妙な面持ちをしていた。彼らも、送り出す親たちも、言葉にこそ出さないが、これが最後の別れになるかもしれないという思いを持っていたはずだ。

「お父さん、お母さん、行って参ります」

途切れがちに挨拶をする児童代表の声がそれを物語っていた。

疎開先は、丹波・何鹿《いかるが》郡のとある山村だった。疎開児童数はおよそ百人。受け入れ先の学校は、その村の国民学校だった。

疎開児童に付き添った教員は六人。さくら先生もそのうちの一人だった。

子どもたちは京都駅から山陰《さんいん》線の汽車に乗り綾部《あやべ》へ向かった。綾部駅から疎開先の村までは、およそ十キロの道のりを歩かねばならない。

その道行きの話は、後年何度となく耳にした。

綾部の駅前はずいぶん開けた町だったが、歩きはじめるとすぐに大きな川に行きあう。由良川だ。京都の子はまず、このでっかい緩やかな流れに驚かされた。

堤の上からふり返ると、街並みを背にニョッキリと高い煙突が、いくつも天に突き立てられている。先端からは細くたなびく白い煙。「あれは郡是《ぐんぜ》の工場だな」と先頭を歩く男の先生が言った。

ツクシが頭を出している堤の斜面で全員腰を下ろし休憩をした。子どもたちは、雄大な光景の中で持参した弁当を広げ、ゆっくりと味わった。それぞれ母や家族が朝早くから作り、持たせてくれた握り飯だった。

昼食を終え、由良川にかかる橋を渡ると、とたんに人家は少なくなった。

はるかな山すそまで見渡す限りの田畑。そこにレンゲソウの絨毯《じゅうたん》が敷きつめられている。道は紅紫の花々と若草のなかにずっとのびていた。お日様が輝く空の高みからは、ヒバリたちが鳴き交わす声が聞こえた。

児童の一団は、肥えた土が香る春の野をひたすら歩いた。まだ三月と

はいえ、お昼を過ぎると初夏を思わせる陽気になった。肌寒かった朝の京都で着込んだ上着を脱ぎ、汗をかきながら進んでいった。

昼食を食べたばかりなのに、早くもお腹が減ってくる。なにしろ食べ物の乏しい時代のことだ。母たちの心がこもった握り飯といえども、育ち盛りの空《す》きっ腹が完全に満たされるわけではない。しかもみな重いリュックを背負っているものだから、だんだん足が上がらなくなってくる。

やがて、一行は細い谷あいの道へと入っていった。両側から木々と山の傾斜がせまり、空がぐっと狭くなる。上り勾配《こうばい》とくねくねとした曲がり道がいくつも続いた。

次の坂さえ登りきれば、いよいよ目的の村なのかなと期待するけれど、まだまだ人家は見えてこない。

「村はまだなの？」

と問う子どもたちに、

「もうすぐだ。兵隊さんたちが歩く距離に比べたらなにほどのものか。頑張れ」

と先生たちは励ます。

一行には女の子も多かったが、さくら先生たち女性の教員が、寄り添いながら進んで行く。

そして、また大きな曲がり道。

ところが、そのカーブを曲がりきった先で、思いがけない出来事が待っていた。

突然の大きな拍手。小高い畦《あぜ》の上によく日焼けした子どもたちが笑いながら並んでいた。

「風音校のみなさん、ようこそ何鹿の里へ」

地元の国民学校の子どもたちだった。彼らは見る間に風音の子たちのもとへ駆け寄り、リュックを受け取ると、疾風《はやて》のように駆けていった。

そこから、学校まではまだ少々の道のりがあったが、荷物が無くなったぶん、みなの足取りは軽くなった。何より地元の子どもたちのあざやかな出迎えがうれしく、早く学校へ到着したくて、自然とペースがあがった。

午後二時に、一行が学校の校舎へ着くと、預けたリュックは一列に並べてきちんと置かれていたそうだ。

学校での点呼のあと、子どもたちは四つのお寺に分かれ、寝泊りすることになった。

その夜は、それぞれの寺で歓迎の夕食だった。ある寺では赤飯が出され、ある寺では大きなぼた餅が二つずつ出たという。親元を離れ、不安な気持ちで押しつぶされそうな疎開児童たちへの何鹿の人たちの心づかいだった。腹ペコの子どもたちは無我夢中で食べた。

※

疎開先へ着いてからも、子どもたちは風音校に残った先生たちとしばしば手紙のやりとりを続けていた。便箋《びんせん》も帳面も潤沢には無い時代だったから、家族以外にまで手紙を書き送るのは子どもたちにとっては大変なことだったろうと思う。それでも、彼らはていねいに手紙を書いて送ってきた。

ときには真面目に、ときにはユーモアも交えて、日々の生活をイキイキと伝えていた。

ゆりえ先生は子どもたちから手紙を受け取ると教員室を離れ、ひとり講堂へやってきた。ぼくの椅子に座って時間をかけて読みふけった。

先生は、まるで子ども相手にお話しをしているように、「さあ、次は昭二くんね」、「さて、桜子さんのお便りを読みましょう」などと言いながら、次々に手紙を声に出して読み上げていった。時には途中で涙声になってしまうこともあったけれど。おかげで、疎開先の子どもたちの日常がぼくにもよくわかった。

起床は午前六時。毎朝、宿坊内に響き渡る呼子笛《よびこぶえ》の音が合図だ。

そして、まずは洗面。寺の裏手の池のような水溜《たま》りへ行って、みんなで顔を洗う。ところが、この水溜りには、いつも小さな赤い虫がびっしり浮いているらしい。地元では「赤へら」と呼ばれているそうだけど、おそらく赤いボウフラだろう。そのままでは顔を洗えないから、みんな水溜りの端でぴょんぴょん飛び跳ねる。すると、虫は驚いて水底へと潜ってゆく。その隙に一斉に水をすくって顔を洗うらしい。

日課は、本堂でお経を唱えることから始まる。それから、みんなで掃除、仕上げはラジオ体操だ。引率の先生たちに伴われて、境内いっぱいに広がり、ラジオの体操の時間を待つ。京都でも、朝になるとご近所からラジオ体操の音楽が聞こえてきたから、「あぁ、あの子たちも今、遠い空の下で体操をしているのだろうなあ」と思いをはせたものだ。

一連の日課が終わるといよいよ朝御飯。作物を日々作ってくださる農家の方、調理をしてくださるお寺の方に感謝だ。

食事が済むと午前は学校で授業をうけ、午後は近所で勤労奉仕。

牛の世話や農道の手入れ、田んぼの草取り、作物の植え付けなどを手伝った。時には野壺《のつぼ》（肥溜《こえだ》め）まで肥担桶《こえたご》かつぎもやった。この作業は、二人一組になって天秤《てんびん》棒をかつぐのだけど、相方と呼吸を合わせてそっと丁寧にやらねばならない。さもないと棒のまん中につるされた桶が荒っぽく揺れ、中のものが四方八方へ飛び散ってしまうのだ。そんな何ともいえない緊張感が伴うものだから、みんな短期間で肥担桶かつぎの名人になった。

食料の乏しい時代の集団生活なので、子どもたちは十分にご飯を食べることはできなかった。

でも、育ち盛りだからお腹がすくとどうしようもない。村のあちこちに生えている草や葉を、手当たり次第摘み取って食べることになる。ヨモギ、ノビル、ハコベ、カタバミ、タンポポ、オオバコ、イタドリ、ギシギシ……。

何でもかんでも口に放りこんで、お腹をいためる子もいたけれど、それでも食べる。

時には勢い余って、クワやグミなど人家の植木に生《な》る実まで取ってしまうこともあった。眉をひそめる村人もいたが、親元から離れている境遇に同情して見逃してくれる村人もいた。

薄黄色の花が落ちて膨らみはじめたばかりの小さな青柿の実を、目ざとく見つけてパクリと口に放り込んだ子もいたが、これはあまり真似しないほうがいい。青い柿は極めて渋く、食べた子は口の中がぎゅっと縮みあがるようにしびれただけでなく腹具合までおかしくなったそうだ。

　村の子どもたちは、虫やカニの食べ方を教えてくれた。イナゴやハチの子は、貴重なおやつ代わりだ。ハチの子は炒《いた》めると香ばしくてなかなかうまい。イナゴは煎《い》って乾燥させると菓子のようにもなったし、ダシの代わりにもなった。タニシやサワガニも茹《ゆ》でたり炙《あぶ》ったりすれば食べられた。

　ワラビ、ゼンマイ、フキ、山ウド、タラの芽、破竹の芽などは立派な山菜だから、大人たちといっしょに採っておかずの材料にした。

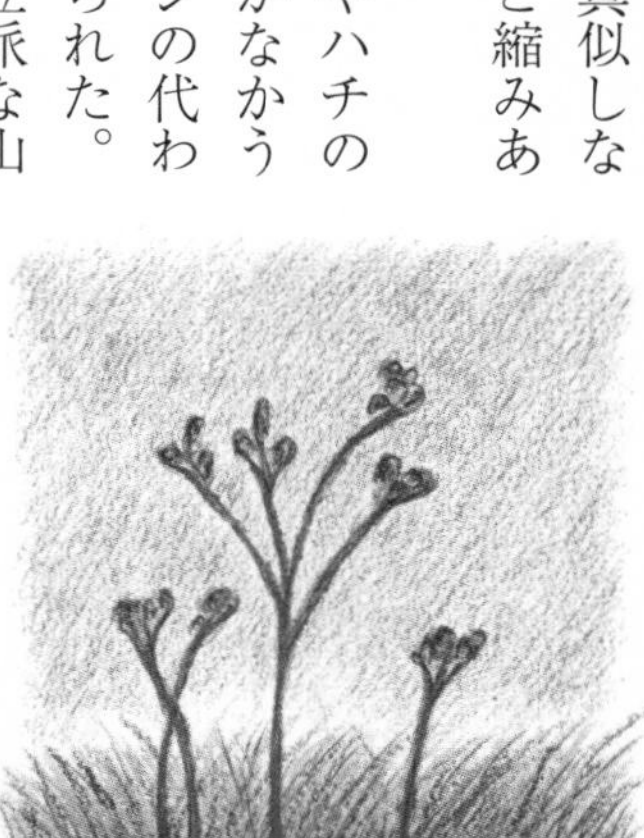

　彼らが、食べ物と並んで悩まされたのがシラミやダニだった。狭い場所に大勢で暮らしているので、一度発生すると瞬く間にみんなにひろがってしまう。

　衣類につくシラミは、縫い目の隙間にびっしりと隠れていることが多かった。それらを一つひとつ取り除くのは極めて骨の折れる作業だ。

　そこで茹《ゆだ》った釜に衣類ごと放り込んで退治することになる。この方法ならシラミたちも一網打尽だった。ところが、白い衣類にはシラミの黄色い体色がまだらに染み付いてしまう欠点もあった。そのため、衣類の釜茹《かまゆ》では女の子たちにはすこぶる不評だった。

　日が暮れると就寝時間。子どもたちは、板の間に布団を敷き詰めて、身を寄せあって寝た。

　家から離れている期間が長引いてくると、親元が恋しくなり泣き出す子もいた。そんな時は、引率の先生たちや寮母になってくれたお寺の若奥さんが、歌ったり、お話を聞かせたりしてくれた。

さくら先生は持参した本や自作の紙芝居を使って、よく読み聞かせをしてくれた。子どもたちは浜田廣《ひろ》介《すけ》や酒井《さかい》朝彦《あさひこ》らの童話がお気に入りで、目を輝かせて聞きいっていた。

ある日、さくら先生が「これは、まるっきり季節はずれなんだけどね」と言いながら朗読をはじめた。「銀河鉄道の夜」という本に収録された一編「雪渡り」という物語だった。リズム感のあるオノマトペが面白くて、子どもたちに大好評だった。誰も彼もがこぞって登場人物やキツネたちの真似をした。キック、キック、トントントン……。

疎開先では大きな集団での生活だったけれど、一つの家族のようなものだった。そこでは先生、寮母さんたちが、お母さん代わりになって、みなの気持ちをやさしく落ち着かせてくれた。

梅雨の時期になると、村には蛍《ほたる》が舞う。子どもたちは、日が落ちてからよく蛍火を追いかけた。茂みにひそんで目を光らせるマムシに注意をはらいながら、カエルの大合唱が響くあぜ道を行く。

ほ、ほ、ほーたるこい
あっちのみずは　にがいぞ
こっちのみずは　あまいぞ
ほ、ほ、ほーたるこい

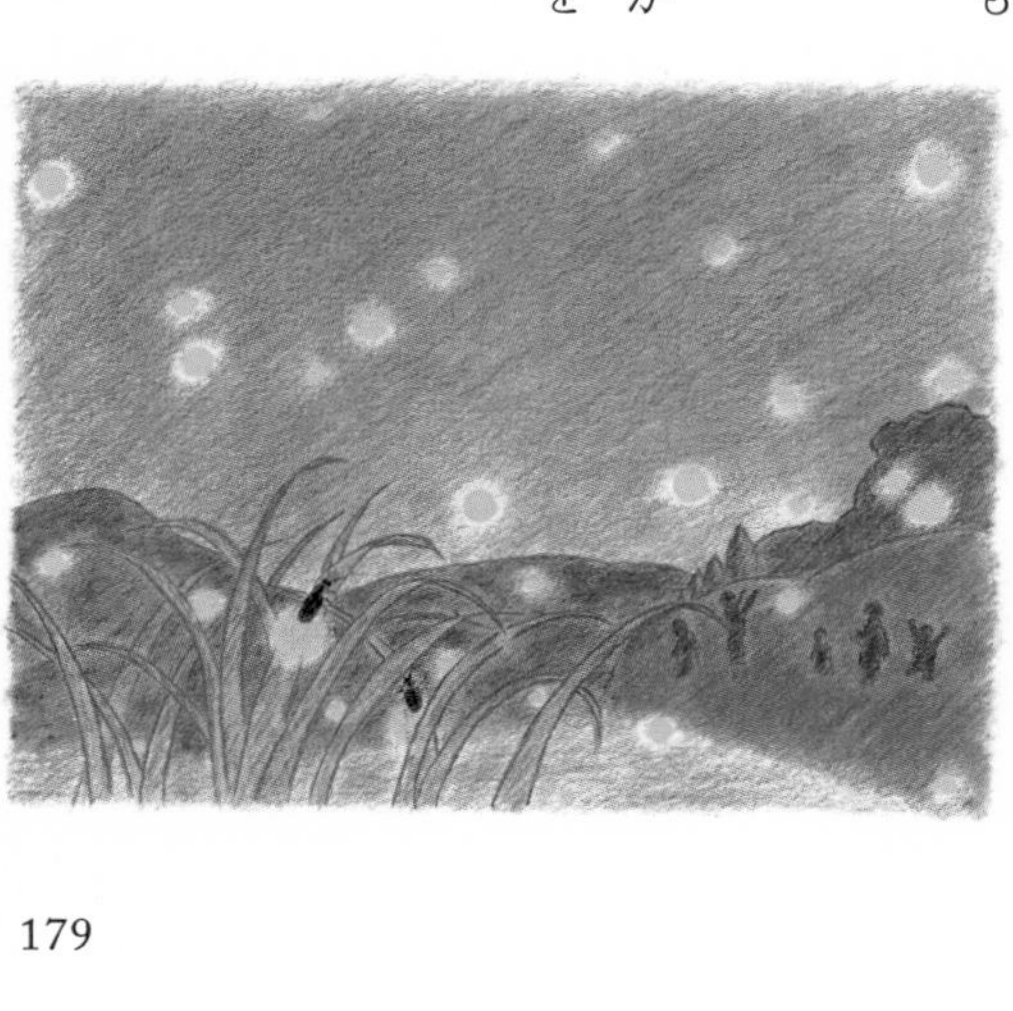

濡れた草や枝葉にとまって点滅する蛍を手づかみで捕る。音もなくふわりと飛び立つ蛍も、高く舞い上がってしまう前にそっと両手で包みこんで捕える。蛍に触れたあとは、独特の香りがつくので、沢で手を洗った。渓流の水は夏でもきゅっと冷たい。

蛍をまとめてかごに入れるとほんのり明るく輝いた。お寺の広間の蚊帳《かや》の中で、蛍をかごから解放し、皆で眠りながら闇にただよう儚《はかな》げな光を眺めた。

そんな梅雨どきのある夜、南の空が夕焼けのように赤く燃えあがった。三ヵ月前、大阪が焼けた夜に見たのと同じ空の色だった。子どもたちは、ついに京都が燃えてしまったと思った。

「お母さん！　お父さん！」

「うちの家も燃えちゃったの？」

小さな子も、大きな子も区別なく震え、涙を流した。山の向こうの空を不気味に赤黒く染める光をじっと見つめるしかできなかった。ひたすら家族の無事を祈るだけだった。みな眠る気分にもなれず、燃える空をじっと見ていたが、やがて泣き疲れて、倒れこむように眠った。

翌日、空襲があったのは大阪だとわかった。みな一瞬ほっとした表情を浮かべたが、すぐに大阪の人たちを思い神妙な顔つきになった。大阪には親類や知り合いのいる子も多かった。隣の街だから親しみもあった。よその街のことだという気分にはならなかった。

この空襲から時を経ずして疎開中で最大の騒動が起きた。五年生の男子児童が四人、行方知れずとなったのだ。

その頃、多くの学校の疎開先で、親元を離れた寂しさやいじめが原因で児童が宿舎を抜け出し、家族のもとへ戻ろうとする事例が頻発していた。

風音校でも情緒不安定になる子はいたし、いじめだってなかったわけではない。

とくに、空襲の空の色を目撃してから、しっかりとした男子児童ほど、家族の身が案じられて仕方なくなってしまったようだ。四人がいなくなったことが発覚したのは皆が床《とこ》に就《つ》く時間だった。

先生のほか、村の人びとも捜索《そうさく》を手伝ってくれた。自動車に乗り、村と綾部を結ぶ道を何度も往復し、懐中電灯で周辺を照らして確認したが四人の姿は見当たらなかった。

高学年の男子なので、思いのほか歩く速度が早いのかもしれない。そこで捜索範囲を綾部から山家《やまが》、和知《わち》方面に続く谷沿いの道に広げて探したが、まるで見つからない。

「もしかすると、あの子たちは線路づたいで京都をめざしているかもしれません」とさくら先生が声をあげた。みんな土地勘の無い子たちばかりで、どの道が京都へつながっているのかまるで見当がつかないだろう。だから、山陰線の線路をたどってゆこうとしているのでは、とさくら先生は考えたのだ。

線路は、由良川をはさんで車道の対岸に延びている。さくら先生たちは、橋のかかった場所から対岸へ渡り、灯りのない真っ暗な線路のなかへ入った。線路脇には背の高い夏草が生い茂り、あまり空間の余裕がない。汽車が速度をあげて通るとかなり危険だ。

「さくら先生、こんな暗くて恐ろしい線路を子どもが歩くだろうか。もう一度、車道へ戻りましょう」と男性の先生が言った。

「もう少しだけ、確認させてください。あの子たちの足ならば、まだこの辺りから先へは行っていないはずです」

さくら先生がそう言って、懐中電灯を照らしたとき、線路の奥のほうに子どもらしき人影が見えた。

「あっ、おったぞ」

男の先生と村の人がいっせいに走った。四人の男子児童は、足がクタクタになっていたのか、逃げることもなく大人たちに捕まった。

「お前たち、どれだけみんなが心配したかわかっているのか」

男の先生が手をあげようとしたが、さくら先生が間に入って頭を下げた。「どうか待ってください、この子たちの話を聞いてやってください」

さくら先生は四人に向かってたずねた。

「どうして、こんな無茶なことをしたの。嫌なことでもあったの」

「いいえ」と一人の児童が言った。「お寺ではとてもよくしてもらっています。でも、京都の家族のことが心配だったんです」

するとと別の児童が言った。

「うちは、父が南方へ出征しています。今、家には祖母と母と小さな弟しかいないのです。もし京都が空襲されたら、ぼくが家族を守らないと」

「それでもし京都へ戻るまでに事故にでもあったら、それこそお母さんたちは悲しむわよ」とさくら先生は言った。「さあ、一緒に何鹿へ戻りましょう。あなたたちが村で無事に過ごしていることを、お母さんたちは何より望んでおられますよ」

そして、さくら先生は、一人ひとりをやさしく抱きしめた。

子どもたちは泣きながら「ごめんなさい」とつぶやいた。

※

六月二十六日の朝、西陣の知恵光院《ちえこういん》通周辺が爆撃された。

死者約五十人、京都では最大の空襲被害だった。

もちろん報道では軽微な被害というニュアンスで伝えられたが、京都のど真ん中で爆音が響き、振動が市内の広い範囲を揺るがしているのだ。真相を完全に抑えられるわけもない。

実際、複数落とされた爆弾の威力はすさまじく、直撃をくらった場所は、地面がすり鉢状にえぐれていたらしい。直径七メートル以上はあろうかという大穴だ。周囲の木の枝や電柱、電線に吹き飛ばされた犠牲者の亡《な》き骸《がら》がぶら下がるという凄惨な光景だったそうだ。防空壕へ避難した人の上にも瓦礫や土砂が覆いかぶさり、圧死した人も多かった。

市街地をねらった空襲の場合、木造の家屋を焼くために焼夷弾が投下されることが多かった。しかし西陣を襲ったのは工場などを破壊するための大型爆弾だった。本来、別の目標を狙うはずのものが、何らかの事情で京都の市街にばら撒《ま》かれていったものだろう、と人びとは噂した。敵の飛行機乗りの気まぐれで、地上の命が翻弄《ほんろう》されることに何とも言えないやるせなさを感じた。

また、グラマンなど小型の戦闘機が突然飛来し、誰彼なしに機銃掃射《きじゅうそうしゃ》してゆくことも頻発していた。鴨川では水遊び中の子どもがいきなり機銃で狙われたらしい。

もはや、いつ誰が同じような目に遭ってもおかしくない状況だった。ぼくなんかは人間と違ってジタバタできないものだから、万が一校舎が狙われたら運命を共にしようと腹をくくっていた。だけど、心配なのは、疎開せずに学校に残った児童たちのこと。この子たちだけは何としても守りたいものだと思った。

ゆりえ先生もそんなふうに思ったのか、敵機の飛来が続くようになった頃から、お守りを身につけてきた。

先生が、まだ若かった頃、学校を訪れたパヴェルからもらった硝子玉のペンダントだ。

先生は、襟元《えりもと》に隠すように首にかけていたが、ある日、青く反射する飾りに気づいた子がいた。

「先生何をぶらさげているの？」

「ああ、これはお守りよ。ずいぶんと昔に学校を訪れた兵隊さんからいただいたものです」

「何のお守り？」

先生は子どもたちを見渡して微笑んだ。

「幸運のお守りよ。これを下さった方は、昔の大きな戦争で弾にも当たらず無事に国へ戻られました。先生がこれを付けているから、みなさんも安心して勉強にはげんでくださいね」

「はーい」

※

今夜の話はずいぶんと長くなってしまったけれど、児童の手紙の一つを紹介して締めくくろう。

ゆりえ先生は、受け持っている一年生の子たちを集めて、その手紙を読み聞かせた。ぼくの耳は人間よりずいぶんいいものだから、手紙の内容はすっかり聞こえていた。

『ゆりえ先生へ
暑い夏も近づいてまいりましたが、僕たちはますます元気にがんばっています。こちらの村の子と比べて白い、細い、と言われていた僕たちもだんだん浅黒く大きくなってきました。京都へ帰るころは、みな見ちがえる姿になっていると思います。先生もきっとびっくりなさるにちがいありません。
こちらの山や畑では多くの花がさいています。夏が来るまでは山フジやツツジがよく目立っていましたが、今はタチアオイやアジサイが美しくさいています。畑のまわりに植えたホオズキもぷっくりふくらみはじめています。土手のやなぎのそばでは、南国から海をわたってきたツバメが枝をかすめるように飛びかわしています。
こんなよい所で、僕たちはりっぱな少国民になるためにがんばって勉強しています。京都で楽しみに待っていてください。
学校の小さな一年生たちは元気いっぱいで、きっとかわいいでしょうね。早く僕たちも会ってみたいです。がんばっているお兄さんお姉さんの姿を見てもらいたいものです。
それでは、またおたよりします』
戦争中は、つらいこともたくさんあったし、理不尽《りふじん》なことも、非情な出来事も多かった。でも、そんな時代だからこそ、人と人の心の絆《きずな》はしっかりつながっていたような気がするのだ。

第二十三夜　新しい時代

八月十五日。

京都ではお盆の一日。

日本の古くからの信仰によると、先祖の魂《たましい》がこの世へ戻ってくる、という時季だった。

ぼくも日本へやって来て、三十年が過ぎていた。と言って日本人の考え方をすっかり理解していたわけではない。でも、毎年お盆になると亡くなった家族を静かに迎える、というこの国の風習は嫌いではなかった。

だから、お盆に戦争が終わったのは不思議な巡り合わせのような気がしてならなかった。

これ以上、戦い続けると本当に日本は滅びてしまう。子どもたちの未来をおもんぱかる祖先や、戦場に散っていった尊い命たちが全力で戦いを終わらせたのだ。ぼくにはそんなふうにも思われてならなかった。

アメリカ軍は八月六日に広島、九日には長崎に新型爆弾を投下していた。たった一発の閃光《せんこう》で町もろとも多くの命の火が消えたそうだ。

遠い昔、プラハで聴いた「ある晴れた日に」の旋律がよみがえる。

あの物語を伝える〝ナガサキ〟も熱線に焼かれた。愛する人を待ちわびて蝶々さんが見上げた空も燃えてしまった。

そんな中で迎えた十五日。

重要な臨時放送があるからと、先生たちが教員室に集められたのがお昼前だった。

ずいぶん時間が経ってから、ゆりえ先生がぼくのところへやってきた。彼女は何も語らず、ただ静かに涙を流した。

やがて先生は敢然と顔を上げ、口元をきゅっと結ぶとぼくを奏ではじめた。そして声を震わせて歌った。

あした浜辺を　さまよえば
昔のことぞ　しのばるる
風の音よ　雲のさまよ
寄する波も　貝の色も

ゆうべ浜辺を　もとおれば
昔の人ぞ　しのばるる
寄する波よ　返す波よ
月の色も　星のかげも

歌いながら先生は何を思っていたのだろう。

〝戦争が終わった〟

ぼくは、ゆりえ先生の涙とは裏腹に心の奥底からじわりとにじみ出る安堵《あんど》感を抑えることができなかった。とくに在校生から犠牲者を出さずに済んだという喜びは何にも代えがたかった。

多くの命を犠牲にした戦争。

その戦いに敗れて喜ぶなんて、と叱られそうだが、ほんとうにそれが偽らざる気持ちだった。

ただし、ぼくは正午の臨時放送をじかに聞いていない。普段は勇ましい音楽をしょっちゅう鳴らしていた近所のラジオも沈黙をしていた。おそらく町に住む誰もが、どこかに寄り集まって神妙に放送を聞いていたのだろう。

地獄耳のぼくのもとにも、何も届かない静かな日だった。だから、しばらくは戦争の終結を知らなかった。

何も知らずに窓からカーテン越しに眺めた南の空が夏らしい青さだったこと、周囲の木立からわきあがる蝉時雨《せみしぐれ》がすさまじかったことなどを覚えている。

※

戦争が終わったのだから、すぐにでも疎開していた児童たちが戻ってくると期待したけれど、そうもいかないらしかった。

これから国内にはアメリカの兵士たちがどんどん入ってくる。

アメリカ兵は、市民に乱暴な振る舞いはしないのか？

降伏に納得せず今なお徹底抗戦を叫ぶ人たちとの衝突は起こらないのか？

占領下の町で、どのようなことが起こるのか、誰にもまったく予測がつかない。そんなところへ児童たちを早々に呼び戻すわけにはいかなかったのだろう。

先生たちは、学校そのものの存続も危ぶんでいた。とくに風音校のように市街中心部の立派な洋風校舎は、進駐軍《しんちゅうぐん》用の施設として目をつけられるのでは、という心配があったのだ。

よしんば、それをまぬがれたとしても、グランドピアノみたいな贅沢品は召し上げられてしまうだろうとまことしやかに言う者もいた。戦利品として持ち去り、進駐軍の将校や兵士たちの娯楽用として使うためだ。ぼくは冗談じゃないと思った。

九月下旬になると京都への進駐がいよいよ始まった。市内の大きなホテルが将校の宿舎として矢継ぎ早に接収された。また岡崎の勧業館や公会堂、美術館も軍用の宿舎、施設として使われることになった。そして、うちの学校からほど近い、四条烏丸南側のビルにＧＨＱ京都司令部の本部が置かれた。

進駐軍の兵士と日本人の間には、心配されたような衝突は起きなかった。そればかりか極めて協力的とも言える姿勢で、日本人は旧敵国の占領政策を手助けしていた。

この切り替えの早さには、ぼくも半ば呆れつつ、いたく感心してしまった。なにしろ、一ヵ月やそこら前までは「鬼畜米英」を合言葉に、竹やり一本で、一億総玉砕《ぎょくさい》も辞さない覚悟の人びとだったのだ。

でも、これが日本人が持つ柔軟性なのかもしれない。

やがて風音校にも進駐軍の兵士が視察にやってきた。

彼らはやたら高い靴音を響かせて校舎を巡り、教室の様子を見て回った。

講堂へもやってきたが、彼らは瀟洒《しょうしゃ》な雰囲気のこのホールを一目で気に入ったらしい。

「落ち着いていてブリーフィングスペースにぴったりだな」

「いや、むしろダンスホールにうってつけじゃないか」

ある者がぼくを指差して言った。

「ほうら、ここにおあつらえ向きのピアノも備わっているぞ」

「ほう、なかなか堂々としたグランドピアノじゃないか」

「ちゃんと手入れも行き届いているな」

みなで笑いながらぼくの状態をチェックしたあと、二人の若い兵士を講堂へ残し、一同は急ぎ足で次の部屋へと進んでいった。

残された兵士は、人懐っこそうな笑顔でおしゃべりをしている。一人は白人、もう一人は黒人だった。

白人の兵士がぼくの鍵盤蓋を開け、金色の文字を声に出して読んだ。

「ANT. PETROF。おいジム知ってるか？　ペトロフっていうピアノメーカーを」

黒人兵士は首を振った。

「聞いたこともないな。もっともオレはスタインウェイぐらいしか知らないんだが」

「なあ、ジム。ちょこっと弾いてみてもいいだろうか」

どうやら白人の兵士はぼくにとても興味を感じてしまったらしい。「このペトロフってピアノがどんな音色なのか確かめてみたいんだ」

「まぁ、いいんじゃないか」

ジムがニヤリと笑う。「上手く弾きさえすれば誰も文句言わんだろう。もし、ひどい演奏だったら軍法会議ものかもしれんがな」

「こう見えて、ジャズを弾かせりゃ、なかなかの腕前なんだぜ」

「マイク。あんたが音楽をたしなむなんて思いもよらなかったよ」とジムが大げさに首を振った。「何せ、こっちは入隊以来、調子っぱずれの口笛ばかり四六時中聞かされてきたんだからな」

マイクと呼ばれた白人の兵士が笑った。

「ま、ピアノって楽器はきちんと調律されていれば、ネコだってちゃんと音を奏でられるからね」

彼が椅子に腰掛け、奏ではじめたのは「茶色の小瓶」だった。

「なるほどね、あんたが毎朝髭剃《ひげそ》りながら口笛で吹いてたのはこの曲だったんだな！」とジムが笑った。

「うーん、なかなか味のある音を響かせるじゃないか、このピアノ。なぁジム、そう思わないかい」

「ああ、いいピアノだ」

「きっと、この学校でずっと大切にされてきたんだろうな。響きがやさしいよ」

「アットホームな音色がするな」ジムがうなずいた。「子どもたちをずっと見守ってきたピアノなんだろう。まるで、オレまでペンシルバニアの我が家に帰ったような気分になっちまう。さあ次はグレン・ミラーつながりで、あのご機嫌な曲をやってくれよ」

「イン・ザ・ムードかい」

「そう、それそれ！」

マイクは、張り切って「イン・ザ・ムード」を弾きはじめたが、指がもたついて上手くいかない。その様子を見てジムがハッハッハと笑う。

「こうやってピアノ弾くのも一年ぶりなんだ。仕方ないだろう」

「まったく、ひどいもんだ。それじゃあ営倉行き確定だな」とジムが言った。「ようし、ここらでオレに一度代わってくれ」

「なんだ、ジムも弾けるのかい」とマイクは椅子を譲った。

「まあ、半分見よう見まねだけどね」と言いながら、ジムの指先からは流れるようなメロディが生まれはじめた。

「なかなかやるじゃないか。誰をまねてるんだ？」

「セロニアス・モンク」

「聞いたことがないな」

「今にその名がとどろくはずだ」

と言いつつ、ジムはまた別の曲を奏で始めた。

「これもモンクとかいうヤツのまねなのか？」

「いいや、これはバド・パウエルだ」

「そいつも知らないな」

「じゃあ、今のうちによく覚えておけよ。これからはジャズも大きく変わるぞ」

その時、講堂の入り口で足音が響いた。上官たちが戻ってきたらしい。二人の兵士は立ち上がり、直立不動で彼らを迎える。

「ふん、ずいぶん楽しんだようだな」上官の一人がニヤリと笑った。「どうだ、そのピアノ、気に入ったか」

「はっ、なかなか良いピアノだと思います」

「じゃあ、兵士宿舎用にいただいてゆくとするかな」

二人の兵士は顔を見合わせた。

マイクがおずおずと口を開いた。

「恐れながら、このピアノには、この場所がふさわしいと思います。これは学校のピアノ。子どもたちのものです」

ジムもうなずいた。「このピアノからは、まだここに残りたいという思いが伝わってきます」

上官は頬をゆるめた。

「うむ、そうか……。なるほどな」


若い二人の兵士のおかげで、ぼくは守られた。

でも彼らが帰った後も気が気じゃなかった。実際に京都のあちこちで建物や備品の接収は続いていたし、敗戦国の悲しさだけど、進駐軍の気持ち一つでぼくらの運命はどうとでもなってしまう。噂によると、北大路の植物園さえも将校用の家族住宅を建てるために取り上げられたそうだ。

ただ、救われたのは、進駐軍も学校施設にまではあまり手をつけなかったこと。

風音校は無事だったし、ぼくも今までどおり風音校内に留まれることになった。ただし、全ての学校ピアノが救われたわけではなかった。別の学校にあったスタインウェイのグランドピアノは進駐軍に一時期接収されてしまったらしい。

※

日本の敗戦から約二ヵ月後。

風音校に明るい声が戻ってきた。

丹波・何鹿郡へ集団疎開していた児童たちが帰ってきたのだ。

自主的に疎開をしていた子どもたちも、少しずつ戻っていた。みんな疎開先で、それぞれに苦労をしたのだろう。一回りも二回りもたくましくなって戻ってきた。

彼らは学校に残っていた児童たちと再び合流し、学校の姿は、また戦争前のようなはちきれんばかりの明るさを取り戻した。

校庭で走り回る子。ボール遊びをする子。ゴムとびや石けりをする子たちもいれば、メンコやビー玉に興ずる子たちもいる。

「こらっ、学校にメンコを持ち込んだらいかん！」

先生に怒鳴られると、ピューッと逃げ足のはやいところも昔と変わらない。

大勢の児童たちとの唱和の授業も再開された。

新しい時代の、ぼくたちの再出発だ。

「きっと日本は生まれ変わるよね」

ぼくは、心の中でカオル君に呼びかけた。

第二十四夜　祇園祭の再開と菊水鉾《きくすいほこ》の復興

涼太郎《りょうたろう》君は夏が来る前からワクワクする気持ちを抑えきれなかった。

彼のお祖父さんの家は、菊水鉾町にあった。

そして、その年――昭和二十八（一九五三）年、菊水鉾が八十九年ぶりに祇園祭の山鉾巡行へ復帰を果たすことになっていたのだ。


戦争が終わって何年かが過ぎると、京都の街にもかつての華やぎとにぎわいが戻ってきた。戦時中の統制で火が消えたようになっていた学校周辺の和装の商家も、どんどん活気を取り戻しつつあった。

中断していた祇園祭の山鉾巡行も、昭和二十二年から再開した。

とは言っても、最初は長刀鉾一基だけの巡行だった。しかも、四条寺町までの往復というわずかな距離だった。

それでも「祇園祭が戻ってきた」という人びとの喜びは大きなものだった。何より、祭が醸《かも》し出すちょっとばかり浮かれた気分に誰もが心を踊《おど》らせた。これは平和な時代だからこそ味わえるものなのだ。多くの人がそう実感したにちがいない。

その他の山鉾も徐々に復活し、五年後の昭和二十七年には戦前の全ての山鉾がそろった。また幕末に焼失していた菊水鉾も仮鉾という形で復興していた。

「菊水鉾は、どんどん焼けの大火事で焼けてしまったんだ」

と涼太郎君は言った。

そう、元治元《げんじ》（一八六四）年七月の蛤御門の変。兵火で、京都の町が火に包まれた。菊水鉾も町の家々とともに櫓《やぐら》の木組みや大きな車輪がすっかり失われてしまった。

そして、明治、大正を通じて、長らく復活させる機会が失われていたけれど、ようやく戦後、町内の有志の尽力によって復興へ向けて動き出したのだ。

待ちかねていた鉾建ての日、涼太郎君は幼馴染たちと作業を見守った。

木材は他の山鉾のように年月を経て渋く色づいたものではなく、真新しい白木だった。これが縄がらみで櫓に組み上げられてゆく。少しずつ鉾の姿が現れはじめる。

鉾の中心を貫く真木《しんぎ》を入れるため一度寝かされた櫓が再び立ち上がるとき、オオーッというどよめきが起こった。そそり立つ真木の先には菊の花を象った鉾頭《ほこがしら》が陽光をあびて輝いていた。

真木の中ほどの高さには天王台《てんのうだい》。そこには幕末のどんどん焼けでも守り抜かれ、町内で祀《まつ》られていた天王人形が据えられた。菊水鉾の天王は彭祖《ほうそ》という伝説上の長寿仙人だ。

櫓の上に囃子方たちが乗る舞台が組み上げられ、さらに屋根が取り付けられる。

「ぼくは、この屋根の形が大好きなんだ。菊水鉾だけの特別な形なんだ」と涼太郎君。

全ての鉾の中で唯一唐破風造りの屋根。とても上品で凛々《りり》しい姿に見えた。

※

菊水鉾は八十八年間休眠していたので、当然、囃子方がいなかった。町に所縁《ゆかり》のある若者たちも、他の鉾町で囃子方をしている者が多かった。涼太郎君のお父さんも、西隣の鉾町で囃子方をつとめていた。

さて、囃子方をどうやってかき集めるのか。

鉾を復興させるにあたって、まず持ち上がった課題だ。和楽器の演奏も、伝統ある祇園囃子の習得《しゅうとく》も、確かな技術と経験が必要で、見よう見まねの付け焼刃《やきば》でこなせるものではない。

そんな菊水鉾に力を貸してくれたのが月鉾《つきほこ》だった。月鉾は多くの囃子方を抱えていたし、みな技量もすぐれていたので十数人の囃子方が菊水鉾に移ってくれることになったのだ。涼太郎君のお父さんたちのように他の鉾で囃子方をしている縁者も菊水鉾へ来てくれた。

月鉾からの移籍組を中心とした混成チームでお囃子の稽古は始められたけれど、長い空白期間に、かつての菊水鉾独自の囃子は忘れ去られていた。祇園囃子は先人からの口承が基本なので、まとまった譜面のようなものも残されていなかったのだ。そこで、まずは月鉾の囃子をきちんと学び取り、少しずつ独自のものを増やしてゆくことになった。

小学生も囃子方に入り、稽古に参加した。

「お祖父さんが菊水鉾町に住んでいるものだから、ぼくも加えてもらえることになったんだ」

涼太郎君は、はりきって稽古に向かった。

囃子方は楽器によって鉦方《かねかた》、太鼓方《たいこかた》、笛方《ふえかた》に分かれるが、新人の子どもたちはまず鉦を習うことからはじめる。

ただし、祇園祭の囃子方の稽古は厳しい。一人前になって鉾の囃子舞台で鉦を打つには何年もの経験の積み重ねが必要だった。だから、涼太郎君たちが祇園祭本番にデビューするのはまだまだ先のことだ。

「いつか、お父さんと一緒に鉾の舞台でお囃子を奏でるのが夢なんだ」と涼太郎君は笑って言った。

※

七月十七日。前祭の巡行本番の日がやってきた。

まだ高価な懸装品はほとんど再現できておらず、縄絡みの骨組みのまわりに簡素な幕を巻いただけの状態だった。

それでも涼太郎くんには、十分に輝かしい姿に見えた。

エンヤラヤー。

音頭取りの掛け声と水平に突き出された扇子を合図に、菊水鉾が四条通へ向かって動きはじめた。鉾が動くのは、彼も曳《ひ》き初めの日に見ているが、巡行当日の始動はまた新たな感慨をよびおこした。

鉾の囃子舞台には、お父さんも笛方として乗り込んでいる。欄縁《らんぶち》に見えるお父さんの背中に向かって涼太郎君は夢中になって拍手した。

菊水鉾は四条の大通りに出たところで最初の辻廻《つじまわ》しを行った。

みなぎる緊張感。

路面に青竹が敷かれ、水が威勢よくまかれた。その上を、約十トンの鉾がゆるりと進み、大輪の車輪を載せて停止した。

曳き手が鉾の進む方向へ綱の配置を変える。鉾の前面に並んで乗った四人の音頭取りが、扇を広げ、高らかに掛け声をあげる。

「ヨイヨイ　ヨイトセ　ヨイトセ」

それに合わせて一斉に綱が曳かれた。鉾は巨体をギシギシと軋ませながら向きを回転させた。

沿道からは割れんばかりの拍手。みな、この鉾が永い眠りからようやく覚めたことを知っているのだ。

鉾は、ゆっくりと、そして堂々と四条通を東へ進んでゆく。

涼太郎君は、菊水鉾の雄姿《ゆうし》を声もあげずに見送っていた。誇らしい気持ちでいっぱいだった。

「この光景を生涯忘れないでおこう」と必死に記憶に刻みつけていた。

※菊水鉾町は、もともとは夷三郎《えびすさぶろう》町と呼ばれており、祇園祭には古くから恵比寿《えびす》様を祭神とした夷山を出していました。その夷山が享保《きょうほう》の頃の火事で焼失してしまい、その後に町内の夷社にあった菊水井にちなんで鉾を建立したのが菊水鉾の始まりです。

ちなみに菊水井の水は、千利休《せんのりきゅう》の師匠とされる武野紹鷗《たけのじょうおう》にもゆかりの深い名水で、昭和二十八年当時は、同町内にあった金剛能楽堂《こんごうのうがくどう》の敷地に井戸の痕跡《こんせき》が残されていました。

幕末の元治元（一八六四）年七月、京の都のど真ん中で禁門の変（蛤御門の変）が起こると、兵火は京都市中に燃え広がり、どんどん焼けと呼ばれる大火となりました。三日三晩燃え続けたとも言われるこの火災で、菊水鉾町の町域も火に包まれました。

天王人形や懸装品、鉦の多くは町内の人が持ち出し難を逃れましたが、木組みや車など鉾を形づくる主要部分はすっかり焼けてしまいました。魂は残れども、宿るべき体を失ってしまったのです。

鉾の復興は一旦は断念され、懸装品や鉦は他の山鉾へ寄贈や譲渡されてしまいました。

しかし、天王人形が大切に残されていたことから、戦後になって、町内に住む有志の尽力で復興へ向けて動き出し、昭和二十七（一九五二）年に仮鉾として八十八年ぶりに再興。翌二十八年に鉾の完工祭が行われました。

第二十五夜　チャンバラと怪獣

敗戦から十年、日本はようやく復興期《ふっこうき》を終え、さらに成長飛躍してゆく時代を迎えていた。風音校が一番にぎやかだったのもこの頃だ。大正時代に、ぼくがこの学校へやってきたとき、全校児童は四百人ぐらいだった。それが昭和に入って六百人を超えた。

戦後、学校は京都市風音国民学校から京都市立風音小学校へと名前が変わった。児童数は昭和二十年代の半ばから、うなぎのぼりに急増。この頃は七百人から八百人ぐらいを安定してキープしつづけていた。

風音校は、決して広い敷地ではない。だから校内は子どもたちであふれんばかり。まんまるに膨らんだ風船のように元気なエネルギーではち切れそうだった。

そんな時代、ぼくのいる講堂へよくやって来たのが涼太郎君だ。そう、前夜の菊水鉾のお話で登場した涼太郎君。

彼は、以前からお昼休みや放課後に講堂へふらりとやってきて、一人で過ごしていることが多かった。そこで何をやっているのかと言うと、窓から空を見上げたり、ぼく（ピアノ）の椅子に腰掛けて天井の装飾を見つめたりしながら、空想の世界に浸っている。

彼の心の中に、どんな世界が広がっていたのか、ぼくにはわからない。でも、きっと多くの人が似たようなことを子ども時代に経験しているのじゃないだろうか。自分だけの世界にどっぷり浸り、スポーツ選手になって大喝采《かっさい》を浴びるシーンを夢見たり、正義の味方のヒーローになって数々の冒険をしたり、悪い敵をやっつけたり。

もっとも、時代によって子どもに人気のスポーツも、あこがれるヒーローの姿も移り変わってゆく。涼太郎君の世代ならば、みなのあこがれの対象は何と言っても野球選手だった。プロ野球は、戦後いち早く国民の娯楽として復活していた。京都にもロビンスという球団があり、衣笠《きぬがさ》にあった球場などで試合をおこなっていた。

ただ、ロビンスが地元市民の人気をそれほど集められなかったのか、球団側にも京都に定着しようという熱意が薄かったのか、いつの間にやら球団そのものが京都から消滅していた。愛される市民球団がしっかり根付き成長していった広島なんかとは、まるで正反対の展開だった。

そんなわけで、残念なことだけれど京都の子どもたちにとって、プロ野球は少々縁遠いものになっていた。テレビ放送だって始まったばかりで、どの家庭でも試合の中継放送が見られたわけじゃなかったからね。

その代わり、一番のあこがれの的になっていたのは映画スターだった。

なかでも、子どもたちに絶大な人気を誇っていたのは鞍馬天狗《くらまてんぐ》シリーズだ。戦前にもチャンバラ映画のブームがあって、その頃からアラカンこと嵐寛寿郎《あらしかんじゅうろう》が鞍馬天狗を演じていた。GHQが戦後の一時期、チャンバラ映画を禁じていたけれど、禁制が解かれると真っ先に鞍馬天狗が復活した。

アラカン以外に戦前から人気があったベテラン役者は、大河内傳次郎《おおこうちでんじろう》、長谷川一夫、市川右太衛門《うたえもん》、片岡千恵蔵《ちえぞう》など。でも、みんなちょっとばかり歳を召しはじめている。そこで、新進の若手役者たちが、子どもたちの心をとらえはじめた。市川雷蔵《らいぞう》、大川橋蔵《はしぞう》、「笛吹童子《ふえふきどうじ》」で人気に火がついた東千代之介《あずまちよのすけ》、中村錦之助《きんのすけ》などなど。

京都には、太秦《うずまさ》あたりに撮影所がたくさん集まり、古い町並みの残っているところや、神社、寺院の境内では頻繁にロケも行われていた。日常的に映画スターたちにばったり出会えそうなチャンスが転がっていた。もっとも「出会えそう」というだけで、ほんとうに有名役者たちと出会えた幸せ者は、ほんの一握りだったけれど。

それでも、たまに「どこそこで雷蔵を見かけた」などと吹聴する者が現れる。「お兄ちゃんの友達の親せきの知り合いがやっている力餅《ちからもち》食堂に、錦之助が食べに来たらしい」なんて出どころが不確かな情報をまことしやかに伝える者も現れる。本当なのか、デタラメなのか、果たして錦之助が力餅食堂へうどんやおはぎを食べにくるものなのか確かめようもなかったが、そういう話を聞くと、次は自分だって会えるかもしれない、そんな期待がムクムクとわきあがってくる。

こういう環境だったので、京都の子どもたちは、銀幕《ぎんまく》スターに身内のような親しみを感じていたのだ。

※

涼太郎君は当初、講堂へやってきても、ただひとり空想に浸っているばかりだった。ぼくもそんな涼太郎君をそっと見守っていた。

ところが、ある日何を思ったのか、彼が突然ぼくに語りかけてきたのでびっくりしてしまった。

「ねえ話を聞いてくれるかい？」

〝そりゃもちろん〟と返したけれど、残念ながらぼくの言葉は涼太郎君には伝わらなかった。彼はそのまま一方通行の話を続ける。

「ぼくは、あまりチャンバラごっこが好きじゃないんだ」

〝えっ、どうして？〟

ぼくは聞こえていないとわかりつつも返事をする。〝男の子はみんな時代劇スターに夢中じゃないか〟

「チャンバラが始まると、ガキ大将みたいな強いヤツがまず主役を取ってしまう。それからいい脇役は、取り巻きのヤツらがみんなおさえてしまう。ぼくなんかは、いつもただ斬られて倒される役目ばかり」

〝なるほど〟

彼によると、チャンバラ遊びにはいろいろと暗黙の約束事があるそうだ。

主役が振るう刀の動きに合わせ、斬られ役はバッサバッサと手際よくやられなくてはならない。「ぐぬぬっ」と短くうめき、床に倒れこむだけ。いくら隙《すき》だらけだったとしても、背後から主役をバッサリ袈裟懸《けさが》けに斬り倒すなど許されない。

涼太郎君には、それが面白くなかったらしい。と言って、いい役をよこせと言い出す勇気もない。それで次第に級友たちと距離をおき、ひとり講堂へやってきては、自分の世界に入り浸るようになったのだ。

その日以来、彼はぼくのもとへやってくると、しばらくおしゃべりをして帰ってゆくようになった。

※

そんな、涼太郎君にも夢中になるものがあった。ゴジラだ。

ゴジラは前年の秋に封切られた怪獣映画。涼太郎君もお父さんに京極の映画館に連れて行ってもらい映画「ゴジラ」を観たそうだ。

彼は一生懸命ゴジラの説明をしてくれるのだけど、残念ながら、ぼくには怪獣映画がいかなるものかがよくわからなかった。そもそも、ゴジラとはどんな姿をしているのか。大きな熊みたいな姿なのだろうか。それとも、でかいワニのようなヤツ？　はたまた、ヨーロッパの伝説にも登場するまがまがしいドラゴンのごとき姿か？

言葉で疑問を伝えられなかったけれど、涼太郎君はぼくの戸惑いを察してくれた。

「いきなり、怪獣の話をされてもわからないよね。ちょっと見ていてよ、ゴジラのマネをしてみせるから」

そう言って、涼太郎君は立ち上がるや、だしぬけに「ガオー」とも、「ワアーン」とも判別がつかない雄たけびをあげたものだから、ぼくは仰天した。

彼はそのまま二本足をガニ股気味に広げてノッシノッシと歩いた。ぱっと見たところ、相撲《すもう》取りが摺《す》り足の稽古をしているようにも見えなくはなかった。でも時おり立ち止まり、首を振りながら咆哮《ほうこう》を繰り返すところが違う。

「ゴジラは、口から放射能の火炎を吐く。街をゴォーッっと燃やすんだよ。逃げても逃げてもゴジラは大きな体で追いついてくるんだ。銀座の街がメラメラ燃え上がるんだ」

あっけらかんと語る涼太郎君は、戦時中の空襲を知らないのだろう。せっかく復興して賑わいを取り戻したという銀座が、映画の中とはいえ、またしても焼けてしまうのかと、ぼくは少々切ない気分になった。

後日、彼は映画「ゴジラ」のチラシを見せてくれた。もう幾度となくカバンやポケットから出し入れし、穴があくほど見つめつづけたものらしく、ずいぶんヨレヨレになっていた。

チラシの左半分には、でっかく縦書きで「ゴジラ」のタイトル。角ばった赤いロゴタイプだ。その上に「水爆大怪獣映画」とものものしい文字が躍っている。炎に包まれた国会議事堂の前に、太古の肉食恐竜のごときフォルムの怪物が仁王立ちしている。なるほど、ゴジラはこういう姿かたちをしていたのか。

空には迎撃の戦闘機が数機。ゴジラはその一つをむんずとわしづかみにして、口から恐ろしげな火炎放射を浴びせかけている。地上からは、恐怖と緊張で強張《こわば》った面持ちの登場人物らが惨状を見上げている。合成の写真とはわかっているものの、背後の情景と巨大な怪獣の姿がリアリティたっぷりに表現されていて、まるで本当に町が襲われているようだ。ふーむ、これが特撮というものなのか。子どもたちが夢中になるのも無理はないと思った。


半年ほど経ったある日、涼太郎君は、もう一人男の子を講堂へ連れてきた。同じ学年の伸二君という子だった。

二人で取っ組み合いしながら怪獣ごっこをしている。二人の会話によると、春に封切られるゴジラ映画第二作「ゴジラの逆襲」では、アンギラスという新怪獣が登場するらしい。二大怪獣の対決シーンで、今度は大阪城がぶっ壊されるそうだ。

涼太郎君は、二本足で立ったままグァーオーと吼《ほ》えている。これはゴジラのつもりなのだろう。

一方、伸二君は手足を床につきながらゴジラに果敢に立ち向かっている。さてはアンギラス、四脚の怪獣なのか。ということは近頃の理科の教材や科学読み物なんかでよく見かけるようになった挿し絵――タイラノサウルスとトリケラトプスの死闘の図――のような構図なのかもしれない。

そして、なんとぼくは大阪城の天守閣に見立てられることになったらしい。二大怪獣がぼくを挟んで対峙《たいじ》しながら吼《ほ》え、激しく闘った。

ひとしきり闘い終えると役割の交替。今度は伸二君がゴジラになり、涼太郎君がアンギラスになった。二人は心ゆくまで怪獣と化して格闘した。そんな二人をぼくは大阪城のフリをして見守った。

それからしばらくして、怪獣ごっこのメンバーがまた増えた。今度は一気に二人の増員。四つ巴《どもえ》で闘っていた。

ゴジラとアンギラスのほかに「ゴジラの逆襲」に登場する怪獣はいないから、彼らは独自に想像して怪獣を創り出していた。新怪獣はボンゴラとベグリラスと名づけられた。名前の由来はよくわからない。当時風音校に本郷《ほんごう》や平群《へぐり》というとても怒りっぽい先生がいたから、それにちなんだ命名とも考えられるが定かではない。おそらくゴジラとアンギラスを参考に怪獣っぽい語感や濁音《だくおん》を組み合わせて考えたのだろう。

「ダダダン　ダダダン　ダダダダダダ　ダダダン」
みながいっせいに声を低めて口ずさむ。
「ダダダン　ダダダン　ダダダダダダ　ダダダン……」
これは伊福部昭《いふくべあきら》が作曲したゴジラの主題曲なのだそうだ。ひたすら繰り返しているうちに、誰かれとなく勝手に歌詞をつけて歌いはじめている。
「ゴジラ　ゴジラ　ゴジゴジゴジ　ゴジラ……」
グァオー
ウワァァァァン
ガァー
ギャオゥオゥオゥ
入り乱れて激突する男の子たち。興奮しはじめた彼らを止める術《すべ》はもはやなかった。彼らは、激しく咆哮しながら取っ組み合った。勢いあまってぼくにぶつかったり、時には乗りかかったりすることもあったけれど。
そんなふうに徐々に怪獣好きの男の子たちが増え、いつの間にか、涼太郎君の周りには、友達があふれていた。
講堂のど真ん中で、友達に取り囲まれて大怪獣になりきっている涼太郎君は、もうかつてのような引っ込み思案でおとなしい男の子ではなかった。
それと反比例するように、彼がぼくに話しかけることは次第に少なくなっていった。
正直なところ、少し寂しかった。でも、それ以上にぼくは涼太郎君の成長がうれしかったんだ。

第二十六夜　若者の時代とチェコの動乱

真夏の午前。

夏休み中の学校はしんと静まり返っていた。

ご近所から近畿放送ラジオが聞こえてくる。既にテレビが全国津々浦々の家庭に普及していたけれど、京都には地元のラジオ局近畿放送をつけっぱなしにしている家庭もまだまだ多かった。

ぼくはラジオの音声にそっと耳を傾ける。ちょうど歌のリクエスト番組をやっていて、若いグループの曲を流していた。

ザ・フォーク・クルセダーズの「悲しくてやりきれない」。

伴奏はギターとベースだけで始まり、サビのところでストリングスが加わるだけ。シンプルでちょっと切ないメロディだ。春先から頻繁に聞こえてくる歌なのですっかり覚えてしまった。

フォークやグループサウンズが全盛期を迎えていた。若い人たちが新しい文化の担い手だった。なかでもザ・フォーク・クルセダーズやザ・タイガースは京都ゆかりの若者たちが作ったグループ。地元の人びとは、共感をともなった温かな目で彼らの活躍を見守り、その歌を愛唱していた。

もちろん日本だけじゃなく、欧米の西側の国々でも若者文化が花開いていた。音楽の分野では、多くのロックバンドがしのぎをけずっていた。

たとえば、ザ・フー、ドアーズ、クリーム、ザ・ジミ・ヘンドリックス・エクスペリエンス、ヤードバーズ、そしてローリングストーンズに、ビートルズ。ぼくとしては英語圏偏重《へんちょう》になりすぎているのが少し歯がゆかったけれどね。

学校の先生もこういう時代の空気のなかで育った人たちだった。とくに昨年赴任してきたばかりの陽介《ようすけ》先生は、フォークソングが大好きだった。子どもたちに歌わせるものにも、近年の流行歌をどんどん取り入れていく。たとえば「若者たち」や「バラが咲いた」といった歌だ。彼はギターが得意で、時おり子どもたちの前でも弾いてみせた。一方でピアノ演奏も、藤森《ふじのもり》の教育大学に通っていた頃に特訓したらしく、なかなかの腕前だった。

「悲しくてやりきれない」が終わると、ラジオの音声はニュースに切りかわった。冒頭からアナウンサーが緊張を漂わせた声で外電を伝えている。その内容にぼくは耳を疑った。

ソ連をはじめとする五カ国の戦車部隊が、国境を越えてチェコスロバキアの首都プラハを制圧したという。

ぼくは呆然とした。

故郷でこの春から続いていた民主化の波、いわゆる「プラハの春」にぼくは大きな期待を寄せていたのだ。

昭和四十三（一九六八）年八月のことだった。

※

ここで祖国のたどった歴史を、少し説明させてほしい。

第一次世界大戦後に華々しく建国されたチェコスロバキア。

でも、歩んできた道のりは決して平坦ではなかった。国内では、チェコ人とスロバキア人が少々ギグシャクした関係になっていたし、ナチス・ドイツが力を伸ばしてくると国そのものが解体され、その勢力下に飲み込まれてしまう悲しみも味わった。

第二次世界大戦が終わると、チェコスロバキアはふたたび国を建て直した。

でも、この時代、ヨーロッパは社会の仕組みや考え方の違う二つの世界に色分けされ、対立しあうようになっていた。一つは資本主義・自由主義の西側の国々、もう一方はソ連をリーダーとする共産主義・社会主義の東側諸国だ。

そして、地理的にも二つの世界の狭間にあったチェコスロバキアが選んだのは、社会主義国家になる道だった。社会主義というのは、すべての人から貧富の差をなくし、平等な社会をめざそうという考え方だ。

ところが当時の社会主義国は、社会の仕組みが相容《あいい》れない西側の国々との交流をきびしく制限した。人の行き来さえ自由ではなくなってしまったんだ。すると、チェコスロバキアではたちまち経済が停滞し、豊かさが失われはじめた。さらに言論や表現も制限され、人々の暮らしから自由が奪われていった。

やがて一九六〇年代後半になり、知識人や学生たちが民主化と自由を求めはじめ、社会的な運動に広がっていった。その流れにも後押しされて、国も独自の「人間の顔をした社会主義」を実現するために改革にのりだした。それが「プラハの春」だ。

チェコスロバキアの改革を西側諸国の人々も共感を持って見守っていた。ぼくはようやく祖国にも自由な時代がやってきたと高揚感を抑えることができなかった。西側の若者たちが味わっている新しい文化を、チェコの若者もともに楽しめる時がやってきたんだと期待をふくらませた。

そして何よりも、この偉大な改革をチェコスロバキアの人たちは、自らの意思、そして自分たちの手で勇気をもって行おうとしている。そう思うと誇らしささえ感じた。

しかし他の社会主義国は、この改革を見逃してくれなかった。突然、国境を越えた総勢二十万人とも言われるソ連、東ドイツ、ポーランド、ハンガリー、ブルガリアの五カ国連合軍がプラハを占拠してしまったんだ。

※

ぼくはチェコスロバキアの行く末を思い、悲嘆にくれた。

懐かしくも美しいプラハの光景は、半世紀の時を隔てても、はっきり思い浮かべることができた。フラデツ・クラーロヴェーの風の匂いもしっかり覚えていた。うるわしい我が祖国は、いったいどうなってしまうのだろう?

その時、扉がガバッと開いた。陽介先生だった。彼は長めの髪を振り乱し、鼻息荒く近づいてくる。

「お前は確かチェコで作られたピアノだったな！」

陽介先生は、ぼくをまっすぐ見つめ熱っぽく言った。この時代の若者は、とにかく熱かった。熱すぎるぐらい熱かった。

「さっき、ニュースでチェコが大変なことになっていると聞いたんや。なんか気持ちが落ち着かんから、ピアノを弾こうと思って来た」

そう言って先生は、鍵盤のふたを力強く開けた。彼が弾きはじめたのは、スメタナの「ヴルタヴァ（モルダウ）」とドヴォルザークの「ラルゴ」。どちらも児童合唱用に編曲されたものだった。

「ヴルタヴァ」は、半世紀前のプラハでヴァーツラフと一緒に奏でた。ラルゴは京都で再会したパヴェルと奏でた。どちらも思い出深い大切な音楽だった。ラルゴは「家路」という唱歌にもなったが、この頃は「遠き山に日が落ちて」というタイトルで子どもたちにも親しまれていた。

ぼくは陽介先生と曲を奏でながら、祖国への想いが燃え上がるのを抑えることができなかった。

かつてショパンは異国の地で悲しい報せを受け取った。祖国ポーランドでロシア支配に抵抗する蜂起が失敗に終わったという。ワルシャワが陥落し、敵兵に踏みにじられていると聞き、ショパンは怒りと悲しみを込めて革命のエチュードを作ったそうだ。

そして、ぼくの祖国チェコスロバキア、誇り高きプラハも同じような境遇に陥ってしまった。しかも、プラハの春は武力とは無縁の平和的な改革だった。それが強大な軍事力によって押しつぶされてしまったのだ。

ぼくは陽介先生の手を借りて、祖国の偉大な二人の作曲家の音楽を熱く奏でた。

「最後はこの曲を歌おう」

陽介先生は締めくくりに日本の歌を選んだ。さっきラジオで流れていた「悲しくてやりきれない」だ。

胸にしみる　空のかがやき
今日も遠くながめ　涙をながす
悲しくて悲しくて　とてもやりきれない
このやるせない　モヤモヤを
だれかに　告げようか

白い雲は　流れ流れて
今日も夢はもつれ　わびしくゆれる
悲しくて悲しくて　とてもやりきれない
この限りない　むなしさの
救いは　ないだろうか

深い森の　みどりにだかれ
今日も風の唄に　しみじみ嘆く
悲しくて悲しくて　とてもやりきれない
このもえたぎる　苦しさは
明日も　続くのか

先生は、伴奏を弾きながら少々ぶっきらぼうな声で歌った。若い情熱をぶつけるように歌った。目を閉じると、自由を訴えるチェコの若者たちの叫びが聞こえてきそうだった。彼らの声は強大な戦車部隊に抑えつけられてゆく。

遠く離れた国、日本の若者が作った歌だけれど、同世代のチェコの若者たちのやるせない気持ち、無念さを代弁しているようにも思え、胸にぐっと迫ってきた。

陽介先生は、歌い終わると立ち上がり、「君の祖国に自由を」とつぶやいた。

先生が去ってしまったあとも、ぼくの心のなかで先生の熱い歌声が何度も何度もリフレインしていた。

第二十七夜　フライ・ミー・トゥ・ザ・ムーン

講堂に校長先生の声が響いている。

「みなさんが学んでいる風音小学校は、今から百年前に生まれました。地元の人びとの大変な努力の末に番組小学校の一つとして開校したのです。それは、長い江戸時代が終わった明くる年、明治の新しい世の中が始まったばかりのことでした。日本の近代の歴史とともにこの学校は歩んできたのです」

いつもにぎやかな子どもたちも、長いすに静かに腰掛け、耳を傾けている。演台に立つ校長先生は、日本でいち早く小学校づくりに取組んだ人びとの苦労や、この学校から巣立ち、さまざまな分野で活躍をしている先輩たちの話を続けた。

「そして、ここにあるピアノを見てください。大正の頃に地域の人たちが寄贈してくださった大切な楽器です。さあ、この由緒《ゆいしょ》あるピアノの伴奏で校歌を歌いましょう」

昭和四十四（一九六九）年に、学校は創立百周年を迎えた。また、ぼくがここへやってきてから、半世紀の時が過ぎていた。

科学好きのカオル君がいたならば、とても興奮したに違いない歴史的な快挙が成しとげられたのも、この年だ。

アポロ11号のニール・アームストロング船長とバズ・オルドリン操縦士による人類初の月面着陸。戦前、カオル君は「いずれ人は宇宙へ飛び出す乗り物で月世界へ行くはずだ」と言った。それが、この年の七月に現実のものとなったのだ。

宇宙飛行士たちが持ち帰った月の石は、翌年大阪で開催された万国博覧会のアメリカ館で披露されたそうだから、風音校の多くの子どもたちも目にしたことだろう。

月面着陸が行われたのは七月二十日。日本の時間では二十一日、月曜日の早朝だった。

夏休みに入ったばかりだったので、テレビの中継を見た子どもたちも大勢いたに違いない。スポーツ教室の指導のため午後から出勤してきた陽介先生も興奮冷めやらぬ面持ちだった。道すがらもらったのだろう、新聞号外をぎゅっと握りしめている。そして、ひまわりの水やり当番で学校へやって来た児童をつかまえて、「どうだ、アポロの着陸見たか！」と熱く語りかけていた。

目の前にカオル君がいたら何て言っただろう。

「ほらね、ぼくが言っていた通りになったろう」って勝ち誇った笑みを浮かべるだろうか。

それとも、まるで子どものように無邪気で素直な感動を伝えるだろうか。

「君も見たかい！　あれが月世界の光景なんだねぇ。いつかぼくらもあの場所に立てるだろうか」なんて具合に。

戦後は、カオル君と一緒に語り合いたいと思える出来事が、ほかにいくつもあった。湯川秀樹《ゆかわひでき》博士がノーベル賞を受けたときは痛烈にカオル君の意見を聞きたいと思ったし、朝永振一郎《ともながしんいちろう》博士が受賞したときもそうだった。

湯川博士にしても、朝永博士にしても京都の小学校で学び、京都帝国大学に進んだ点ではカオル君と同じだった。だから、きっと刺激を受けて、陽介先生にも負けないくらい熱っぽく科学談義をしてくれたと思うのだけれど。

※

宇宙飛行士が月世界を歩く世の中になったけれど、京都の伝統行事は、昭和四十四年の夏も昔ながらに行われていた。

夏の始まりの祇園祭。土用《どよう》の丑《うし》の日は下鴨の杜《もり》で足つけ神事。そしてお盆のはじめは六道珍皇寺《ろくどうちんのうじ》や千本《せんぼん》ゑんま堂《どう》でのお精霊《しょうらい》迎え、終わりには五山の送り火が静かに焚かれる。

そして一夏の締めくくりには京都の子どもたちがとびっきり楽しみにしている行事があった。「地蔵盆」だ。

京都では、各町内でお地蔵様が祠《ほこら》に祀られている。地蔵盆の時期になると、祠のそばにゴザを敷き、天幕を張って子どもたちが集う会場が設けられた。

地蔵盆の間は、お地蔵様にも会場に設けられた祭壇にお出ましいただき、そのぐるりで子どもたちが一日中遊んだり、おしゃべりしたり、お菓子を食べたりした。子どもらの名前が書かれた提灯も各家庭から持ち寄られ、日が

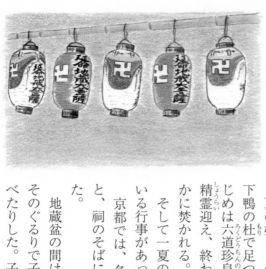

沈むと灯がともされた。

　子どもたちにとってはとても楽しい行事だけれど、学校から出られないピアノの立場から言えば、地蔵盆は一人ぼっちになるのでさびしかった。夏休み中だから校内へやって来る子どもがもともと少ないうえに、地蔵盆ともなると、ほとんどの子が自分が住む町内にとどまるものだから、余計に校内はしーんとしてしまう。

　校庭にはツクツクボウシやヒグラシのもの悲しげな声だけが響いている。過ぎゆく夏の気配に、ついついセンチメンタルな気持ちになったものだ。

※

　そして、季節は巡って秋。九月最後の土曜日のことだ。

　この頃はまだ週休二日制が世に広まる前。子どもたちも土曜日の朝は普段どおり登校してきた。ただし半ドンといって、授業は午前中でおしまい。スポーツ教室など特別活動をしている児童たち以外は昼食前に帰った。

　午後になると陽介先生はスポーツ教室の卓球クラブを夕方まで指導した。練習が終わっても、部員たちはテレビで来週の土曜夜八時から始まるというドリフの新番組の話題で盛り上がっている。子どもたちはドリフ派とコント55号派に分かれ、どちらが面白いか主張しあって、なかなか帰ろうとしなかった。

「おーい、お前たち」

　陽介先生は、子どもたちに声をかけた。「完全下校の時間だから、そろそろ帰れよ。ほうら、ドヴォルザークの〝遠き山に〟も流れはじめたぞ」

なまいきざかりの部員の一人が言った。

「わかってるって、いま帰ろうと思っていたところ。でも、なんや〝どぼるざぁく〟って?」

「ん、お前ら、知らんか? ドヴォルザーク」

子どもたちは一斉に「そんなもん知らーん」と言って、笑いながら駆けてゆく。

ようやく部員たちが下校したのを見届けると、先生は「やれやれ」とつぶやきながら職員室に戻った。まだ仕事が山のように残っている。夜中までかかってテストの丸付けや、ガリ版で学級通信のプリント作りなど、翌週の準備に大忙しだ。

一般企業には朝から夜遅くまで身を粉にして働く「モーレツ社員」たちが出現しはじめた時代だった。同じ時代の空気の中、陽介先生たちも「モーレツ教員」になっていたのかもしれない。職員室の中には日が沈んでからも鉛筆やペンの音がカリカリと響いていた。

陽介先生が仕事に熱中しているうちに、周囲の先生たちは仕事を終え、「お先に」と声をかけて一人二人と帰ってゆく。陽介先生がふと気づくと、職員室に残っているのはたった一人となっていた。

先生は部屋を出て、伸びをした。そして気晴らしに廊下を歩き、校庭の向こうの空を見上げた。

夜空は晴れ渡り、まん丸な月が東の空にぽっかり浮かび上がっていた。

「ああ、満月か。今夜が中秋の名月だったかな? それとも昨夜だったっけ?」

陽介先生は、目を凝《こ》らして月面を見つめた。白く光る部分と黒っぽいシミのようなものがまだら模様になっているのが肉眼でもわかる。ウサギが餅つきをする姿に見える人もいれば、大きなハサミを振るうカニに見えるという人もいる。中には美しい女性の横顔だ、という人もいるらしいが、残念ながら陽介先生にはあばた顔のあんちゃんのようにしか見えない。

先生はフーッとため息をもらした。

「あの月の地面に今年の夏、人が降り立ったのだなぁ」

何度思い返しても、なんとも表現しがたい感慨が湧いてくる。

陽介先生は、戦中、大阪に生まれた。昭和二十年三月の大空襲の夜、幼子《おさなご》だった先生は母親の背中に負われて戦火の中を逃げ惑ったらしい。

「らしい」というのは、先生自身にはほとんど記憶が残っていないから。

憶えていないけれど曾祖父《そうそふ》の代から住んでいた堀江の家は燃え、避難中に父の末の妹（陽介先生からみれば叔母さん）が気の毒にも焼夷弾の炎に巻かれ亡くなった。まだ高等女学校の生徒で、小さな陽介先生をかわいがり面倒もよく見てくれたそうだ。

陽介先生の記憶にはっきりと残る原風景は、あり合わせの材料で建てられた粗末なバラックと闇市が広がる煤けた街の姿だ。殺風景な街並みの上に風が吹き、やけに鮮やかな月が昇ってゆく光景が心に強く刻み込まれている。世の中は貧しく、何にも無かったが、母の手作りの月見だんごや水ようかんの味はしっかりと覚えていた。

そんな時代に、陽介先生は父の知り合いから、あちこち傷んだ戦前の子どもの本を譲り受けて貪《むさぼ》り読んだ。多くは小学生向きの読み物だったから、最初は大人たちに読み聞かせてもらったけれど、徐々に文字を覚えながら自分で必死に読んだ。なかでも印象に残っていたのが、砲弾のような乗り物に人が乗って月の周りを巡る物語だ。

それから二十年余りの年月が流れ、彼は小学校教諭としてここに立っている。

「でもまさか、こんなに早く月世界旅行を目の当たりにするとは思わなかったなあ」

それが陽介先生の正直な思いだった。

人工衛星も、有人宇宙飛行も、月面着陸も、ずっと遥かな未来の出来事だろうと思っていた。それがどうだ。スプートニク、ガガーリン、テレシコワ、そしてアポロ宇宙船の飛行士たち……、目の前で次から次へとかなえられてゆく。バクテリオファージそっくりのフォルムをした着陸船が月面に降りてゆく映像を見たとき、自分自身が空想科学小説の中に迷い込んだような妙な気分になった。人類はこのまま、どこまで行ってしまうのだろう。

その時、先生はふとある曲を奏でたくなって、講堂のぼくのもとへやって来た。

彼が弾きはじめた曲は「フライ・ミー・トゥ・ザ・ムーン」。


もともとこの曲は、バート・ハワードが一九五四年に「イン・アザー・ワーズ」というタイトルで発表したものだ。フランク・シナトラが六〇年代になってカヴァーすると、アポロ計画が進む時代の空気とマッチして大ヒットした。アームストロング船長たちの乗ったアポロ11号にも「フライ・ミー・トゥ・ザ・ムーン」の録音テープが積み込まれ、着陸船の中で流されていたそうだ。

陽介先生は、この曲をジャジーに奏でた。まるで、かつてこの学校で教えていたさくら先生を思わせる器用な弾きぶりだった。しかも、いつもの熱い陽介先生ではなく、クールかつラフなスタイルで弾きこなしていた。もし、ロイ・キングがこの場にいたら「おいおい、お前さん、なかなかやるじゃねぇか」なんて言って肩をたたいて大絶賛したのじゃないだろうか。ぼく自身も、陽介先生がこのような感性を持っていたことに驚いていた。

ぼくが陽介先生とともに「フライ・ミー・トゥ・ザ・ムーン」を奏でながら、思い起こしていたのは、やはりカオル君のことだ。

今ここに彼がいれば、もう四十代後半のおじさんになっているはずだ。でもぼくの心の中では小学生の頃、あるいは出征前に訪ねてきてくれた大学生の頃の面影が焼きつき、時間はそこで止まっている。

ふと気づくと目の前に、小学生の姿をしたカオル君が立っていた。

「やぁ久しぶりだねえ。今夜は空気が澄んでいるから月まで出かけてみないかい」

〝月までって、どうやって行くんだい？〟

「そりゃあ、君が宇宙船になって、ぼくを乗せてくれたらいいのさ」

〝えっ、ぼくが宇宙船に⁇〟

ムムムとうなってしまった。ぼくが宇宙船……。でも考えてみれば、以前、涼太郎君たちには大阪城天守閣に見立てられたのだから宇宙船になるぐらいかまわないのかもしれない。

〝じゃあ、カオル君。さっそくぼくに乗り込んでくれたまえ。さあ、君が操縦士だ〟

「よし、スターシップ『ペトロフ号』、発進だ！　これより風音基地を出発する」

カオル君が椅子に腰掛け、操縦かんを握る代わりに和音を奏でるとぼくの体はゆるりと離陸をはじめた。目指す月は東山三十六峰《さんじゅうろっぽう》の山影のうえを少しずつ高く昇ってゆく。

ぼくはロケット発射の理論や重力圏を抜け出す理屈なんてまったくわからないからそんなのはまるっきり無視だ。京都の街の上を飛行船のようにふんわりふわりと高度を上げてゆく。

ネオンサインがきらめく四条河原町の交差点も、白くライトアップされた京都タワーも、鴨川畔を走る京阪電車の光も、大文字山も御所も二条城も東西の本願寺も、どんどん視界の彼方に小さくなっていった。

遠ざかる街の光景をふり返りながら「この街もすっかり様変わりしたようで、そんなに変わっていないようにも思えるねぇ」とカオル君はのんびりつぶやいた。

やがて『ペトロフ号』は、はるか天上の無重力の空間に到達した。星々がまばゆいばかりに輝いている。そこから先はロケット噴射の力でスピードアップ。瞬く間に月面が目の前に迫ってくる。

「ぼくはここへ来たかったんだ。ここから地球を見たかった」

月の裏側をぐるりと一周すると、こんどは月の地平線の向こうにまあるい地球がぽっかりと浮かび上がった。漆黒の闇に輝く水の玉。

カオル君は青い惑星を指差して言った。

「あそこがぼくらの故郷なんだね。人もピアノも、みんなあの星で生まれた。ここから見るとヨーロッパもアフリカもアメリカも中国もインドもソ連もチェコも日本もみんな一塊《ひとかたまり》だ。大宇宙の小さなオアシスに身を寄せ合って生きているんだ。これからも仲良く生きてゆかないとね！」

ぼくたちの月世界飛行は、そこで途切れた。

陽介先生が奏でていた「フライ・ミー・トゥ・ザ・ムーン」が終わったのだ。

先生は静かに鍵盤のふたを閉じ、窓の外をもう一度眺めた。

月が先ほどよりも高い空で輝いていた。

第二十八夜　ウォッチング・ザ・ホイールズ

講堂の扉の向こうからひそひそ声が聞こえてくる。

「幸《さっ》ちゃん、どう？　ピアノの音、聞こえた？」

「ううん。柚子《ゆうこ》ちゃんはどうだった？」

「ぜーんぜん。聞こえてきたのは豆腐屋さんのパープーパープーって音ばかりだった」

扉がギギィーときしみながら開く。その向こうからふたりの女の子が顔をそっとのぞかせる。五年生の柚子ちゃんと幸子《さちこ》ちゃんだ。

ふたりは、数日前から放課後になると講堂の扉の向こうで張り込みを続けている。そして、じっと耳を澄ませている。彼女たちは、ぼくがひとりでに音楽を奏ではじめないか、もしくはしゃべりださないか調べているのだ。

もちろん、ぼくは自動演奏機能のついたピアノじゃないから、誰かが弾いてくれないかぎり演奏なんてしないし、音も出さない。ましてや人に伝わる声で話しかけることなんてできない。

いくらじっと耳を澄ましていても、聞こえてくるのは、誰かがどこかの教室で練習をしているリコーダーの音色とか、校庭でドッチボールをしている子どもたちの歓声とか、電線で鳴き交わす小鳥のさえずりとか、ちり紙交換の車のスピーカーの声とか、あとは、柚子ちゃんが聞いた豆腐屋さんのラッパの音ぐらいのものだろう。

「やっぱり、これはごく普通のピアノやね」と柚子ちゃん。

「そうだよね」

幸子ちゃんが少しほっとした声で応じる。「確かに古いピアノだけれど、何かが取りついているような気味の悪さは全く感じないものね。やっぱり普通のピアノだったね」

はいはい……。

何かに取りつかれた妖《あや》しげな楽器と疑われていたかと思えば、今度は「ごく普通のピアノ」と言われたり。ぼくは少々複雑な気分で、苦笑した。

確かに学校というところは怪談のネタが豊富な場所だ。どこの学校でも噂話の二つや三つはあるだろう。例えば理科室の人体模型が夜になると勝手に歩きだすとか、音楽室の肖像画の目がひとりでに動いたとか。戦前の地歴学習室の名残りである世界の民族の陶製人形たちも、子どもたちの想像力の手にかかると誰もいない夜になれば輪になって踊りだすのだそうだ。また午後四時になると四時《よじ》ババとやらが現れ、子どもたちを四次元空間へ連れ去ってしまうという噂もまことしやかに語られていた。

ぼくも、フラデツ・クラーロヴェーの工場で生まれてから既に七十年、この学校へやってきてからでも六十年以上が過ぎていたから、見た目はずいぶん古めかしくなっている。だから、オカルトめいた噂のネタにされるのも仕方ないのかもしれない。

ただし、このふたりがぼくのことを調べ始めたのには、特別な理由がある。

一週間ほど前に、ふたりがぼくのそばにやってきて、おしゃべりを始めた。その内容にぼくは正直、驚かされた。

「ずいぶんと昔のことなんだけれど、放課後になると毎日のようにこのピアノを弾きに来た男の子がいたの」

と幸子ちゃんが言ったのだ。ぼくはドキリとした。放課後に、ぼくのところへやってきて演奏をしていた男の子って言えば、あの子しかいないじゃないか。

「ずいぶんと昔って、どのくらい？」と柚子ちゃんがたずねる。

「戦争があった頃より、もっと昔。まだ昭和が始まってすぐの頃だと思う」

「そんな頃からこのピアノはあったんやね」

「うん。これはね、もともとは外国のピアノなのよ。ボヘミアというところで作られたんだって」

「よう知ってるなぁ、幸ちゃん」と柚子ちゃんは感心したような声をあげる。

「うん、家でおばあちゃんから教えてもらった」と幸子ちゃん。「ピアノを弾きに来ていた男の子って、おばあちゃんのお兄さんなの」

「へえ、そうだったんだ。その子の名前は？」

「確か……、カオルさんだったかな」

ぼくも幸子ちゃんの話にかじりつくように耳を傾けながら、思いをめぐらせる。

カオルくん。

そして、カオルくんの妹ということは、おばあちゃんはユヰちゃんなのだろう。大嵐の日のあどけない歌声を思い出す。幸子ちゃんはそのお孫さんだったのか。カオルくんは、出征した後、どうしているのだろう。必ず帰ってくるという約束だったのに。

幸子ちゃんは、そのまま話を続ける。

「おばあちゃんったらね、不思議なことを言うの」

「不思議なことって？」

「うん、カオルさんが毎日、毎日、とても楽しそうにピアノのもとへ通うものだから、ある日、そのあとをこっそりつけて行ったそうなの。するとね、カオルさん、ピアノを奏でる合間に、おしゃべりしていたって」

「え、おしゃべりって、誰と？」

「ええっ、ピアノと」

「このピアノと」

柚子ちゃんは体をのけぞらせながら声をあげる。「まさかこのピアノもしゃべったの？」

「ううん、おばあちゃんにはピアノの声なんて聞こえなかったって。でも、カオルさんはまるで会話しているように話すから、とても不思議だったそうなの」

「すごいよ」

この話を聞いてから、柚子ちゃんはすっかりぼくに夢中になってしまった。

「このピアノには、きっと特別な力があるに違いないわ。もしかすると、精霊《せいれい》のようなものが取りついているのかも」

「わたしには、そんなものが取りついているようには見えないけれど」

今度は幸子ちゃんがとまどったようにぼくを見つめる。

「幸ちゃんは聞いたことない？　〝つくもがみ〟とか」と柚子ちゃんは言う。「うっとこには昔から残っている古道具がたくさんあるからよく言われた。古い道具にいたずらすると〝つくもがみ〟が化けて出よるで、って」

「へぇー、そうなんだ。柚子ちゃんちは、とても古そうな家だもんね」

かくして、彼女たちによる連日の張り込み調査がおこなわれることになったのだ。でも、不思議なことなんて、何一つ起こらない。そして彼女たちが出した結論は「ごく当たり前の普通のピアノ」。

「変なものが取りついているなんて疑っちゃってごめんね」

柚子ちゃんと幸子ちゃんはぼくに素直に謝る。それから、ふたり並んでいすに腰掛け、まるで連弾の曲を奏でるように鍵盤をさわる。ふたりともピアノを習ってないから「キラキラ星」や「猫ふんじゃった」ぐらいしか弾かない。しょっちゅうキーを間違えたり、つまったりしつつ、笑い合いながら奏でている。

〝いいんだよ、君たちと出会えて、一緒に時を過ごせて、ぼくのほうこそ楽しいんだから〟とぼくはふたりに言った。

当然ながら、ぼくの言葉は彼女たちには届かなかったけれどね。

※

時は一九八〇年代のはじめ。

昭和が始まってとうに半世紀が過ぎ、六十年ももう間近という頃だった。

気がつけば窓の光景がすっかり様変わりしていた。

学校の周囲から昔ながらの京町家が急速に失われて、オフィスビルやマンションなどに姿を変えていたんだ。

ぼくにはずっと風音校の校舎は大きくて背が高い建物だという思い込みがあった。それが、いつの間にか筆箱や弁当箱を立てて並べたようなビル街の谷間に埋没している。かつては照り輝く屋根瓦の上にひろがっていた青空も幾分狭くなってしまった。

この頃は、子どもたちがこぞって外遊びをしていた最後の時代だったようにも思う。学校のそばの路地裏からは男の子たちが昔ながらにメンコやビー玉に興じている声が届く。遊び方は大正や戦前の頃と変わらない。取るか取られるかの真剣勝負だ。

タイベンと呼ばれる野球遊びをしている姿もある。タイベンは普通の野球と違って、小さな空き地でも、少人数でもやることができた。

女の子は地面に大きな丸印をたくさん描いてケンケンパーをしたり、白いゴム紐《ひも》を伸ばしてゴム跳びをしたりしている。縄跳びを何本も結わえつけて、長縄跳びをしている子たちもいる。

放課後の校庭では、男女が一緒にドッジボールやドロジュンなんかをしている。ドロジュンというのは、チーム制の鬼ごっこのような遊びだ。逃げる泥棒チームと追いかける巡査《じゅんさ》チームに分かれて行うからドロジュン。町全体を使って遊ぶダイナミックさも特徴だった。地域や年代によってドロケーとかケードロとかタスケとかいろんな呼び名があった。

そうそう「坊さんが屁《へ》をこいた」も忘れてはならない。ものすごいネーミングの遊びだけど関西育ちの子どもたちなら誰でもやったことがあるはずだ。ルールは全国的に普及している「だるまさんが転んだ」とほぼ一緒。

ただオニが目かくししながら唱える文句が違う。

　坊さんが屁をこいた
　　においだら臭かった

　これに少し抑揚をつけながらひたすら繰り返すのだ。

「これっ、お坊さんが聞いたら怒らはるからやめなさい」と眉をひそめる母親たちもいたが、実際にお坊さんが怒りに来たという話を聞いたことはない。それどころか、寺の子も一緒になってやっていた。

　ただ、町なかで暮らす子どもたちの気の毒なところは広々とした遊び場が乏しいことだ。

　それでも、かつては町内の通りや路地に子どもたちがいっぱい群れ、工夫しながら遊んでいたものだった。しかし、交通量が増えるにしたがって、大通りからあふれた自動車が狭い通りをすり抜けるように行き交いはじめた。安心して遊びに熱中できるスペースがますます足りなくなっていった。

　おまけにテレビゲームやコンピューターゲームが、この時代以降、急速に普及した。

　こうなっては、子どもの遊びが室内へ移ってゆくのも仕方がない。次第に子どもたちの元気な声が街角から消えていった。

※

　二学期が始まってしばらく経った頃、五年生のある組で、クラスのテーマソングを決めることになった。

担任の恵《けい》先生の発案だった。みんなが選んだ歌で合唱の練習をして、十月の学芸発表会「風音校のつどい」で披露しようというアイデアだ。

みんな、毎晩のようにテレビの歌番組を真剣に見ていたから、歌謡曲からニューミュージックにいたるまで、いろんな曲をよく知っている。女の子などは、アイドル歌手の振り付けを正確にコピーしていたものだ。子どもたちも恵先生の提案に大賛成だった。

学級委員の柚子ちゃんが議長になり、さっそく曲選びの学級会が開かれると、一斉に手があがり矢継ぎ早に曲名が挙げられた。

最後に投票が行われ、栄《は》えあるクラスのテーマソングの座を勝ち取ったのは、ゴダイゴの「銀河鉄道９９９」だった。ぼく自身も、給食時間の校内放送でこの曲を何度も聴いたことがあるけれど、夢や冒険心が否応なくかき立てられる歌だと思っていた。当時、ゴダイゴは大人気で、男子も女子も関係なくみんな大好きだった。「モンキーマジック」や「ガンダーラ」、「ビューティフル・ネーム」など他の曲もとても人気があった。

後日、クラスみんなで「銀河鉄道９９９」の合唱練習を始めるとき、ぼくが伴奏で使われることになった。

実はこの頃、学校内にはいくつかのピアノがあったし、音楽室には別のピアノが置かれていたから、ぼくの出番はめっきり少なくなっていた。学校に古くからペトロフのピアノがあることすら知らない児童が大多数だったのじゃないだろうか。でも、恵先生は、あえてぼくを使ってくれた。

ぼくは張り切って「銀河鉄道９９９」を奏でた。出だしからアップテンポで駆けだすイントロが気持ちよかった。久しぶりに子どもたちに囲まれて演奏をするのが楽しくてたまらなかった。

さあ行くんだ　その顔を上げて　新しい風に　心を洗おう
古い夢は　置いて行くがいい　ふたたび始まる　ドラマのために
あの人はもう　思い出だけど　君を遠くで　見つめてる
The Galaxy Express 999　will take you on a journey
A never ending journey　A journey to the stars

合唱の練習を初めて行った日、ぼくにとってうれしいサプライズが待っていた。

「せっかくの発表会なのだから流行歌を一つ歌うだけじゃもったいないわ。もう一曲歌いましょう」と恵先生が二曲目の発表曲を決めてくれたのだ。

告げられた曲名は「遠き山に日が落ちて」。そう、ドヴォルザークのラルゴだ。

「なぜ、先生がこの曲を選んだのか、わかる人はいますか？」

と恵先生がみなに問いかけた。

子どもたちは、ぽかんとした表情で首をかしげている。

恵先生は、もう一度みなをグルリと見回した。そのとき一人の女子と目が合った。

「幸子さん、わかったの」

　先生に名指しされ幸子ちゃんは、ためらいがちに口を開いた。

「きっと、このピアノの故郷の歌なのだと思います」

　恵先生はにっこり微笑んでうなずいた。

「よく知っていたわね。幸子さんの言うとおり、今使っているピアノはボヘミア、今でいうチェコスロバキアで作られました。そして『遠き山に日は落ちて』も、ボヘミアの作曲家ドヴォルザークの交響曲に出てくる旋律で作られた歌なの。このピアノはずいぶん古くて、この学校へ来てからでも六十年以上が経つそうです」

「へぇ、このピアノって六十年前からここにあるんか！」

「めちゃめちゃ古いなぁ」

　男の子たちは驚きの声をあげた。小学生にとって六十年という時間は、永遠にも等しい長さなのだろう。

　誰かが「おじいさんの古時計みたいやな」と言った。

「ほんまやぁ」

「これは〝おじいさんの古ピアノ〟やなあ」

　すかさず替え歌を口ずさむ者が現れた。お調子者の正太郎《しょうたろう》君だ。

「黒くてごっつい古ピアノ〜、おじいさんのピアノ〜」

　すぐさま、みんな声を重ねて歌った。「いっそのこと『大きな古時計』を歌ったらどうやろう」という声もあがりはじめる。

　すると幸子ちゃんが声をあげた。

『大きな古時計』もとてもいい歌で好きなんだけど、チェコからやってきたピアノだから、やっぱりチェコの歌にしたほうがいいんじゃないかしら」

学級委員の柚子ちゃんもうなずいた。

「そのほうが、このピアノも喜ぶかもしれないね」

二人の意見に、他の子どもたちも「なるほど」と思ったらしい。替え歌を歌いはじめた正太郎君も「そりゃあ、やっぱご当地の歌やもんなぁ」と言っている。

子どもたちのやり取りを見ていた恵先生はクスッと笑った。

「では、最初の考えどおり『遠き山に日は落ちて』でいきましょうか。そうそう、このピアノの名前はペトロフ。大正時代に地域の人たちが学校の子どものために、ってお金を出しあって特別に寄贈したものだそうよ」

「そんな昔に、どうしてわざわざ遠い国からピアノを買ったのかな。どうやって運んできたのかな？」

と柚子ちゃんが不思議そうにつぶやいた。

「そうね、今のような飛行機も無い時代だから船に積まれて、いくつも海を越えてきたのかな？　それとも、シベリア鉄道ではるばるユーラシア大陸を横断してきたのかな？」

と恵先生。「今となっては、先生にもわからないけれど、このピアノのたどった旅の道筋をみんな自分なりに想像してはどうかしら」

子どもたちはお互い顔を見合わせながら、ザワザワとささやき合う。

「きっと、ものすごい大旅行だったはずよ」

さっそく想像をめぐらしたらしい柚子ちゃんが声をあげた。「わたしは大きな客船で運ばれてきたんやと思う。昔の客船だったら、きっと豪華な舞踏会もやっていたよね。そんな晴れ舞台で、このピアノが奏でられたのかも」

するると、「正太郎君も「うんうん、ほんま大冒険やったろうな」と応じた。「海賊もおったかもしれへんし、嵐も襲ってきたかもしれへん」

みんなもそれぞれにざわめき始めた。「舞踏会は、もしかするとあったかもね。でも、いくらなんでも海賊はおらんやろー」「いやいや、でもな六十年前やで。昭和が始まるより前なんやで。海賊ぐらいおったん違うか」……。

恵先生は子どもたちの様子ににっこりしながら、「遠き山に日が落ちて」の譜面と歌詞をプリントしたわら半紙を配った。

「きっと、みんなも聞いたことのあるメロディだと思うけどね」

先生が口ずさんだ最初の数小節を聞いて、子どもたちが口々に言った。

「これ知ってるよ」

「下校のときの音楽やん」

「なんや俺、もう家帰りたくなってきたわ～」

恵先生は思わず吹き出した。

「あらあら、お母さんが恋しくなったのかな。もう六時間目だから、あと少しの我慢ね。さあ、一度声を合わせてみましょう」

恵先生はそう言って、伴奏を弾き始めた。

遠き山に　日は落ちて　星は空を　ちりばめぬ
きょうのわざを　なし終えて　心軽《かろ》く　安らえば
風は涼し　この夕べ　いざや　楽しき　まどいせん　まどいせん

練習が終わったあと、柚子ちゃんが幸子ちゃんに声をかけた。

「幸ちゃん、このピアノと一緒に練習できてよかったね。カオルさんが大好きだったピアノ」

幸子ちゃんは、微笑を浮かべた。

「うん、家に帰ったらおばあちゃんに言おうと思う。カオルさんのピアノと一緒に歌ったよって」

「カオルさん本人には言わへんの？」

「それがね」幸子ちゃんは、静かにつぶやいた。「若い頃に戦争へ行って、それきり戻ってきていないの」

「へぇ、そうやったの」

「大学生だったのに兵隊さんがどんどん足りなくなったから、勉強を中断して戦地へ向かったんだって。出征前にも、このピアノを弾くために学校へ来たそうよ」

恵先生もそばで聞き耳を立てていたらしく、会話に割って入ってきた。

「ふうん、そんな過去があったのね。このピアノは、きっとたくさんの子どもたちを見守ってきたんだろうね」

柚子ちゃんが聞く。

「先生は、どういうきっかけで、このピアノのことを知ったのですか？」

「私の場合はね」

先生は少し言葉を区切ってから説明した。「知り合いの先生が教えてくれたの。『君がこんど赴任する学校には、とても味わい深いピアノがあるよ』って」

「へぇー、その先生もこのピアノを弾いたことがあったの？」

「ええ、十年ぐらい前にこの学校で教えていて、その頃にフォークソングなどをたくさん弾いていたそうよ。でもね――」

恵先生は、そこで言葉をいったん止めた。

「どうしたんですか？」

「その先生がね、ちょっとおかしなことを言うのよ」

「おかしなことって？」

「このピアノには心がこもっているのじゃないかな、って」

「心がこのピアノに……」

柚子ちゃんが、ぼくをじっと見つめた。恵先生は、そのまま言葉を続ける。

「話しかけてから、このピアノを奏でると、何となく思いが通じ合うそうなの」

「先生は、弾いてみてどうやったの？　心を感じた？　通じ合った？」

「うーん……、正直に言うとね、よくわからなかった。やわらかくて少しくすんだ音色のする古風なピアノ。そんなふうに感じるだけの先生は鈍いのかな」

恵先生は、そう言って笑った。

「幸子ちゃんのおばあちゃんが言っていた話にも似ているかもね」と柚子ちゃんがつぶやいた。

「どんな話？」と恵先生が興味深げにたずねる。

幸子ちゃんがカオル君のエピソードを先生に語った。

「えっ、その子はピアノとおしゃべりを」

恵先生が目を真ん丸にして聞いている。

「やっぱり、このピアノには心がこもっているのかな？」と柚子ちゃんが言った。

「でもね、カオルさんにはちょっと夢見がちなところがあったそうなの」と幸子ちゃん。「だから、ピアノを友だちのように想像していただけなのかもって、おばあちゃん笑っていた」

「そうなんだ。きっと、とてもロマンチストなお兄さまだったんだね」

恵先生がうなずいた。そして、しげしげとぼくを見つめた。

「この何十年ものあいだに、いろんな場所へ行き、たくさんの人と出会い、様々な出来事をこのピアノは見つめてきたのね。このピアノに限らず、大切に使われてきた楽器や道具は、心のような温かさがにじみだすのかもしれないわね」

三人の会話を聞きながら、ぼくはカオルくんや陽介先生を思い出していた。京都の古い通りの一角にある小さな学校だけれど、これまで多くの人が通り過ぎていった。そして、彼らに続く新しい人たちとのつながりが生まれる。

〝物語は、途切れずにどこまでも続いてゆくんだ〟とぼくは一人つぶやいた。

第二十九夜　さようなら風音小学校

ご近所から、軽快な音楽が聞こえてくる。

毎朝、同じ時間に決まって流れる歌。

テレビの連続ドラマの主題歌だ。ドリームズ・カム・トゥルーの「晴れたらいいね」という曲らしい。

ずっと誰に向けられた歌なのか、よくわからなかった。けれど、ある日ラジオで全曲を聴いて合点がいった。これは両親に向けた歌だ。女の子が大人に成長し、両親に誘いかけているんだ。

山へ行こう　次の日曜　昔みたいに雨が降れば　川底に沈む橋越えて
胸まである　草分けて　ぐんぐん進む背中を　追いかけていた　見失わないように
抱えられて　渡った小川　今はひらり　飛び越えられる
一緒に行こうよ　〝こくわ〟の実　また採ってね　かなり　たよれるナビになるよ

まるで友達とでも話すような軽やかな言葉づかい、でも両親への感謝と優しさに満ちあふれている。

弾むリズム。めまぐるしい転調。

ぼくもこんな躍動的な音楽を奏で、子どもたちと一緒に演じられたらどんなにいいだろう。

だけど、ぼくはあまりにも歳をとりすぎていた。響板も傷み、かつてのような豊かな音色は響かせられなかった。アクションや弦にも不具合が生じているのか、全ての音色をきちんと奏でられなくなっていた。体のあちこちもボロボロに傷つき、ぼくは講堂の奥の控え室にしまいこまれたままになっていた。

平成五（一九九三）年の三月、ぼくは忘れられた存在だった。

※

思えば、ここに至る数年間は、あらゆることが大きく変わった。

日が沈むと聞こえてくるテレビのニュースショーの音声。キャスターの甲高い声が連日のように世界の動きを伝えてくれる。ソ連の書記長はアメリカの大統領と握手を交わし、ペレストロイカを駆け声に政治や経済の改革をブルドーザーのようにおし進めた。東欧の国々でも雪崩《なだれ》を打つように民主化運動が広がった。

大きなうねりはチェコスロバキアにもおよんだ。ぼくの祖国でも民主化革命が成功し、ついに人びとが自由を手にする時代がやってきた。人の血を流さずに成しとげられたこの改革を、祖国の人びとは誇りを持って「ビロード革命」と呼んでいる。やがて数年先には、チェコとスロバキアは平和的に分かれ、それぞれ別の道を歩みはじめることになる。

余談になるけれど、この激動期の前後は、チェコ出身のプロテニス選手が世界をリードしていた。女子ではマルチナ・ナブラチロワ、そして男子はイワン・レンドル。四大大会での二人の活躍の報を聞くと心が躍ったものだ。

そして日本は、経済や技術力で世界をリードする国へと成長していた。この国へやって来た頃にも感じた人々の勤勉さ、威勢のよさが、いい方向へ働いた結果なのだろう。

ただし、この国の人々が本当に豊かな生活と人生を手に入れたのかと問われれば、首を傾げたくなることも多かった。

特にこの時代は、都会の土地や家の値段が異常に高くなった。人々は暮らしやすい土地を求めて町中を離れ、郊外へ移り住むようになっていった。「ドーナツ化現象」というやつだ。京都の中心部でもオフィスビルがどんどん建てられ、その一方で住民が急激に減少していた。

加えて「少子化」という問題も起き始めていた。若い人たちが古い価値観にとらわれない自由なライフスタイルを追い求めはじめた一方で、生まれてくる子どもたちの数がだんだんと少なくなっていったんだ。

「ドーナツ化現象」と「少子化」は、風音校の学区をもろに直撃した。

昭和三十年前後は七百から八百人、それこそはち切れんばかりだった全校児童数が、平成四年には、なんと百人前後にまで落ち込んでいた。

子どもの減少に悩むのは近隣の学区も同じだった。それぞれの小学校を単独で維持することが難しくなっていた。そのためいくつかの学区を一つにまとめる話が急テンポで進められ、とうとう平成五（一九九三）年の三月をもって風音小学校は閉校することになった。

※

風音校の閉校式が行われたのは三月下旬。

その閉校式の二日前には卒業式が行われた。最後に送り出した卒業生は十六人だった。

卒業式の翌日には在校生の修了式と教職員の離任式が行われた。


閉校式の日は曇り空。ただし、三月としてはやや暖かめの一日だった。

ぼくは、この季節にさびしすぎる別れを一度経験している。

さかのぼること四十八年前、昭和二十年三月二十九日の集団疎開の出発式。ぼくはどうしても、あの朝を思い起こさずにはいられなかった。あの日もほのかに春めいた日和だった。

疎開の出発式のときは時局がら、今生《こんじょう》の別れになるかもしれないという悲壮な覚悟を伴っていた。ただし学校自体が無くなるわけではなく、疎開できない一部の児童は引き続き学校に残った。そして、いつか子どもたちがみな戻る日がくる、という希望もあった。

ところが、こんどの閉校式は、まさしく学校そのものの消滅だった。明治の初めに先人の努力によって開設され、たどってきた道のりと歩みに終止符《しゅうしふ》が打たれるということだった。

世も人も時とともにうつり変わりゆく。

『よどみに浮かぶうたかたは、かつ消えかつ結びて、久しくとどまりたるためしなし』

古人《いにしえびと》の言葉は世のことわりをずばり言い当てている。

長い人生のなかで、国も、人も、価値観も、社会のあり方までも、絶えず変化してゆくさまをつぶさに見てきたけれど、古い町の一つの小学校のおしまいに立ち会う寂しさに、改めて無常《むじょう》という言葉の意味を思い知らされた気がした。

式典の最後に、男女の児童代表が学校の思い出、そして感謝の気持ちを読み上げた。

明治二（一八六九）年に町衆の心意気で番組小学校の一つとして開かれて以来百二十四年、八千四百人余りの卒業生を送り出した一つの小学校が歴史に幕を下ろした。

※

ぼくは、それからしばらくの年月を、長い眠りのなかで過ごすことになった。

その間、ぼくはひたすら夢を見ていたような気がする。

ヴァーツラフとユリエと戦地から戻ったパヴェルとともにプラハの店でピアノ三重奏を奏でる夢。

新しい着想を得た画家の大《だい》さんと、次の時代の日本画の大作に取り組む夢。

戦地から戻ったカオル君と、科学の進歩について、また平和の尊さについて、心ゆくまで語りつくす夢などなど。

そして、ロベルト・シューマンの「トロイメライ」――そう、フラデツ・クラーロヴェーの工場でヨセフという若い職人と最初に奏でた夢の音楽が、眠りの時間をすっぽりと包み込んでいた。

ぼくがこの世に生を受けて、八十年を超える時が経っていた。ぼくの果たすべき役目も、とうとう終わってしまったのかもしれなかった。

第三十夜　目覚め

まるで山の頂《いただき》で迎える夜明けのような透明で清涼な光をぼくは見つめていた。

深い藍《あい》色の帳《とばり》が次第に薄れ、空は白み、梢《こずえ》からは鳥たちのさえずりが聞こえ始める。

呼び覚まされた草木が日に向かって葉を伸ばし、一斉に頭をもたげた蝶々が音もなく羽を広げるように、ぼくも琥珀《こはく》色に閉ざされた長い眠りから静かに引き戻された。

しばらくは、どこまでが夢で、どこからが現実なのかよくわからなかった。透きとおった光に包まれているのに、意識はなお霧の白さに留めおかれたように先を見通せなかった。

冬眠からさめたばかりの動物も、春の訪れをこんな気分で迎えているのかもしれない。繭《まゆ》を食いやぶり外の光を浴びた成虫たちも、同じような感覚を味わっているのかもしれない。

ぼくの周囲は以前とほとんど変わっていなかった。飴色に古びた硝子窓は陽光を受けとめ、いくぶんくすんだ色にやわらげて室内に注いでいる。

「今はいったいいつなのだろう?」

ぼくは、空を見上げながら思った。ちぎれ雲が追いかけっこをするかのように窓枠のなかをゆっくり流れてゆく。

その時、不意に扉が開き、二人の紳士が靴音を響かせながら部屋に入ってきた。

一人がぼくを指差す。

「これです。今後の処分をめぐって議論されている例のピアノです」

「ははぁ」

もう一人の年配の人物が目を細め、丸眼鏡の奥からぼくをじっと見下ろした。「八十年以上前に地元有志から寄贈されたといわれるペトロフは、これですか……」

風音校の閉校と同時に、校舎もその本来の役目を終えた。子どもたちがいなくなったこの場所で、ぼくはただひたすら眠り続けていた。

そして、あっという間に六年の月日が経過していた。

閉校の悲しみを味わったのは風音校だけじゃなかった。同じ頃に番組小学校以来の歴史を持つ京都市内の多くの学校が統廃合の荒波に巻き込まれた。閉校になった各校では、古びてがらんどうになった校舎だけが元の校地に残されることになった。

しかし、もともとは地域の人たちの思いが込められた大切な校舎ばかり。自然な成り行きとして「思い出の学び舎を、もう一度活かす方法はないのか」という声が上がりはじめた。

実際に、いくつかの学校跡が博物館や公共施設といった、まるっきり新しい役割を与えられ再スタートを切った。

そんな流れの中で、元風音校でも校舎を生まれ変わらせる準備がいよいよ始まった。新しく担う役割に合わせ、校舎に残されている備品や道具も再び使うものと、捨て去ってしまうものに『選別』されることになった。

そして、当然、ぼくも『選別』される対象物の一つとなっていたのだ。

「かなり傷が目立ちますね」

年配の紳士は念入りにぼくの外見を調べながら言った。「かつてはさぞ立派なグランドピアノだっただろうに。気の毒なものだ」

「なにしろ何十年もの間、やんちゃな子どもだらけの学校で使われてきたのですから」ともう一人の男性が答える。

「まあ、そうですね」紳士はうなずきながら鍵盤のふたを開けた。そして、人差し指で無造作にいくつもの鍵盤をたたいた。

「やはりアクションやハンマーの状態が悪くなっているようですね。鳴りや反応の鈍い音が混ざります」

彼は「どれどれ」とつぶやきつつ屋根を開け、内部をのぞきこんだ。

「やっぱり断線している弦もありますね……」

紳士は、しばらく弦の状態を見ていたが、その下にある響板に目をやるや「おやおや、これはいけない」と言った。

「どうしたのですか?」

「ほら見てください。響板に亀裂がいくつも入っているでしょう。ここは響きの味わいをふくらませる場所、ピアノにとっては言わば魂ですからね」

紳士が言うとおり、響板は豊かな音を生み出すための最も大切な部分だ。ぼくの生みの親アントニン・ペトロフもボヘミアの森で育つスプルースにこだわって響板作りをおこなってきた。

でも、生まれてから九十年という時間はとても長い。

しかも冷涼で乾燥した故郷の風土とは違い、ここは湿度の高い京都。夏はうだるような暑さで、冬は底冷えがする土地だ。以前にも語ったことだが、気温や湿度の極端な変化は西洋生まれの楽器には負荷となる。厳しい京都の環境に長年耐えてきたけれど、ぼくの身体はもう限界に達していたんだ。

「つまり今のままでは使い物にならないということですね」

「残念ながら」

丸眼鏡の紳士はうなずいた。

「直せないものなのですかね」

「むろん専門家に依頼をすれば修理は可能でしょう。歴史のある貴重なピアノですから、できることなら直すべきだと私も思います。しかし、きちんと修復するには、それなりにまとまった費用がかかる。それをどうやって工面するのかが問題なのです」

紳士は、首をひねり背後の窓を見やった。そして、さきほどぼくが見ていた雲の流れる空を仰いだ。

「とりあえず今日確認したことを報告しましょう。このピアノをどうするのかは、それから判断されます。さて、どういう結論が下されることになるのか……」

これから、ぼくはどうなってしまうのだろう。

二人の紳士の訪問以降、不安に包まれた時を過ごした。

町からは日々様々な音がとどく。それらは、昭和の頃から聞きなれたものと変わらない。ちり紙交換のスピーカーの声、救急車や消

防車が走りすぎてゆくサイレン。夕暮れ時になると豆腐屋さんのラッパも聞こえてきた。ぼくの落ち着かない気分とは裏腹に、人々の生活は穏やかに続いていた。

朝や午後に耳をすませば、登下校をする小学生たちの笑い声が聞こえる。彼らは、今はもうここへはやってこない。校門の前を通りすぎて大通りの向こう側にある新設校へ通っている。そんな時、ぼくは決まって、かつて風音校へ通学していた子どもたちの面影に想いをはせた。

〝あの子たちは今どうしているのだろう?〟

※

季節がいくつもめぐり、窓から差し込む陽の角度がいく度となく変わっても、ぼくの運命への回答は一向にもたらされなかった。

そして迎えた二十一世紀。

元風音校は既に「風音芸術館」という名称で再スタートを切っていた。若い芸術家たちの創作活動や作品発表を支援する施設として生まれ変わったのだ。

閉校中はだれも訪れなかったこの場所に、今は若い芸術家たちが集っていた。かつて子どもたちが学んだ教室で創作を行い、広い特別教室や講堂で展覧会や公演を開いていた。彼らは毎日遅くまで熱心に作品作りに打ち込んでいた。学校時代とは違う種類だけれど、新たな活力がこの校舎を満たし始めていた。

一方で、ぼくは講堂奥の控え室にひっそりと保管されたままになっていた。

ただ、時おり人々がやってきて、ぼくの状態を確認した。

試しに弾いてみようとする人もいた。

久しぶりに演奏すると、とても気持ちが良かったけれど、トレーニング不足なのにいきなり全力疾走するようなもので、すぐに息が切れてしまう。まともに調律も調整も行われていない上に、体のいろいろな部分にガタがきている。もちろん亀裂の入った響板も、切れてしまった弦もそのままだ。

中には、期待はずれと言わんばかりに首をひねる人もいた。

「うーん、確かに味わい深いけれど、反応がにぶいし、くぐもった音も混じるね。もっと、豊かな響きがするのかと思ったけれど」

確かに、彼らが抱いた印象どおり、ぼくは朗々と歌えなくなっていた。濁りのない美しい和音を響かせることができなくなっていた。最高の状態の自分を見せられないのがもどかしく、歯がゆかった。

〝でも、これが今のぼくなんだ。精一杯のぼくなんだ〟

そのような頃、ぼくの最も恐れていたことが起きた。

ある気持ちのよい昼下がり、突然、講堂のほうから別のピアノの音色が聞こえてきたのだ。

〝ああ、すごくいい音色だ。張りがあって、力がみなぎっていて。今のぼくにはあのようにつややかな音はとうてい出せない。あんなに響かせることもできない〟

新しいピアノは、古典的なメロディアスな曲から、近代作品の硬質で荒々しい音色、リズム、不協和《ふきょうわ》音《おん》、そして現代作品の調性がはっきりしない抽象的な響きまで見事に奏でていた。

ぼくは若いピアノとの力の差を認めざるを得なかった。

〝これでもうぼくは不必要になるのかもしれない〟

新しいピアノの音色は、ぼくの傷んだ響板をも震わせ、共鳴させせた。ぼくには『諸行無常《しょぎょうむじょう》の響き』のようにも感じられた。

〝若々しい頃ならば、決して負けてはいなかったろうに。いや、あの頃のぼくのほうがもっと豊かな音色を奏でていたはずだ〟

精一杯の負け惜しみだった。

ぼくは、小さく笑った。


やがて、人々がぼくを見にやってくる頻度が低くなっていった。

また、ぼくは忘れられつつあるのだろう。時の影のなかに取り残されていく不安だけが募っていった。

そして、いつの日か決定が下される廃棄処分の恐怖におののいていた。

そんな時、ぼくはしばしば眠りのなかへ逃避した。

そこは長い休眠期間に慣れ親しんだ場所。

藍色の帳の奥の世界だった。

✤ ✤

真夜中に大きなトラックが校門前に到着して、たくさんの作業員たちが降りてくる。

〝おや、彼らはトリエステやバーリの港にいた人たちだろうか〟

どうやら彼らは、ぼくが廃棄される前に、ひと目だけでもボヘミアの光景を見せようとしてくれているらしい。校舎の二階へ忍び込み、ぼくを木枠のコンテナの中へ梱包しはじめる。

「オーライ、オーライ」

かけ声とともにクレーン車もやってきて、ぼくを校舎の窓から引っ張り出し、高く吊り上げた。

〝そんな大きな物音を立てると、ご近所の人たちを起こしてしまうよ。それから、この校舎にはスロープがあるからクレーンなんて必要ないんだよ〟

ぼくは叫ぶけれど、作業員たちには届かなかった。

彼らは「まさか、ピアノがお忍びの里帰りをすることになるなんてなぁ」などと、のんびり笑い合っている。

トラックの荷台に乗せられたぼくは京都の街路を進みはじめた。遠ざかる校門をふり返り、ぼくはつぶやいた。「故郷の空気を吸い込んだら、すぐにここへ戻ってくるからね」

学校の前の狭い道から四条通へ出る。烏丸通を南に折れると京都タワーの白い尖塔が目に入る。通りの突き当りには、ガラス張りの巨大な建造物が姿を現した。

〝ははぁ、これが京都駅ビルだな〟

たかばしの先で新幹線の高架をくぐり、南へ向うと勧進橋《かんじんばし》、そして伏見の町。ここからカオルくんは、戦地へと旅立っていったんだ。

伏見を過ぎると、淀、八幡の男山《おとこやま》、そしてその先は大阪。かつてぼくがいた楽器店の周囲は見違えるようなビル街に変貌していた。

「よう頑張ってこられましたなあ。ほんま、長い間お疲れさんです」

なぜか、そこだけ大正時代のままに残る楽器店の前で、和服姿の支配人が目じりをさげて微笑み、丁寧にお辞儀をした。

楽器店前を通り過ぎると、トラックはそのまま夜の神戸港へと向かった。

ハーバーライトがともるメリケン波止場には、懐かしいビクトル号が横づけされていた。デッキから、これまた懐かしい顔がひょっこりのぞきだし、大声で叫んだ。

「おおい、ペトロフのピアノさんよ。しばらくぶりだなあ。ちっとはジャズもたしなむようになったかい？」

埠頭《ふとう》の巨大なクレーンがぼくを軽々とデッキまで引き上げた。コンテナから出されるや、ロイ・キングが待ってましたとばかりに、鍵盤のふたをがっしりした指で開けてくれた。

「さあ、ヨーロッパまでの長い船旅だ。ご機嫌なナンバーをのんびりと奏でようじゃないか」

ビクトル号は高らかに汽笛を響かせて出港する。ライトアップされたポートタワーや、イカリマークの電飾がともる六甲の山々が背後に遠ざかってゆく。

ロイ・キングがゆるりと奏ではじめたのは「ライク・サムワン・イン・ラヴ」。エラ・フィッツジェラルド、チェット・ベイカー、ジョン・コルトレーンなども好んだスタンダード・ナンバーだ。これをロイは、バド・パウエルをほうふつとさせる少々ぶきっちょなスタイルでプレイした。ダブルベースとドラムもセッションに加わり、演奏に彩りを添えてくれる。

気がつくと多くの乗客たちがぼくらを取り囲んで、音楽に耳を傾けていた。よく見れば、なんとヴァーツラフとユリエが笑いながらこちらを見ている。そのそばでは画家の大《だい》さんとツユコさんが、ゆりえ先生やパヴェルと談笑していた。さくら先生の姿も見えた。「わたしにも早く演奏させせろ」と今にも言い出しそうな剣幕だ。隣では涼太郎君が陽介先生と話しこんでいる。陽介先生がふと空を見上げて何かささやいた。夜空にはいつのまにか大きな満月が昇っていた。

〝カオルくんは？〟

ぼくは辺りをもう一度見回した。もしや、三角座りをして演奏を聴いている男の子はいないか。おずおずと「ぼくにも弾かせてもらえませんか」と申し出る子はいないか。帝国大学の学帽をかぶり、少し精悍になった表情で微笑みかける青年はいないだろうか。

しかし、カオルくんの姿はどこにも見当たらない。

瀬戸内をゆっくり進むビクトル号の行く手には、やがて巨大な明石海峡大橋《あかしかいきょうおおはし》の光が見えてきた。

「お前さんと、こうやって演奏できるなんて最高の夜だな」

ロイが鍵盤をたたきながら、ぼくにウインクをしてみせた。

〝ぼくもだよ。一度でいいから、こんなふうに一緒に演奏したかったんだ〟

その時、船員たちの様子が突然おかしくなった。あわてふためくように甲板を右に左に走り始めたのだ。

サイレンが鳴り響く。

乗客たちがざわめきはじめる。

「左舷《さげん》船首三十度、敵潜水艦発見。面舵《おもかじ》いっぱい！　回避！　回避！」

ビクトル号は船体をはげしくきしませ、急旋回をはかった。海上に半円形の軌跡を鋭く刻み込む。しかし間に合わない。

鋼鉄の棒で殴られたような衝撃と大音響。

魚雷は舷側《げんそく》に命中し、激震がデッキ全体を襲った。さらに波しぶきが滝のごとく降りかかる。

しかし、ロイはまるで表情を変えない。

何ごともなかったかのように、ビバップ風のアドリブ演奏を始める。

旋律はドヴォルザークのラルゴ、シューマンのトロイメライ、そしてアメイジング・グレイスとめまぐるしく変わってゆく。

船は少しずつ傾きを増し、やがて海中に没してゆく。沈みながらもロイの指は止まらない。ぼくは瑠璃色の海の底にむかって音楽を奏でつづける――。

ここで、いつも夢はさめる。

✤ ✤ ✤ ✤ ✤ ✤ ✤ ✤

そんな、ある日、久しぶりにぼくのもとへ来客が現れた。それも、いつもの訪問者たちとは異なった雰囲気をまとった賑やかな集団だった。

「この校舎、あの頃となにも変わってへんね」

「芸術館になっても、昔の面影を残そうとしてくれているからうれしいね」

「ああ、この階段の手すり。ケツですべり降りて、何べん先生に怒られたことか」

「あんたは、いつでもいらんことばっかりして怒られていたもんなぁ」

ん？　この声……、確かに聞き覚えが。

「ほらっ、これよ、ペトロフの風音ピアノよ！」

「うわあ、懐かしい。わたしらの風音ピアノ」

ぼくは、まだ夢の続きを見ているのじゃないかと思った。目の前に立って、ぼくを見つめている二人の女性と一人の男性。

それぞれ懐かしい顔だ。でも、ぼくの記憶の中にある三人ではない。

そこにいたのは、大人になった柚子ちゃんと幸子ちゃん、そして正太郎君だった。

※

「ほんと信じられないことだけど、一時はあなたを廃棄することに決まりかけていたそうよ」

柚子ちゃんが興奮気味にぼくに言った。「でも、安心して。わたしら風音校の卒業生がついている限り、そんな勝手なことさせたりしないから」

隣で幸子ちゃんが、微笑みながら続ける。

「今日、ここへ来たのは大切なお知らせを伝えるためよ。ある〝プロジェクト〟についてね」

〝えっ、プロジェクト？〟

柚子ちゃんと幸子ちゃんは、まるでぼくの声が聞こえたかのようにうなずいた。

「そう、『風音ピアノ保存会』のプロジェクト。この学区の人たちを見くびっちゃいけないよ。あなたのことを、みんな決して忘れたりしていない。その昔、この学校へあなたを寄贈した人たちと同じように、みんなでお金を出し合って、あなたを修復しようという動きが起きているの」

〝えっ、修復。ぼくを修復してくれるのかい。また、元のような音を奏でることができるんだね〟

その後は言葉にならなかった。ぼくは次から次へとあふれ出す涙が止められなかった。むろん彼女たちにはぼくの涙は見えなかっただろう。でも、確かにぼくの両目から熱い涙が抑えようもなくあふれ出した。

ぼくの気持ちを察するように彼女たちは、優しい声でささやいた。

「ずっと、ひとりぼっちでさみしかっただろうね。でも、もう大丈夫よ。あなたを大切に思う人たちが、ちゃんと見守っているから」

そして、しばらくの間、ただ黙って静かに寄りそってくれた。

その気持ちがぼくにはうれしかった。

「風音ピアノ、何だか喜んでくれているように感じるね」と幸子ちゃんが言った。

第三十一夜　ネバーエンディング・ジャーニー

「ふーむ、これはかなり傷んでいるなぁ」

　ぼくをひと目見て、ノブさんはつぶやいた。

　傍らに立つミドリさんもうなずく。

「長い間、教育現場にあったピアノだもの。全身の傷も、むしろ勲章のようなものですよ」

「そうだね」

　ノブさんはぼくの隅々を子細に眺めながら言った。「でも、元々がしっかりした造りのピアノだ。じっくり手間ひまかけて丁寧な作業をさせてもらえれば、本来の音色と響きを十分に取り戻せるだろう」

「風音ピアノ保存会の人たちも真剣そのものだったじゃないですか。きっと理解してくださるわ」とミドリさん。

「うん。それに、これはとても良い雰囲気をまとった楽器だ。このピアノを手作業で作りあげたかつてのペトロフの職人たち――彼らの誇りや情熱がこもっている。ピアノそのものからもまだまだ歌いたい、本来の美しい音でもっと奏でたいという思いが伝わってくるんだ」

　そして、ノブさんはぼくに語りかけるように言った。

「わたしはピアノのお医者さんだ。腕には自信があるから信頼してまかせておくれ。君がボヘミアで生まれた頃の響きをきっと取り戻してみせるからね」

平成十六（二〇〇四）年、ぼくを修復するプロジェクトがスタートした。

活動の中心になってくれたのは「風音ピアノ保存会」。この会を構成していたのは、風音校の卒業生や、元風音学区で暮らす地元の人たちだった。

会の人びとの心は、かつて竈金《かまど》を集めて番組小学校を作った明治初めの町衆や、ぼくを学校へ寄贈した大正の人たちと同じものだった。

ぼくを元のように修復するには、それなりの費用がかかる。

そこで、多くの人から少しずつお金を集め、計画を実現しようという取り組みをスタートさせてくれたのだ。その協力メンバーの中には、昭和三〇年ごろにぼくのもとへ足繁く通ってくれた涼太郎君——今では立派な紳士だから涼太郎さんと呼ぶべきだな——の姿もあった。かつてぼくと多感な一時期を過ごした子たちがぼくに寄り添ってくれるのがうれしかった。

保存会が考えた修復費用の集めかたがとてもユニークだった。ぼく自身を使ったコンサートを開き、古い校舎に残された歴史あるピアノの存在を世に広く伝えながら、その入場料の収益を修復のために積み立ててゆこうというアイデアだ。

考えてみれば、ピアノとして生まれてきたものの、今まで本格的なコンサートで奏でた経験はなかった。それに、このプランは完全な人任せではなく、ぼく自身が寄付金を募る活動に主体的に参加し、存分に力をふるえるものだ。想像するだけで心がおどるプロジェクトだった。

※

風音ピアノ保存会から依頼を受け、修復を担当してくれることになったのがノブさん。そして、助手のミドリさんだった。

ノブさんは調律師であり、また古楽器修復のスペシャリストだ。国内だけでなく海外の貴重なピアノを数多く修復した実績もあり、国際的にその名を知られる存在だった。

彼はとりわけ古いフォルテピアノの修復で高い評価を得ていた。中でもドイツのライプツィヒ大学に残る世界最古級のフォルテピアノの復元は、音楽史に残る偉業だと言っても過言じゃないはずだ。なにしろピアノの発明者とされるクリストーフォリが十八世紀初頭に生み出した音色が、ノブさんのこの仕事によって現代によみがえったのだから。

そんな腕の確かな職人さんが携わってくれることになったのは、とても幸運だった。

とは言っても、もちろん最初から本格的な修復に取りかかれたわけではない。ノブさんにはまず修復費用を募るコンサートに耐えられるよう応急的な補修から始めてもらった。

コンサートは年に数回ずつ開催された。

何人ものピアニストたちが代わりばんこで演奏してくれたけれど、なかでもいちばん深くぼくと関わったのはショウさんだ。

彼女は京都を中心に、音楽教育や様々な演奏活動を精力的に行っているピアニストだった。ポーランド・ワルシャワの国立音楽院への留学経験があり、東ヨーロッパで広く普及しているペトロフのピアノには、その当時から親しみを感じていたらしい。

そんなショウさんも、初めてぼくを奏でたときは、あまりの状態のひどさに驚いていた。

鳴りの悪い音もたくさんあったし、子どもたちが唱う歌を主に演奏していた学校時代にはあまり使われなかった高音域や低音域がとりわけ響きにくくなっていた。また彼女が日頃演奏している現代のピアノと比べれば線が細く、パワー不足にも感じられたことだろう。

でも、ショウさんは、そんなぼくの状態に寄り添って選曲をしてくれた。

「さあ、あなたに合うのはどんな曲かしら？　やっぱりチェコゆかりの作品はとてもしっくりくるけれど、さまざまな国々の音楽も取り混ぜてみたいわね。そうそう、いつか他の楽器とのアンサンブルにもチャレンジしましょう」

彼女はそう問いかけ、ぼくの音色に耳を傾けながら演奏する曲を選びとった。

「あなたの音色には、生まれた森の木のぬくもりが感じられる。まるで音が歌いだすようだわ」

長く眠り、沈黙していたぼくの響きから、良い部分や魅力的な要素を見つけ出し、それをすくい上げて聴き手たちに伝えてくれたのがショウさんだった。

「今のあなたには硬くて強い響きは似合わない。お母さんが子どもたちに聞かせる優しい歌、恋人たちが夕べに想いを伝えあう小夜曲《セレナーデ》、星空のもと夢や情熱を歌い上げる夜想曲《ノクターン》……、あなたにはやはり旋律の魅力的な音楽がふさわしいわ」

彼女は朗々と歌いあげるようにぼくを演奏した。

※

このプロジェクトが順風満帆《じゅんぷうまんぱん》なスタートを切るには、まず地元の人びとにぼくを思い出してもらわなければならなかった。

そこで地域の人びとが多く集まるイベント『風音芸術館文化祭』に合わせて、ぼくのお披露目コンサートが行われることになった。

もちろんピアニストはショウさん。このコンサートのために、彼女はロベルト・シューマンの「トロイメライ」をプログラムに入れてくれた。

この曲は、ぼくにとって特別な音楽だ。

ここまで、この物語にずっと耳を傾けてくれた君ならきっと気づいただろう。そう、月光の降りそそぐフラデツ・クラーロヴェーでヨセフという若い職人に初めて奏でられたのが夢の音楽「トロイメライ」だった。

また、大正時代に風音校へ寄贈するピアノを探し求めていた紳士の前で、ぼくが奏でたのもこの曲だった。

そして、もう一つ忘れてはならないのが、屏風画「ピアノ」だ。あの絵にぼくや振り袖姿のツユコさんとともに描かれたのが「トロイメライ」の譜面だった。

大正末期に大《だい》さんが後世に残る美術作品として永遠の命を吹き込んでくれた。そのおかげで、ぼくの姿は二十一世紀になった今も広く人々の記憶に刻まれていた。

「ああ、あの絵に描かれているのは、このピアノだったのか」

多くの人が驚きの声をあげた。

「そんな貴重なピアノが、ここに残されていたのね」

「あの絵を観るたびに、どんな音がするのだろうと想像していたけれど、こういう音色だったんだね。確かに味わい深い風雅な響きだ」

あの屏風画が、ぼくの修復プロジェクトを進める上でどれほどの力を与えてくれたことか。いつしか屏風画「ピアノ」はプロジェクトの象徴的存在になり、ぼくたちをぐいぐい引っ張った。

この日のコンサートには、大《だい》さんとツユコさんのご子息ミノルさんも顔を見せた。ミノルさん自身も洋画という父親とは異なったジャンルだけど同じ美術の世界で活躍をしていた。


修復費用を募るための第一回目の風音ピアノコンサートは、あくる年の一月に開催された。

このコンサートにはノブさんが講師として登場し、古楽器修復について語った。演奏を担当するショウさんも、ぼくのこと——ペトロフピアノの特色や味わいについて解説をしながら、ショパン、シューマン、ドビュッシーらの曲を奏でた。

それからコンサートは、二、三ヵ月おきに開かれた。

小学校時代の行事のように、講堂に椅子が何重にも並べられ、いつも百五十人から二百人ぐらいのお客さんが集まった。

プログラムは毎回趣向が凝らされ、ソロで奏でられることもあれば、連弾演奏を披露することもあったし、他の楽器を交えて室内楽曲を演奏することもあった。時にはサックスやダブルベースを交え心踊るようなジャズ演奏もやったし、モンゴルの伝統楽器馬頭琴《ばとうきん》との共演も経験した。

開催回数を重ねるに従い、新聞やいろんなメディアで紹介されるようになり、お客さんも少しずつ増えていった。

お客さんの中には懐かしい顔も多数混じっていた。戦前から平成までのいろんな時代を風音校で過ごした卒業生や先生たち。彼ら、彼女らがフラリと現れ、開演前や休憩時間のひと時をぼくのそばに寄りそって過ごしてくれた。

　昭和五〇年代の在校生だった柚子ちゃんや幸子ちゃんのように足繁く通ってくれた子たちもいた。彼女たちは、進学や就職で京都を離れ、今は遠くの町で暮らしている。それでも、ぼくを忘れずにいてくれることが励みになった。

　陽介先生と恵先生が連れ立ってやってきたこともある。若くて熱かった陽介先生も還暦を過ぎ、もう定年を迎えていたはずだ。年相応に落ち着き、それなりの風格をもそなえていたけれど、やっぱり本質は変わっていない。胸の内に熱いものを持っている。

〝どうだい？　もう一回、大好きなフォークソングを思いっきり奏でてみないか〟

　ぼくはそんなふうに陽介先生に語りかけたけど、果たしてその言葉は届いただろうか。

　かつて、クラス一番のお調子者だった正太郎君もボランティアスタッフとして演奏会を手伝ってくれた。彼はなんと風音ピアノ保存会の涼太郎さんの息子だった。彼らが親子だったなんて、ずっと知らなかったから初めて聞いたときは驚いた。とは言っても、古くから残る家の多い風音学区では何代にもわたって風音校の卒業生というケースも珍しい話ではない。

　そもそも二人とも、音楽にはさほど関心がなかったはずだ。それなのにコンサートのたびに親子一緒に連れ立ってやってくる。

　上品なお坊ちゃん育ちの涼太郎さんと、永遠のやんちゃ坊主の正太郎君。

　この父子、性格はかなり異なるがけっこう仲がいい。涼太郎さんが保存会の役員として行う作業を、正太郎君はぶつぶつ文句を言いながらも手伝っている。そして演奏会がスタートすると、二人並んで隅っこの席に腰かける。

「おい親父、今夜は途中で寝たらあかんで」なんて言いながら、たいてい居眠りして船を漕いでいるのは正太郎君のほうだ。涼太郎さんは、そんな息子の姿をしょうがないやつだなあ、と呆れ半分、優しさ半分のまなざしで見つめている。

もちろん、卒業してから年月が経っているから、最初はすぐにわからない卒業生もいた。だけど、たいていはしばらくすれば、あぁあの子だな、って気づいた。

歳をかさねても人は基本的には変わらない。ちょっとしたしぐさ、表情がヒントになる。ぼくから見ると、みんなかわいい子どもばかりだ。

だから、繰り返し行《おこな》ったコンサートは、ぼくが送り出した子どもたちが集まってくれる里帰りの日――うれしいホームカミングデーのようなものだった。

ぼくは「お帰り」という気持ちをこめて音楽を奏でた。


そして三年後、十五回目のコンサートで、ようやく修復のための目標金額に到達することができた。

〝十五回〟

一言でさらりと済ませてしまえば、とても簡単だけど、風音ピアノ保存会のメンバーにとっては努力の積み重ねの日々だった。

コンサート開催日時の調整。ピアニストやその他音楽家たちとの出演交渉や打ち合わせ、リハーサル。ポスターやチケットのデザイン制作、印刷。広報活動。そして、会場の設営や撤収などなど……。一度のコンサートを開くだけでも大変な労力とプレッシャーが伴う。

それを数カ月おきにコツコツと繰り返し、いつ達成できるという保証もない資金集めを、粘り強く行ってくれた人たちがいるのだ。並大抵の熱意では続けられない。

あとから聞けば保存会の活動そのものも決して順調だったわけじゃなく、むしろ茨の道の歩みだったそうだ。思うように賛同の輪も広がらず限られた協力者による苦心の連続だった。それでも信念を曲げなかった保存会の人たちによって、このプロジェクトは目標に向けて根気強く一歩ずつ進められたのだ。

ぼくは深く感謝の気持ちを伝えたい。そして、この町――風音学区の人びとと、彼らが先人から継承している〝心〟に敬意を表したい。


実は、目標達成が目前に迫っていた十四回目のコンサートで、ちょっとしたトラブルがあった。

正直なところ、その頃のぼくはもう限界ぎりぎり、フラフラの状態になっていたけれど、最後の力を振り絞って音楽を奏でていた。

〝もう少しで目標が達成できる〟

そんな希望がぼくに力を与えてくれていたのだ。

ところが、強い音を出すところで古びた弦が耐えきれずに切れてしまった。

バツーン！

楽《がく》の音《ね》とは異質のつんざくような音が響いた。演奏のさなかの突然のトラブル。

でも奏者のショウさんはいたって落ち着いていた。中音域、高音域には一つの音に対し、二本から三本の弦が張られている。彼女は残った弦でうまくカバーし、途切れることなく曲を弾き通してくれたんだ。

※

ノブさんによる修復作業が、いよいよ本格的に始まった。

ぼくは大正七（一九一八）年に風音校へ来て以来、初めて学校の土地を離れることになった。北校舎の緩やかなスロープで地上へ下ろされ、ぼくは外へ運び出された。

長い間、校内が世界の全てだったぼくにとって、およそ九十年ぶりの遠出は新鮮な体験だった。

トラックに積まれて向かった先は、ノブさんやミドリさんの工房がある堺。

足下から伝わるエンジンの振動が心地よかった。

ノブさんの工房は落ちついた住宅街の一角にあった。なかに入ると木の心地よい香りがした。それは、ぼくにフラデツ・クラーロヴェーの工場を思い起こさせた。

ぼくは工房の奥の広間に目をやり、そこに広がっている光景に息をのんだ。

〝これは！〟

おそらく十九世紀の前期のものだと思われるフォルテピアノが何台も所狭しと並んでいたのだ。

「ベートーヴェンやショパン、リストたちが活躍していた頃のピアノよ。修復を施して、どれも演奏可能な状態になっているの」

とミドリさんが言った。

こんどはノブさんが部屋の隅に置かれた小ぶりな白木のフォルテピアノを指して言った。

「あれは、世界最古級のクリストーフォリのピアノを正確に復元したものだよ。4オクターブしかないし、さほど大きな音も出せない。でも、弦をハンマーで叩いて、音を打ち出す基本的な仕組み——君の中にもある打弦機構、アクションが、この最初期のピアノの中にも既にちゃんと備わっているんだ」

そして彼はクリストーフォリのピアノを奏でてくれた。

〝これが、ぼくたちの原点の音なのか〟

それは遥かな時を越えて聞こえてくる典雅な音色だった。

改めて広間の中をぐるっと見渡した。

ぼくにとっては大先輩のピアノばかり。ドギマギしながら、彼らに〝よろしく〟と挨拶をした。

ノブさんはできうる限りぼくが生まれた当時のものに近い材料にこだわった。たとえば弦も、百年近く前のヨーロッパと現代では製法も材質も異なる。もちろん、現代の弦のほうが強度や耐久性は増しているし、激しい演奏にも耐えられるようになっている。だからと言って、現代の弦を使って張り直すと、音色や響きまで全く別物のピアノに生まれ変わってしまう。そこで、ノブさんは海外からオリジナルと同様の弦を取り寄せた。

ハンマーやダンパーなどに使われているフェルトにしてもそうだ。産地や時代が変われば羊の毛質も、フェルトの製法も違ってくる。ノブさんは当時の材料を集め、接着剤も二十世紀初頭に用いられていたものを選んだ。

「このピアノは、とても高度なノウハウと熟練の手作業で作り上げられている」

ノブさんは、往年のペトロフ社で行われていたピアノ作りの精神を感じ取っていた。そこには今ではもう忘れられた技術や知識も含まれていたはずだ。彼は当時のピアノ職人たちの意識の高さに敬意をはらい、ぼく本来の音色や響きを再現することに全身全霊をかたむけてくれた。

ぼくの魂——ボヘミアのスプルースの響板にできた亀裂は、日本の気候や風土に長い間さらされているうちに必然的に生じたものだった。とりわけ京都は、夏は高温多湿、冬は底冷えが厳しい。空調設備もない建物のなかで、ぼくはじっと一世紀近くの時を過ごしてきたのだ。

「ピアノのあなたは愚痴ひとつこぼさないけれど、とても辛かったでしょうね」

ミドリさんが労いの言葉をかけてくれた。

「故郷とはまるで違う環境で、ここまでよく頑張ったわ」

「でも響板は、君が生まれた土地の木で作られたものだ。割れたからといって、そっくり取り替えてしまうわけにはいかないな」

とノブさんが言った。

「響きそのものが変わってしまうし、何より君のアイデンティティーを奪ってしまうことにもなるからね」

そこで元の響板をそのまま活かして、亀裂の部分だけ埋木《うめき》で継ぐ手法で修復が行われた。

また本来、響板は〝むくり〟といって、真ん中がゆるやかに膨らむ形に作られている。それによって、駒から伝わる弦の高いテンションにも耐え、響きを豊かに受けとめることができるのだ。

でも、長い年月を経たぼくの響板は弾力性を失い、すっかり扁平《へんぺい》な形になっていた。音色からもハリやキレが影を潜めていた。

ノブさんはその部分にも手を入れ、下から持ち上げて膨らみの曲線を取り戻してくれた。

〝ありがとう。これで昔のように豊かな音色で歌えるよ〟

ぼくは、みるみる若返ってゆく自分に興奮を隠せないでいた。

※

修復が進むなかで、外見上の問題もいくつか持ち上がった。

一つは、本体を支える三本の脚の形だ。もともと、フラデツ・クラーロヴェーの工場で作られたとき、ぼくには円柱状の優美な脚が取り付けられていた。高雅で感傷的なヨーロッパ上流社会の輝き、古き良き時代の名残ともいえる装飾的な脚だった。

「おそらく君は、裕福なお屋敷や、名士淑女《しゅくじょ》が集う華やかなサロンで奏でるために作られたピアノなんだろうな」

とノブさんは言った。

そのオリジナルの脚もずいぶん昔に取り替えられて、今はもう残されてはいない。

なにぶん、ぼくは学校のピアノだったし、ずいぶん腕白な子どもたちとも接してきたからね。ぼくの周囲では、チャンバラや怪獣ごっこ、プロレスごっこなどが頻繁に行われた。なかにはぼくの上に乗っかって遊ぶ子もいた。そしていつの頃だったか、元の脚は傷みに耐えきれず損壊してしまったのだ。上品な形をしていたぶん、荒っぽい衝撃には弱かったのだろう。

代わりに取り付けられたのは、元のものとはまるで似つかぬ角柱形のどっしりとした脚だった。ただし、決して当時の修理をした人たちに悪気があったわけではない。子どもたちのイタズラにも負けないように、ガッシリ丈夫な造りの脚を選んでくれたのだ。

今回の修復ではオリジナル・スタイルの復元も目指していたため、脚は当初の円柱形に戻すことになった。

脚のデザインの参考資料とされたのが、屏風画「ピアノ」だった。あの絵には元の脚を含むぼくの全身が克明に描かれていた。

しかし、屏風画では絵画としての優美さや視覚的なバランスの良さを追求して、脚は実物よりも長めにデフォルメされていた。

大《だい》さんは画家の視点から、ぼくの姿が少しでも引き立って見えるよう配慮してくれていたのだ。

そこでノブさんは、ペダルなどの高さから推察し、オリジナルの脚の長さを割りだしてくれた。

ただ、装飾的なくびれを伴った円柱状の脚に仕上げるには、木材をきれいに丸く削り出す専用機械が欠かせなかった。ノブさんは、この作業のためにドイツから高価な工作機械を取り寄せ、自らその使い方を習得した。

今ぼくに備わっている洗練された三本の脚は、このような手間と時間をかけて再現されたものなんだ。

〝ぼくの全身に残る傷は、どうするべきなのか〟

これも風音ピアノ保存会のなかで議論のまとになった。

長い期間子どもたちと生活を共にしてきた学校ピアノの宿命だけど、ぼくの体には無数の傷がついていた。見る人によっては、わびしく痛々しいピアノに映ったかもしれない。

せっかくオリジナルの姿を再現するわけだから、本来なら傷もすっかり補修して、新品同様きれいにしてしまうべきなのだろう。

ところが、保存会の人たちが出した答えは、「傷はあえて残そう」

ぼくはこの結論に大賛成だった。体についた傷は、それぞれの時代の大切な記憶の一部だった。さまざまな子どもたちとの思い出が同時に刻み込まれていた。

とは言え、傷を残しつつ同時に美しい色合いと輝きを蘇《よみがえ》らせるのは相矛盾《あいむじゅん》する作業だ。ノブさんは、その難しい注文にしっかり応えてくれた。

塗装にはシェラックという樹脂が使われた。これは森で樹液を吸うラックカイガラムシの分泌物が原料で天然の塗料といえるものだ。ヴァイオリンなどの塗装にも使われている。非常にデリケートな塗膜だけれど、木材との相性が良く、響きや音色を損なわない。一方、現代では一般的なポリエステルで塗装すると木材が本来持つ響きを弱めてしまうとノブさんは感じていた。

「君のボディを形作っているボヘミアの木の温かな響きを損ないたくはないからね」

シェラック塗装は、手間と時間がかかる上に、塗りムラが生じやすく熟練の技術が必要だった。ノブさんは信念を持って、これらの難しい作業を自らの手でやりとおした。

※

平成二〇（二〇〇八）年。

フラデツ・クラーロヴェーの工場で誕生してから九十八年。

ついに修復作業が完了した。

「あなたはまだまだやれる。これからも活躍を見守るから頑張って」

ミドリさんやフォルテピアノたちに見送られて、ぼくはノブさんとともに堺の工房を出発した。そして、再び京都へ帰り、風音芸術館の講堂へと戻された。


むろん修復されたからといって、大きなコンサートホールで使われる現代のピアノのような強い響きを得たわけではない。

ぼくは、あくまでもサロンや広間で演奏するのに適した楽器だ。

そして、そんな場所にふさわしい、やわらかい音色を取り戻した。かつてヴァーツラフやパヴェルがほめ、大阪の楽器店の支配人が高く評価してくれた温もりのある音が蘇《よみがえ》ったのだ。

ここまで、決して平たんな道のりではなかったけれど、多くの人の温かい思いに支えられた月日だった。プロジェクトに携わってくれた一人ひとりへの感謝の気持ちが絶えない。

同年の秋、ついに修復完成披露の記念コンサートがおこなわれた。

この記念すべき演奏会で、ショウさんは屏風画「ピアノ」のツユコさんを想起させる着物ふうのステージ衣装で「トロイメライ」を奏でた。

それから、ぼくの故郷の音楽ドヴォルザークの作品も。

「ユモレスク」を奏でながら、遠い昔プラハの楽器店で過ごした日々を思い出した。

若さを取り戻した躍動する体で、ぼくは存分に音楽を楽しんだ。音色を奏でる喜びに浸った。ボヘミアの木の響板を震わせて、全身で歌い上げた。

ふと客席を見ると、最前列に懐かしすぎる顔が見えた。

〝さくら先生……〟

長い年月で、ぼくの記憶のさくら先生とはいくぶん風貌が変わっていたけれど間違いない。この凛としたまっすぐな視線、老いてもしゃんと伸びた背筋、これはさくら先生、その人だ。

さくら先生は、静かにうなずき、その夜の演奏をじっくりと聴いてくれた。

昭和二十年に疎開先から子どもたちを伴って帰ってきたさくら先生は、その年の秋から翌年の春先にかけて、頻繁にぼくを演奏した。その中で彼女の心の葛藤を感じ取ってはいたけれど、ぼくは何もしてあげることができなかった。

そして、ある日先生は学校を去った。多くの若者たちを戦地へ送りだした大人の一人として、彼女なりのけじめをつけたのだと後で知った。

それから、いったいどれくらいの年月が流れたのだろう。

だけど、さくら先生はぼくの目の前に戻ってきてくれた。

さくら先生の両隣には、柚子ちゃんと幸子ちゃんが座っていた。

「いつの間に、この子たちはさくら先生と知り合いになったのだろう」

幸子ちゃんは、確かカオル君の妹ユキさんの孫だった。そして、柚子ちゃんは――。さくら先生と彼女たちが一緒にいる光景には何か運命的なものも感じざるを得なかった。

〝カオル君。もしや、君が先生とこの子たちを引き合わせたのかい？〟

でも、どういういきさつでもよかった。彼女たちがそろって、ぼくの音楽を聴きに来てくれたというだけで十分だった。

※

さて、風音ピアノ保存会とぼくの活動は、これからどういう方向へ進んでゆくのだろう？

会の人たちは今後も、年に二回ほどのペースで風音ピアノコンサートを継続し、ぼくが人びとに音楽を聴かせる機会を残そうと考えているそうだ。

もしかすると今回の修復プロジェクトは、これからも続く長い旅の途中の一里塚なのかもしれない。

ぼくのこれからの楽しみは新しい人たちと出会ってゆくことだ。

小学校が閉校になってからも、この町には人々が暮らし、その生活が続いている。新しい子どもたちも生まれている。

子どもが減ったと言われるけれど、近隣の学区まで含めた範囲を地元だと考えれば、地域の子どもの数は決して少ないわけではない。

伝統的な町家など古い建物が鉄筋コンクリートのマンションに変わりつつある現状はさみしいけれど、一方でこの町で暮らし、ここを故郷だと思う人が増えることは素直にうれしい。

それから、この学校の付近は京都でも有数のオフィス街だ。ここには京都一円、さらには京都府外からも多くの人が働きにやってくる。

そんな人たちとも出会いたい。

そして、それぞれが暮らす町や職場へ戻って伝えてほしい。京都の町なかの古い小さな元小学校に、これまた古いけれど愛らしいピアノが残っているってことを。

また、京都には以前にも増して海外から多くの人々が訪れるようになった。

彼らにも知ってほしい。百年前の京都の人たちは、子どものために、未来のために、国境も海も文化の壁さえ越えて、海外から優れたものを素直に取り入れようとした。

これは平和な世界じゃないとできないことだし、また異国の文化への敬意と自らの文化への誇りがないとできないことでもある。そして、今、京都で暮らしている人たちも、その心を引き継いでくれている。

「銀河鉄道999」を歌う昭和五十年代の子どもたちの声が不意によみがえった。

〝A never ending journey〟

ぼくらの旅は決して終わらない。

第一部「風音ピアノが奏でる物語」おわり

第二部

風音《かぜのね》ピアノ もう一つの物語

～柚子《ゆうこ》の手記～

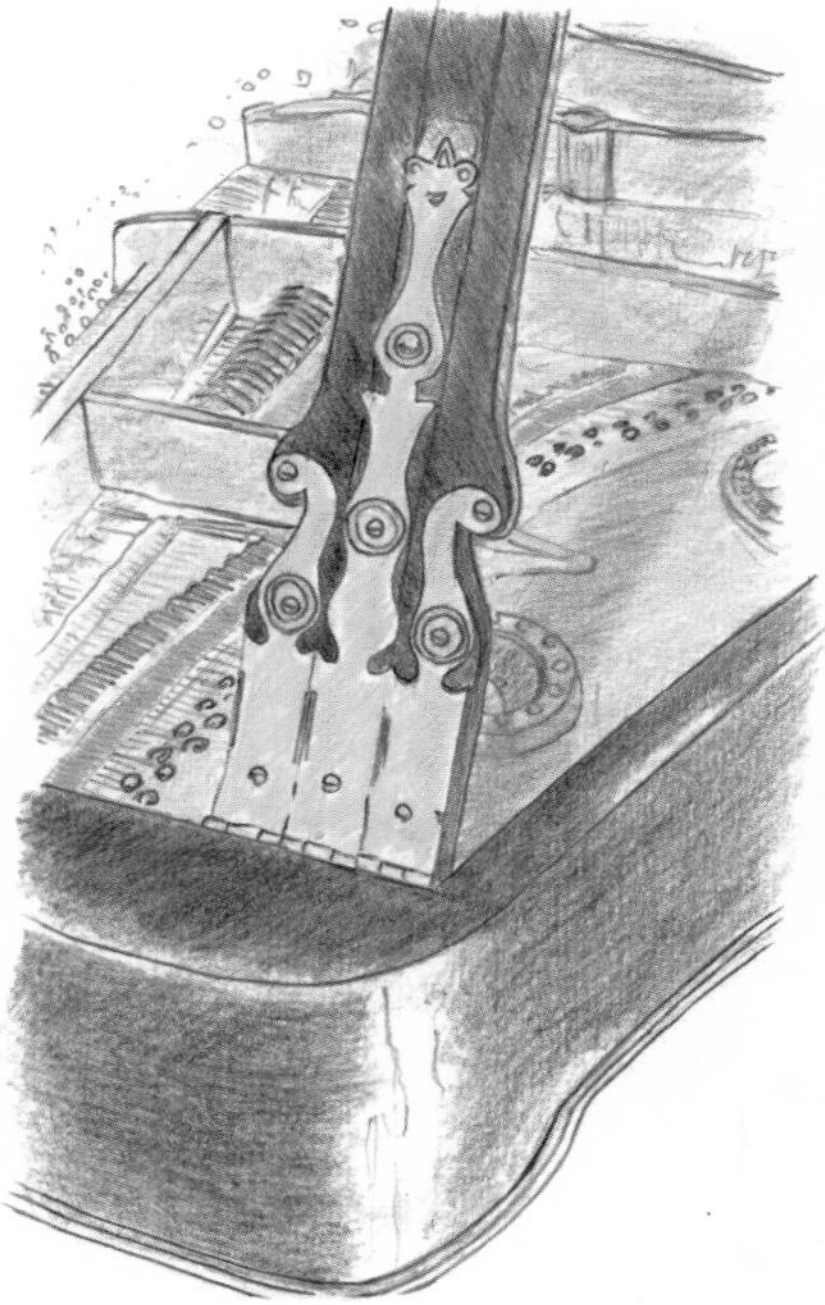

1

わたしが風音小学校を卒業したのは一九八二年の春。

その頃の全校児童は、せいぜい二百数十人というところ。わたしたちより二つ、三つ下が俗にいう団塊ジュニア世代のピークで、まだまだ日本の子ども人口が多かったことを考えると、ほんとにこぢんまりとした小さな学校だったと言えるだろう。

同じ頃、京都市内でも郊外には全校児童二千人クラスのマンモス校があったそうだ。校舎に教室をすべて収容しきれず、グラウンドに仮設のプレハブ校舎を建ててしのいでいたという。

児童数が多ければ、そのぶん出会いも増えるから、それはそれできっと楽しいだろう。でも、風音校は人数が少ない分、一年生から六年生まで見知った顔ばかり。みんな仲が良くておもしろかったなと思っている。

うちの学校の誇れる部分は「それはもう歴史だ」と声も高らかに言い放ちたいところだけれど、京都中心部の小学校の多くは、明治の初めに町の人たちが出してくれた竈《かまど》金で作った番組小学校をルーツとしているから、どこでも同じぐらい長い歴史を持っている。

ただ、それらの小学校のなかでも、風音校はわりと個性的な校舎を持っていた部類だと思う。

戦争前の古い建物なのに最上階まで続くスロープも完備していたし、窓だって四角形のものばかりじゃない。真ん丸やら、アーチ型やら、そのバリエーションを眺めているだけでも飽きなかった。柱や天井のそこかしこには細かな装飾がほどこされていたし、「小学校にこんなの必要？」って思うぐらい立派な茶室や座敷、高名な画家が描いた掛け軸なんかもそろっていた。

また、うちの学校には「風音ピアノ」と呼ばれる古いグランドピアノもあった。その昔チェコ（かつてはボヘミアと呼ばれていた）で作られたペトロフ社製のピアノだ。

ところが、わたしが在校生だった頃は、このピアノについて、くわしく知る子どもは少なかった。だって、あの時分でもすでに六十年以上を経た古めかしいピアノだったし、授業ではほとんど使われることもなかったから。もちろん合唱クラブに入っていた子はそれなりに知っていただろうけれど、それ以外のみんなは、講堂にある古びたピアノという認識を持っていたぐらいだろう。

正直なことを言えば、見た目だってあまりパッとしなかった。おそらく歴代のわんぱく小僧たちの洗礼を受け続けてきたのだろうけれど、表面が傷だらけだったものだから。

わたしがペトロフ製の風音ピアノに特別な思いを持つようになったのは、五年生の頃。クラスで合唱の発表をしたとき、担任の恵《けい》先生がこのピアノで伴奏をしたのだ。曲目は、確か「銀河鉄道９９９」と「遠き山に日が落ちて」だった（今から思うとすごい取り合わせだな……）。

このピアノの来歴を教えてくれたのは、同級生の幸《さつ》ちゃんと恵先生だった。遠い昔に地元の人たちが、学校の子どもたちのためにって、チェコで作られたペトロフのピアノを寄贈してくれたことも、その時に知った。恵先生によるとチェコ生まれのピアノだから、同じ国で作曲された「遠き山に日が落ちて」を曲目に入れたそうだ。

風音ピアノは、なにぶん古いものだったから、いろんな伝説がおのずとまとわりついてしまうのだろう。幸ちゃんの大おじさん（カオルさんっていう人）は、子どもの頃にこのピアノとおしゃべりしていたそうだし、他にも心を通わせ合ったなんて話も聞いたから、わたしと幸ちゃんはいろいろ確かめてみた。

ボディに触れてみたり、鍵盤を叩いてみたり、大きな屋根を開けて、鋼《はがね》の弦が張られた内部をのぞきこんだりもした（うらぶれた外観とは裏腹に、中は金色に輝いていてきれいだった）。オカルトめいた展開――ほら、音楽室のベートーヴェンの目が勝手に動くみたいなの――も一応考慮して、放課後に誰もいなくなってから、ひとりでにピアノが鳴り始めたりしないか、じっと廊下で耳を澄ませていたこともある。

そして結局のところ「普通のピアノだったねえ」というのがわたしたちの出した結論。

古めかしいといっても、怖さやおどろおどろしさはまるで感じさせない――そういう意味でも他のピアノと何ら変わらないごく当たり前のピアノだった。

でも、風音ピアノのことを調べたり、触ったりしているうちに、すっかり親近感を抱いてしまったから、わたしの心のどこかに卒業後もこのピアノの記憶が残り続けていたのだと思う。

子ども時代は誰しも好奇心の塊だ。

わたしの家は昔ながらの町家と呼ばれる建物だった。近所の友達にも似たような町家に住んでいる子が多かった。

古いだけにこういう家には、子どもたちの好奇心をそそる謎めいた空間がそこかしこに残っていた。厨子《つし》二階《にかい》と呼ばれる天井の低い屋根裏の小部屋や階段の下に設けられた物置部屋など。さすがにうちには無かったけれど裏に土蔵がついている家もあった。

わたしたちは、よくそういうところへ忍びこんで遊んだ。そんな場所には古い和箪笥《わだんす》、櫃《ひつ》や長持《ながもち》、雀のお宿からもらってきたような大小の葛籠《つづら》などが残されていた。それらの中を物色すると、身の回りの小物が押し込められていることもあれば、古い書物がぎっしり詰まっていることもあった。ある引き出しから明治や大正の頃の古風な切手が貼られた郵便物がどっさり出てきたこともあった。切手収集が趣味の級友もいたから、いくつか切手の部分を破りとって持ってゆくと大喜びされた。彼は水につけて丁寧にはがしてコレクションに加えたそうだ。

ただ、こういった部屋には電灯の明かりが届かない闇の空間が必ず生じた。天井の隅だとか、大きな荷物の裏側だとか。そんな所には何者かが潜んでいるような気がして、おっかなびっくりだったのも事実だ。

それに子どものいたずらを戒めるためか、こんなことを言う大人もいた。

「古い道具に悪さすると、付喪神《つくもがみ》になって化けて出よるぞ」
「そんなアホな」と子どもたちも笑って本気にはしなかったけれど、いざこういう場所に身を置いていると、そこここから漂うただならぬ気配に、じわじわ不安がふくれ上がってくる。この世ならぬ存在が今に現れてもおかしくない。葛籠を開けたとたん、中から妖しげな笑みを浮かべた伏見の土人形（まんじゅう食いってやつ）がニッと現れたときは肝が縮み上がり、叫び声をあげそうになったものだ。あと、別の木箱からは翁《おきな》の能面が出てきた。近所に能舞台があったものだから、ひいお祖父さんが能楽に凝っていたらしい。翁の表情は静かなほほえみをたたえた穏やかなものなのだけど、あれだっていきなり現れるときわめて心臓に悪かった。

　そうやって見つけた物の中で、とりわけわたしが心惹かれたものがあった。それは和箪笥の奥の小さな箱にしまいこまれていた。

　青い硝子玉のペンダントトップだ。うっすら白い四つ葉のクローバーがデザインされている。それが幸運の象徴だということは、子どもながらに知っていた。

「これ、とてもきれい。誰の物なの？」

　母にたずねると、わたしのひいおばあちゃんの遺品だという。随分昔に誰かにもらったものらしく、終生大切にしていたのだとか。

「ふうん、大事なものなんだ」

　わたしは硝子玉を箱にしまい、元通りに戻しておいた。

硝子玉の不思議な魅力はわたしの心の奥にすっかり根を下ろしてしまったらしく、しばしば首をもたげては、心のひだをそっと刺激した。そんなときは和箪笥から取り出して、電灯にかざし、その微妙な色合いの変化をうっとり眺めた。

2

ペトロフの奏でる「巣立ちの歌」に見送られて、小学校を卒業した後は、地元の公立中学から公立高校へ。大学受験では目指していた私立大学に不合格、当時鞍馬口《くらまぐち》にあった予備校に通うことにした。

親のすねをかじってまで浪人なんて、と思う人もいるだろう。ただ、あの頃はバブル景気のまっただなか、親のすねに骨までかじりつくのも当たり前の世の中だった。人気のトレンディードラマでも予備校が舞台のものがあったし、当時の愛読書だった高橋留美子《たかはしるみこ》の「めぞん一刻《いっこく》」でも、ヒロイン響子《きょうこ》さんと出会った頃の五代《ごだい》君は大学浪人だった。わたしとしても学生生活を一年余分に送れるからラッキーというような感覚だったのかもしれない（むろん親はたまったものじゃないだろうけれど）。

一応マジメに一年間勉強した結果、翌年は第一志望の私立大学になんとか合格。

でも……、なにせバブリーな時代だったので入学してからはいささか遊びすぎた。

一、二年生のころはキャンパスが田辺の小高い丘陵地のてっぺんにあったけれど、仲良くなった男子学生たちが日替わりで、駅とキャンパスのあいだを車で送り迎えしてくれたから、それほど不便は感じなかった。たぶん、あの頃が人生の中で一番頭の中がカラッポだったのだろう。

今振り返ると、世界が激動した時代だった。中国では天安門事件があり、東欧の国々では相次いで民主化革命が起こり、中東では湾岸戦争、ついにはゴルバチョフのソ連が崩壊した。でも当時のわたしはそれらの出来事にそれほど心を動かされなかった。それよりもアイルトン・セナとアラン・プロストの確執のほうに関心があったし、吉本ギャグ百連発のビデオを観るほうが夢中になれた。コンパとか夜通しのボウリングやカラオケに参加しているほうが楽しかったし、「そんなに集めてどないするねん」と自分ツッコミしたくなるぐらいUFOキャッチャーでぬいぐるみをゲットするほうが熱くなれた。

四年生になると、何となく聞こえがいいという理由で、東京の証券会社への就職を決めた。大学の後期日程が終わると卒業までの1ヵ月あまり海外を旅して過ごし、帰国してからはさっさと勤務先の東京へ移って一人暮らしを始めた。

だから、ほんとにまるで気づかなかったのだ。大切な日々を送り、思い出の詰まった風音小学校が同じ年の三月に閉校していたなんて。

よく思い返してみると、卒業旅行の準備でバタバタしていた時期に、母から小学校の統合や閉校の話題を聞かされたような気がしないでもない。でも正直なところ、その頃は心が周囲に無関心になり、気に留めることすらしなかったのだろう。

東京へ移るときには、京都の実家からは必要最低限の荷物しか持ってゆかなかった。でも一つだけあえて持ち出したものがある。子どもの頃からずっと気になっていたもの——古い和箪笥の奥にしまい込まれていた小さな青い硝子玉のペンダントトップだ。誰にも告げず、こっそり取り出して鞄のポケットにしまいこんだ。四つ葉がわたしを幸せにみちびいてくれそうな気がしたから。

3

そんなわたしが、世の中の動きに目を向けるようになったのは、あの出来事がきっかけだった。

一九九五（平成七）年一月の阪神・淡路《あわじ》大震災。

会社の同期の子たちと北関東の温泉旅館で泊まりの新年会をして、ワイワイ騒いで帰ってきた翌日のことだった。頭がボウリング玉のようにずっしり重い休み明けの朝にそれは起こった。と言っても東京に住んでいたのだから直接揺れを感じたわけじゃない。

普段は二度目のアラームが鳴るまで絶対に目が覚めないのに、その朝は二日酔いにも関わらず、なぜか早々と目が開いた。そしてアセトアルデヒドが悪さしているボンヤリ頭をすっきりさせるために、冷水で顔を洗い、コーヒーをいれてテレビの電源をつけた。

スイッチを押してから映るまでやけに時間のかかるオンボロブラウン管をボーッと見つめていると、何やら倒壊した高架道路らしきものが徐々に像を結びはじめた。

最初は「何だこりゃ？」と思った。前年にカリフォルニアで起きた大地震でも高速道路が崩壊していたから、その映像がまた流されているのかな、とも思った。でも何かが違う。画面から伝わってくるのはただならぬ緊迫感。

わたしはボリュームをあげて映像を食い入るように見つめた。ヘリコプターのけたたましいローター音。興奮気味にレポートを伝える男性記者の生々しい声。リアルタイム中継特有の張り詰めた空気だ。

「倒壊した阪神高速道路神戸線上空です」という説明から現場が兵庫辺りだという状況がようやく呑み込

めてきた。

「えっ……、ええええー」

画面に次々と映し出されるのは幼い時分から大学生の頃まで何度も訪れた馴染みの風景だ。町内会のバスツアーで行った羊だらけの牧場がある六甲山《ろっこうさん》、タイガース命の父に何度も付き合わされた甲子園球場、ゴタイゴがテーマソングを歌う博覧会が華やかに行われたポートアイランド、大学のサークル仲間と遊びにいった三宮《さんのみや》や元町《もとまち》界隈、ボーイフレンドと内緒のドライブで行った須磨《すま》の水族園……。

刻々と状況を伝える映像を見つめながら、わたしはただガタガタと震えるしかなかった。あちこちから火の手が上がる様子が上空からの映像でとらえられる。あの炎の下に、まだ助けを待つ多くの人々が取り残されているのかもしれない。

平穏な東京の部屋の中にいながら、被災している人のために何一つできない悔しさと悲しさ。

京都出身のわたしでさえこんな気持ちだったのだから、兵庫から出てきた人たちはあの映像をどういう心情で見ていたのだろう。


関西の地震のショックも覚めやらぬ頃、今度はわたし自身が社会的な事件の当事者になる経験をした。朝、出勤のために乗っていた日比谷《ひびや》線で体験した出来事だ。

電車が六本木《ろっぽんぎ》を過ぎて神谷町《かみやちょう》へ向かっているとき、周囲がにわかに騒がしくなった。満員の車内で立っていたわたしからはよく見えなかったけれど、どうやら隣の車両から移って来ようとする人たちが連結通路で押し合いへし合いになっているようだった。

神谷町駅で周りの乗客たちに押し出されるようにホームに降りた。その時、ホームで倒れこむ人の姿が見えた。これは、ただ事じゃないと思った。

「おかしな臭いがする」「外へ出たほうがいい」と言う人たちにうながされて階段を上がった。後ろから駆け上がってくる人に何度も突き飛ばされそうになりながら改札を越え、そのまま地上へ向かう階段へ進んだ。ようやく外の光が見えてきたあたりで、突然視界がモノクロ映画のように暗くなり、わたしの世界から色彩が消えた。

わたしは階段の途中でへたり込みそうになったが、他の乗客に励まされ、ささえてもらいながら地上へたどりつき、駆けつけてきた救急隊員さんに救助してもらった。大勢の人々がうめいているにわかづくりの救護所へかつぎこまれ、その後、病院へ順次搬送された。もう、何が何やらわからなかった。

実際、数多くの搬送者で野戦病院みたいになった外来ロビーで治療を受けながらも状況はまるでつかめなかった。何らかの薬品が撒《ま》かれたのだろうと想像できたが、いかなるものがどれくらいの規模で撒かれたかなんて知りようもなかった。毒ガスにやられた、とうめき声を上げている人もいた。

幸いわたしの症状は軽く、その日の夕刻には十分自力で帰宅できるまで快復した。周りにはまだ苦しんでいる人たちがたくさんいたので、自分がさっさと帰れてしまうことに後ろめたさも感じた。

病院の外は薄暗くなっていたけれど、視力は戻り、しっかりと歩くことができた。近くの駅までこのまま自力で行こうと思った。ただ大通りまで歩いたときに気が変わり、タクシーを拾って目黒区の碑文谷《ひもんや》にある自室まで帰ることにした。朝のような体験をした同じ日にもう一度電車に乗るのは気が進まなかったからだ。

わたしが乗ったタクシーの初老の運転手さんが、また話好きな人で、のっけから事件の話題を始めた。

「お客さん、今日はまたえらいことが起こったねえ。ニュース見てた？ テレビじゃあどんなこと言ってます？」

おそらく客を乗せるたびに同じような質問をしていたに違いない。わたしは地下鉄で巻き込まれた当事者なんです、と説明するのも億劫だったので「ええ、まぁ。テレビは見てなかったです」とあいまいに答えた。

「朝からずっとラジオを聞きっぱなしなんだけどさ。いろんな路線が同時に狙われたみたいだね。今日は一日、東京中がめちゃくちゃだよ。おかげでこっちは大忙しだけどさぁ」

「へぇ、日比谷線だけじゃなかったのですね。一体誰がこんなことを」

運転手さんはそれには直接答えず、言葉を続けた。

「どうもサリンのようだねぇ」

「はぁ、サリン」

べつに毒物に詳しいわけじゃないけれど、サリンが少しでも体内に入ると命が危なかったり、助かっても後遺症《こういしょう》が残ったりという危険な物質だと聞いたことがあった。そういえば松本でもサリンで人が亡くなる事件があったはずだ。

「それってラジオで言ってるんですか？」

「うん、専門家みたいな人がそうだろうってさ。もう何人も亡くなっているみたいだしねぇ。病院もサリンに効く薬を使いはじめているらしいよ」

運転手さんの話を聞いているうちに、わたしは何ともいえない複雑な気分になってしまった。いつもどおり朝起きて、寝ぼけ眼《まなこ》をこすりながら満員の地下鉄に押し込まれて、当たり前のように会社に向かっていただけだ。厚手のダッフルコートを着て、ＭＤに入れた小沢健二《おざわけんじ》のお気に入りのアルバムをヘッドフォンで聴きながら。

それは、何の変哲もない日常だった。

なのに、わたしだって一歩間違っていたら。もし別の車両に乗っていたとしたら。

「いやあ、恐ろしい時代になったもんだねえ」と運転手さんは噛《か》みしめるようにつぶやいた。「年明けの神戸の震災といい、今年はいろんなことが立て続けに起こる。この分だと、ほんとに例の大予言も当たるのかも。ほらっ、なんとかいう横文字の大予言だよ。一九九九年七の月だかに地球が滅亡するってやつ」

その後も運転手さんとは、何か会話を続けていたと思うが、ほとんど記憶には残っていない。ただ、ふと胸元に手をやった時、青い硝子玉のペンダントを下げていたことに気づいた。なんとなく「ああ、これがわたしを守ってくれたのかなあ」なんて思い、幸運の硝子玉をギュッと握りしめた。

翌日以降も、わたしには目立った後遺症は無く、しばらく病院へ通った後は治療の必要もなくなった。しかし、こういう経験を境にわたしは次第に周囲の事柄にも関心の目を向けるようになっていった。自分自身が、社会との関わりのなかで生きているのだと自覚した一九九五年の前半だった。

4

あくる年の春、わたしは秋葉原《あきはばら》の電器店でパソコンを買った。選んだのはアメリカのメーカーのデスクトップ・パソコン。人気男性アイドルがテレビＣＭに出ていた機種だ。本体もモニターも今のパソコンよりもずいぶんと大きく、とても重い機械だった。

職場でパソコンの扱いには一応慣れていたから、部屋にパソコンを据え付けると、早速プロバイダに申し込み、インターネットに接続した。

おりしも当時はＪリーグが大ブーム。故郷の京都をホームタウンとするパープルサンガがＪＦＬからＪリーグに昇格した最初のシーズンでもあったから注目をしていた。ところが、これがプロリーグの洗礼というべきなのか、なかなか勝てなかった。開幕戦からサンガの連敗は続き、まるで底無しのぬかるみに足をとられたかのように抜け出せなかった。試合後、肩を落として引きあげてゆく選手たちの後ろ姿を見て、このままじゃみんな自信と誇りを失ってしまうと焦りばかりが募《つの》っていた。

なのに苦闘しているチームほど強い愛着が湧いてしまうものなのだろうか。サンガの初勝利と選手たちの喜ぶ姿を見ようと、関東各地でのアウェイゲームに半ば意地になって通っているうちに、いつしか、わたしはサンガの熱心なサポーターになっていた。そして、ようやく目撃した公式戦初勝利。しかも場所は、熱烈な地元サポーターで真っ赤に染まった浦和《うらわ》の駒場《こまば》スタジアム。相手サポの射るような視線と罵声《ばせい》を浴びつつ、京都からはるばるやって来たサンガサポの人たちと抱き合って喜んだ。

そして東京で暮らすわたしにとって、サンガのニュースの主たる情報源はインターネットだった。


そんなある日、サンガの応援掲示板サイトを見ているときに、わたしの出身高校のサッカー部に関する書き込みを目にした。つい懐かしくなって母校の情報をいろいろ検索した。その流れで出身中学や小学校についても調べてみた。

ところが小学校の情報がなかなか見つからない。それもそのはず、よくよく調べてびっくり仰天した。わが懐かしの風音小学校は数年前に閉校していたのだ。

「なんと、まあ……」

狐につままれたような気分っていうのはこんな感覚のことをいうのだろう。

「まさか夢を見てるんじゃないよね」

わたしはパソコンのブラウン管モニターを見つめながら頬を何度もつまんでみたけれど、確かに痛かったので、ああ、これは現実なのだなと悟った次第だ。

「確かに京都の町なかに住む人は減っているし、子どもの姿もあまり見かけなくなっていたもんなあ。でも……」

在校中は番組小学校からつづく歴史や伝統、昔の人が竈金《かまど》に込めた学校への思いを繰り返し聞かされてきた。

「あんなに町の人たちが大切に守ってきた学校を簡単に無くしちゃっていいものなのかな」

ただ、わたしが事情を知らないだけで決して「簡単に無くした」わけではないのかもしれない。きっと、多くの人々がひたすら考え、話し合いを重ねた末に、もうどうしようもなくなって閉校という結論にいたったのだろう。

当たり前のように存在していると思いこんでいた母校が、すでに無くなっていたという事実。これは、ある種パラレルワールドに迷い込んだような不思議な感覚をわたしにもたらした。

眠ろうとすると、小学校時代の記憶がまざまざとよみがえってくる。今まで思い出しもしなかったささいなことまで浮かび上がってくるのだから驚いてしまう。わたしの頭のどこに、こんな記憶がしまい込まれていたのだろうって。

いつも笑顔が素敵だけど、実はけっこう男勝りな性格だった恵先生。遠足中、よその学校のグループに紛れ込んでしまい迷子になった晴香ちゃん。六年間、真冬でも半そで半ズボンのスタイルにこだわり続けた裕也君。親子二代で熱烈な野村克也《のむらかつや》と南海ホークスのファンだった寛君。給食のひし形の三色ゼリーに目がなくて隙あらばわたしの分まで狙おうとする美代ちゃん。四段重ねのメカニカルな筆箱を華麗に使いこなしていた純一君。わたしのスカートばっかり狙ってめくろうとする正太郎《しょうたろう》の思い出したくもない顔。

そして、いつも一緒に登下校していた幸ちゃん。幸ちゃんとは中学卒業まで、ずっと仲良しで姉妹のようだと言われたこともある。

幸ちゃんと恵先生のことを思うと、決まって一緒によみがえるのが風音ピアノの思い出。ペトロフっていうあのチェコ生まれのピアノの記憶だ。

「閉校になったということは、あのピアノはどうなったのだろう？」

現代でもグランドピアノはもちろん高級品だ。古いからといって、まさか簡単に捨てられはしないだろうと思うものの、「でも相当なボロボロさだったからなぁ、もしかすると……」という不穏な別の声も頭の片隅から聞こえてくる。

そういえば、あのピアノには「心がこもっているのかもしれない」と言った人もいたのだっけ。そんなことを思うと、余計にピアノを擬人化して身の上を案じてしまう。

「風音ピアノ、どうしているのかな。どこかに運び出されて大切に使われているのだろうか。それとも、校舎の中にずっと置かれたままなのかな。今頃、どこで何を思っているんだろう？」

そんなふうにつらつら考えていると、ますます眠れなくなってしまう。

翌日、目の周りに隈《くま》を作って出社したところ、「どうしたんだ？病気か」と同僚に問われた。

「いや、ピアノの行く末が気になって眠れなかった」と答えたら、「はぁ、ピアノの行く末？そんなこと気にする前に、わが身の行く末を心配しろ」と言われてしまった。まったく失敬な。

5

その年、祇園祭の季節に京都へ帰省した。

わたしが実家の周辺をぶらついたのは宵山の三日前、七月十三日の夕暮れだったから、まだ祭り見物の人たちも少なく、各山鉾町ものんびりとした雰囲気だった。

とある鉾の付近を歩いているとき、一人の男性に声をかけられた。

「あれっ、柚子とちゃうん？」

鉾町関係者のお揃《そろ》いの浴衣をまとっているその男性の顔には、見覚えがあった。んっ、この顔、もしかして。

「オレは正太郎や。まさか忘れたんとちゃうやろな」

「おおー、正太郎、久しぶりやねえ。ちゃんと立派な大人になってるから一瞬わからんかった」

「あーっ、さては今でもバカにしてるやろ」

　正太郎とは中学卒業以来の再会だったけど、いたずらっぽい表情が子ども時代そのままだ。

「あれ、正太郎ってここの町内やったっけ？」

「ううん違うけど、じいちゃんの家がここにあって、うちでは以前からこの鉾を手伝ってるねん。オレは今、笛やっとるんやで」

「へぇー、あんたが笛方を」

わたしは、彼が小学生の頃に吹いたリコーダーの壊滅的な音塊《おんかい》を思いだした。

「なんや、その今にも笑い出しそうな表情は」

「いやいや、正太郎はやっぱり立派になったんやなあ、って」

「そうやろ。柚子ぐらいのもんやなあ、俺の良さをちゃんと見抜いてくれるのは」

「ううん、ちっとも見抜いてはいないけれどね」

わたしは即答で否定したが、正太郎は上機嫌に話しつづける。

「これから囃子方の稽古なんや。稽古というても鉾の舞台に上ってやるから本番みたいなもんやし。よかったら見てってや」

「うん、是非」

「よーし、俺の勇姿をしっかと網膜《もうまく》に焼きつけてくれよ」

そう言って正太郎は、他の囃子方と一緒にあわただしく鉾の囃子舞台へ上っていった。

思い出したくない顔の筆頭格だった正太郎だけど、ここで再会したのも何かの縁だ。破壊的なリコーダーの技量が、どこまで上達したのか見てやろう、と思い、そのまま祇園囃子が始まるのを眺めていた。

深まりゆく宵の闇の中で、駒形提灯のほのかな輝きが、囃子方たちを神々しく見せる。舞台のへりに腰掛けた正太郎も、どことなくりりしく見えてしまう。やがて、ヨーイ、ソレの掛け声でお囃子が始まった。道行く人々も足をとめて耳を傾けている。

考えてみれば、祇園囃子を生で聞いたのは学生時代以来かもしれない。でも、幼い頃から心に染みついた音色とリズムは、わたしを心地よく揺さぶってくれた。正太郎の笛も他の奏者と融けあい、夏の音色の一部となり京都の夜に漂った。

曲が変わるときに、正太郎がわたしのほうを見下ろし「サンキュー」という感じで手を上げたので、わたしも「なかなかやるな」という気持ちをこめてこぶしを上げてみせた。それをきっかけに、わたしは再びそぞろ歩きをはじめた。

しばらく歩いた先に元風音小学校の門が見えてきた。固く閉ざされた鉄柵の門扉《もんぴ》には、チェーンが幾重にも巻きつけられていた。門の内側には照明もなく、藍色の闇が母校をすっぽり包み込んでいた。正面奥には南校舎の飾り屋根のシルエットが静けさと暗がりの中にひっそりたたずんでいた。まるで、おとぎ話に登場する魔法をかけられたお城みたいだなあと思った。

鉄柵に指を絡めて、中をのぞきこんだ。エントランスの脇には洋館造りの本館が昔と変わらない姿で建っている。かつては、この校舎の二階の講堂に風音ピアノもあった。

〝今でもあそこにいるのだろうか。それとも、わたしの知らないどこかへ移されてしまったのかな〟

わたしは、ぼんやりと二階の窓を見つめた。あそこにいるとしたら、風音ピアノは幽閉されている悲劇の女王様？ いや、あのピアノは女性って雰囲気じゃなかった。じゃあ、長年牢獄《ろうごく》に押し込められた不屈の巌窟王《がんくつおう》といったところかな。

そんなことを考えていたら、不意に背後から声をかけられた。

「柚子ちゃん？ 柚子ちゃんよね」

ふり返ると、そこには昔のまんま変わらない幸ちゃんが立っていた。そりゃあ確かに背丈はいくぶん高くなっている。でも顔つき、髪型、着ている服の清楚《せいそ》な感じとか、記憶に残る幸ちゃんと寸分狂いのない姿がそこにあった。

「うわあ、幸ちゃん、元気だった？　あんた、ほんと変わらないねえ」

わたしたちは、まるで三千里《さんぜんり》を越えて再会した母子のように、熱く熱く抱き合った。

「いま、どうしているの？　柚子ちゃん」

「大学出てから、ずっと東京。なんの変哲もない独り身のサラリーウーマンよ。幸ちゃんは確か東京の外国語大学へ進んだよね。それからイギリスに留学したって聞いていたけれど」

「うん――」

幸ちゃんが語るには、卒業後さらに語学の教養を深めるために、フランスへも留学したらしい。帰国後は、愛知県の超有名大手企業に勤め、海外の取引先との交渉に携わっているそうだ。

「すごい、幸ちゃん、めちゃめちゃスーパーウーマンやん」

わたしは絶賛しながら、言い知れぬ敗北感を味わっていた。

「そんなことあらへん、わたしは昔と変わらへんで」と幸ちゃんは落ち着いた話しぶりで謙遜《けんそん》する。確かに言葉どおり、見た目や雰囲気は昔とぜんぜん変わらない。それも寸分たがわぬレベルで変わらない。なのに、このキャリア……、昔からできた子だったけれど、今もただものじゃないと改めて思った。

「ずっと、柚子ちゃんは、どうしてるんやろって思ってたんよ。忙しくて会う暇も無かったよね」と幸ちゃんは微笑む。

「うん、わたしも」

とうなずいた。「実は、恥ずかしながら今年になって、風音小学校が閉校になっていたことを知ったの。それもインターネットで。それから、幸ちゃんや恵先生のこと、すごく思い出してた」

「そやね。わたしが知ったのも最近よ」と幸ちゃんも言った。「だって、卒業してこの町を離れたら、いちいち母校のことなんて気にしてへんもんね。気づかなくても、しょうがないよね」

「えっ、幸ちゃんもずっと知らんかったの？」

しっかり者の幸ちゃんが気づかなかったぐらいなのだから、わたしが知らなくても仕方がなかったのだ。それまで、どこか自らをとがめ立てするように突き刺さっていた心の棘《とげ》がすっと抜け、気持ちが晴れ晴れとしてきた。思わず頬もゆるんでしまう。

「どうしたの、柚子ちゃん。なんか、とてもうれしそう」

「いやいやいや、別にうれしいわけでもないんやけどね」

わたしはにやけ顔を打ち消すように、急いで真面目な表情を作った。

「それはそうと風音ピアノ、どうなったんやろね。ずっと気になってるねん。幸ちゃん、何か聞いてへん？」

「じつは」と幸ちゃんが言った。「わたしもピアノのことが気になって、ここに来たんよ」

「え？」わたしは幸ちゃんの目をみつめた。「わたしら離れていても考えることは一緒、一心同体なんやね」

そして、二人でもう一度、熱く熱く抱擁《ほうよう》しあった。母バチと再会したみなしごバチのように。

先ほどわたしが指を絡めていた鉄柵に、改めて二人並んで指をガシッと絡め本館二階の窓を見つめた。

「あそこに、いるのかな。まだ、いてくれるといいのだけどね」

「うん」幸ちゃんは、静かなまなざしを真っ暗な窓に向けてつぶやいた。「まるで、古城で囚《とら》われの身になっているお姫様……、いや王子様ってところやね。いつか助け出してあげたいものね」

「そうやね」とわたしはうなずきながら、風音ピアノをお姫様や王子様という可憐《かれん》で若々しい姿で想像する幸ちゃんって何て優しいのだろう、それにひきかえ、わたしは巌窟王……、と軽く自己嫌悪に陥った。

その後、わたしたちは老舗《しにせ》のコーヒー店に入り、近況をいろいろ知らせあった。わたしがサンガの応援をしていることを話すと「あらっ、柚子ちゃんもサッカーを観に行くの？」と幸ちゃんが身を乗り出した。どうやら幸ちゃんも、勤務先がサポートしている名古屋のチームを応援するために頻繁に瑞穂《みずほ》スタジアムへ足を運んでいるそうだ。

「へぇー、幸ちゃんとサッカーって、少しイメージが合わへんなあ」

とわたしは言った。

「半分、社内レクリエーションみたいなものね。同僚たちとビールとおつまみ楽しみながらって感じ」

「でも名古屋はええよね、強いし。かっこいいストイコビッチもいるし。監督もダンディやし。でも、やっぱし京都は生まれ故郷やから、今は弱くても応援しなあかんよ」

「うん、名古屋から京都はそんなに遠くはないし、いつか西京極《にしきょうごく》へ応援に行きたいなって思ってる」

「そういえば、いよいよワールドカップのアジア予選が始まるね。日本代表はフランスへ行けるのかな。前回のドーハでの最終予選はトラウマになっているし」

「今度こそワールドカップ行けたらいいね。予選突破できたら、長期休暇とってフランスまで応援旅行しようかな。柚子ちゃんも一緒にどう？」

「あっ、いいね、いいね」

そしてわたしたちは、お互いの連絡先を教えあった。

6

一九九七（平成九）年秋、サッカーの日本代表がジョホールバルで行われたアジア地区プレーオフでイランを延長戦の末破り、初のワールドカップ出場を決めた。

その興奮も覚めやらぬ頃に、日本経済を揺るがせる出来事があった。国内の四大証券会社の一角と見なされていた名門企業が、経営破たんし廃業に追い込まれてしまったのだ。

わたしにとっては同じ業界内の大事件だった。しかも、廃業した大証券会社と同じ茅場町《かやばちょう》にわたしの会社もあり、隅田川の畔で陽光に輝く大証券会社の高層ビルを窓から仰ぎつつ、「あっちはでっかい会社だなあ。こっちは貸しビルのテナントだけれど」と少しひねた目で見ていた相手だった。

実際、廃業のニュースを聞いたとき、最初はピンと来なかった。だって、うちのような中堅の会社ではない。押しも押されもせぬ国内トップクラスの証券会社なのだ。まさか、その会社がつぶれてしまうなんて。しかし、テレビニュースで記者会見のやりとりやコメンテーターの解説を繰り返し聞いているうちに、おぼろげながらこの大会社を襲った事態が呑み込めてきた。

でもまあ、とにかくよその会社のことだから、なんて思っていたら、翌年の春先とんでもない境遇にわたし自身が直面することになった。

自分の会社の倒産……。

「なんで？」

わたしだけじゃない。同期入社の飲み仲間も、なかなか優秀でわたしの地位をおびやかしつつあったデキる後輩も、公私にわたっていろんな相談にのってくれたかなり頼り甲斐《がい》のある先輩社員でさえも、みな戸惑いを隠せなかった。

「日本の金融業会全体に広がった連鎖倒産の荒波が、廻《まわ》り廻ってついにうちをも飲み込んでしまったのだ」というのが、とりあえずみなで共有した解釈だったが、さて、どういったカラクリで他社の破綻《はたん》のしわ寄せが自分の会社を押し潰してしまうのか、どうしてわたしたちの生活の糧《かて》を奪ってしまうことになるのか、正直なところさっぱりわからなかった。

わたしにとっては、ある日、会社がパタンと閉じてしまった。それだけ。ただ春の夜の夢のごとし、の世界だ。

アクセサリーボックスにしまい込んでいた青い硝子玉のペンダントトップを見つめて思った。

〝わたしのラッキーアイテムも、そろそろ効力が切れてきたのかな〟

働くところが無くなったからといって、次の勤務先をバタバタ探し回る気にもなれなかった。元の会社の人事部長はとてもいい人で、自分の伝手《つて》をあたって再就職先を斡旋《あっせん》しようとしてくれたけれど丁重に断り、しばらくぼんやりすることにした。幸いバブルの頃のようなルーズな出費は控えていたから、貯蓄もそこそこあった。三十歳を目前にしたわたしに、必然的に訪れたモラトリアム期間なのかな、という気もしてきた。

そんなある日、幸ちゃんから連絡がきた。

『ワールドカップの話おぼえてる?』というタイトルのEメールだった。

読むと、彼女は二年前の夏に京都のコーヒー店で話していた日本代表の応援旅行を、本気で実行しようとしていた。

『日本代表初陣《ういじん》のアルゼンチン戦のチケット入手は難しいけれど、クロアチア戦とジャマイカ戦だったらなんとかなりそう』ということらしい。

『もし柚子ちゃんが行けるならば、旅のパートナーとしてこれ以上の人は考えられません。どうでしょう、一緒に行きませんか』

わたしはメールを読みながら、ムムムとうなった。確かに、幸ちゃんの提案に「あっ、いいね、いいね」と軽い気持ちで同調していたけれど、本当に応援旅行が実現するなんて思ってもみなかった。会社が健在で今も働き続けていたら、数週間にもわたる長期休暇の申請なんて「馬鹿者」の一言で却下されるのが落ちだった。

さいわい（というべきか……）、今のわたしは失業中だし、時間は有り余るほどある。お金もちょっとぐらいの余裕ならばある。

しかも外大卒、イギリス・フランス留学経験ありの幸ちゃんが同行者ならば、これはもう千人力ではないか。こんなに安穏《あんのん》としたお気楽旅行もないだろう。

〝さては神様、わたしをどうしてもこの旅行に行かせようとして、こんなまわりくどい運命を仕組んでいるの？〟なんて思ったりもした。ふと、四つ葉の硝子玉のことが頭をよぎった。〝もしかすると、あれがわたしをこの旅へ導こうとしているのかもしれない〟

それに何より、仕事を失って以降、なんとなく不安定な心理状態になってきていた自分にとって、幼なじみの幸ちゃんと過ごせる長い旅は貴重な癒《いや》しの時間になるはずだった。

わたしは『もちろん行くで！』と返信メールを送った。

7

成田空港で幸ちゃんと合流し、梅雨曇りの日本を離れたのは六月の中旬。まずパリへ向かい、その後モンパルナスの駅から鉄道で日本とクロアチアの試合が行われるナントを目指した。

当然と言えば当然なのだけれど、周囲は代表チームの応援に駆けつけた日本人でいっぱい。みんな袖に炎がデザインされたブルーの日本代表ユニフォームを身にまとっている。TGVの他の座席から聞こえてくる声も、興奮ぎみにはしゃぐ日本語の会話ばかりだった。

到着したナントはとにかく暑かった。気温も日差しも数日前までいた日本よりもずっと夏らしかった。

「見事な晴れっぷりやね」

「うん、ナント晴れや」

わたしたちは空を見上げた。ラウル・デュフィなんかの絵で見たような鮮やかな青さが広がっていた。

試合の方は、残念ながら日本の攻撃陣が不発。バティストゥータの一発に沈んだ対アルゼンチン戦に続き、痛い二敗目を喫してしまった。

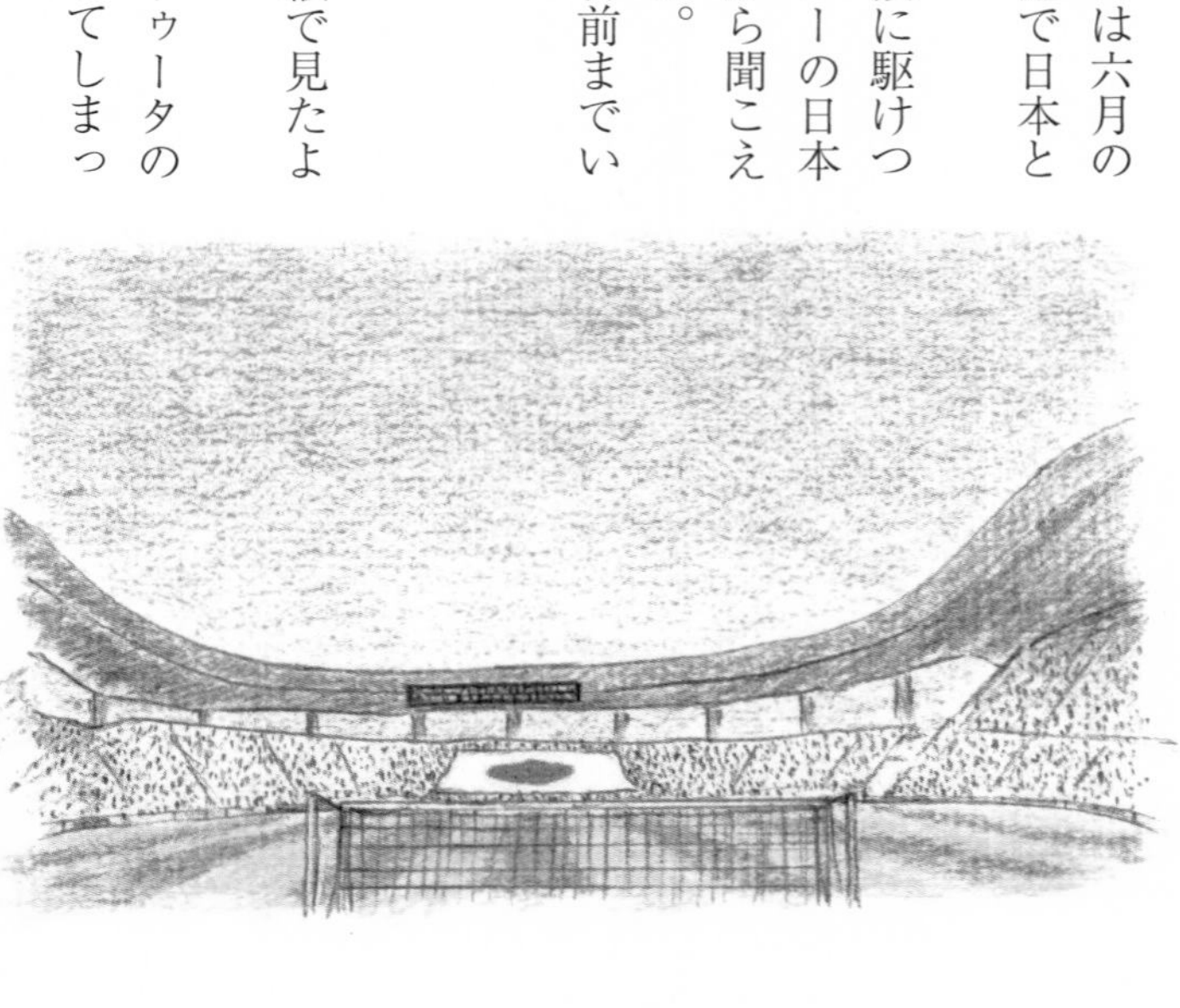

「クロアチアも決して調子良くは感じなかったけど」

「やっぱりワールドカップは甘くないってことやね。次のジャマイカ戦に期待しよう」

わたしたちは、そんなふうに慰めあった。しかし、六日後リヨンで行われた三戦目で、日本のワールドカップ初得点を見ることはできたけれど、初勝利とはならずに日本代表の初めてのワールドカップは終わった。

ただし、わたしたちのヨーロッパ旅行がこれで終わったわけではなかった。日本でスケジュールの相談をしているときに、どちらからともなく言い出したのは「ついでにプラハまで足をのばそうか」という言葉だ。

もちろんプラハがとても美しい町として、日本の旅行情報誌やウェブで注目されはじめていたから心ひかれた面もある。しかし、わたしたちの心のどこかにあの風音ピアノが生まれた国を見てみたいという気持ちがあったことも事実だ。

あらかじめ幸ちゃんが組んでくれた旅程に従い、リヨンから鉄道に乗りスイス経由でまずウィーンへ行った。二日間のウィーン滞在で市内観光やホイリゲ巡りを楽しんだ後、今度は黄色い長距離バスに乗ってプラハへ向かった。

天気に恵まれたこともあって、車窓の風景に目を奪われた。幾重にも連なるなだらかな丘には、森や葡萄《ぶどう》園、そしてうねる波のように彼方までつづく麦畑。丘の上には、陶製のおもちゃのようにかわいらしい教会や家々が点在する。風音ピアノもこんな世界のどこかで生まれたのだろう。

そして、ようやく到着したプラハ。その印象を一言で表現するならば「おとぎの国の都」だ。シルエットに旧市街のいたるところに残る中世、近世の塔や城門、そして広場を見下ろす天文時計。

なった街並みの向こうで暮れなずむ空の色までが、メルヘンの世界をこれでもかと演出している。

「これは文句なしに美しいわ」

カレル橋から橋塔《きょうとう》や丘の上のプラハ城を眺めやりつつ、わたしはため息をもらした。

「子どもの頃、絵本で見た藤城清二《ふじしろせいじ》の影絵みたいやねえ」と幸ちゃん。

「ほんとリアルな影絵やなあ、これは」

「このきれいな町に、あの風音ピアノもいたことがあったのかな」

と幸ちゃんは言って、すうーっと空気を吸い込んだ。

※

翌日はガイドブックを片手にプラハ市内の観光地や美術館をめぐり、中心街で買い物を楽しんだ。

プラハは音楽にあふれた街だった。町中の教会からは聖歌やオルガンの調べが聞こえてくる。ヴルタヴァ川両岸の市街を結ぶカレル橋の上では、多くの音楽家たちが思い思いのスタイルで楽器を奏でていた。空気を震わせる音色は川面を渡る風と溶け合い耳に心地よく響く。この町には音楽が隅々にまで息づいていた。

プラハでもう一つ、わたしたちが興味を抱いたのは絵本の数々だ。じつはチェコは絵本大国という顔も持っていた。ヨゼフ・チャペック、ヨゼフ・ラダらのクラシカルな絵柄のものから、コミカルなオンジェイ・セコラ、アドルフ・ボルン、幻想的なヨゼフ・パレチェクなどなど挙げはじめるときりがない。作家の名前は知らなくても、この絵は日本でも見たこともあるなっていうのもたくさんある。ズデニェック・ミレルの「もぐらのクルテク」のシリーズなんて、幸ちゃんもわたしも「これ、けっこう好き！」と荷物になるのもいとわず何冊も買ってしまった。

あと、チェコといえばやはりボヘミアン・グラスだ。通りには専門店が軒をつらね、ショーウィンドウには、色とりどりの硝子細工やクリスタルの器が整然と並べられていた。ただ、どの商品も高価なものばかり。しかも、わたしたちの少々ガサツな旅行スタイルは割れ物の持ち運びには不向きだ。どちらかと言えば、民芸品店の店先に並ぶ硝子製のアクセサリーや小物の方が、お値段的にもぐっと親しみを感じる。

そんな小物類を物色している中で、わたしはあるアクセサリーに目を留めた。

「これって……」

それらは色とりどりの硝子玉で作られたペンダントトップ。玉子や茄子《なす》のように下部がプクッとふくれた形状のトンボ玉だ。どことなく、わたしの青い四つ葉のペンダントにも似ている。ちょうど、首から下げていたので並べて見比べたが、見れば見るほど似ている。

「ねぇ幸ちゃん、これって似てるよね」

「ほんとだ」と幸ちゃんも目を見張った。「デザインや色合いは少し違うけど、形や雰囲気はよく似ているねえ。柚子ちゃんのもチェコ製の硝子玉なの？」

「わからない。京都の実家にあった古いものなんだけど」

「そうかぁ」と幸ちゃん。「まあ、硝子玉はどこの産地で作られたものでも、似てしまうのかもしれないけどね」

そのまま大通りでそぞろ歩きを続けていると、突然ペトロフという文字が目に飛び込んできた。とあるビルの窓看板いっぱいに描かれたペトロフ社のロゴだ。一階がＣＤショップで、二階以上が楽器店という建物のようだ。

「風音校のペトロフピアノも、ここで扱っていたのかな」

「うーん、それはどうだろうね。何十年も前からある建物じゃなさそうだけど」

ピアノのショールームは三階にあった。わたしたちは階段を上って店内をのぞきこんだ。そこには真新しいペトロフ製のグランドピアノが所狭しと展示されていた。黒いピアノもあれば、木目調のシックなデザインのものもあった。

「うわぁ、どれもこれもキラキラしている」

わたしは感嘆の声をあげた。

「風音校のペトロフピアノとは少し趣が違うね」と幸ちゃん。

「あのピアノはかなりの年代ものだったしね」とわたしは言った。

店内からスタッフが笑顔で現れ、何か言った。どうやらペトロフのピアノに興味があるのか、と問われたらしく、幸ちゃんは「わたしたちが通っていた日本の小学校に古いペトロフのグランドピアノがあったのです」と英語で返答している。

スタッフはとても興味を感じたのだろう「どのくらい古いピアノだったのか」と聞いた。幸ちゃんは「当時で六十年以上、今ならばおそらく八十年は経っているはずです」と答えた。

スタッフは、そっと私たちに手を差し出し、握手を求めてきた。そして、「とても長い間、ペトロフのピアノを大切にしてくれてありがとう」と言った。

※

海外旅行中はテンションが上がっているものだから、普段ならとうてい歩かない距離をついつい頑張って歩き通してしまう。しかも日本人が慣れない石畳の道ばかりだ。気づくと足が棒のようにカチコチになり悲鳴をあげている。足の裏にできたマメがチクチクと痛む。少し休憩をしようと、小さな広場で見つけたカフェに入った。

気さくそうなボーイさんがわたしたちを出迎え、広場を見わたせるオープンテラスの席に案内してくれた。

「あのボーイさん、なんだかストイコビッチに似ていない？」

わたしは幸ちゃんにささやいた。

「柚子ちゃんもそう思ったの。よく似ているよねえ。こうして見るとピクシー（※）そのものよねえ」

※ストイコビッチ選手のニックネーム

幸ちゃんも力強くうなずき返した。

わたしたちは、その後もそのボーイさんがオーダーを取りに来たり、飲み物を運んできたりするたびに、胸をときめかせてピクシーめいた彼の顔を盗み見した。

「ねぇ、柚子ちゃん」

「ん、どしたの？」

「彼のほうでも、わたしたちのこと意識していない？」

「ん、そうかなあ」

わたしは、街を眺めるふりをしながら横目で彼の行動を追った。すると、確かに時おりこちらをうかがっているようにも見える。客を席に案内したあとや、別の席にコーヒーを届けたついでに、いちいちこっちをチラッと見やるのだ。

「ほんとだ、幸ちゃんの言うとおりね」

その後もふたりで彼の動きを観察した。わたしたちは密かに見ていたつもりだったけれど、向こうでも気配を感じとったらしい。ある時からぱったりとこちらを見なくなった。

「あっ、察しちゃったね。残念」

「もしかすると、チェコの男性は奥ゆかしくて女性に気安く声をかけるなんてことはしないのかも」と幸ちゃん。

「んん――」

言われてみれば今度のフランス旅行でも、以前訪れたことのあるイタリアでも町を歩けば棒にあたるように男性に声をかけられた。決してついて行きはしなかったけれど、「ふふっ、わたしもまんざら捨てたものでもないんだ」と内心どえらい勘違いをしてしまったものだ。

ところがプラハへ来てからは一度も声をかけられていない。

「なるほどね。だけど、ウィーンでも声をかけられなかったしなあ」

「ふむふむ。と言うことは、ヨーロッパでは内陸の国へ行けば行くほど男性がシャイというか、硬派になるのかもしれないね」と幸ちゃんが腕組みしながらうなずいた。

「じゃあ、こちらから話しかけてみようか」

わたしは、そんなことを言いながら片手を上げて、彼に合図をした。なぜ、そんな思いきった行動ができたのか、後から思い返してもよくわからない。

わたしの合図で彼がゆっくりと歩み寄ってくる。ピクシーのような表情で近づいてくる。

「何か？」と彼が英語で言った。

わたしは何か言わねばならないと思い、とっさにカタコトの英語で質問をした。

「あなたのお勧めの観光名所はありませんか。有名なところは一通り見たから、隠れた見所へ行ってみたいと思って」

「隠れた見所か」と彼は言って、フフッと笑みを浮かべた。「うーん、そうだな……、隠れスポットと言えるかどうかわからないけれど、ストラホフ修道院にある古い図書館には行ってみたかい？」

「ううん、そこには行ってない」

「あそこはひと目見ておいて損はないかもしれないな。プラハ城からも近い場所だ。修道院で作っているビールも飲ませてくれるよ」

「修道院のビール！ それ、いいね」

わたしたちは、ガイドブックに挟んでいた観光地図を取り出し、彼からその修道院の場所を教えてもらった。

「ところで君たちは日本から来たのかい？」と彼がたずねた。

「ええ」

わたしたちは同時にうなずいた。

「やっぱりね。日本人なのだろうか、と先ほどからずっと見ていたんだ」

「日本人に興味があるの？」

「興味と言うか、日本人と会ったら、決まってたずねていることがあるんだ」

幸ちゃんとわたしは顔を見合わせた。

「どんなこと？」

「君たちは日本のどこから来たんだい？」

「なんだ、そんなことが知りたかったの」わたしは笑った。「わたしは東京」

「そして、わたしは愛知。名古屋と言った方が通じるかな」と幸ちゃんが言った。

「トウキョウ、ナゴヤ……、そうか」と彼は静かにつぶやいた。

「でも、二人とも京都の生まれなのよ」

わたしがそう言ったとたん、彼の表情が変わった。

「おお、キョウト、キョウト。君たちはキョウト出身なのか」

「ええ」

「ならば教えて欲しい。『ゆりえ』という女性を知らないか？」

※

「『ゆりえ』って言ってもねぇ」

わたしは幸ちゃんと再び顔を見合わせた。

「京都も決して小さな町じゃないから、『ゆりえ』さんもきっとたくさんいると思うよ」

「うん、それはわかっている」と彼は言った。「以前もキョウトから来たという人に言われたよ。

「『おいおい京都にだって百五十万人の市民がいるのだぞ』って」

「ファミリーネーム（名字）とか、住んでいた地域とかは？」と幸ちゃん。

「残念ながら『ゆりえ』という名前しかわからないんだ」

「ほかに何か、手がかりのようなものはないの？」

「学校の先生をしていた人物だ。そしておそらく今はもう存命ではないだろう」

「と言うと？」

「今から、ざっと八十年前の先生だ。もし健在ならば百歳前後だろうな」

「え、八十年前！」

わたしたちは三たび顔を見合わせた。

彼の話を簡単にまとめると、こういうことらしい。

彼のひいおじいさんは、第一次世界大戦の頃、チェコ建国を目指す義勇兵に身を投じて戦っていたそうだ。ところが拠点にしていたロシアで革命が起こり、ロシア国内に取り残されてしまった。シベリア奥地で革命軍と戦闘を繰り返していたところへ、東から日本軍がやって来て救出された。そして故国へ帰る途中、日本に立ち寄ったのだそうだ。日本滞在中に訪れたのが京都。そこでひいおじいさんは、学校でピアノを弾いている女性と出会った。

「なるほど、その女性が『ゆりえ』さんってわけか」とわたしは言った。「ということは、その頃に『ゆりえ』という先生が京都にいたかどうか調べればいいんじゃないの」

「でも八十年前っていえば大正時代でしょう」幸ちゃんが腕を組む。「当時の資料も簡単には見つからないかもしれないね。京都の学校といってもたくさんあるわけだし」

「そうか、大正時代なのかぁ」

わたしたちにとっては、戦前の昭和でさえ曇り硝子に遮られたようにぼんやりと見通せない。大正ともなると時間の深い霧の向こうにかすんだ世界のように思える。

「ゆりえ、ゆりえ、ゆりえさん……」

わたしは、八十年前の女性の名を声に出して繰り返した。すると、なぜだかその響きが、わたしの心にさざ波を立てた。

「どうしたの？　柚子ちゃん」

「うーん、『ゆりえ』って名前にひっかかるの」

わたしたちの日本語のやりとりを彼は、静かな微笑をうかべて聞いていたが、おもむろに口を開き、こんなことを言った。

「ぼくのほうも話したいことや聞かせてほしいことがある。どうだろう、明日は仕事が休みで時間もあるから、さきほど紹介した修道院はぼくに案内させてくれないか。もちろん、ランチとビールはごちそうさせてもらうよ」

わたしたちは彼の最後の言葉に、一も二もなく「のった！」と言った。

※

カフェで出会ったストイコビッチ似の男性はアランという名前だった。わたしたちは彼のことをてっきりカフェの雇われボーイさんだと思っていたが、意外にも彼自身があのカフェのオーナーだったらしい。

その夜、ホテルの部屋に戻ってからもアランとの会話を何度も反芻《はんすう》した。

不思議な気分だった。これまで何の縁もゆかりも無かったプラハで、初対面の人物と大正時代の京都に住んでいたという女性について語りあったのだ。

〝それはそうと『ゆりえ』って名前がどうにもひっかかる〟

でも、どうして気になるのかまるで理由が思い当らない。心の奥のひだにさっと触れるものがあるのに、その正体が見きわめられないもどかしさ。

ゆりえ、ゆりえ、ゆりえ……。

何か大切なことをわたしは見落としている。うーん、何だろう……。

ふと隣のベッドを見ると、幸ちゃんが腹ばいになり、鼻歌まじりでカラフルな本を開いていた。エドアルド・ペチシカ作、ズデニェック・ミレル画のクルテクもぐらくんシリーズ。今日、街で買ったばかりの絵本だ。

〝あっ、いいな幸ちゃん〟

わたしも気分を変えるために絵本を眺めようと思った。

ところが、手を伸ばしてベッド脇の手荷物をまさぐるも、そこに絵本は見つからない。

〝あれ、どこにいった、もぐらの絵本、もぐらの絵本……、えーと、もうスーツケースにしまいこんだっけ〟なんて考えているうちに、わたしは突然電池が切れたかのように、ストンと眠りへ落ちてしまった。

輝く太陽がギラギラ照りつけている。むせかえるような緑の匂いと、木々から降り注ぐクマゼミやアブラゼミのけたたましい鳴き声――わたしがまだ幼かった頃の記憶だ。

鶏頭《けいとう》、矢車菊、そして鬼灯《ほおずき》で作った花束を持って向かう先は、先祖代々のお墓。古い町家が連なる坂道を上った先に墓地はある。

坂道の脇にはペンキがはげた鉄の手すり。軽く握って振り返ると、照り輝く黒瓦の家並みの向こうに山々が横たわっている。その上には伸び上がるように湧き立つ白い入道雲。道筋の民家の軒先では、緑青《ろくしょう》色《いろ》にくすんだ南部鉄器の風鈴が透き通った音色を響かせた。

わたしは祖母に手を引かれて、墓地へと入って行った。木々の香りは一層深まり、セミの声はますます激しくなる。耳元を藪蚊《やぶか》がかすめる羽音が響く。

うっすら苔むした墓石の側面には文字がいくつも刻まれていた。

「なんて書いてあるの？」

「お墓で眠っている仏さまたちのお名前よ」

「このお墓で眠っているのはだあれ？」

わたしの問いに祖母は優しく答える。

「柚子のご先祖さまたち。みんな、柚子のことをちゃんと見てくれているの」

わたしは文字を見つめる。古い文字は角が丸くなり輪郭《りんかく》がぼやけてはっきりしない。それに対し墓石の端の新しく刻まれた文字はくっきりと浮かび上がっている。

「これはだあれ？」

「柚子のひいおばあちゃんよ。おばあちゃんにとってはお母様。覚えていないだろうね、柚子が赤ん坊の頃はよく抱っこしてくれたけれど。子どもが大好きな人でね、若い頃は学校の先生をしていたのよ」

「へぇ、じゃあ幼稚園のかおり先生みたいに優しかったの。ひいおばあちゃんのお名前は？」

「ええ、とっても優しい人でした。歌がとても大好きな人でしたよ。名前はね『ゆりえ』」

「ゆりえ……」

えーーーっ！


わたしはガバッと跳ね起きた。その時にグエーッというような声をあげたらしい（ただし、後日幸ちゃんが言うにはだ）。

絵本から顔を上げた幸ちゃんが、わたしの方を珍妙な生物を見つけたような目で見つめている。

「どないしたの？突然、カエルが踏まれたみたいな声をあげて」

「カエル？いやいや、カエルは関係ないの。えらいことや」と言いながら、わたしはベッドから立った。「聞いてよ、幸ちゃん。夢の中でえらいことに気づいてしまった！」

「柚子ちゃん、落ち着いて。何がえらいことやの」

「『ゆりえ』さんって、ひいおばあちゃんかもしれへんねん」

「へ、どういうこと？」

「アランが言っていた『ゆりえ』さんは、わたしのひいおばあちゃんかもしれへんねん」ともう一度ていねいに繰り返した。

「彼から話を聞いたときにすぐ気づかなかったの？」

「そうなんやけど、じゃあ幸ちゃんはどう？　ひいおばあちゃんの名前って、ちゃんと覚えている？」

「うーん、知っているようで知らない。聞いたことあるかもしれないけど、今ははっきり思い出せない」

わたしは、にんまり笑った。「そう、それよそれ。わたしもその状態やったの、今の今まで」

「なるほど」幸ちゃんも合点がいったらしく、表情をくずして「もし、そうだったら、ほんとにえらいことやね」と言った。

「よっしゃっ」わたしは拳《こぶし》を握りしめた。「明日はストイコビッチから、いろいろ話を引き出して確かめてみよう」

「いやいや柚子ちゃん、ストイコビッチと違《ちご》て、アランよ」と幸ちゃんが静かに突っ込みを入れた。

※

アランは、朝の九時半にわたしたちが宿泊しているマサリク駅近くのホテルまで迎えにきてくれた。

ストラホフ修道院は、旧市街を抜けてカレル橋を渡り、マラーストラナの聖ミクラーシュ教会の脇から、葡萄畑の坂道を上りきった先にあった。起伏のあるプラハの街だけれど、のんびり歩けばそれほどつらい道のりでもない。わたしたちはおしゃべりしながらゆっくり歩いた。

話しているうちに判明したのだが、アランはわたしたちよりも三つ年下だった。

「見た目は、五つぐらい年上みたいな感じだけどね」とわたしは笑った。アランも自分のほうが年上だと思い込んでいたらしく「君たちはなんて子どもっぽいんだ」と大袈裟に天を仰ぐので、思いっきり足を踏んづけてやった。

アランが案内してくれたストラホフ修道院には、想像していたよりも大きな図書室が残されていた。革装《そう》の古書が壁面にぎっしり詰め込まれた広間が二つあり、アーチ型の丸天井には色彩ゆたかなフレスコ画が描かれていた。廊下に置かれた棚には世界各地から集められた博物資料や民俗資料が展示されており、宗教施設というより研究機関という趣だった。

アランは広間の天井画を指差し「これは人類の精神史が描かれたものなのだ」と重々しく言った。

「誰が描いたの」って聞くと、アランは腕を組みながらウームとうなり、辺りにいた案内人に確認しにゆき、戻ってきてから「フランツ・アントン・マウルベルチュという画家だ。十八世紀に描かれたものだ」とドヤ顔で言った。

「フレスコ画は、漆喰《しっくい》が乾くまでに描き上げなくちゃいけないから大変なのよね」と幸ちゃんが言うと、「ほお、そのような制作上の苦労までは知らなかった。これだけの絵を大急ぎで仕上げるとなると画家も楽じゃないな」とアランは興味深げに天井画を見上げた。

修道院そのものはすぐに見終わってしまったが、ゆっくり時間をかけて周辺を散策した後、修道院の自家製ビールを飲ませてくれるビアホールに入った。穴蔵のような室内席もあったが、アランが「今の季節ならこっちのほうがいい」と勧めるテラス席へ行った。葡萄畑の上の高台にあるのでプラハ市街とヴルタヴァ川の眺望が眼下に広がり、開放的で気持ちがよかった。

運ばれてきたビールを口に含む。いわゆるクラフトビールや地ビールの類いにはストライクゾーンから

外れた味覚のものも稀《まれ》にあるので恐る恐る味わったが、ここのビールはかなり美味しい部類に入るんじゃないだろうか。

それにアランが注文してくれたグヤーシュというビーフシチューのような料理もとても美味しかった。

「厳粛《げんしゅく》な修道院で昼間からビールと料理をごちそうになるなんて、ちょっと気が引けるねー」などと口では言いつつ、わたしは遠慮なくグビグビ飲んだ。

幸ちゃんも飲めないほうではないが、わたしよりゆっくりのペースで優雅にビールを味わっている。そんなわたしたちの様子をアランはにこやかに見つめていた。

「プラハでしか味わえないものだから、遠慮せずに飲んでおくれよ」

「ありがとう」

そこで、幸ちゃんがアランに話を振る。

「そろそろ、あなたのひいおじいさんと『ゆりえ』さんの話を聞かせてもらいましょうか」

「うん、オレもどのタイミングで始めようかって考えていたんだ」とアランも、ビールに夢中になっているわたしを横目で見ながら言った。

「わたしなら大丈夫よ。飲んでいても、ちゃんと聞いているから」

アランは笑ってうなずいた。「じゃあ、始めようか」

彼は「昨日話したことの繰り返しになる部分もあるが」と前置きした上で、ひいおじいさんの物語をゆっくりと語り始めた。

「第一次世界大戦の頃の話だ。当時、チェコはオーストリアの支配下にあったため、ボヘミアの若者はみなオーストリア兵として戦場へ向かった。若き日のひいじいさん——名前はパヴェルという——もそんな一人として動員され、出征した。

しかし、ロシア方面で戦っていたボヘミアやモラヴィア、スロバキアの兵士が次々と敵に投降し、祖国独立という夢をかなえるために義勇兵団を組織化しはじめた。その時、パヴェルじいさんも義勇兵団に身を投じて戦う道を選択したんだ。

チェコスロバキア軍団と呼ばれた義勇兵団はロシア国内に拠点を構え、オーストリアやドイツの軍と戦っていたが、折悪しく一九一七年にロシアで革命が起きた。

ロシアの革命といっても大雑把にいえば二つの段階がある。まず一つ目は二月革命。これによってロマノフ王朝が終わり、臨時政府が作られた。この政府は帝政時代に始められた戦争を継続した。

ところが続く十月革命で、社会主義のボリシェビキ政権が成立し、オーストリアやドイツと講和をしてしまった。そのため義勇兵団はロシア国内に取り残される形になった。

チェコスロバキアの義勇兵たちはウラルの山岳地帯を越え、広いシベリア平原を東へ進んで、極東の港町ウラジオストックからヨーロッパの戦場へ舞い戻ろうとしたらしい。

だが、その途上、偶然出会ったドイツ、オーストリアの俘虜《ふりょ》の一行と行き違いざまに小競り合いが発生し、それをきっかけにボリシェビキの軍との戦闘にまで発展してしまった。戦いは瞬く間にシベリア各地に広がっていったが、チェコスロバキアの義勇兵たちはことのほか頑強で、ボリシェビキ側を相当に苦しめたようだ。そこへチェコスロバキアの兵士救出を理由に、日本やアメリカなど連合国の軍がシベリアへ出兵してきたため、パヴェルじいさんたちは、ようやく祖国へ帰還できることになった。

いよいよ国へ帰れる、という喜びもつかの間、ウラジオストックから出港した船は嵐に遭って座礁《ざしょう》、なんとか難破《なんぱ》は免れたが、船は日本へ曳航《えいこう》され長い時間をかけて修理されることになった。

それでも、パヴェルじいさんたち義勇兵は希望を捨てなかった。未知のアジアの国でも、スラブの民謡を歌い、音楽を奏で、愛する祖国への想いをつないだ。すると日本側でも彼らの望郷の念に呼応する動きが起き、地元の学生たちと合同で合唱とオーケストラの演奏会を開催することになった。パヴェルじいさんも得意のチェロを弾いて参加したそうだ。

やがて、船の修理もあらかた終わり、祖国へ向けて再出港の目処《めど》が立ったころ、パヴェルじいさんは日本の名残《なごり》を惜しむように小旅行へ出かけた。そこで偶然立ち寄ったのが京都の小さな学校。簡素な木造の校舎で、少女のように幼げに見える先生がピアノを弾いていた。それが、ゆりえ先生だ。

ゆりえ先生はパヴェルじいさんが突然来訪したにも関わらず、ピアノを奏でながら日本や西洋の歌曲を歌い歓迎してくれた。お礼にパヴェルじいさんも、ドヴォルザークの曲を弾いて聞かせた。その演奏に故郷への想いを感じ取り、ゆりえ先生は涙を流してくれたそうだ。

その数日後、パヴェルじいさんは神戸から船に乗り、祖国へ戻った。そして建国されたばかりのチェコのために働いた。そのパヴェルじいさんの胸に永く残っていたのが、京都で出会ったゆりえ先生の面影《おもかげ》だ。

学校の名前もわからず、連絡先も聞かなかったため、その後手紙を送ることもかなわなかった。しかし、一九七八年に八十七歳でこの世を去る間際まで、『京都のゆりえという女性は今頃どうしているだろう』とつぶやいていたんだ」


「ドラマチックな話ね」と幸ちゃんは言った。

「ああ、単なる戦争の思い出話としてだけでなく、一つの冒険物語としてもなかなかのものだよ。だから、親類や縁者が集まる場では、この話が何度も何度も繰り返し披露された。ぼくだって何度聞かされたことか。正直言えば、子どもの頃は『おお、また始まったか』って辟易《へきえき》したこともあったな」

「その気持ちはわかる」とわたしたちはうなずいた。

「でも、幾度も聞いているうちに、パヴェルじいさんが、本当の英雄譚《たん》に登場する勇者に思えてきたし、物語のラストで色を添える『ゆりえ』さんはヒロインのようにも感じられたんだ」

「なるほどね」とわたしは言った。「それで、『ゆりえ』さんのことを確かめて、それからどうするつもりなの」

「うん、実のところ最近になって」とアランは言った。「パヴェルじいさんが語っていた話は出来すぎだ、とケチをつける奴らが現れはじめたんだ。きっと、もうろくじじいがほら話をでっちあげて、いいように吹聴《ふいちょう》していただけだろうってね。だいたい、そんな時代の日本にピアノが弾ける女性などいるものか、なんて言い出す者もいた」

「はあ」

「気を悪くしないで欲しい。今でこそ日本は進んだ国の一つだが、パヴェルじいさんが日本を訪れたのは二十世紀の初頭だ。その頃はヨーロッパが世界の中心で輝きをはなっていて、アジアやアフリカは文明の遅れた地域だったというのが一般の西洋人の認識だ。そもそも東屋《あずまや》みたいな粗末な木造校舎にグランドピアノがあるわけないだろう、と。そうなると、パヴェルじいさんが義勇兵団で勇敢に戦ったことや、厳しいシベリアで生き抜いてきたことなどもひっくるめてでっち上げの絵空事だったに違いないってね。パヴェルじいさんの名誉を守るためにも、ぼくは当時京都でピアノを弾いていた『ゆりえ』という女性がいたことを確かめてみたいんだ」

アランの熱弁を、わたしと幸ちゃんは黙って聞いていた。

「だから、君たちに何か手がかりになるような話を聞ければと思った」

「アラン」とわたしは言った。「あなたの真剣な思いはよくわかった。だから、不確かなことを言って、後でがっかりさせたくはないけれど、一つ話しておきたいことがあるの」

「どんなことだい」

「昨日、あなたから〝ゆりえ〟という名前を聞いてから、何かが心にひっかかっていた」

「ふむ」

「それで、ずっと考えているうちに、夜中にふと思い当たったの。幼い頃に聞かされたひいおばあさんの名前が〝ゆりえ〟じゃなかったかなって」

「それは本当かい！」

アランは上ずった声で叫んだ。周囲の客たちが、何ごとかと一斉にふり返った。

「ごめん、キチッとした記憶じゃなくて」

「君のひいおばあさんも当時京都に住んでいたと考えていいのかい」

「うん、うちの家は古くから京都にある。ひいおばあさんは他家から嫁《とつ》いできたはずだけれど、おそらく京都の生まれだと思うわ」

「日本には『ゆりえ』という名前は多いのかい？」

「割と普通にある名前よ。今も昔も決して珍しい名前ではない。だから、わたしのひいおばあちゃんがパヴェルさんと出会った『ゆりえ』さんと同一人物かどうか何の確証もない」

「そうなのか。実はチェコにも『ユリエ』という女性名がある。それで、日本に『ゆりえ』なんて女性がいるわけなかろうと疑う者もいたんだ」

「チェコにもユリエさんは多いの？」

「うん。Julie という綴《つづ》りだ」

「なるほど、英語ではジュリア、フランスではジュリーになる名前ね。ドイツやロシアではユリアかな」

と語学に堪能な幸ちゃんが言った。

「ところで、君のひいおばあさんは何をしていた人だったんだい？」とアランが聞いた。

「うん、これもね、小さな頃に聞いた不確かな記憶なのだけど、どうも学校の先生をしていたらしいのよ」

「名前が『ゆりえ』で、しかも学校の先生だったのか」

アランの眼光が鋭くなった。ディフェンスの逆をつくドリブルからシュートコースを狙うストイコビッチのような表情だ。

「うん、歌も好きだったって聞いている。でも、ずいぶん昔の先生だからピアノが弾けたかどうかはわからない」とわたしは言った。「とにかく、日本に帰ったら、名前と学校の先生をやっていたかどうかを、きちんと確認するね。勘違いだったらゴメン」

「いやいや、俺の方こそありがたくて感謝しているんだ。今日聞かせてもらった話には、すごく勇気をもらえたよ」

「アランには、ほかに手がかりはないの？」とわたしはたずねた。

「手がかりか」

アランは、しばらく虚空を見つめていたが、突然「おっと、大事なことを言い忘れていた」とつぶやいた。

「どうしたの」

「パヴェルじいさんによると、京都の学校で『ゆりえ』さんが弾いていたのはペトロフのピアノだったそうなんだ」

「ペトロフ！」

わたしと幸ちゃんは同時に叫んだ。いきなり、頭をペンッと叩かれたような衝撃だった。

「パヴェルじいさんは戦争前にプラハの楽器商で働いていた。だから、自国のピアノの銘柄を見誤るなんてことはまず考えられない。しかも『あれはプラハの店で扱っていたピアノに間違いない。全く同じピアノが京都にあったのだ』とまで言っていた。でも、さすがに帝政時代のペトロフが、はるばる日本まで運ばれ、しかも小さな学校で使われていたなんてことはありうるのだろうか」

「その答えははっきり出ているよ」

わたしはアランに言った。

「わたしたちが通っていた京都の小学校には、古いペトロフのピアノが残っていたのよ。地元の人々がお金を出し合って小学校へ寄贈したものなの」

幸ちゃんも身を乗りだした。

「あのピアノならまさしく八十年前のもののはずだわ。時代もぴたりと当てはまるね」

「そのピアノは、今でも残っているのかい？」

「うーん、そこが問題なの」とわたしはうなった。「じつは数年前に小学校は閉校してしまったのよ。ピアノも残されているか気になっているのだけど、わからなくて」

「それも、帰国してからきちんと調べないといけないね」と幸ちゃん。「現状の校舎の様子を知る人を、まずみつけないと」

わたしたちが、そんなことを話していると、アランが「あ、それから……」とつぶやいた。

「どうしたの？」

「いや、これが手がかりになるのかどうかわからないが、パヴェルじいさんは『ゆりえ』先生にお守りをゆずったそうだ」

「お守りって、どんなもの？」

「くわしくはわからない。出征するときに友人たちから贈られたものだそうだ。ただ戦場へ携行してゆくものだから首から下げるペンダントのような形状だろうね」

「ペンダント……、もしかして」

わたしは首にかけていた青いペンダントをはずしてアランに見せた。

「これはチェコ製の硝子細工なのかい？」

「わからない。でも、ひいおばあちゃんの遺品であることは確かよ。京都の家でずっと大切に保管されていたものなの」

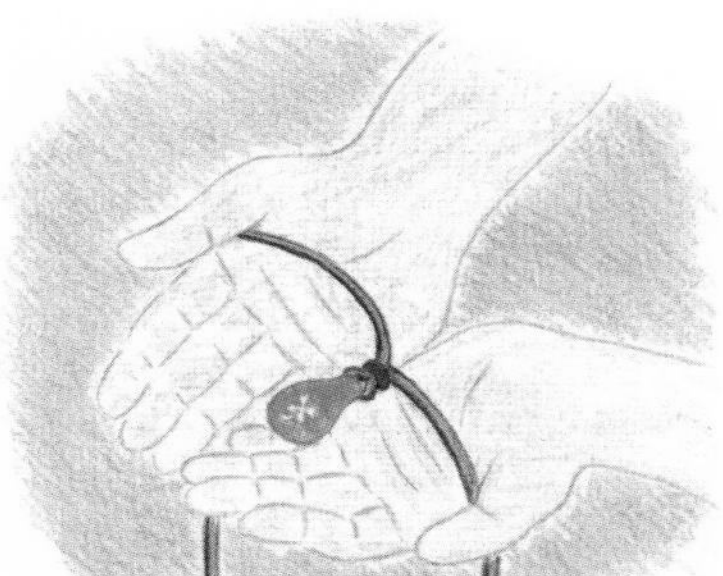

アランはじっとペンダントトップを見つめていた。そして、興奮を抑えるように、つとめて冷静な口調で言った。

「見たところ、ボヘミアの硝子細工である可能性も高いと思う。ボヘミアン・グラスはカットの美しさが売りなんだけど、しずく玉といって、これと似たシンプルなアクセサリーも作られているからね。幸運を呼ぶ四つ葉のデザインも戦場のお守りとしてはふさわしいものだろう。これを『ゆりえ』という名の君のひいおばあさんが持っていたのだとしたら……」

わたしも改めてペンダントを見つめた。この硝子玉には、そんな過去の物語が封じこめられているのだろうか。

「もし、そうだとしたら、すごいことよ」と幸ちゃんが言った。「ペトロフの話も、お守りの話も、かなりの部分でピタッとはまるわ。もちろん、きちんと調べてみる必要はあるけれど、今の推測が当たっていたとすれば、柚子ちゃんとアランは三代前にも京都で出会っていたということになるわね」

幸ちゃんの言葉に、わたしたちは顔を見合わせてクスッと笑った。

その日の夕刻、わたしと幸ちゃんは翌日の帰国便に乗るためにウィーンへ向かった。

長距離バスの乗り場にはアランが見送りに来てくれた。わたしたちは、アランとアドレスの交換をし、何か新しい事実がわかれば連絡し合うことにした。彼は、いつかパヴェルじいさんが見た日本という国へ、ペトロフのある京都へ行ってみたい、と繰り返した。

「来たくなったら、いつでも日本へおいでよ。今日のビールのお礼においしい居酒屋でごちそうしてあげるから」

とわたしは言って手を振った。

8

帰国後は、気持ちを切りかえて新しい職探しをした。幸い東銀座にある広告会社で事務の仕事が見つかった。広告業界には派手で少々浮ついたイメージをもっていたが、意外にも地味で静かなオフィス。社員たちも落ち着いた仕事ぶりで人当たりもよく馴染みやすい職場だった。

ひいおばあさんのことは、京都へ帰省したときに祖母に確かめた。やはり、微かな記憶に残っていた「ゆりえ」という名前で間違いなかった。

「確か学校の先生だったよね」

「ええ」祖母はうなずく。「小学校の教員をやっていたわ」

「風音校でも教えていたの」

「確か二回ほど、あの学校にいたはずよ。最初は女子師範学校を卒業してすぐだから、大正半ばから末頃ね。そして母はこの家に嫁入りして一時教職から離れているの。でも、子育てに手がかからなくなると臨時教員みたいな形で学校に徐々に戻って、戦時中の教員不足が深刻になった頃——たしか昭和十八年から風音校でもう一度教えていたのよ」

ピアノが弾けたのかどうかをたずねると、

「もともとはオルガンの弾き方を学んだみたいね。学校にピアノが入ってからは、自分で繰り返し練習しながら奏法を習得したそうよ。わたしが覚えている母は、それなりに器用にピアノを弾いていたわ」

と祖母は言った。

しかし、硝子玉のペンダントの来歴は、はっきりとしなかった。

「誰からもらったものかなんて母は言わなかったし、わたしからも特に尋ねなかったからねえ」

ただ、戦時中はしばしば着用して学校へ向かったそうだ。

「常々、四つ葉は幸運のしるし、なんて言ってたわ。それを身に着けて行けば、教え子も、学校も守れると思っていたのかしらね」


一方、風音ピアノの現状については、幸ちゃんが調べてくれた。

幸ちゃんによると、正太郎の父親が地元の自治連合会の役員をしており、その関係で最近、閉鎖されている元風音校の校舎の中を見に行く機会があったそうだ。

正太郎の父親の名前は涼太郎《りょうたろう》という。

「昭和の男の人って、自分の名前の一部を息子にも引き継ぐの好きよねえ」

わたしたちは笑った。涼太郎さんは、染め物関係の会社を経営しており、地元の繊維業界では顔役的な存在だ。

ちなみに幸ちゃんのお父さん(名前は伸二さん)は、涼太郎さんと風音校の同級生で、今でも交流があるそうだ。

「父も、涼太郎さんも在校生の頃は、よく講堂へ忍び込んで遊んでいたらしい」

と幸ちゃんは電話口で笑った。

「集団で怪獣ごっこしていたんだって。あの頃はゴジラやその続編の映画が封切りになった時代で、夢中になって遊んだそうよ」

幸ちゃんは、京都へ帰省したついでに、涼太郎さんからじかに学校内部の様子を聞かせてもらおうと会いに行った。涼太郎さんも「ああ、伸ちゃんの娘さんか」と大歓迎だったそうだ。

「涼太郎さんって、あのスカタンな息子の父親とは思えないぐらい、紳士的で教養のある人だと聞いたことがあるけど」

とわたしは言った。

「うん、その通りだった。この人の子どもが、なんであの正太郎なのって思ってしまうぐらい」と幸ちゃん。「わたしの急なアポにも、嫌な顔ひとつせずに、とてもご機嫌だった。『うちのアホボンがご迷惑をおかけしてませんか。いい歳して毎日フラフラしよって、ほんまどうしょうもない』なんてぼやいてらしたけどね」

そう言って、幸ちゃんはクスッと笑った。

「風音ピアノのことに触れると、涼太郎さん『あれは私にとっても特別なピアノなんです』と言っていたなぁ。一時期、クラスの仲間に馴染《なじ》めず、ひとり塞《ふさ》ぎこんでいたときに、唯一心を開くことができたのがあのピアノだった、って」

「ピアノに心を開くって、確か幸ちゃんの大おじさんにもそんな話があったよね」

「ああ、カオルさんの話にも少し似ているね。涼太郎さんが言うには、素直に自分の気持ちを話せる相手だったそうよ」

「やっぱり心が通じあったのかな」

「それが、涼太郎さん自身はピアノの心を感じたことなんて無かったって。逆に『えっ心、そんなものピアノにあるのですか？』って真顔で聞き返されたぐらい。涼太郎さんにとっては、自分の気持ちを一方的に伝える対象という感じやね。よく女の子がお人形さんやぬいぐるみ相手にやるのと同じかな」

「ああ、なるほど」

「でもね、涼太郎さん、とても救われたそうよ。誰もいない講堂で、ピアノをまるで親友のように見立てて、自分の気持ちをどんどん話す。それだけで、すっと楽になったって。その後、涼太郎さんは人が変わったように友だちと打ち解けるようになったらしいの。怪獣ごっこが流行りはじめたときは、もうリーダー格だったみたいだし。うちのお父さんも、一緒に怪獣ごっこした仲間の一人ね。その頃からピアノに話しかけることはほとんど無くなり、今度は逆にえらい迷惑かけたって」

「えらい迷惑って？」

「うん、どうもピアノをお城やら敵の基地なんかに見立てて、攻撃を加えたり、乗っかったり」

「うわぁ、やっぱりあの全身の傷は、そういう歴史と伝統の積み重ねやったんやねぇ」とわたしはあきれて言った。

「うちのお父さんも同罪だけどね」と幸ちゃんは苦笑いした。「それはそうと、校舎の中に入ったときに懐かしい風音ピアノと再会できたそうよ。講堂の奥の部屋に安置されていて、静かに眠っているみたいだったって。目覚めさせちゃいけないと思わず忍び足で横を通り過ぎたらしいよ」

「目覚めさせちゃいけない、か」

わたしはクスッと笑った。「涼太郎さん、ピアノの心を感じたことなんてないと言いながら、しっかりピアノの人格認めてはるね」

「あ、ほんまやね」

幸ちゃんも笑い声を上げた。

「そうそう」と幸ちゃんはさらに話を続ける。「これも涼太郎さんから聞いた話だけれど、風音小学校跡は風音芸術館という名前で再活用されるそうよ」

「芸術館? 何それ、どういうものなの?」

「詳しいことはわからないけど、あの校舎を取り壊さずに改修して、若い芸術家の活動を支援する施設に生まれ変わらせるんやって」

「へぇー、いつ頃オープンする予定なのかな?」

「そんなに先じゃないと思う。数年後ってところかな。というわけで――」

幸ちゃんは、突然話をまとめはじめた。「ピアノは今でもちゃんと存在するので安心してね。涼太郎さんも、行政の人に『あれは大事なピアノなんやから、勝手に廃棄したらあかんで。芸術館でも使ってや』と釘をさしておいたって。報告は以上です。あっそうそう、プラハの彼には、ちゃんと柚子ちゃんから伝えておいてね」

「ええっ、幸ちゃんのほうが、英語堪能やん」というわたしの言葉を黙殺するように、幸ちゃんは電話を切った。

※

「くそっ、幸ちゃんめ」

とぼやきながらも、わたしはアラン宛のメールを書きはじめた。とは言っても英語の長文なんて大学の受験勉強以降まともに書いたことがない。何度も書き直しながら少しずつ仕上げたので、完成まで数日かかった。

メールを送ってから、何日経っても無反応。アランから何の音沙汰もなかった。

わたしの書いた英文では意味が伝わらなかったのだろうか。やっぱり受験英語は実践的じゃないなぁ、うーむ、わが国の英語教育を抜本的に考え直さないと、なんて大層なことを考えていたら、ようやくアランから返信メールが届いた。

結論から言うと、わたしの文章はちゃんと解読できて、内容もほぼ正確に伝わっていたらしい。

要するに、アランにとっても英語は母国語ではないわけで、彼なりに「必死のパッチ」で苦心しながら、わたしが理解しやすい返事を書いてくれていたのだろう。その努力の痕跡が、彼の英文のそこかしこからにじみ出していた。

アランは、メールの中でも熱く興奮していた。ほんと、いつでも興奮しやすいやつだなぁと思った。

『これで、君のひいおばあさんが、パヴェルじいさんと出会ったゆりえさんだという確信が強くなったよ。ぼくと君が、こういう形で出会うなんて、これは偶然だろうか。いや運命だ。運命がぼくたちを引き合わせてくれたに違いない。もしかすると、君の四つ葉のペンダントのおかげかもしれないな。ぼくは、ますます京都へ行きたい気持ちが高まってきたよ。敬愛するパヴェルじいさんが八十年前に立った同じ場所にぼくも立ってみたい。同じ空気を吸ってみたい。ペトロフのピアノに触れてみたい。そして、もう一度君たちにも再会したい』というようなことが、わたしの和訳能力にさえ問題がなければアランのメールには書かれていた。

『アランからこんなメール来ました』と書いて、幸子ちゃんにメールを転送すると、彼女からすぐさま返信が来た。

『すごい、アランはとても感謝しているね。それと、彼はやっぱり柚子ちゃんに特別な想いを寄せているみたいやね』

やっぱり幸ちゃんにも、そう読み取れるのか。わたしの勘違いってわけじゃなかったんだ。口には出さないけれど、手紙の中ではわりと雄弁に（少々、クサい表現だけど）気持ちを伝えてくるヤツなのだ、と笑いつつ、ちょっとばかしうれしくて、彼が必死に書いたメールをプリントアウトして大切に持ち歩いた。

それから、アランとしばしばメールをやりとりする関係が始まった。『ゆりえ』さんやペトロフのピアノのことだけじゃなく、日々の出来事や考えていることなど、お互いに送り合うようになっていった。

9

ついに一九九九年七の月がやってきた。

けれど、かつてタクシーの運転手さんが言っていた「なんとかいう横文字の大予言」の地球滅亡が実現しそうな気配もなく、時は平穏無事に過ぎていった。

そんな頃、幸ちゃんから久しぶりに連絡が入った。

「いよいよ風音校が風音芸術館になって再スタートするみたいよ。今はもう改修工事に入っているって」

「完成はいつ？」

「年明け。正式なオープンは来春みたいだけれど」

「ふうん、そんなに早く出来上がるんだ」

一番気になるのは、風音ピアノが今後どう扱われるのかだけど、それは幸ちゃんにもよくわからないらしい。と言うよりむしろ、どうするべきか悩ましい状況になっているようだ。

「それって、どういうこと？」

「ピアノの状態を調べると、かなり傷みが激しいみたいなの。外見的に目立つ傷だけじゃなくて、響板とか、弦とか、あとアクション、ハンマーとか、とにかく楽器として音を出すための大切な部分がかなりダメージを受けているらしいのよ」

「修理はできないのかなあ」とわたしは言った。

「不可能ではないそうだけれど、高い技術が必要で、費用も相当にかかるらしくって。それをどうやって工面するのかという問題が……」

「だって、公立学校だったのだから、その備品は行政の持ち物でしょう。だったら行政が修理をして、新しい芸術館でも使えばいいのに」

すると幸ちゃんは、困ったような声で説明した。

「その通りよね、わたしもそう思った。新しい施設の予算で直せないのかなって。でもね、そう簡単にはいかないのよ。閉校した学校の使われなくなったピアノの修理に、果たして公のお金を使うことができるのか、多くの市民の理解を得られるのかって」

幸ちゃんの言っている意味はよくわかったし、その通りだなと思う部分もあった。でも、それじゃ、あの風音ピアノを廃棄する道しか残されていないことになってしまう。

「せめて廃棄せずに、どこかでそっと保存しておくわけにはいかないのかな」

「そうだね。そうできるといいね」と幸ちゃんも同意した。「ただ、保管するだけでも随分スペースを取るし、維持費もかかるはずだから、保存するだけの理由を見つけださないといけないね」

わたしは、その夜いろいろ考え込んだ。ふとした拍子に、ピアノが廃棄されてしまう幻を見るような気さえした。

本当に何か行動をおこさないと、大正時代の人々が子どもたちのためにお金を出し合って寄贈したかけがえのないピアノがこの世から消えてしまう。わたしたちの「銀河鉄道９９９」と「遠き山に日が落ちて」を共に奏でてくれた思い出のピアノが失われてしまう。アランがいつか会いに来ようとしている大切なピアノが守れなくなってしまう。

その時、わたしの頭によぎったのは五、六年生のときの担任だった恵先生の顔だ。そもそも、わたしが風音ピアノのことを深く知るきっかけをもたらしたのは幸ちゃんと恵先生だった。そして恵先生にはあのピアノへの思い入れもあったように思う。先生に会って、相談すれば何か力になってくれないだろうか。

わたしはその考えを翌日のお昼休みに、幸ちゃんに電話で伝えた。彼女はしばらく「うーん」と考えたあと、「確かに、恵先生ならいい相談相手かもしれないね。ご主人もあのピアノに特別な思いを持った人だったはずだし」と言った。

「そっか、先生はわたしたちが六年生のときに結婚されて名字が変わったよね。相手は確か……」

「んーと、陽介先生だったかな」と幸ちゃんが言った。「恵先生の先輩教師でフォークソングが大好き、そして、あのピアノに『心がこもっているのじゃないか』って言った人だね」

「幸ちゃん、よく覚えてるなあ！」

わたしは頼もしくなって、思わず声をあげた。

「問題は――」と幸ちゃんが言った。「恵先生が今どこにおられるかだね。今でも京都で先生をされているのかな」

善は急げとばかりに、わたしはその日のうちに先生の消息を探ることにした。

まずは、手始めに手軽なウェブ検索から。

とは言っても、個人情報の管理にうるさい時代になってきていたので、そう易々と見つかるものでもないだろう。場合によっては、昔の級友に順番に連絡を取り、情報を集めてゆくという面倒な作業も必要だろうと覚悟していた。

ところが先生の名前で検索をかけたとたん、いきなり幾つもヒットしたので驚いた。

「意外と簡単に見つかっちゃったなあ」

もうすっかり問題解決したつもりになって、順にサイトを開いてみると、んっ、カリスマ美容師？ 雑誌モデル？ ええっ、女子プロレスラー⁇

一つひとつ内容を確認したが、どれもこれも同姓同名の別人ばかり。決して恵先生が美容やファッション業界、はたまたリングの世界に華麗な転身を図ったわけではなかった。

これは駄目だと、あきらめかけたとき、あるサイトが目にとまった。

京都市内で、半年ぐらい前に開催されたある教育研究会の開催情報。不登校問題をテーマにした教職員同士の勉強会らしい。そして、その問い合わせ先と事務局担当として記されていたのが恵先生の名前だった。伏見区にある小学校名と連絡先も書き添えられている。間違いない、これだな、と思った。

「恵先生、今でも先生を続けていたんだ」

妙にうれしい気分になりながら、わたしは連絡先をメモした。

恵先生と会うことになったのは、それから二週間後の金曜日の夕方。ちょうど、夏の休暇をとって京都へ帰省しているときだった。

その日は朝からそわそわした。

子どもの頃の恩師に大人になってから会うというのは、どうにも気分が落ち着かないものだ。わたしの記憶に残っている恵先生と、どれぐらい変わってしまっただろうか。いやいや、変化の度合いならばわたしのほうがずっと大きいはずだ。先生の目から、今のわたしはどんなふうに見えるのだろう。会うのが楽しみなのに、こわいような気もする。

電話でアポをとったとき、電話口の向こうから聞こえたのは、昔と変わらない恵先生の張りのある声だった。一番の不安は、先生の記憶からわたしが消えていたらどうしようってことだった。よそよそしい口調で「え、どなたでしたっけ?」なんて言われたら……。だって、先生は毎年のように新しい教え子を受け持つのだ。卒業して二十年近くが経つわたしのことなんて、すっかり忘れていてもおかしくない。逆に、もしわたしが先生だったら、十年以上前の教え子をいちいち覚えている自信はない。

ところが先生は、最初こそ他人行儀な受け答えだったが、こちらが名乗ったとたん「あらっ、柚子ちゃんなの。元気にしてた?」

長いブランクをまるで感じさせない、昔どおりの話しぶりだった。それだけで、わたしは感極まって、受話器を持ちながらワンワン泣いてしまったのだ。

思い出すだけで、サブイボが立ちそうな恥ずかしい電話だった。声も震えて何とかアポを取るだけで精一杯。用件についてはほとんど説明できていない。

さて、どのようにピアノの話を切り出そうか、などと考えながら、わたしは家を出た。地下鉄烏丸線の四条駅を目指して歩いていると、向こうから見たことのある顔がガニ股で近づいてくる。おおっ、あれは正太郎、相変わらず暇そうな顔をしている。

正太郎もわたしに気づき、「よおっ、こっちへ帰ってきとったんか。お前、今年も祇園祭、見にきーひんかったやろ」と言った。

「七月は、なんやかやと忙しかったからね。京都まで帰って来れなかった」とわたしは答えた。「ところで今、時間ある？」

「うん、暇」

「じゃあ、いっしょに来て」

「お、おお」

どこ行くねんや、と聞く正太郎を、いいからいいから、とひっぱりながら地下鉄に乗り込み、どこまで行くねん、とキョロキョロする正太郎を、まぁまぁ、とひきずりながら竹田駅で近鉄の急行に乗り換え、桃山御陵前の駅で降りた。

「ほんま、暇やから言うて、どこまで連れてくるんや」と正太郎も呆れ顔だった。確かに、正太郎には悪いことをしたけれど、今日は誰かいっしょについて来てほしかったのだ。心の中でだけ「ありがとう、正太郎」と深く深く感謝した。

「これから、恵先生に会いに行くの」

わたしは大手筋の坂道を下りながら彼に言った。

「恵先生って、俺らが小学生のときの担任の？」

「うん」

「何でまた？」

「ピアノのことで相談するの」

「ピアノって」

「ほら、小学校にあった古いピアノ」

「おおっ、あのオンボロのピアノ。俺はけっこう休み時間に講堂に忍び込んで、あのピアノに乗っかって遊んだんや。ウルトラマンや仮面ライダーごっこするときにな」

「え……」

「それだけちゃうで、バビル2世とか、キカイダーとか。赤影ごっこの敵のアジトにもしたな」

「おまえなぁ……」

こいつらは親子二代にわたって風音ピアノに狼藉《ろうぜき》を働いとったんやな、とさっき深い感謝の念をいだいたことを少し後悔した。

「で、あのピアノがどないしたんや？」と正太郎。

「来年に、小学校跡が芸術館になるって聞いているよね」

「うん、親父がこの間まで自治連合会の役しとったから、そんなこと言うてたな」

「芸術館になった後、あのピアノを残せるかわからないみたいなの」

「えっ。そら、あかんな」

と正太郎はきっぱりと言った。「あれは、昔の人が地域の子どものためにって思いをこめてわざわざ外国から買うたピアノや。そんな、ええかげんに扱ったらバチあたるわ」

「そうよね。あんた、意外にわかってるやん！」

とわたしは、正太郎の腕をつっついた。

「おいおい、意外は余計や。俺は何でもよくわかってるねん」


先生と待ち合わせをした店は、大手筋のアーケード街の中ほどにある全国チェーンのカフェだった。中をのぞいたが、客席に恵先生らしき人の姿は見当たらない。

「まだ約束まで五分ほどあるからね。少し待とうか」

わたしはそう言いながら、カウンターでコーヒーを注文した。

「正太郎はなに飲む？　今日は迷惑かけたからごちそうするよ」

「えっ、ほんまかいな。ほな、ありがたくゴチになるわ」

正太郎はうれしそうに「とめぃとじゅーす」と店員に告げた。

「申し訳ありませんが、当店にトマトジュースはありません。果汁百パーセントのオレンジジュースか、グレープフルーツジュースならございますが」

「なんや、トマジュー無いんかいな。健康にええのに」正太郎はがっかりした表情を浮かべた。「しゃあないなぁ、ほなオレンジジュースちょうだい」

その時、背後から笑い声が聞こえた。

「あらあら、オレンジジュース。相変わらず、かわいいなぁ正太郎くんは」

「かわいいなぁって、あんた。うわっ」

正太郎は振り返りながら、のけぞった。「せ、先生！」

「柚子ちゃんも雰囲気は変わらへんね」

恵先生は、わたしのほうへ視線を移して言った。「でも、とてもきれいになった」

「先生も、お変わりないですね」

これはお世辞でもなんでもなかった。実際、わたしたちが小学生の頃とそんなに変わりなく見える。

「そらそうや。今どきの四十代は若いんやで」と恵先生は高笑いした。「コーヒーとジュースを飲んだら、もう二人とも大人だから居酒屋に場所を移そう。造り酒屋さんが直営しているええ店が近くにできたんよ。本題の話はそこでいいでしょう？」

「もちろん」

わたしと正太郎は力強くうなずいた。


大手筋から少し横道に入った先に、先生のおすすめの店はあった。わたしたちは限定醸造と添え書きされた純米酒を早速注文した。

「恵先生は、最近では伏見方面の学校におられるのですか」

「うん、家が桃山にあるもんやからね、この辺りの方が通いやすいの」と先生は言った。「夫が藤森にある京都教育大学の出身で、この近辺が青春時代の思い出の場所なんやって」

「もしや、フォークギターなぞ抱えて道端や駅前で歌っておられたのでしょうか」

「昔は路上ライブなんてものはなかったから、アパートの窓辺で歌っていたらしいけど、近所のおばちゃんに水をぶっかけられたことがあるって言ってたなぁ。きっと下手くそな歌を押しつけがましく歌ってたんやろうね。うわぁー、想像するだけではずかしぃー」

そう言って先生は大笑いした。

運ばれてきたお酒と料理は確かにおいしかった。店全体にも心地よい活気がみなぎっている。アランが来日したら、ここへ連れて来たいなと思った。正太郎はお腹が空いていたのか、夢中で料理をバクバク食べている。

「あなたたち、今でもよく会っているの」

先生がわたしたちの顔を交互に見ながらたずねた。「もしかして、つきあっているとか?」

「さようなこと、断じてありえません」とわたしは即座に力強く否定した。「たまたま道で出会っただけです」

「ぼく、盆休みで暇やったもんで、なんとなくついてきたんですわ。ほんま暇でしゃあなかったもんで」と正太郎は頭をかきながら暇だったことを繰返し強調した。

「そうね、確かに恋人同士の雰囲気には見えないわね」と先生は微笑んだ。

「でも、柚子ちゃんには、いい人がいるのかな。ここへ誰か連れてこようと思って、店をぐるっと見渡していたでしょう」

おお図星、さすが教師の観察眼だ。わたしはヘラヘラ笑いながら「いやぁ、そんなことありませんてば」と正太郎の背中をバシッとたたき、お茶をにごした。

「それじゃあ、お話をうかがおうかしら」と先生が言った。「電話で少しだけ聞いたけどピアノのこと?」

「はい」わたしはうなずいた。

「わたしたちの小学校にあった古い風音ピアノのことなのです」

「あのピアノか……」先生は目をほそめた。「あの頃で六十年以上経っていたから、今では軽く八十年を越えているわね。確かボヘミア製のペトロフね」

「ええ」

わたしはうなずき、まず小学校が閉校になったことから話をはじめた。

すると、正太郎が語気を強めて口を挟んだ。「そやそや、あれだけ歴史のある学校を閉めるって聞いたとき、俺もひどい話やと思ったわ」

「随分と子どもたちが少なくなってしまったからね」と先生が言った。「京都中心部ではどの小学校も、それぞれ番組小学校以来の伝統を持っていたから、統合化するにも苦渋の決断があったのやと思うわ」

「なんで子どもが、こんなに少なくなってしもたんかな。やっぱりドーナツのせいやろか」と腕を組んで目を閉じる正太郎。「それ、ドーナツ化現象」とわたしはすかさず正した。

そのとき先生が、あなたたち幾つになったの、と唐突に聞いた。

「今年ちょうど三十歳になりますが、それが何か……」

「そうか、もう三十なのか」と先生は言った。「わたしは二十八で結婚して、あなたたちの年の頃には最初の子を身ごもっていた」

わたしは、ばつの悪い思いで正太郎と顔を見合わせた。

「すみません、気楽そうに遊んでばっかりで……」

「ううん、そういう意味やないの」先生は首を振って否定した。「わたしだって一昔前の人たちと比べたら結婚も出産も遅いわけやし。さらにもっと前の人は十代の半ばで結婚して、子どもを育てた人もいっぱいいいた」

「はぁ」

先生は、お酒をクビリと飲んでから、再び口を開いた。

「これは、いいとか悪いとかじゃないの。日本人全体のライフスタイルや人生観がどんどん変わってきているのよ。結婚して幸せな家庭を築くことに生き甲斐を見出す人もいれば、別の生き方の追求に時間を割きたい人もいる。結婚生活や育児に束縛されない活動を必要とする人もいる。個々にいろんな価値観や目的を持って生きはじめたのよ。その結果、晩婚化や少子化も進んでいる。学校の歴史が途切れてしまったのは、とても辛いことだけれど、それも時代の必然だったのかもしれへんね」

なるほどなあ、とわたしたちはうなずいた。先生は話を続けた。

「最近では都心回帰という動きも起こりはじめているの。昔のドーナツ化と逆の現象ね。今は地価も金利も下がってきているから。ファミリー向けのマンションも町なかに増えつつある。古い町に住民が戻り、子どもたちも少しは増えてゆくでしょう。でも、社会全体の少子化の流れは、何か革新的な変化がおこらないかぎり止まらないかもしれないわね」

「じゃあ、古い校舎が芸術館として使われるだけでも、ぼくらの学校は幸運やったのかな」

と正太郎が言った。

「うん」わたしはうなずいた。「取り壊されたり、改築されたりした学校も実際にあるわけだし、校舎がこれからも活用されるのはありがたいよね」

わたしは、先生のほうを向いた。

「でも、心配なのは、あのピアノのことなのです」とわたしは言った。「ひどく傷んでいて、直そうにも費用がすごくかかるそうなんです。このままじゃ廃棄されてしまいかねない」

「ぼくも、そうなったらマズイなあと思う」

正太郎も口をはさむ。「昔の人たちが後の子どものために買ってくれたものやし、それに、すごい大冒険をして日本へ来たピアノやしなぁ」

「何とか廃棄処分をまぬがれる方法はないのかなって。それで先生に相談し、力をお借りできないかと思ったのです」

「そうやねぇ」

先生は目を閉じて何か考えていた。そして、静かに言った。

「わたしもただの一人の教師だし、正直なところこの問題をいっぺんに解決する力はない。億万長者でもないから、これで何とかしなさい、ってポケットマネーをポンと出すわけにもいかないしね。でも、あなたたちと一緒にアイデアを出したり、いろいろ調べたりすることはできるかもしれないわね。うちの夫も、あのピアノには特別な思い入れがあるみたいだから、他人事には思えないし」

「ありがとうございます」

「わたしのほうでも調べてみましょう。情報が得られたら連絡するわ。ピアノの良き未来を願って、今日は乾杯しましょう」

10

二〇〇〇年春になり、風音芸術館が予定通りオープンした。

わたしと幸ちゃんも、誘い合わせて京都へ帰省し、一緒に芸術館へ足を運んだ。校門から昇降口へ向か

うアプローチの脇には、かつてわたしたちの登下校をいつも見守ってくれた白い二宮金次郎像が残されていた。

旧校舎の一階にはカフェがオープンしていた。かつて教室だった場所に古風なテーブルや椅子がそろえられ、落ちついたたたずまいのコーヒーショップに見事変貌している。

「変われば変わるもんやねえ」

わたしたちは顔を見合わせた。

子どもの頃は、同じ空間で授業を受けていたのだと思うと不思議な気分になってくる。

わたしたちは階段で二階へ上がった。南向きの踊り場の窓がとても高く、柔らかな陽光がまっすぐ差し込んでいた。

「そうそう、明るい階段が、この校舎の特色だったね」と幸ちゃんが表情をやわらげた。

二階は、若いアーティストたちの制作スペースとして使われていたが、一つだけ教室のしつらえのまま保存されている部屋があった。

「うわぁ、かわいい」

「こんなにちっちゃかったんやなあ」

木で作られた低学年用の机と椅子だ。これでも入学したての頃は、それなりにどっしり感じたものだ。けれど大人になった目から見ると本当に小さかった。

「ぺちゃんこに押しつぶしてしまったらどうしよう」なんて言いながら、こわごわと椅子に腰掛けたが、なかなか丈夫な造りで、がっちりとわたしたちを支えてくれた。

「懐かしいね」

幸ちゃんは顔をほころばせながら、携帯電話で写真を撮った。机と椅子だけじゃなく、黒板、窓、柱や梁の装飾も写している。目に入るものすべてがわたしたちの記憶を刺激する。

教室の斜め向かいには講堂の出入口があった。何かイベントの準備をしているらしくドアが半開きだったので、そっとのぞきこんだ。瀟洒な装飾がほどこされた舞台や白い梁が見える。天井には演出用のバトンが新設されていたけれど、基本的には昔のままだ。

「入学式や卒業式もここだった。合唱や劇を演じたのも」

「『銀河鉄道９９９』と『遠き山に日が落ちて』を歌ったね」

「あの頃は風音ピアノもここに置かれていたけれど」

でも、ピアノは講堂の中には見当たらなかった。

「あの奥にいるんだろうな」と舞台脇の扉を見た。「会いたかったけれど仕方ないか」

わたしたちは、ふたたび廊下を歩きはじめた。どちらからともなく「銀河鉄道９９９」を口ずさむ。

　さあ行くんだ　その顔を上げて
　新しい風に　心を洗おう

渡り廊下伝いに北校舎へ向い、スロープで一階へ下りた。途中で芸術家の卵らしき若者とすれ違った。歌いながら下りてくるわたしたちをギョッとした視線で見送っている。

一階廊下の手洗い場には半円形の窓がいくつも並んでいた。硝子戸の向こうには陽光に照らされた運動場が見える。

「あれっ、運動場って、こんな狭かったっけ」

「子どもの頃は、もっと広く感じたよね」

わたしたちは運動場へ出た。

「ああ、懐かしい匂いがする」

「そやね、休み時間の匂い、体育の時間の匂いかな」

「うん、運動会の匂いもする」

「走ろうか」

「うん、走ろう」

陽だまりのなかを、二人は風になって駆けだした。

ハァハァハァ……。息をはずませながら気持ちよく走っていると、職員らしき人が校舎から出てきて叫んだ。

「あのー、このグラウンドは立ち入り禁止になってまーす。すぐに出てくださーい」

「ごめんなさーい」

わたしたちは顔を見合わせて笑った。「ははは、怒られちゃった」

※

恵先生から連絡があった。

だんなさんの陽介先生が、風音ピアノの今後についていろいろ調べてくれたのだ。

それによると施設側（風音芸術館）の基本方針はやはり廃棄処分だった。

現状では、風音ピアノは通常の使用に耐えうる状態にはない。しかも芸術館内には演奏可能な国産のグランドピアノが運び込まれており、当面の使用はそれで十分だった。多額の費用をかけて古いピアノを修復する合理的な理由が見当たらないのだ。

なのに今なお、ペトロフの風音ピアノは廃棄処分されず、校舎内に留め置かれたままになっている。

それはなぜか？

どうやら、元風音学区に住んでいる人の中から、風音ピアノの保存を求める声があがりはじめたらしい。

そのココロはわたしたちと同じものだろう。地域の先人から受け継いだ貴重な遺産を、行政や施設側の判断だけで廃棄してしまっていいものなのか。また、風音校は合唱などの活動も盛んだったので、あのピアノに思い出を持つ卒業生も多いのだろう。

そんな動きが地元で起きているという情報に、わたしは強く勇気づけられた。

芸術館側も大正時代に地元から寄贈を受けた経緯《いきさつ》を踏まえ、処分を保留にして話し合いを継続している、という状況なのだそうだ。

ただし、この先使われもせず、ただ保管されているままだと、いずれは朽ち果ててゆくだけだ。もう一度生きたピアノとして活用する道はないのだろうか。

そのあたりを陽介先生も気にして、こう言っているらしい。

「あのピアノは今でも歌いたがっているはずや。俺が億万長者ならポンとポケットマネーで直して、また弾いてやるんやけどなあ」

うーん、やはり似たもの夫婦なのだろう、同じような表現をするんだなぁ、と思った。

それから、夫婦で図書館へ行き、風音校関係の古い資料にあたってくれたそうだ。

昭和十四（一九三九）年に、創立七十周年を記念して出された校史「風音誌」だ。そこに、大正七（一九一八）年五月に行われた五十周年式典の模様も記録されていたそうだ（ちなみに大正の頃は、今とは周年の数え方が違ったらしい。現在の数え方ならば四十九周年にあたる年に式典が行われている）。

そこには「ピアノが寄贈された」とたった一言だけ書かれていた。

寄贈が行われた経緯や目的。そういった説明は一切なかった。

寄贈者の名前はもちろん、どんな理由でペトロフピアノが選ばれ、どういう経路をたどって京都へやってきたのかも確認できなかった。

でも、当時はわざわざ記録に残すまでもなかっただけなのかもしれない。地元有志が子どもたちのために寄贈したことは、学区の誰もが知っている事実だったのだろうし、実際に数十年後の今でも、地元でしっかり語り継がれているのだから。

11

プラハのアランとはひんぱんに近況を伝えあっていた。

彼は何度か日本行きを計画していたけれど、なかなか実行に移せずにいた。チェコも自由化してから久しく、経済成長も目覚ましかった。それでも、かつての西側の国々との所得格差はなかなか埋まらず、わたしたちと同じ感覚で日欧を行き来することは難しかったのだ。

そんなわけで、わたしの方が休暇をとって幾度かチェコを訪問した。

いずれも短い滞在期間だったけれど、それでもアランは積極的にいろんなところへ連れ出してくれた。プラハだけじゃなく、南ボヘミアのおもちゃのようなかわいい町チェスキー・クルムロフや、画家のミュシャや作曲家のヤナーチェクらが生まれたモラヴィア地方まで足を伸ばしたこともある。

恥ずかしながら、以前はミュシャがチェコの画家だとは知らなかった。幸ちゃんと初めてプラハを訪れたとき、ミュシャの美術館を見つけてチェコ人だったということに気づいたのだ。

それまではミュシャという語感だけでフランスの画家だと勝手に思い込んでいた。ちなみにチェコの人たちはミュシャではなく、ムハとかムッハと呼んでいる。

ミュシャの作品では、パリで活躍した時代に描かれたポスターやカレンダー用の絵が有名だけれど、後年はチェコへ戻り民族的な題材で多くの大作を残している。プラハ城内の聖堂には、ミュシャが手がけたステンドグラスもあった。

「ロボット」という言葉が、この国発祥だと聞かされたときも驚いた。絵本作家ヨゼフ・チャペックの弟カレル・チャペックが書いた「R.U.R.」という戯曲《ぎきょく》で初めて使われたらしい。

「日本は、いろんなロボット・アニメを生み出しているそうだが」とアラン。「でも、その源流をさかのぼれば――」

彼は誇らしげに言った。「みんなチェコにたどりつくんだよ」


チェコを訪れる度に楽しみにしているのがトゥルドロと呼ばれる筒状の焼き菓子だ。町中のいたるところで売られていて、甘い香りでわたしを引き寄せる。

ある日、お気に入りのシナモンシュガー味のトゥルドロを買ってベンチで食べているとアランが「気をつけろよ」と言った。

「気をつけろって、いったい何を？」

わたしはキョトンとしながら、そのまま食べ続けたが、間もなくアランの言葉の理由がわかった。

ブーン、ブーン、ブーン……。

いつの間にか、無数の小蜂がわたしを包囲している。

「ワッハッハ。言わんこっちゃない。トゥルドロを食べるときはまず蜂に気づかれないところへ行かないと」

「そんなところで高笑いしてないで、なんとかしてよ」

「ウワッハッハー」

笑うばかりで何ともしようとしないアランはひどいやつだった。まぁ、チェコの小蜂はとてもやさしくて決して刺したりしなかったけれど。

そうそう、向こうでの滞在中、こんなやりとりもあった。アランがプラハ市と京都市は姉妹都市だと言いだしたのだ。

「えっ、ほんと？」

わたしには小学校の高学年か中学生の頃、社会科の副読本で京都市の姉妹都市について学んだ記憶がある。確かパリやボストン、フィレンツェ、ケルン、西安、キエフなどの名前があがっていたはずだ。でもプラハはそこに含まれていたっけ……。

「なんだ、知らなかったのかい」

アランは少し気分を損ねたらしい。彼が言うには、プラハでは何度も両都市の交流イベントが行われており、京都のオーケストラがプラハへやってきて親善コンサートを開いたこともあるそうだ。

「俺はそのコンサートをこの目で見て、この耳で確かに聴いた」

彼はわざわざ自らの目と耳の穴を指差しながら主張した。

その夜、ホテルへ戻ってからロビーに設置されていたパソコンのインターネット閲覧サービスで調べてみたら、姉妹都市というのは本当だった。アランと出会う二年前（一九九六年）に姉妹都市盟約が締結されたようだ。

オーケストラ公演のほうも、実際に京都市交響楽団がプラハへ来演し、井上道義《みちよし》さんの指揮で日本人作曲家の作品やブラームスのシンフォニーを演奏していた。

翌日、アランに「ごめん、本当だったね」と言うと、「だろっ、だろっ」って、めちゃめちゃドヤ顔をされてしまった。

まあ、ときにアランはムキになり、ぶっきらぼうな物言いもするけれど、次の瞬間、優しくなるから憎めないんだよなぁ、とのろけ話はこの辺りでやめておこう。

12

わたしの平成十五（二〇〇三）年は、驚きと歓喜から始まった。

なんと京都パープルサンガがサッカーの天皇杯で初優勝したのだ。

かつてはあれだけ勝てなかったサンガが並み居る強豪を打ち破って頂点に立ったのだから、これはもう大事件だった。

あの日は元日にも関わらず、京都からも多くのサポーターが東京の国立競技場までやってきた。わたしの友人たちも、頭のてっぺんに鏡餅をのせて応援していたのを覚えている。

そして、わたしが初めて「風音ピアノ保存会」の人たちに会ったのも、同じ年のことだった。

陽介先生の取り計らいで、風音芸術館で行われた会合に同席させてもらったのだ。もっとも席上で何か発言したり、何らかの役割を担ったりしたわけではない。末席で会合の様子を見せていただいたというのが実情に近いだろう。

同じ時に京都へ戻っていた幸ちゃんも一緒だったし、正太郎にも声をかけたら「どうせ暇だし」と言ってやってきた。

陽介先生に会ったのも実はこの日が初めて。恵先生の隣で「はじめまして」と丁寧に頭を下げる陽介先生は、もう五十代半ばだったはずだけど、青年のように純朴な空気を漂わせる人だった。

「ぼくも以前から風音校のペトロフのことは気にはなっていたのですけどね」と陽介先生は言った。「でも日々の忙しさにかまけて、とくに何も行動は起こさずにいた。妻から、あなたたちの話を聞いてね。ああ、あのピアノのことを忘れていない子たちもいるのだ、と刺激を受けました」

「あのピアノには心がこもっているそうですね」って幸ちゃんが聞くと、陽介先生は表情をやわらげ快活に笑った。

「妻から聞いたのですね。まぁ笑っちゃいますよね、いい大人がそんなことを言っていると。正確に言えば〝心があるような気がした〟というだけです。多分にこちらの思い入れを投影していたのでしょう」

「なんとなく、わかるような気がします」とわたしは言った。

「うん」陽介先生もうなずいた。「あのピアノをじっと見ているといろいろ想像しちゃうのですよ。作られたのはどんな時代の、どのような場所だったのだろうとか、どんな経緯で日本へやってきたのだろうとか、最終的には京都の学校へやってきて多くの教師や児童に出会った末に、この自分とも出会った巡り合わせとか。そこまで考えると、おのずと擬人化してあのピアノを見てしまうのです」

「それ、同感です。ぼくも子どもの頃ずいぶん想像しましたから。大冒険と大活劇の末に、ようやく日本へたどり着くピアノの姿を」と正太郎が口をはさむ。

「あの頃、正太郎君や柚子ちゃんは、想像の翼を思い切り広げていたものね」

と恵先生が目を細めた。

「たしか海賊や、船上の舞踏会だったっけ」

「ううむ、海賊はさすがにお恥ずかしい……」と正太郎が頭をかいた。

「それからね」と陽介先生が話を続けた。「ぼくが風音校で教えていた頃は、世の中が揺れ動いた時代でした。たまたまだけど、ピアノの生まれ故郷のチェコでも動乱がありましてね。ぼくと同世代の若者たちが自由な生き方や表現をもとめて、それが『プラハの春』っていう改革運動につながっていったのですが、結果的には周辺国から戦車部隊がやってきて抑え込まれてしまったのです。そのニュースを聞いてとても悔しい気持ちになったものだから、あのピアノに語りかけて、熱い思いをぶつけながらチェコの歌や日本のフォークソングを歌ったのですよ。すると何だかピアノが気持ちにこたえてくれたような気分になってしまってね」

陽介先生は一気に話して、少し間をおいてから「若くて青くさかったのですね」と照れくさそうに笑った。

「でも、そういう気持ちになったのは陽介先生だけじゃないはずですよ」と幸ちゃんが言った。「昔も同じようにピアノに語りかけていた子がいました」

「ああ、おばあさんのお兄さまのことね」と恵先生が言った。

「はい」幸ちゃんはうなずいた。「カオルという名の男の子で、昭和の初め頃、風音校へ通っていました。なんでもカオルさんはピアノとおしゃべりをしていたそうなんです。陽介先生のように自分の思いを投影していたということなのかもしれませんが。あと、正太郎のお父さんも」

「へっ、うちの親父も？」

「そうよ、あなたのお父さんよ」

幸ちゃんは正太郎の方を見た。「涼太郎さんもあのピアノに語りかけて、ずいぶん心が救われたって」

「そんなん、初めて聞いたわ」

陽介先生が目を細めた。「もしかすると、あのピアノに特別な思いを持った人は他にもたくさんいたのかもしれませんね」

それから陽介先生は、保存会を構成している人たちのことを説明してくれた。やはり、多くはこの地域で育ち、風音校で学んだ先輩方だった。

「あの方々の思いも、非常に熱いものです。我々のように個人的な思いを過剰に投影していないぶん、むしろ、もっと純粋で尊い気持ちから取り組まれているようにも感じています」と陽介先生は語った。


その後、場所を移して、芸術館と保存会の話し合いの場に合流した。

陽介先生からあらかじめ聞いていた通り、保存会のメンバーは、風音ピアノへの深い思いを持った人たちだった。先人たちが遺してくれたピアノを守り、次の時代へ伝えてゆくことが自分たちの世代の責務だと落ちついた口調で主張されていた。

それと彼ら（彼女ら）の話しぶりには、純粋に音楽を愛する心も見えた。この地域に愛され、守り伝えられてきたピアノを使って、広く市民に開かれた音楽会などができたらいいね、なんて思いも語り合われた。それがピアノにも住民たちにも一番良い方法だって。これまで廃棄処分もやむなしという方針だった芸術館側が、次第に地域と協調して保存の道を探るほうへ舵《かじ》を切り替えつつある、という空気も感じた。

保存会の人びとと会って、陽介先生が言っておられた「純粋で熱く尊い」という意味がわかったような気がした。

そして、わたしは思った。昔の人が子どもたちに宿るように願った「本当の文化を理解する心」は、この学区、地域の人々の心にしっかりと引き継がれ、二十一世紀になった今も息づいている。

会合が終わったあと、わたしと幸ちゃんは、保存会の人たちに心から頭を下げた。わたしたちはこの町を出て行き、遠くで暮らしている立場で何の役にも立てません。でも、ピアノの保存へ向けて皆さんと変わりない気持ちを持っています。なにとぞピアノのことをよろしくお願いします、と。

13

桜咲き、野山が笑う四月。

アランが日本へやってきた。

彼を迎えるために乗った成田行きの特急からも春霞のように野を彩る花々が見えた。桜はいつもわたしの心を浮き立たせるが、もうすぐアランにもこの光景を見せられるのだと思うと、花の色が一層味わい深いものに感じられた。

空港の到着ロビーに現れた彼は、会えなかったブランクを感じさせない笑顔でわたしを軽く抱き寄せてくれた。

空港ロビーを歩いていると、アランが鼻をヒクヒクとさせた。

「どうしたの？ 何か匂う？」

「いや、微かに香るだけだよ。なんと表現したらいいのだろう。あぁ、これが日本の香りなんだな」

彼の言いたいことはよくわかった。わたしも初めての国に降り立つと、まずその土地独特の香りを感じるから。

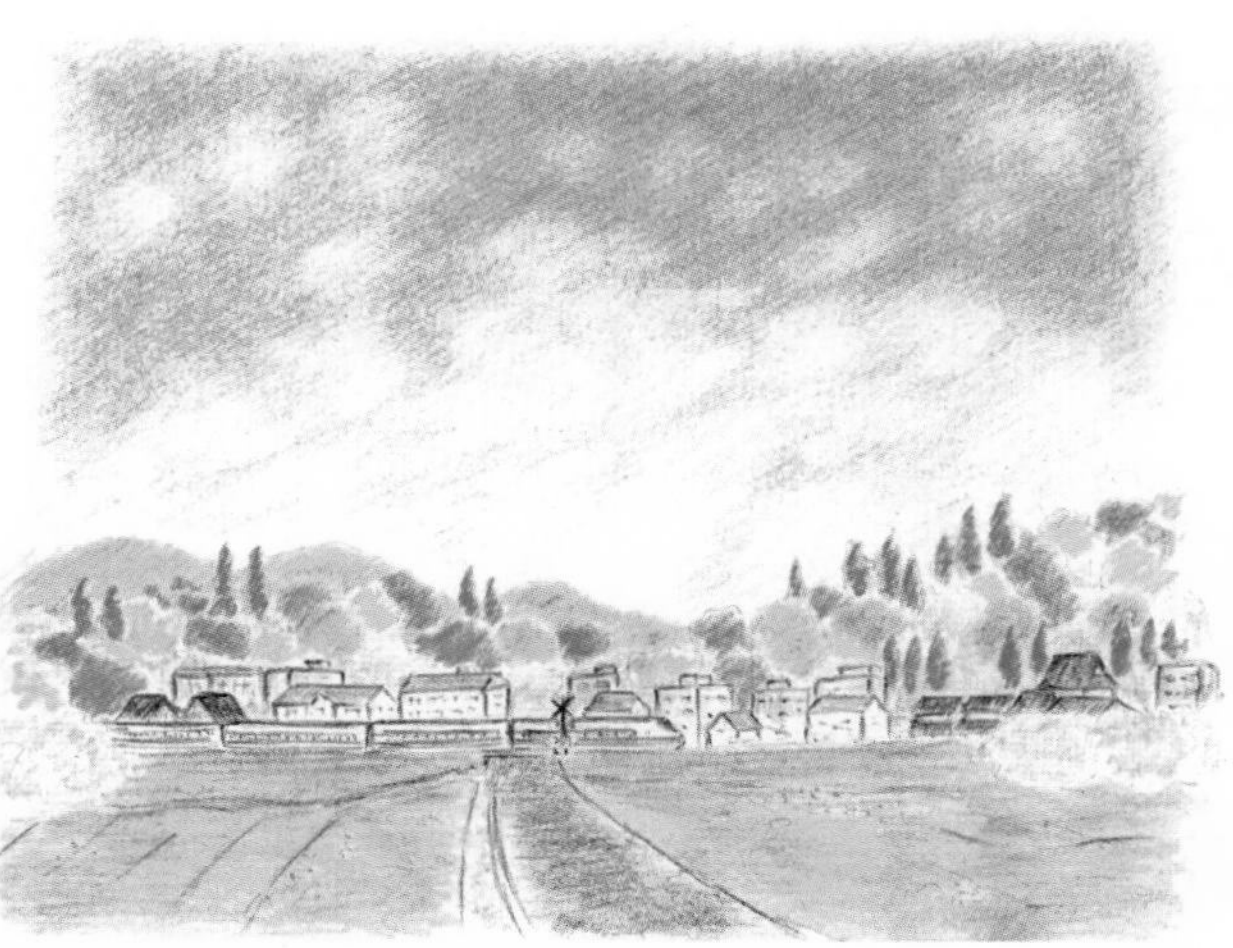

アランの隣で立ち止まり、空気をすーっと吸い込んだ。特段何の香りもしなかった。日本人のわたしには、もはや嗅ぎ取れない日本の香りって一体どんなものなのだろう。

列車に乗ると、車窓を彩る桜にアランは予想通り目を奪われた。「日本はいつもこんなに花があふれているのか」と聞くので、いや今はちょうど季節がよかったのだと答えた。そして日本にもはっきりとした四季があり、緑が萌える夏、山々が錦に色づく秋、さらには白い雪でおおわれる冬があることも。

「北国へ行くと、おそらくチェコより深い雪に埋もれてしまう地方もあるの」

わたしの説明に「ふむ、川端康成の『雪国』の世界だな」などとしたり顔で言いだすので、「なんだ読んでいるんじゃん。わたしはまだ読んだことないけど」と肘鉄を食らわせてやった。でも、彼も日本を知ろうと努力してくれているのだとわかり、ちょっとうれしかった。

彼はまず東京で一週間ほどのんびり過ごし、それから神戸と京都へ行きたいという。わたしたち日本人のように、数日間という過密スケジュールの中で、ドタバタとあちらこちら跳んで回るという発想は彼にはなかった。

アランは浅草の狭い路地の奥にある安い日本旅館を、東京滞在中の拠点に選んでいた。上野で特急を降り、銀座線に乗り換えて田原町《たわらまち》駅近くの旅館まで彼を案内した。

宿に荷物を放り込んだ彼を連れて、さっそく浅草見物に出かけた。アランは、まず雷門を見て「ホウ」と言い、仲見世の人ごみを見て「ホウ」とつぶやき、浅草寺の塔を見上げて「ホウ」とうなり、花やしきの垂直降下型の絶叫マシンに乗り「ホーッ」と叫んだ。

何か浅草らしいものが食べたいと言うので、どぜう鍋の店へ連れて行った。「どぜう鍋というのは、沼なぞに棲むニョロニョロしたあのドジョウを煮炊きしたものなのか？」と問うので、「そうだ、ああ見えてなかなかうまいのだ。栄養も満点なのだ」とアランの口調を真似て、したり顔で教えてやった。ただ店員さんが持ってきた「どぜう鍋」のメニュー写真を見ると少々インパクトが強すぎたので、玉子でとじている「柳川鍋《やながわなべ》」を注文した。

待つこと十分。ようやく熱々の鍋が運ばれてきた。

「おおぉ、これがどぜうか」

アランは恐る恐るレンゲを口に運んだが、思いのほか口にあったらしい。「ふむ、なかなかうまいものだ」とつぶやき、どんどん食べている。

「日本人は、こんなものをいつも食べているのか」と聞くので、「いや、わたしも今日が初めてなのだ」とドヤ顔で答えると、「君は自分が食べたことのないものを紹介するのか。まあ、おいしかったからいいけれど」と呆れられてしまった。

彼の東京滞在中もわたしには仕事があったから、ずっと行動を共にするわけにはいかなかった。でも浅草のいささかキッチュな世界が東京の全てだと思われてもいけないから、時間が許す限り、渋谷、原宿、銀座、お台場などいろんなところへ連れて行った。

とくにわたしが行きつけにしている自由ヶ丘の洋食屋さんに案内すると、彼もすっかり馴染んで店の人と話しこみ、コロッケや手ごねハンバーグをうまそうに食べていた。

わたしが勤務でいない平日の昼間は、アランは一人で東京を歩き回っていた。おそらく最初の数日間で都内の鉄道路線に関しては、わたしより詳しくなったはずだ。ふとした拍子に「ウエノ、オカチマチ、アキハバラ、カンダ、トウキョウ、ユウラクチョウ、シンバシ……」と呪文のように唱えだすので笑ってしまった。

ある日、アランがわたしをある場所へ案内してくれた。東横線を多《た》摩川《まがわ》駅で降り、中原《なかはら》街道を横断し、起伏のある道を上ったり下ったり、しばらく歩いた先にその場所はあった。

坂の上の切通しの両側に咲き誇る桜並木。

「ここはサクラザカっていうそうだ」と彼は言った。「ウェブの情報で知ったんだ。この坂道の桜は日本の流行歌にもなっているらしいね」

「福山雅治《まさはる》の歌ね」とわたしは言った。「その歌知っているの？」とたずねると「聞いたことがない」というので、わたしはサビのメロディをハミングした。自分で言うのもなんだけれど、割合うまく歌えたと思う。アランはしばらく耳を傾け「悪くない歌だ」と言った。近くのコンビニで買った缶ビールをゆっくり飲みながら、住宅街の坂道に舞い落ちる花びらを眺めた。

彼の東京滞在が終わりに近づいた夜、千鳥《ちどり》ヶ淵《ふち》へ夜桜見物に出かけた。もう東京の桜も盛りを過ぎ、枝々のところどころ葉が見えるようになっていた。それでもお堀端にならぶ桜の迫力は圧倒的だった。わたしたちはボートで花筏《はないかだ》のなかを漕ぎすすみ、高い石垣の下、水面《みなも》の際まで枝を伸ばす桜に近づいた。辺りの喧騒はすっかり花に吸い込まれてしまうのだろうか。枝々の陰は静けさが支配していた。オールの水音だけが静寂のなかに高く響いた。

風と水の狭間でゆるやかに時間が流れていた。微かな空気のゆらめきに枝々が敏感に応じる。そこでは散りゆく花弁に代わり新緑がいっせいに芽吹く準備が行われていた。枝の先々までみなぎる言い知れぬ力を感じた。

※

朝ぼらけ、まだ日が昇りきらない東京は小糠雨《こぬかあめ》に濡れていた。

雨だれの音も耳に届かない淡いしずく。

やがて西へ向かう新幹線が、くすんだ墨絵の世界を進みはじめた。遠ざかる東京のおぼろげな街影をアランは車窓から食い入るように見つめていた。

糸のように細かな雨は小田原を過ぎるまでに止み、熱海のトンネルを越えて三島を通る頃には晴れ間も見えた。

富士山は見えないだろうと半ばあきらめていたものだから、春霞の空に白いデコレーションを施された青い峰がほのかに現れると、アランは子どものようにはしゃぎ、カメラのシャッターを何度も切った。

関西でまず訪れた神戸はパヴェルさんゆかりの場所の一つ。一九一九年に、輸送船へフロン号の修理が完了するまでの数か月をチェコスロバキア軍団の兵士たちが過ごした町だ。

新神戸駅からタクシーでメリケンパークへと向かい、埠頭に立って港を行き来する船を眺めた。

内陸国で生まれ育ったアランにとっては海洋港そのものが珍しいのだろう、いつまでも飽きずに潮風に吹かれ、汽笛に耳を傾けている。

それも片足を係留用のビットに乗っけて遥かな水平線を一心に見つめているものだから、一昔前の映画のワンシーンみたいで笑えた。わたしだけじゃなく周りにいた人たちまでクスクス笑うので「みな、なぜ笑う？　何がおかしかった？」としつこく聞かれて、説明するのに苦慮してしまった。

ポートタワーの展望台に上がると、さらに広い範囲が見渡せた。開放的な海の眺めは、アランをすっかり虜《とりこ》にしてしまったらしい。神戸港を行き交う船を見つめ、アランは深くため息をついている。

「故郷へ帰るパヴェルさんは、遠ざかる船上からこの港を見つめていたんだろうね」と声をかけると、アランはわたしを見てうなずいた。

「うん、きっとシベリアで失った戦友や日本での思い出をふり返りながらも、希望に燃えて出港したのだろうな」

「ペトロフピアノもこの港から日本に入った可能性が高いと思う。ここは当時から日本を代表する貿易港だったから」

「ああ、その頃も街の背後に見えるあの山々が、ボヘミア生まれのピアノを出迎えてくれたんだろう」とアランは言った。

神戸港から南京町《なんきんまち》まで歩き、飲茶《ヤムチャ》のセットメニューを食べたあと、ケーブルカーで六甲山に登った。

うららかな春といえども、山上の風は身を切るように冷たい。わたしたちは冬用のジャケットを羽織り、熱い缶コーヒーをちびりちびりと口に含みつつ展望台から眼下に茫洋《ぼうよう》と広がる大阪湾そして瀬戸内《せとうち》の光景を眺めた。

「さっきから、どんどん視点が高くなり、まるでこのまま天に昇ってしまいそうだな」

とアランが寒さに震えながら笑った。

「ロープウェーで山を下りたら、こんどはあったかい温泉に浸かれるからね。それこそ本物の天国の気分だから」

とわたしは言った。

有馬《ありま》で宿泊し、翌朝は王子公園へ向かった。今は動物園を中心にスポーツ施設などが点在する緑地だけど、二十世紀初頭、原田の森と呼ばれたこの場所に、関西学院《かんせいがくいん》の初期のキャンパスが置かれていた。緑地の一角にある赤レンガの神戸文学館も、もともとは関西学院のチャペルだったらしい。

西宮上《にしのみやうえ》ケ原《はら》に関西学院が移転し、時計台などヴォーリズ設計の建物が並ぶ丘陵地のキャンパスが開かれたのは、もう少し後、昭和に入ってからのことだ。

神戸滞在中のチェコスロバキア軍団の兵士たちが合唱団やオーケストラを編成したとき、呼応したのが関西学院の学生たちだった。そして、兵士たちがこの原田の森のキャンパスへやってきて合同演奏会が開かれた。

わたしなりに調べたところ、関西学院のグリークラブには兵士たちと交流をした記録が残っていた。今でも兵士たちから教わったという「ウ・ボイ」という歌がグリークラブで伝統的に歌い継がれているそうだ。

かつてキャンパスだった王子動物園に入り、園内を歩いてみたが大正当時の面影はほとんど見あたらなかった。その代わり、ゾウやフラミンゴが愉快な声で出迎えてくれた。広大な動物園があるプラハからやってきたアランの目には、こぢんまりとした動物園と映ったようだが、にもかかわらずジャイアントパンダやコアラまでいることに驚いていた。

動物園から出て、陸上競技場のそばを流れる川沿いの道を歩いた。散歩やランニングをしている人たちがすれ違いざまにあいさつを交わしている。こざっぱりとした住宅やマンションがならぶ穏やかなたたずまいがこの街に流れる静かな日常を感じさせる。そんな街並みを見やりながら、アランに神戸やその周辺を襲った数年前の震災について語った。

「その地震のことはニュースか何かで見たことがあるな。この辺りも被害があったのかい？」とアラン。

「そう、多くの建物が倒れ、火災で焼けてしまった。たくさんの命も失われた。みんな助け出したかったけれど、どうしようもなかったの。でも、みんなの努力で町をここまで復興させたのよ」とわたしは言った。

※

神戸から京都までは在来線の新快速で移動した。少し疲れたのだろう、アランはシートに座るなり眠ってしまった。

彼の心地よさげな寝息がわたしにも睡魔を呼びよせる。でも、わたしはブラック無糖の缶コーヒーと中

野の都こんぶの赤い箱を握りしめ心を鬼にして目を見開いていた。この路線の新快速には何度も痛い目にあっている。本能のおもむくままスヤスヤ眠り、再び気持ちよく目覚めた日には——、

「あれっ、ここはどこ？ わたしはだれ？」

かなりの高確率で湖東《ことう》・湖北《こほく》の諸都市までトリップしてしまうことになるのだ。

新淀川にかかる長い鉄橋をタカタンタカタンと越え、大阪駅を過ぎる頃までは割合集中力を保っていた。でも新大阪、茨木《いばらき》と進むに従い意識がどんどんあやしくなる。高槻《たかつき》あたりでうつらうつらしたので手の甲をつねり、頬をペシペシたたいた。ウイスキー蒸溜《じょうりゅう》所が見える山崎を越え、視界に京都を囲む山々が入ってくると、ようやく気持ちが楽になった。

「そろそろ、京都だよ」

揺り起こすと「んんん……」、アランは不満げな表情で目を開けた。睡魔と激しいバトルを繰り広げていたわたしの苦労になど、まるで気づいていない。

ふらふらする彼をひっぱって京都駅前まで出ると、京都タワー（わたしの中では、別称〝おかえりタワー〟）がいつものようにやさしく出迎えてくれた。

睡眠を断ち切られたばかりで焦点が定まっていなかったアランの目もタワーをじいっと見つめている。遠い国から来た彼には、この塔がどう映るのかなと思ったけれど、わりと好意的に受け入れてくれたみたいだ。すぐさま普段のテンションを取り戻して、いろんなアングルから京都タワーの写真を撮りはじめたし、わたしまでがタワーを背景に記念撮影されてしまった。そういえば、この町で生まれ育ったわたしが京都タワーと一緒に写真におさまるのは初めてだった。

アランはむしろ京都駅ビルにびっくりたまげたようだ。目をむきだして壮大な大階段を見上げ、「この階段は、いったい何のためについているんだ?」とミもフタもない質問をするかと思えば、わざわざ自分の足で上ってみると言い出し、駅舎の屋上へ到着する頃には同行するわたしの足は棒になっていた。

「あそこに見える山は?」とアランが指差す。

「比叡山」

わたしはゼイゼイと息を荒げながら答えた。「山の上に延暦寺《えんりゃくじ》ってデッカイお寺があるの」

「向こうのてっぺんが出っぱった山は?」

「愛宕山よ。火除けの神様、天狗《てんぐ》が住んでいるそうよ。ちなみにあの出っぱりは比叡山からゲンコツを食らってできたこぶなの」

「ほう、京都では山同士がケンカをするのか」

「なんでも背比べをしているうちに『オレの方が高い』『いいやオレだ』ともめて、ついカッとなった比叡山がポカリと。ところがどっこい、たんこぶのぶん愛宕山のほうが高くなってしまったのだとか」

「あっはっは」

受けた。アランは大笑いした。「その話、なかなかおもしろいじゃないか」

彼は腰にぐいっと手を当て、目の前に広がる光景をしみじみ味わうようにつぶやいた。「山と空がつくるシルエットは一九一九年からそう変わってはいないはずだ。きっと、この眺めをパヴェルじいさんも見たのだろうな」

※

東本願寺《ひがしほんがんじ》前の仏具屋さんが並んだ界隈にある旅館にアランの荷物を預けてから、まずタクシーで京都観光の定番・清水寺《きよみずでら》に向かった。

もちろん清水寺にチェコ兵がやって来たという記録は残っていないし、パヴェルさんが訪れたという確証もない。

ただ、パヴェルさんが、京都へ来たとされるのは一九一九年。資料を調べると、その三年後の一九二二年に物理学者のアインシュタインが京都を訪問し、清水寺や知恩院《ちおんいん》を見物したそうだ。ちなみに一九〇八年にはアメリカから経済使節団の一行が大挙入洛し、やはり清水寺を訪れたらしい。明治・大正の当時から清水寺は海外からの来訪者がまず足を運ぶ定番のスポットだったのだろう。

「そういえばパヴェルじいさんは、京都で祭見物をした前日に見晴らしのよい仏教寺院から街並みを眺めたと言っていたな。黒い甍《いらか》が陽光に照らされて、波のように輝いていたそうだ」

とアラン。

「だとすれば、やっぱりアインシュタインと同じようなコースをたどった可能性が高いね。ここ清水寺か、知恩院の三門が街を見渡すには最適だから」

とわたしは言った。

清水寺を拝観したあとは、修学旅行生たちで芋の子を洗うような坂道を歩いて下りた。土産物の木刀や新選組の法被《はっぴ》を握りしめた男子中学生たちがアランを見つめて「あっ、ストイコビッチだ」と声をあげる。次から次へと握手を求めてくる中学生。アランはすっかり人気者気取りでご機嫌だ。ただ似ているというだけなんだけれど。

産寧坂《さんねいざか》の石段にさしかかったとき、「子どもの頃は、この坂道が怖かったの」とわたしは言った。

「どうして？」

「この坂は別名、三年坂と言ってね。ここで転ぶと三年以内にコロッと死んじゃうって言い伝えがあるのよ」

すると、「なんて物騒な言い伝えだ。バカバカしい」とつぶやき、鼻で笑うアラン。

「だからって、試しに転んでみたりしないでよ」ってわたしがからかうと、「ふんっ、俺はそんな迷信は信じないから、たとえ転んだとしても平気だ」とむきになる。

そのくせ、強がるわりには、足取りがやけに慎重になっている。不意をついて背後へ回り込むと、ハッとした表情で「あっ、押すなよ」って警戒しているし。そんなアランが少しかわいかった。

無事に産寧坂、そして二年坂を下りたあとは、高台寺《こうだいじ》のそばにあるレストランで食事をした。テーブル横の窓から見やると家並みの向こうに八坂塔《やさかのとう》が頭をひょっこりのぞかせていた。

東山の坂道が続く古い街並みは、アランも「なかなか情緒があっていいな」と気に入ってくれた。思えばプラハ城周辺も坂の多い街だ。少し似たところを見いだしたのかもしれない。食事の後は、花見客であふれかえる円山公園まで歩き、その勢いで知恩院の伽藍《がらん》や青蓮院《しょうれんいん》の庭も見て回った。

円山公園からお寺へ入るとき、門の脇にひっそりと建つ碑にアランが気づいた。塀と木々の陰に隠れ、注意していなければ見過ごしてしまいそうだ。ひとりの女性と何人かの子どもたちが半身像になっている。

「あれは何だい？」

わたしは傍らに添えられた説明文を読み、教え子を救うために命を投げ出した女の先生の像なのだと伝えた。何十年も前のこと、台風で崩れる校舎の中、身をていして児童を守ったそうだ。アランは「立派な先生がいたのだな」とつぶやき、像に向かって頭《こうべ》を垂れた。

夕刻に岡崎公園まで行くと、平安神宮で野外コンサートが行われていた。普段は夜間公開されていない神苑で、ライトアップされた紅しだれ桜と野外演奏の両方を楽しめるというものだった。池の水鏡《みずかがみ》にぐるりの桜と貴賓殿の舞台がほのかに浮かびあがる。日が沈むにつれ、藍《あい》の染料をかさねるように空が濃さを増していった。その光のうつろいを、わたしたちは水上の渡り廊下のような橋殿《はしどの》から見た。この夜は笙《しょう》や篳篥《しちりき》という日本の伝統楽器を使ってポピュラーやクラシックなど西洋音楽が演じられた。アランにとっては新鮮な音色だったに違いない。

※

あくる朝、わたしの母校——今の風音芸術館を訪れた。校舎の周囲にマンションやオフィスビルが建つ町並みを見てアランは言った。

「この辺りは、パヴェルじいさんが来たときとは随分と様子が変わったのだろうね」

「ええ、まるで違う町になっていると思うよ。でも、ところどころに古い町家が残っているでしょう。あの町家がずっと先まで建ち並ぶ光景を思い浮かべてみて。それがパヴェルさんの見た京都の情景よ」

午前の芸術館は、人気《ひとけ》もなく、しんと静まり返っていた。

「当時はここに木造の校舎が建っていた。そして、わたしたちの推測が間違っていなければ、ここであなたのひいおじいさんとわたしのひいおばあさんが出会っていた」

アランは目を閉じて何かを考えていた。今は失われてしまった往時の光景に思いをはせていたのかもしれない。

「ピアノは当時のものが残されているのだったね」

「ええ」

わたしは芸術館の事務室で、アランを伴ってやってきたいきさつを説明し、風音ピアノを見せてもらえないかとお願いした。

「事情はよくわかりました。どうぞ、こちらへ」

案内してくれる職員さんのあとに続き、本館内の階段で二階へ上がった。上がりきったすぐそこにピアノは置かれていた。

〝あ、いま眠っている〟

とわたしは直感的に思った。

〝ちょっとくたびれて休んでいるんだわ。眠りを妨げないように、そっと静かにしなくちゃ〟

同じことをアランも感じたらしい。わたしにうなずきかけ、まるで安眠中の赤ん坊でも見つめるように、声も立てずにピアノを眺めていた。それから、指先でそっと静かに鍵盤蓋に触れ、その裏側に書かれたANT. PETROFの金文字を確認した。

職員さんが、ささやくような声で「少し奏でてみますか」と言ってくれたけれど、アランは「ありがとう、でも見ているだけで結構です」と答えた。

その場にどのくらいいただろう。そんなに時間は経っていなかったのかもしれないけれど、みんな息をひそめていたものだから、随分長く感じてしまった。

階段を下りてから職員さんに礼を言って芸術館を後にした。

「ピアノ、眠っていたね」

「やはり君もそんなふうに思ったかい」

アランはニヤリとしてわたしの顔を見た。

「それにしても……、本当にペトロフのピアノだったのだな」

アランは感慨深そうな表情を浮かべたあと、「いや決して君やサチコのことを信用してなかったわけではないのだが」と慌てて言い添えた。

わたしは笑った。

「自分のこの目でしかと確かめるまでは納得できない、でしょう」

と、アランの癖を真似て自分の瞳を指差しながら言ったら、今度は彼が吹き出した。

「ありがとう。ここへ案内してくれたおかげで、パヴェルじいさんの話がでたらめではなかったと揺るぎない確信が持てたよ」

※

その後、伏見大手筋へと向かい、以前恵先生に連れられた居酒屋へ行った。

アランは日本酒が不慣れだったにもかかわらず、「今日はじつに酒がうまい」と呑兵衛《のんべえ》親父みたいなことを言って何杯もお代わりした。やはり、西洋人はアルコールの分解能力が長けているのだろうか。いくら飲んでも顔色一つ変えずケロっとしているから、いつも驚かされる。

彼が日本酒に興味を持ったようなので、近くにある酒造会社の見学用酒蔵へ連れていった。ここでも見学者へのお土産としてお酒の小瓶をもらえたので、アランはわたしの分まで喜んでラッパ飲みしてしまった。

酒蔵の裏手には水路をはさんで長建寺《ちょうけんじ》という弁天さんを本尊にした小さなお寺があった。山門が昔話の竜宮城のような面白い形だった。

門の前には階段があり、水路のほとりへ下りることができる。わたしたちは酒蔵が並ぶ光景を眺めながら水際《みぎわ》の小道を進んだ。

水辺には、まだ花の残る桜と青々とした柳の枝が揺れていた。二羽のメジロが枝につかまり、お互いに緑色の羽根を仲良くつくろいあっている。姿は見えないが、どこからか春を告げるウグイスの鳴き声も聞こえてきた。

蓬莱橋《ほうらいばし》という古風な石橋を過ぎると寺田屋が見え、その対岸に坂本龍《りょう》馬《ま》とお龍《りょう》の像が立っていた。

「このサムライは何者なのだ？ この水路を掘った功労者なのか？」とアランが聞く。

「違うよ、アラン。侍は水路を掘ったりしないよ。この人たちはね――」

わたしは、自らの歴史知識を総動員して、幕末維新の騒乱の顛末《てんまつ》や、龍馬とお龍のロマンス、そして、この伏見で行われた旧幕府軍と新政府軍の戦いのことなどを話して聞かせた。マンガや映画、テレビドラマで得た知識も多分にまぎれこんでいたが、きっと内容的にそんなに間違ってはいない（と思う……。人斬《ひとき》り抜刀斎《ばっとうさい》や鞍馬天狗《くらまてんぐ》のことは言わなかったから）。

長い話の間、アランは口を挟まず、じっと耳を傾けてくれた。

わたしが語り終えると、「なるほど、この日本も国を思う若者たちが変えてきたのだな」と彼は言った。

言われてみればチェコも、独立を成しとげたパヴェルさんの時代、自由化を求めた「プラハの春」の時代、そしてアランたちの「ビロード革命」の時代それぞれで若者たちが重要な役割を果たしてきたのだ。

そんな小難しい会話をしているうちに水路が南北に流れる濠川《ほりかわ（ごうかわ）》と合流する場所までやって来た。北から勢いよく寄せる水流は一気に南へ。宇治川とつながる三栖閘門《みすこうもん》へまっすぐに向かっている。

この合流点には三ツ又に交差するいっぷう変わった橋が架かっていた。欄干のプレートには「伏見であい橋」と記されている。橋の中央に立つとかなりの高さがあるので、水路の両側に広がる伏見の町がよく見渡せた。

「ほら見てごらん。あっちからずっと岸辺を歩いてきたんだよ」

と、わたしはアランに呼び掛けたが、彼はまるで違う方向を見つめていた。

「どうしたの。何かあるの？」

「あれだよ。あの堤の上だ」

彼が指差す先には背の高い木々が立っていた。

「あの木がどうかしたの？」

「ほら、上のほうの高い枝をよく見てごらん。本来のこの木の葉とは違う丸い茂みがいくつもあるだろう」

「んっ？」

目を凝らして梢の枝々を見た。たしかに巨大な卵みたいな形状で、明らかに別種の葉が生えている。

「あれは何？」

「Jmelí（イメリ）。英語では mistletoe（ミスルトゥ）という」

「ミスルトゥ？」

「えーと、日本語では……」

アランは肩掛け鞄からハンディタイプの英和辞典を出して調べた。

「ヤドリギというらしい」

「へえ、あれがヤドリギなんだ」

名前は聞いたことがあるけど、実物を見るのは初めてだった。

「西洋では、ヤドリギは神聖な植物と見なされているんだ。冬になって宿主の葉が全部落ちたあとでも常に緑を保っているからね。強い生命力の象徴なんだ。不死や復活の象徴でもある」

アランの言葉を聞きながらペトロフの風音ピアノのことを思った。あのピアノも西洋から日本へやってきたヤドリギのような存在なのかもしれない。周りの町が変貌しても、人々が移り変わっても、変わらずにあの町の中で生き続ける……。

わたしたちはヤドリギが宿った木々の下まで行き、緑の玉を見上げた。

「ヤドリギには、他にもこんな言い伝えがある」とアランは言ったが、そこから先をなかなか続けようとしない。

「どしたの？　話さないの」

「うん、まあ」

「早く教えてよ。気になるじゃない」

アランはしばしグヌヌとかウウとか妙な声でつっかえて

いたけれど、わたしにせっつかれて重い口を開いた。

「ヤドリギの下でキスを交わした恋人は永遠に結ばれる……のだそうだ」

よっぽど照れくさかったのかもしれない。真っ赤な顔をしている。さっきはお酒をいくら飲んでも顔色一つ変えなかったくせに。西洋の男性はみんな女性に積極的なのだと昔はステレオタイプに思い込んでいたものだから、そんな彼の様子を見るとかわいくなって、ついからかいたくなってしまう。

「でも、あなたは迷信を信じないんでしょう?」

「ああ、迷信になんて惑わされない」

「じゃ、試してみよっか」

すると意外なことが起きた。これこそヤドリギの魔法だったのかもしれない。なんと彼が勇気をふるってわたしをぎゅっと抱き寄せたのだ。そして——。

はてさて、言い伝えが当たるのか、どうかは……。

14

アランが帰国してから半年ほどが過ぎた頃、恵先生から興味深い情報を得た。

先生の母校である奈良の女子大学で、倉庫から古いピアノが発見されたのだ。

明治四十二(一九〇九)年に、女子大学の前身だった女子高等師範学校へ寄贈されたものだから、風音校のペトロフより少しばかり古いピアノかもしれない。日本の楽器メーカーが製作したもので、国産ピアノの黎明期《れいめいき》の貴重なものだとか。このピアノがどういうわけか、戦後倉庫にしまいこまれたままになっていたそうだ。

奈良ではこのピアノを「百年ピアノ」と名付けて、その修復とコンサート開催に向けてのプロジェクトを立ち上げるらしい。


そして京都。わたしたちの母校・元風音校でも、同様の動きが進みつつあった。世の中から広く協力金を募って、ペトロフの風音ピアノを修復しようという計画がいよいよ動き始めたのだ。風音ピアノ保存会の人たちが精力的に活動されているらしい。

また正太郎のお父さん——涼太郎さんも保存会に協力をしてゆくことになった。正太郎によると「子どもの頃に怪獣ごっこの相手をさせた罪滅ぼしだ」なんて涼太郎さんは言っているそうだけれど。

風音ピアノは傷みもひどく、そのままの状態ではキーをまともに奏でることさえままならない。ただし最低限の応急処置さえすれば、本来の響きは望めなくとも、限定的な演奏にはなんとか耐えられるようになるそうだ。

そこで、風音ピアノそのものを使ったコンサートを開き、その入場料収入を修復の費用として積み立ててゆこうという構想が立てられた。

目的の成就に果たして何年かかるのか、コンサートを何度開かなくてはならないのか、まるで見当もつかない。それでも風音ピアノ保存会の人たちは、希望に向かってこのプロジェクトを推し進めようとしていた。

幸ちゃんに連絡をすると彼女にも風音ピアノプロジェクトの話は伝わっていた。そして、近々京都へ帰省する予定だという。わたしもそれに合わせて京都へ帰ることにした。

京都では幸ちゃんと食事に行き、近況を報告しあった。アランの日本滞在中のエピソードも話した。

「彼も念願の来日がようやくかなったのね」と幸ちゃん。

わたしは苦笑いした。

「うん、初めてのプラハ旅行で出会ってから、かれこれ五年ぐらい経っているからね。その間、こちらが何度向こうへ行ったことか」

「結局、二〇〇二年の日韓ワールドカップのときも来られなかったもんね」

「あの時は悔しがっていたなあ。でも日本が決勝トーナメント進出を決めたときは、わたしよりも大喜びしてメールを送ってきてくれた。あの大会でアランはすっかり日本代表を気に入ってしまったしね。野武士集団みたいだって言って」

「ハハハ、ずいぶん柚子ちゃんに感化されてるね」

「でも、やっぱり本場のヨーロッパサッカーで目が肥えているものだから、時どき上から目線で批評をするのよね。そんなときは、おっ、さすがピクシーって茶化してやると決まり悪そうに黙りこむの」

「ふふ、仲良くやっているみたいやね」

幸ちゃんはいたずらっぽい笑みで、わたしを見つめた。

アランと一緒に芸術館で風音ピアノを見せてもらった話をすると、幸ちゃんもぜひ見たいと言った。そこで、あくる日芸術館へ一緒に行くことにした。正太郎も放っておくのは申し訳ないので声をかけた。すると、素直に同行したいという。

わたしたちは芸術館一階のカフェで待ち合わせをし、事務室へ行って前回と同様にピアノを見せてほしいとお願いした。すると同じ職員さんが笑顔で応じてくれた。

「この間のように、そこの階段を上がっていただいたら結構ですよ。見終わったら声をかけてください」

「ありがとうございます。じゃあ、少し見せていただきますね」

「うわぁ」

幸ちゃんは、本館内には久しぶりに入ったものだから、ややハイテンション気味だ。

「この校舎、あの頃となにも変わってへんね」

「芸術館になっても、昔の面影を残そうとしてくれているからうれしいね」とわたしは言った。

正太郎が階段の手すりを見つめて苦笑いをする。

「ここをケツですべり降りて、何べん先生に怒られたことか」

「あんたは、いつでもいらんことばっかりして怒られていたもんなぁ」

わたしと幸ちゃんも昔を思い出して笑った。

二階へ上がると、前回の訪問と同じく風音ピアノがそこに置かれていた。しかし、この前とは明らかに違う。ピアノが眠っていない。わたしたちの話にじっと聞き耳を立てているような気配すら感じられる。

「ほらっ、これよ。ペトロフの風音ピアノよ！」

とわたしは二人に言った。

「うわあ、懐かしい」

幸ちゃんが感嘆の声をあげる。「わたしたちの風音ピアノ」

それから、わたしと幸ちゃんは、まるで古い知り合いにでも語りかけるように、修復に向けてのプロジェクト始動の報告をピアノにした。

もちろん、ピアノが答えるはずもなく、何の反応も見られなかった。だけど、きっとピアノの心に届いているはずだと、わたしたちは信じていた。

※

その夜、幸ちゃんの実家にお邪魔して、彼女のおばあさんに会った。

そう、カオルさんの妹ユヰさんだ。

ユヰおばあさんは、カオルさんと風音ピアノの話を聞かせてくれた。

ピアノが大好きだったカオルさんは、さくら先生という、これまたピアノ好きの先生と仲良しだったらしい。さくら先生は、ハイカラなファッションで目立っていただけでなく、放課後に行っていたピアノの稽古がかなりハイレベルで聴きごたえのある演奏だったので、多くの児童が見物をしていたそうだ。カオルさんは、いつも一番前で三角座りをして熱心に聴いていたが、あるきっかけで自身も演奏に加わるようになった。

「それ以降、あのピアノとすっかり仲良くなってしまったのでしょう」とユヰおばあさんは笑った。

さくら先生が稽古をしない日でも、カオルさんは決まったようにペトロフピアノのところへ行き、しばらく時間を過ごしてから家に帰ってきた。ユヰさんはそんな兄の行動が気になって、ある日こっそり後をつけて様子をうかがったそうだ。

「すると、まるで人とおしゃべりするようにピアノに語りかけていたの。もちろんおとぎ話じゃないのだから、ピアノは何も答えやしません。でも、兄はピアノからの返事を聞き取ったようなそぶりで、会話をどんどん続けてゆくのです。わたしはもう怖くなって、すぐに家に飛んで帰って父と母に見たことを全て話しました。ところが両親はうなずきながら『いいんだ』と言うのです。『いいかい、お兄ちゃんには、今日見たことを絶対に言ってはならないよ』って」

ユヰおばあさんによると、この家は元々丹後の峰山にあったのだそうだ。縮緬《ちりめん》を扱うそれなりに大きな商家で、羽振りも悪くはなかったらしい。でも、ユヰさんがまだ乳飲み子だった頃、丹後一円が大地震に見舞われ、峰山も壊滅的な被害を受けた。カオルさんが尋常小学校へあがる少し前だったそうだ。

「その時に家財はすべて燃えてしまいました。兄と仲の良かったお友達やその家族もたくさん犠牲になりました。逃げ場のない寒い冬の夜に、大人でさえ心が折れそうになるその現場を幼い兄はまざまざと見つめたのです。もともとは快活で腕白だった兄が、一転して内向的な性質になったのは、その頃からだそうです。その後、京都へ移ってからは、内気な性格の子どもとして、最初から周囲も受けとめたようですが、本人の心の中ではバランスを保つための葛藤が続いていたのでしょう。そして兄が見つけたのが音楽、ピアノという世界だったのです。ピアノと話すという一見馬鹿げた話ですが、おそらく兄はそうやって心が安らぐ自分の世界を見出していたのだと思います。両親もそのことがよくわかっており、兄の行動を理解していたのだろうと、ずっと年を経てから気づきました」

ユヰおばあさんは静かに語ってくれた。

「カオルさんは尋常小学校を卒業されてからは、どんな様子だったのでしょうか」

とわたしは聞いた。

「家にもアップライトのピアノはありましたし、もちろんピアノ演奏は続けていましたよ。ああ、今でもこの家の居間に残っているのが、兄が使っていたピアノです。中学、高校の頃にはベートーヴェンのソナタなんかを器用に弾きこなすようになっていましたね。兄の弾く月光ソナタや悲愴ソナタはなかなか絶品でしたよ。あと、テンペストや愛の夢などをよく弾いていました。熱情ソナタやシューマンの幻想曲、リストのオーベルマンの谷なんかも大好きでよくレコードを聴いていましたが、なかなか納得できるように弾きこなせなかったみたいです。

ただ、高校へ進んでからは、理科の勉強のほうへ心の比重を高めていったように思います。蚕の研究をして、技術的にも経済的にも養蚕農家の役に立ちたかったのだとか。故郷の丹後にはそんな農家がたくさんありましたから。帝大で農学の研究を始めてからは、本当にこのまま学者か農政の役人になるのだろうと思っていました」

「でも、戦争がそれを許さなかったのよね」と幸ちゃんが言った。

「ええ、あれは昭和十八年の秋。あなたたちも学徒出陣って聞いたことあるでしょう。まさしく、それで兄は戦場へ向かいました。理系の学生は召集を免れるって聞いていたけれど、農学部の一部は文系と同様に召集の対象になったのです」

「無念だったでしょうね」

「もちろん思うところはあったでしょう。でも当時はそんな気持ちは押し殺して、お国のためにと振る舞う時代でした。ただ、陸軍へ入営する直前にペトロフピアノと会いに行ったようですが」

「風音小学校にですか」

「そう、あの頃は風音国民学校ね。思い立って、いきなり学校へ行ったようです。出征前の学生が突然来校して、先生方もさぞあたふたとされたことでしょう」

とユキおばあさんは目を細めていった。

「そして帰宅してから、わたしに言うのです。『今日、学校でペトロフのピアノを弾いてきた。お別れをしてきた』って。『お別れだなんて縁起でもないわ。また戻ってきて、ペトロフに会いに行くつもりなんでしょ』と、わたしも冗談めかして言ったのですよ。そしたら『そうだな。帰ってきたら、またあいつに会いに行かなくちゃなぁ』って、まるで友達みたいに。それから『こんな時局なのに、あいつきちんと手入れされていたな。きっと大切にされているんだ。おかげで今日の演奏は最高の出来だったよ』なんて言っていました」

「出征されてからは、お便りなどはあったのですか」

「ええ、手紙は幾度か送ってきました。両親への手紙のほかに、わたし宛てにもハガキを送ってくれました」

カオルさんは、昭和十八年十二月に入営し、翌年の早い時期にビルマ（今のミャンマー）方面へ向かったようだ。そして、いわゆるインパール作戦に部隊の一員として参加したらしい。

その頃ユキおばあさんは女学校を卒業して、工場で軍装品を作る作業に従事していた。兄もそれを身に着けて戦地に行くのかと思うと複雑な気持ちになったそうだ。

「兄から届いたハガキは、今でも大切に残しています。南方へ行ったことは手紙の内容からわかりましたが、戦後ずいぶん経ってから兄はチンドウィン川やアラカン山脈という非

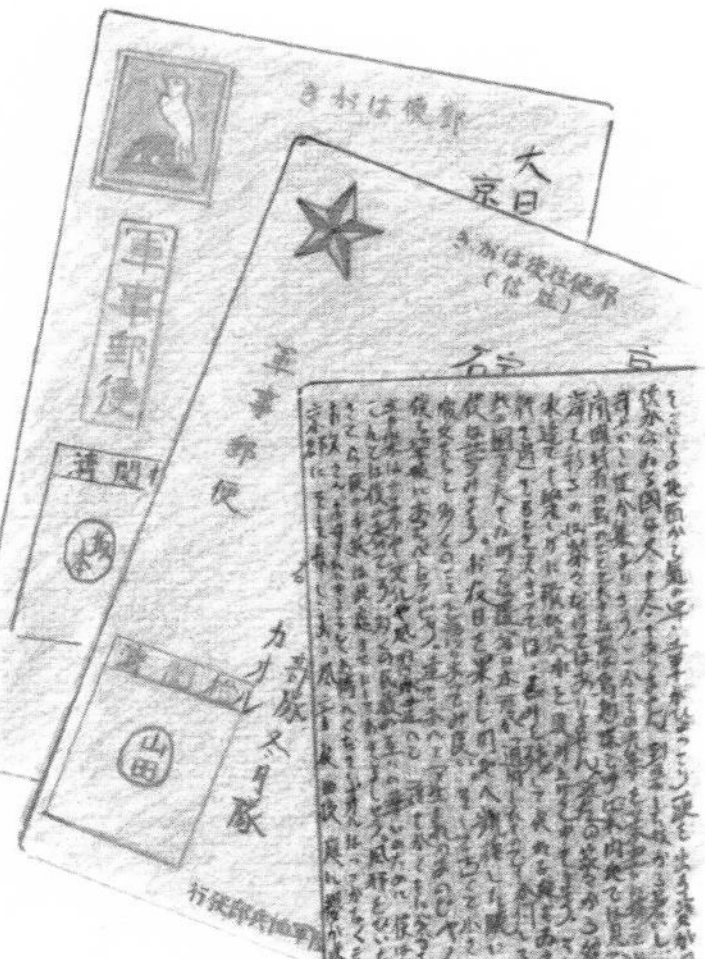

常に厳しい場所に向かったのだということを知りました。悲惨な戦場を目前にして、よくもまあ、ああいうあっけらかんとした手紙を書けたものだと思います。そして、よくぞ厳しい検閲の目を通って墨も塗られず我が家まで届けられたと奇跡のように思っています。思うに、検閲官の方も見て見ぬふりをして通してくれたのじゃなかろうかと」

わたしは、カオルさんが送ってきたという最後の手紙を読ませていただいた。軍用ハガキの裏面に几帳面そうな細かな文字で、スペースを惜しむようにびっしり綴られていた。それはカオルさんの素直な気持ちが表現されたもので、彼の理想の世界が書かれてあった。

当時の現実を思うと、わたしには涙なしに読み進めることができなかった。確かにわたしたちがイメージする一般的な戦時中の手紙とは異質の、肩の力が抜けたというか、どこかノホホンとした印象をも感じさせるもので、ユヰおばあさんがよくぞ検閲を通ったと言うのも無理はないと思った。

「わたしは、兄の戦死を認めていません。だって、遺骨も無く、文書だけの通知、どこでどのような最期を迎えたかという説明すらないのですからね。聞けばあの戦場では、兵士の生死すらきちんと把握できてなかったそうです。『ビルマの竪琴《たてごと》』という映画や物語もありますが、兄もあんなふうに生きているのじゃないのかと思ったりもしました。わたしは今でも兄は帰ってきていないだけで、この世界のどこかで生きているはずだ、と信じています」

そして、ユヰおばあさんは最後を阪神・淡路の大震災の話題で締めくくった。

「あの震災で、何十年も前の丹後の地震のことを思い起こしました。もちろん、わたしは乳飲み子だったから定かな記憶はありません。でも、兄を通じて、あの地震の影がずっとこの家の中に残り続けていることを感じていました。神戸の地震でははるかに多くの人が被災しています。長い時間がかかることでしょうが、人々の心にいつか平安が訪れることを願わずにはいられません」

15

夢に風音ピアノがしばしば現れるようになったのは、幸ちゃんたちと一緒に芸術館へ会いに行った頃からだと思う。

もっとも夢に現れはするけれど、メルヘンチックにわたしに語りかけることもなければ、魔法の力で王子様の姿に変身するわけでもない。ごくまっとうなピアノとしてわたしの前に現れた。そういう意味では、きわめて常識的な夢だった。

夢の中のピアノは、いつも風音校の講堂の片隅にあった。そして、鏡面のように磨きあげられた床の上に、ただ静かに置かれているだけ。一応、カオルさんの真似をして、話しかけてみるが何ら反応はない。

そこで、わたしはふと思った。もしかすると今ならばピアノが自由自在に弾けるんじゃないかな、って。

「うん、きっと弾けるような気がする」

わたしは早速、椅子に腰かけ鍵盤の蓋を開けた。蓋の裏の「ANT. PETROF」の文字が鮮やかに輝いた。おそるおそる鍵盤に触れると、わたしの指先は、まるで二十年のキャリアを積んだピアニストのようになめらかに動き始めた。

よし、思いっきり弾いてみよう。

わたしは、小学生の頃に歌った「遠き山に日が落ちて」や「銀河鉄道９９９」、そして大好きだった小沢健二の歌などを思いつくままに奏でた。

ああ、ピアノを自在に弾きこなせるって、こんなに気持ちがいいものだったんだ。

その時、妙な感覚におそわれて「おやっ」と思った。わたし以外の思念や記憶の断片のようなものが、指先から心の中にするっと忍び込んでくるのを感じたのだ。

遠い昔、おそらく昭和より前の光景、袴姿の女性が子どもたちに囲まれてピアノを奏でているシーン。もしかして、わたしのひいおばあちゃん?

最初の女性以外にも、様々な人物たちがピアノを演奏している姿が目に浮かぶ。男性だったり、女性だったり、小さな子どもだったり。そして、外国の光景もあれば、日本だったりもする。言葉にならない思いが音楽のようにあふれてくる。

「えっ、これって風音ピアノが語ってくれているの?」

そして、いきなりの暗転。

夢はたいていそこまでだ。

「わたしも、ついにピアノと心を通わせちゃったのかな」

翌朝、洗面所で歯を磨きながら夢の光景を思い出す。でも、夢は夢。いつもの日常が始まると、すぐに内容はぼやけはじめ、夕方にはあらかた忘れてしまう。

でも、ピアノを奏でる気持ちのよさだけはしっかり心と手の感覚に残っている。そして、眠る前は、またあの清々しい世界に浸りたいと願うようになった。

そんな夢を繰り返し見ているうちに、すっかりいっぱしのピアニストみたいな気分になってしまったものだから、ピアノのあるレストランで職場の飲み会をした時、つい酔いにまかせて同僚たちに腕前を披露した。

もちろん、現実世界でピアノが弾けるわけもなく、あまりのひどさに大笑いされてしまったのだけれど。

16

ユキおばあさんの話が心に残っていたので、カオルさんが従軍したというインパール作戦のことを自分なりに調べた。

この戦いについては、既に多くの本や文献で語られているし、ここで改めてその詳細を書きつらねようとは思わない。でも、兵士の命があまりにも軽く扱われ、弾薬や道具同然に使い捨てられる、あげくの果てには戦う以前に病や飢えに倒れ、野獣に襲われ、山野に、密林に、川に打ち捨てられてゆく様子に、わたしは呆然としてしまった。

この作戦には、京都で編成された兵士たちも多く加わったようだ。彼らの出身地の祇園祭にちなんで祭《まつり》兵団とも呼ばれた第十五師団は、昭和十九年三月中旬にチンドウィン川を渡り、ビルマ側から二千メートル級の峰々が続くアラカン山脈を超えて、インド北東部の都市インパール攻略を目指した。しかし、もとより補給を軽視した作戦であり、多くの兵士が飢餓と病気に苦しみ、撤退路には倒れた兵士の亡骸《なきがら》が累々とさらされたので白骨街道と呼ばれたそうだ。

また京都では第五十三師団（安《やす》兵団）も編成されており、同じ時期から終戦期にかけて過酷なビルマを転戦したという情報も得た。

おそらくカオルさんも、これらの兵士とともにビルマへ向かったのだろう。

消耗することを前提に動員された兵士たちが直面した絶望。それを思うと心が引き裂かれるように痛んだ。

「こんな凄《すさ》まじい戦場に、カオルさんもいたんだ」

ピアノや音楽が大好きだった子ども時代や、大学で蚕の研究に打ち込む様子を聞いていただけに、そんな穏やかな人まで呑み込み、奪い去ってしまう戦争の非情さをあらためて思った。

みんな、どのような気持ちで戦ったのだろう。家族や恋人、ふるさとへの思いはいかばかりだったのだろう。彼らはみんな大切な子どもたちだった。大正から昭和の初めにかけて、元気に学び、遊び、駆けまわり、夢に胸をふくらませた子どもたちだった。

わたしはカオルさんから届いた最後の手紙を思い出した。あれがどのような時期に、どんな状況下で書かれたものかわからない。本人がどれだけ自分の置かれた境遇を自覚していたのかも確認しようがない。しかし、地獄を前にしてあの手紙を書いたカオルという人に心ひかれるものを感じずにはいられなかった。

17

アランから届いたメールにとても心動かされる情報が綴られていた。

彼はチェコの国内でパヴェルさんとシベリア、日本のつながりを示す証しを探し続けており、これまでチェコ人兵士が日本から持ち帰ったと思われる絵はがきのほか、当時の日本の紙幣や硬貨、切手、日本の文字が印刷されたマッチやたばこ、キャラメルの空箱などが見つかっていた。

一つだけ、ずっと頭に引っかかったままだったのは、わたしが持っている硝子玉のペンダントトップのことだ。チェコ製のものに似ていなくもない。さりとて確証があるわけでもない。パヴェルさんが、『ゆりえ』さんに手渡したというお守りが果たして我が家に伝わる硝子玉と同一のものなのかどうか？

その疑問に答える極めて有力な情報を、ついについにアランが入手したのだ。プラハから東へ百キロほど離れたフラデツ・クラーロヴェーにその情報はあった。

フラデツ・クラーロヴェーという町は、ペトロフ社の本拠がある場所で、風音校のペトロフピアノの生まれ故郷でもある。

その町の近郊で暮らすハシェック家のお宅を、このほどアランは訪問したらしい。ハシェックさん一家は先々代の頃からピアノ工場と関わりのある仕事をしており、今でも当主のイルジーさんはピアノ輸送や調律、整備をおこなう会社を経営しているそうだ。

イルジーさんのおじいさんは十九世紀末期の生まれで、第一次世界大戦を挟んだ数年間はプラハの楽器店で働いていた。名前はヴァーツラフ。そして、その奥さんの名前はユリエ（わたしのひいおばあちゃんと一緒だ）。二人は大戦前、同じ楽器店で働いていたパヴェルさんと非常に親しい関係にあった。

戦争が始まりパヴェルさんが出征することになった頃の思い出話を、ヴァーツラフさんとユリエさんがイルジーさんたち孫を集めて話してくれたことがあったそうだ。

その中でイルジーさんの印象に残っているのが、二人がパヴェルさんに贈ったお守りの話だ。

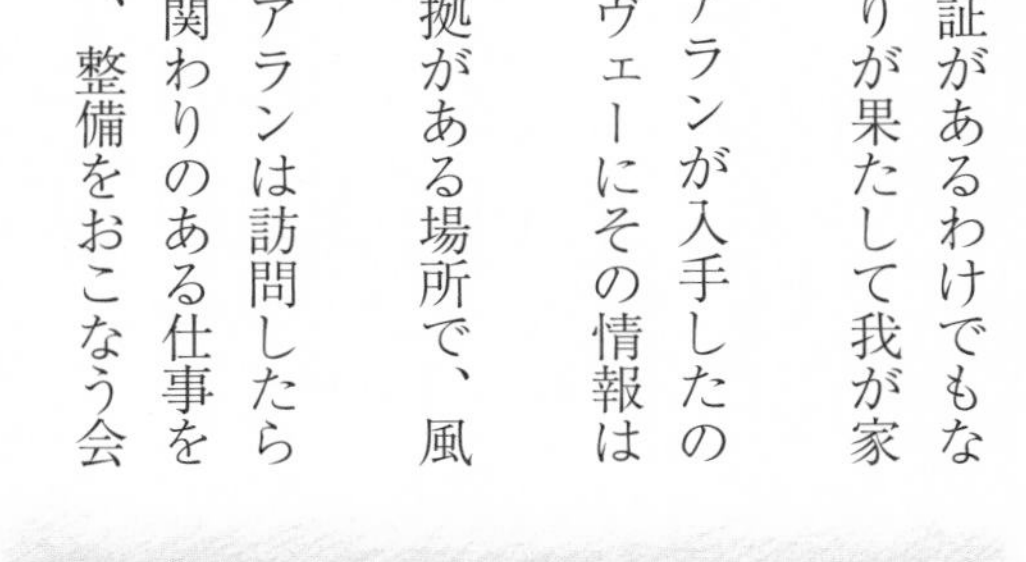

どんなものを贈ったのかヴァーツラフさんの記憶は薄れていたけれど、ユリエさんははっきりと覚えていた。

白い四つ葉模様をあしらった青い硝子玉のペンダント。

ユリエさんは孫たちにこう語ったそうだ。

「四つ葉のクローバーは幸運のしるし。無事、パヴェルが戻ってくれるようにと願いをこめて硝子玉のペンダントを贈ったのよ。彼はそれを首にかけて戦地へ向かった。しかし戦争が終わっても、一向にパヴェルは帰ってこなかった。それでも彼は生き抜いていると、わたしたちはずっと信じていたの。そして一年以上が経って、シベリアから戻ってきた兵士たちのなかにパヴェルがいた。彼は、厳しい戦場から生きて戻れたのは君たちがくれたお守りのおかげだと言ってくれた。お守りは日本のキョウトという町で出会った女性――わたしと同じ名前の『ゆりえ』さんに手渡したそうなの」

アランは『どうだ、大手柄だろう。これで君の硝子玉のペンダントトップは、パヴェルじいさんがゆりえさん――君のひいおばあさんに渡したものと断定して差し支えないはずだ』と書いていた。ものすっごいドヤ顔でアランがメールを打っている光景が目に浮かぶけれど、実際今回は彼の功績だから認めざるを得ない。

「ありがとう。あなたのおかげで我が家の硝子玉の由来がわかったわ。わたしたちを引き合わせてくれたのも、きっとこのお守りなんでしょうね」とわたしは返信に書いた。

さて、ヴァーツラフさんとユリエさんの人生について、もう少し記しておこう。

第一次世界大戦が終わった後は、祖国の独立などチェコ人として喜ばしいこともあったけれど、政治的

にも経済的にも不安定な時代が続いたそうだ。既に結婚をして家庭を築いていたヴァーツラフさんとユリエさんは、安定した収入を得るために、楽器店に勤務をしていた頃の伝手を頼ってフラデツ・クラーロヴェーへ移住した。そして、現在もハシェック家が経営する会社の礎を築いた。

やがて戦場から帰ってきたパヴェルさんとも交友関係は再開し、しばしば三人は得意の楽器を持ち寄って合奏を楽しんだらしい。

ずっと後年、老齢に差しかかったパヴェルさんがハシェック家を訪れたときのことを、まだ子どもだったイルジーさんは鮮明に覚えていた。メールの締めくくりにはイルジーさんが語ったという言葉がそのまま記されていた。

「野山が真っ赤に色づいた秋のある日、パヴェルさんは大きなチェロケースを抱えて北風とともにやってきた。

祖父はピアノが得意だし、祖母はヴァイオリンをたしなんでいた。

三人が集まると、いつも家の広間でにわか仕立てのピアノ三重奏が始まるのだ。あの日もおそらく、弾き慣れたドヴォルザークのドゥムキーなんかを演奏したんじゃなかったかな。

　演奏が終わると、決まってお茶を飲みながらの昔語りが始まる。それを子どもたちは周りに座って聞くのが楽しみだった。

　いつも話題になったのは、パヴェルさんがキョウトで弾いたというペトロフピアノのことだ。

　パヴェルさんは『あれは間違いない。プラハの店でいつもお前さんが弾いていたものだ』って、うちのじいさんに言った。

　ところがヴァーツラフじいさんは『そんな偶然があるものか。きっと似たピアノの見間違いさ』って言うものだから、二人はお約束のように口論をはじめるのさ。

　そして、いつもユリエばあさんがうちのじいさんをたしなめるのだ。『パヴェルがピアノを見間違うはずがない』って。もちろん、ヴァーツラフじいさんもわかっているさ。パヴェルさんをからかうと、ムキになって面白いから、わざとけしか

けていたのさ。

最後は『いつか三人でキョウトへ行って、ペトロフとゆりえさんに会えたらいいな』なんて言い合っていたけれど、あの頃は自由気ままに渡航できる時代でもなかったからね。

あぁ、そういえばパヴェルさんがチェロで、よく奏でてくれた日本の曲があった。ユリエばあさんは『キョウトのゆりえさんが披露してくれた歌ね』と目を閉じて聴き入っていた。パヴェルさんはうなずき『ああ、モミジという曲だ』と言っていたな。

さあ、今度は君がキョウトで会ってきたというペトロフの話を聞かせておくれ。

きっと、この家のどこかでヴァーツラフじいさんとユリエばあさんも聞き耳を立てているはずだから」

18

風音ピアノの修復プロジェクトが本格的にスタートしたのは平成十六（二〇〇四）年のことだった。保存会など地元の有志メンバーだけでなく、プロのピアニストや古楽器修復の専門家などの協力も得ながら、活動が始動した。

まず、その年の秋に開催された風音芸術館文化祭の一プログラムとして、ペトロフピアノ披露のコンサートが行われた。そして、翌年の一月に修復費用の支援を募る第一回目の「風音ピアノコンサート」が開催された。

その後、年に四、五回というペースで「風音ピアノコンサート」は続けられた。

もちろん、わたしは東京で暮らしているため、それらのコンサートに欠かさず通えたわけじゃない。むしろ顔を出せないほうが多かった。その事情は幸ちゃんも同じで、年に一、二回行ければいいかな、という状況だった。

でもわたしたちは、地元で活動を続けている風音ピアノ保存会の人たちに信頼を寄せていたし、あの人たちがきっとペトロフを守ってくれる、という確信のようなものを得ていた。


そして四年後、ついに風音ピアノの修復が完了した。ボヘミアで生まれた温かい響きがよみがえった。

最後にこのエピソードを書いて、わたしの手記を締めくくりたい。


ある晴れた日のことだ。わたしは修復後初の「風音ピアノコンサート」に合わせて休暇を取り、京都へ戻ることにした。

幸ちゃんに連絡を入れると、彼女も予定を合わせて一緒に行きたいという。

わたしたちは京都駅で落ち合って、少し早めに風音芸術館へ向かい、一階のカフェでお茶を飲みながらおしゃべりをしていた。

すると、そのカフェに一人の女性が入ってきた。見たところ、かなり歳を召されているように思われる。でも、洋服の着こなしや、凛《りん》としたたたずまいなど、ただものではない気品も備えていた。

幸ちゃんもその女性が気にかかったようだ。わたしと話をしながらも、時おり横目で様子をうかがっている。

「やっぱり、あの人が気になるの？」

と幸ちゃんにそっとたずねた。

「うん、なぜだかわからないけれどね」

女性はコーヒーを注文し、古い教室を改装したカフェの内装をゆっくり見回した。そして、ふとわたしたちに目をとめた。

女性はにこりと微笑み、「あなたたちは、ここの卒業生？」と言った。

まっすぐな視線を向けられて、わたしたちは思わず居住まいを正した。

「はい。もう二十年以上も前になりますが」

「あら、そうなの」と女性は声をはずませた。「わたしもね、ずいぶん久しぶりにここへ来たの」

「何年ぶりなのですか」とわたしはたずねた。

「そうね、確か六十年ぐらいになるかしら」

「えーっ、六十年」

聞けば驚いたことに、その女性は今年九十三歳になるという。確かにかなりの高齢だろうと思っていたけれど、まさか九十歳以上だとは思わなかった。

「お若いですね」と思わずわたしはつぶやいた。

「ありがとう」と女性は言った。「でもね、ピアノをやっていると頭もボケにくいし、姿勢もシャンとするのよ。わたしが年齢よりも若く見えるとしたら、音楽のおかげだわ」

「ピアノを弾かれるのですか？」

「こう見えても昔は軽快に弾き飛ばしたものよ」と女性は笑った。「たっぷりスウィングしながらね」

その時、わたしは幸ちゃんがポーッとした表情で女性を見つめているのに気づいた。

「どうかしたの？」

「あの……、もし間違っていたらすみません」と幸ちゃんが口を開いた。「あなたは、さくら先生ではありませんか？」

女性はじっと幸ちゃんを見返した。

「あなた、お若いのにわたしのことをご存知のようね」

「やっぱり、そうでしたか。祖母からよく話を聞かされますから。ピアノが大変お上手だったことも」

「あなたのおばあさん……」

「はい。さくら先生はカオルという男の子を覚えていませんか。わたしの祖母はカオルさんの妹のユヰです」

「ユヰさん、カオル君」

さくら先生は、その響きをいとおしむように繰り返した。そして幾ばくかの間をおいて、一粒の涙が頬を伝って落ちた。

「ユヰさんはお元気なのね。カオル君は？」

「昭和十九年にビルマ方面へ出征したまま、戻っておりません」

「そう……、あの子も」

さくら先生は静かにうなずいた。そして、遠くを見つめるような眼差しでつぶやいた。

「カオル君は、ペトロフピアノの親友だったわね。教師のわたしが思わずヤキモチを妬いちゃうぐらいにね」

「やっぱりカオルさん、ピアノとおしゃべりをしていたのですか」

フフフと、さくら先生は微笑んだ。

「さあ、あの子はどういうつもりだったのでしょうね。でも、はたから見ている限りは、とても仲良しだった。でも、教師の立場からすると、あの子は繊細な硝子細工のように壊れやすく見えたわ。きっとピアノと触れあうことで心が救われているのだろうと、そっと見守っていたの」

「同じようなことを祖母も言っていました」

「でも、わたし自身が、そんなカオル君に刺激を受け、励まされていた側面もあるのよ。あの頃は古い日本とモダンな日本が同居していた時代。わたしも若くて、それなりに尖《とが》っていたから、よく年配の先生方に批判もされた。そんなとき、カオル君と一緒に一心不乱にピアノを弾いていると全て忘れられるような気分になったの。卒業式はいつも寂しいものだけど、彼が卒業したあとしばらくは、とりわけ寂しかったわ」

そう言ってさくら先生はコーヒーをゆっくりとすすった。先生の目はかつての教室の柱や天井をじっと見つめている。

先生は何を思っているのだろう。

わたしたちは、しばらく言葉をはさめずに、じっと先生の様子をうかがっていた。すると、さくら先生は、突然快活な声で話し始めた。

「わたし、この教室での授業をはっきり覚えているの」

ない。

「ここで、教えていたのですか」

「ええ、ちっちゃな新一年生たちがね、まっさらな靴をはいて、はりきって登校してくるのよ」

さくら先生は目を細めて教室の入り口を見た。きっと先生の目には、その頃の光景が見えていたに違いない。

少し時間をおいて幸ちゃんが新たな問いかけをした。

「ところで先生は、ゆりえ先生という方をご存知ありませんか」

さくら先生は、「ゆりえ先生、ゆりえ先生……」と口の中で唱え、しばし視線を宙にさまよわせていたが、ふと目をわたしたちに向けると力のこもった声で言った。

「覚えていますとも。よく覚えていますよ。この風音校に戦中から戦後にかけての一時期、一緒にいましたよ。確か、一度退職されていたけれど、あの時期に復職された方のはずです。わたしは昭和二十年の春から秋にかけては集団疎開に同行していたから、その間は別々になってしまいましたけどね。包み込むように理解のある優しいお母さまみたいな先生でしたよ」

「ここにいる柚子ちゃんは――」と幸ちゃんが言った。「そのゆりえ先生のひ孫なのですよ」

「まぁ、そうなの」

さくら先生の目がパッと明るくなった。「まぁまぁ、あなたたち。どこの誰が仕組んで、ここでわたしたちを引き合わせてくれたのかしらね」

わたしと幸ちゃんも、何だかうれしくなって顔を見合わせて笑った。

さくら先生は高い窓の外に広がる暮れゆく空を見上げてつぶやいた。

「本当に多くの人と、この学校で出会ったわ」

「先生は、先ほど六十年ぶりだとおっしゃいましたが、戦後は京都にいらっしゃらなかったのですか」とわたしは聞いた。

「ええ」

さくら先生はうなずいた。

「戦争が終わって集団疎開の子たちを学校へ返してから、昭和二十一年の春、わたしは教師――当時は訓導と言いましたけれど、その職を辞しました。自分自身にけじめをつけるために」

「けじめ……ですか」

「ええ」さくら先生は背筋をのばした。「わたしは国民学校の教育が始まってから、随分軍国的な教育にも関わりました。教練では率先して薙刀《なぎなた》も教えましたし、かつての教え子たちが戦場に向かうのも、ただ黙って見送るしかありませんでした」

「薙刀ですか」

わたしは本や資料館の展示などで目にしたことのある戦時中の写真を思い浮かべた。校庭にズラリと並んだ児童が真剣なまなざしで教練に取組んでいる――。

複雑な表情を浮かべているわたしたちを見て、さくら先生は頬を緩めた。

「あぁもちろん、薙刀をたしなむ者として言い添えたいけれど、薙刀そのものがいけないわけじゃありませんよ。薙刀も剣道も立派な競技ですし、とても優れた武道です。わたし自身、薙刀から学んだことは多かった。でも、その教える目的がいけなかったのよ。子どもたちの未来をひらく教育ではなく、お国にとって役に立つ少国民の養成をあの頃のわたしたちはしてしまった」

「でも、それはさくら先生だけのせいではないですよね」

「そうね」

先生はうなずいた。

「確かに、あの時代はやむをえなかった、と言ってしまうこともできるでしょう。あの頃でも、精一杯児童たちの将来を思い、愛情をもって教育をしてきたつもりです。わたしだけじゃなくて多くの先生方がそうでした。でも、結果として数多くの教え子たちが戦場へ向い、散って行くことを止めることができなかった。黙って見ているしかなかった……、いやむしろ万歳三唱して送り出した大人の一人です。だから、中学校の教員をしていた夫とともに辞することにしたの」

「やはり、戦前ってひどい時代だったんですね」とわたしは言った。

すると、先生は微笑みながら言った。

「今のあなたたちから見ると、とてもひどく映るでしょうね。戦時中は確かにひどかった。でも、戦争が激しくなる前は決して悪いことばかりではなかったわ。あの時代がわたしたちの青春だったことを割り引いても、しっとり美しい時代、そして活気に満ちたワクワクする時代という別の表情があったことも確かよ。ペトロフのピアノと『蘇州夜曲』を奏でた頃が、その最後の輝きだったのかもしれない」

先生は歌の一節を口ずさんだ。

　君がみ胸に
　抱かれて聞くは

ポカンとしているわたしたちの顔を見て先生は苦笑した。

「あなたたちには、なじみのない歌だったかしらね」

「ごめんなさい」

とわたしたちは頭を下げた。

幸ちゃんが、たずねる。

「学校を辞められたあとは、どうなされたのですか」

「夫の郷里が北海道の片田舎にあってね。昭和二十一年の春になってから、そちらに近い札幌へ移ったのよ。札幌も京都と同じように焼け野原にならなかったから、新しい生活を始めるにはやりやすい町だった。余計なしがらみもなかったし、心機一転再スタートを切る場所としては理想的だったわ。ただ、一度教師を辞めてはみたものの、本能というのか教える仕事から簡単に離れられないものね。夫は再び教職に戻ったわ。そして民主主義の時代の新しい教育に携わっていった。一方でわたしは自宅でピアノ教室を始めたの。戦後間もない貧しい時代のことで、思うように生徒が集まらずしばらくは苦労したけれどね」

「じゃあ今日はわざわざ札幌からお見えになったのですか」

「昭和二十一年の移動はそれなりに大変だったけれど、今は新千歳《しんちとせ》から飛行機に乗れば関西へもひとっ飛びよ。インターネットで、この学校のことやピアノの修復の話を知って気にはなっていたの。京都へ行けるのもこれが最後になるかもしれないと、ペトロフのコンサートに合わせて思いきって来たのよ」

「最後だなんて、こんなにお元気なのですから、またいらして下さいよ」と幸ちゃんが言った。

さくら先生が時計を見て言った。

「あら大変、あと三十分しかないわ。演奏会前にまずはペトロフに会っておきたいし、わたしたちもペトロフがよく見える席を確保しないとね」

わたしたちは、さくら先生に寄り添うように階段を上がった。先生の足取りはしっかりとしており、介添えが必要というわけではなかったが、それでもふたりで先生を守るようにぴったりと寄り添った。

さくら先生は木の手すりを片手で握り、一段一段感触を確かめるようにゆっくりと上り、踊り場でしばし休んだあと、残りの階段を上った。

講堂の入り口から見上げると、高い天井と白い梁を彩る装飾が目に入る。

「まあ、あの頃のままね」

さくら先生は講堂をぐるっと見渡した。

そして前方。客席の向こうには悠然とたたずむグランドピアノが――。さくら先生はペトロフのピアノをじっと見つめると静かな声で言った。

「あなたに会いに、ここへ戻ってきたわよ」

第二部『風音ピアノ　もう一つの物語　～柚子の手記～』おわり

この本のエピローグ

ここまで、ペトロフのピアノが奏でてくれた長い長い思い出話と、わたしの手記におつきあいいただきありがとうございます。

もちろん、ペトロフの思い出話といっても、夢の中に現れるピアノがわたしに見せた記憶のかけらです。実際に元風音校に残るピアノが、どんな道筋をたどり、どんな人びとに出会って、今に至るのか確かな証しが残っているわけでもありません。

ただ確実なのは、明治や大正の京都で生きていた人びとが、子どもたちのために、未来のこの町のために、大切な学校を作り、素敵なピアノを遺してくれたということです。そして、その志を引き継いだ現代の京都の人たちが、先人から贈られたピアノを大切に思い、さらに未来へ引き継ごうと続けられている努力です。

わたしは夫のアランや子どもたちと遠く離れたチェコで暮らしているため、頻繁に京都へ戻ることはできません(幸い伏見濠川畔のヤドリギの効力は、今のところ続いているようですが)。

でも、時おり母校のペトロフのことを思い出し、日本へ帰るスケジュールとうまくタイミングが合えば、今も続けられているペトロフの風音ピアノコンサートに足を運ぶようにしています。

二〇一八年はペトロフが、風音尋常小学校へやってきてから百年の記念すべき年でした。この年の春

と秋にも、風音ピアノ保存会のみなさんの手でコンサートが行われ、多くのお客さんでにぎわいました。そして、今年二〇一九年は、風音校が番組小学校の一つとして誕生してからちょうど百五十年。

これからもきっと、元風音校の校舎と風音ピアノは大切に残され、コンサートは続けられてゆくのでしょう。

さて、ペトロフのピアノはとても気紛れなので、いつでも夢で会えるとは限りません。

時には何ヵ月も何年も現れないことだってあります。この次、いつわたしの夢に現れてくれるのか見当もつきません。また続きの話を聞かせてくれることを楽しみにして、じっと待つことにしましょう。

いつか、みなさんにもお伝えできるときがくればいいなと思っています。

二〇一九（令和元）年夏 家族と住むプラハにて

柚子

カオル君の手紙

前略　ユキちやん江

先日は心のこもつたお手紙をいただきました。ありがたう。同じ便で京都の子たちが送つてくれた慰問袋も届きました。懐かしい京飴は、味は勿論色どりも麗しく同郷の仲間にもすこぶる好評でした。衞生ボーロは子どもの頃より親しんだ味、口に含むと京都の香りがこちらまで漂つてくる思ひです。ためしにこつちの子たちにも分けてやつたところ飛び上がつて喜んでおりました。よく、このやうなお菓子があつたものです。滋養ゆたかでとても貴重なものばかりですから、これからはこちらには氣を使はず内地のひとたちで召しあがつていただきたいものです。

京都もだん〳〵と寒さが緩みはじめる頃でせうか。そろ〳〵神泉苑の山茶花に代わつて、菅大臣神社あたりの梅が見頃を迎へる時分かもしれませんね。そこいらの地面から氣の早い土筆がひよつこり頭を出す姿が目に浮かぶやうです。

僕が今ゐる國は冬も春もありません。到着した頃から暑いし、今もづつと暑いまゝです。だから常に鮮やかな花が咲き誇つてゐます。花には蜜を求めて、これまた花に負けぬくらゐ輝かしい蝶が集まります。いつかその光景を葉書に描いて送りたいものですが、如何せん繪心に乏しく未だに實現出來ずにゐます。

南國特有の鳥のごとく大きな蝶は鳥翅蝶と呼ばれ、内地では見ることがかなはぬものばかりです。これが毎朝、日が高く昇る頃、近くの澤へ吸水のため集まつてくるのです。翡翠色の羽が無數に群れるさまは壯觀です。

澤を彩るのは蝶々だけではありません。近在の家々から娘たちが水を汲みにやつてくるのです。彼女らは頭の上にひよいと器用に水瓶を乘せ、歌ひ乍ら存外足早に歩み寄つてきます。水邊でも樂しげに歌ひ流して、また歌とともに歸つてゆくのです。

行き過ぎるとき決まつてほゝゑみを殘して呉れる娘もゐます。

此の國でも大きな町では隨分日本語が通用したものですが、何しろ山深い在所のこと、村娘たちと言葉を交はすこともかなひません。此處にハモニカさへあれば、せめて彼女たちの歌に合はせる事も出來るのですが。

僕は夢みます。お役目を果たし内地へ凱旋した曉には、いつか此の地を再訪し、此處の言葉を學び、彼女たちと多くのことを語りあつてみ度い。そして古くて小さ

なピヤノでも好い、此の在所の學校へ贈り、此の土地の歌と合はせて彈いてみ度い。

僕らの學校にあつたペトロフのピヤノ。遠きボヘミヤ生まれのあのピヤノが、日本で暮らす僕に音樂の素晴らしさを傳へて呉れました。音樂は言葉や文化や風習が違へど、誰もがともに分かち合へるかけがえのないものです。

こんどは僕の番です。多くの民族の互ひの幸ひのために、僕は盡くしてみ度い。

さて、今度の手紙は此處までにしておきませう。風邪をひいたりせぬやうお氣をつけて。呉れぐれもお身体御大切に。お父さん、お母さんにもよろしくお傳へください。カオルはつつがなく元氣にやつてをります。

京都に、そして懐かしいあの風音校の校庭に櫻が咲いたら、またお便りください。

参考文献一覧

・児童ごよみ 昭和４年 京都市明倫尋常小学校 1929年
・明倫誌 京都市明倫尋常小学校 1939年
・明倫誌 第２篇 京都市立明倫小学校／編 1970年
・閉校記念誌 明倫 輝ける124年のあゆみ 京都市教育委員会 1997年
・郷土研究 第８號 京都府女子師範學校郷土研究室、井上和雄 1935年
・京都学校物語 京都市教育委員会、京都市学校歴史博物館編 京都通信社 2006年
・写真で見る京都むかしの小学校 竹村佳子著、京都市学校歴史博物館協力 淡交社 2012年
・京都の学校社会史 小林昌代著 2014年
・我が国の近代教育の魁 京の学校・歴史探訪 編集・京都市学校歴史博物館 制作・京都新聞社 財団法人京都市社会教育振興財団 1998年
・近代京都における小学校建築 1869～1941 川島智生著 ミネルヴァ書房 2015年
・学びやタイムスリップ 近代京都の学校史・美術史 京都市学校歴史博物館編 京都新聞出版センター 2016年
・京都市学校歴史博物館 常設展示解説図録 編集・制作 京都市教育委員会、京都市学校歴史博物館 2009年
・学制百二十年史 文部科学省 学制百二十年史編集委員会 1992年
・京都学校の記 福沢諭吉 1872年
・マンガ龍池小学校史 京都精華大学マンガ学部／編集 京都国際マンガミュージアム 2006年
・思い出と写真とモノで綴る子どもたちの近代誌 編集・発行 宇治市歴史資料館 2012年
・想い出 絵の道五十年の足跡を顧みて 上村 松園（「青帛の仙女」編：村田真知 同朋舎出版 1996年より）
・旧明倫小のピアノ 文：井上章一（「勝手に関西世界遺産」朝日新聞社 2006年より）
・あんなのかぼちゃ 四季の京わらべ歌 高橋美智子著 京都新聞社 2009年
・まちひと 100年の肖像 京都新聞社・編 京都新聞社 2000年
・第27回関西学院史研究月例会（二〇〇九・五・二六）輕部潤「名曲『U Boj』のルーツと関西学院グリークラブ」講演記録（『関西学院史紀要』第16号：2010年3月25日発行より）
・“U Boj"story ～男性合唱団愛唱歌のルーツを探る～（関西学院グリークラブ 1999年）http://www.kg-glee.gr.jp/uboj/index.html

・京都市風害誌：昭和九年九月二十一日 京都市 1935年
・甲戌暴風水害誌 京都府編 京都府 1935年
・室戸台風による京都市とその周辺の学校被害と記念碑 植村善博（京都歴史災害研究第19号 2018年より）
・京都大学における「学徒出陣」：調査研究報告書 西山伸 京都大学大学文書館 2006年
・京都産業大学ギャラリー平成29年度特別展「丹後震災の記録」展示資料
・1927年北丹後地震における峰山町の被害実態と復興計画 植村善博・小林善仁・大邑潤三 https://archives.bukkyo-u.ac.jp/rp-contents/OS/0037/OS00370L001.pdf
・イラスト祇園祭 監修：吉田孝次郎 文・絵：下間正隆 京都新聞出版センター 2014年
・京都 祇園祭のすべて：祇園祭の完璧ガイド 主婦の友社 1993年
・京の地蔵盆ハンドブック 京都をつなぐ無形文化遺産普及啓発実行委員会 2015年
・防人の詩―悲運の京都兵団証言録（インパール編）久津間保治 京都新聞社 1979年
・防人の詩―悲運の京都兵団証言録（ビルマ編）久津間保治 京都新聞社 1983年
・防人の詩（2247～2493）銃後編 久津間保治 京都新聞朝刊（1994年8月17日～1995年10月3日連載分）
・語り伝える京都の戦争 1 学童疎開 久津間保治 ©京都新聞社 かもがわ出版 1996年
・語り伝える京都の戦争 2 京都空襲 久津間保治 ©京都新聞社 かもがわ出版 1996年
・白い大文字 それぞれの50年 松田良子編著 あすなろ社 1995年
・古都の占領 生活史からみる京都 1945-1952 西川祐子著 平凡社 2017年
・第29回平和のための京都の戦争展2009（立命館大学国際平和ミュージアム）：配布資料「戦時下京都における建物強制疎開」川口朋子 平和のための京都のための戦争展実行委員会 2009年
・祇園囃子アーカイブズ（日本伝統音楽研究センター 2006－2009年）http://jupiter.kcua.ac.jp/pub/2017web/archives/resarc/gionbayashi/index.html
・京都芸術センター ホームページ『旧明倫小学校について』http://www.kac.or.jp/meirin/
・明倫ニュース ホームページ http://www.meirin-news.com/
・ペトロフ ホームページ https://jp.petrof.com/
・ペトロフ社の歴史（株式会社ピアノプレップ ホームページより）https://www.pianoprep.jp/cont6/main.html

・「ペトロフ ロマンティクトーン ～響きの美しさ～（ピアノパッサージュホームページより）http://pianopassage.jp/posts/post-527/
・京都日出新聞 1927（昭和2）年3月8日～12日朝刊、夕刊
・京都日出新聞／京都日日新聞 1934（昭和9）年9月21日～26日朝刊、夕刊
・京都日出新聞／京都日日新聞 1941（昭和16）年12月9日朝刊、夕刊
・京都日出新聞／京都日日新聞 1942（昭和17）年1月1日朝刊、夕刊
・京都日日新聞 1942（昭和17）年1月3日朝刊
・京都新聞 1943（昭和18）年8月14日夕刊『白い“朝”の大文字』、8月17日夕刊『英霊を送る』
・京都新聞 1945（昭和20）年1月18日朝刊『京都も戦場なり』、3月11日～20日朝刊、6月27日朝刊『醜翼、京都に投弾』、8月8日朝刊『新型爆弾で廣島攻撃』
・京都新聞 1945（昭和20）年8月15日号外
・京都新聞 1945（昭和20）年9月26日朝刊『京都に聯合軍進駐』
・京都新聞 1952（昭和27）年7月18日夕刊『夏空に豪華絵巻――山鉾、都大路をゆく』
・京都新聞 1953（昭和28）年7月18日夕刊『雨つきどっと人波――豪華「祇園祭」山鉾巡行』
・京都新聞 1968（昭和43）年8月21日夕刊『ワ条約軍 チェコを占領』
・京都新聞 1969（昭和44）年7月21日号外『人類 ついに月到達』
・京都新聞 1969（昭和44）年7月21日夕刊『人類 月に立つ』
・京都新聞 1994（平成6）年1月22日夕刊『描かれた京都――近代名画100選 22 中村大三郎 ピアノ』
・京都新聞 1997（平成9）年5月16日朝刊『ハーモニー友好の響き プラハで京響』
・京都新聞 1997（平成9）年5月29日夕刊『本場に通じた京の響』
・京都新聞 2003（平成15）年4月30日夕刊『京都市美術館開館70年記念 夢の軌跡① 華やかさ醸し出す「ピアノ」』
・京都新聞 2005（平成17）年1月24日朝刊『名器「ペトロフ」修復へ 中京区民有志ら初のコンサート』
・京都新聞 2006（平成18）年2月6日朝刊 凡語
・京都新聞 2007（平成19）年6月13日朝刊『元明倫小思い出の音再現 ピアノ修復へもう一息』
・京都新聞 2008（平成20）年10月21日夕刊『我らの老ピアノ再び響け』

※62ページおよび120ページの挿絵は、文部科学省ホームページ（https://www.mext.go.jp/）の近代教科書デジタルアーカイブ・国定教科書（尋常小学校）内のコンテンツをもとに作成。139ページの挿絵は日本気象庁の1934年9月21日午前6時の天気図をもとに作成。63、68、108、110、112ページの挿絵は京都芸術センターホームページ（https://www.kac.or.jp/meirin/）で公開のコンテンツをもとに作成。

引用歌詞 一覧

61ページ 『春の小川』作詞：高野辰之 1912年（作曲：岡野貞一）

71ページ 『旅愁』作詞：犬童球渓 1907年（作曲：ジョン・オードウェイ）

75ページ 『祇園祭のお札売り』わらべ歌

87ページ 『下駄かくし』わらべ歌・遊び歌

93ページ 『紅葉』作詞：高野辰之 1911年（作曲：岡野貞一）

93ページ 『埴生の宿』訳詞：里見義 1889年（作曲：ヘンリー・ローリー・ビショップ）

99ページ 『家路』作詞：野上彰（作曲：アントニン・ドヴォルザーク）

112ページ 『靴が鳴る』作詞：清水かつら 1919年（作曲：弘田龍太郎）

115ページ 『明るい晩』作詞：三木露風 1930年（作曲：井上武士）

135ページ 『おもちゃのマーチ』作詞：海野厚 1923年（作曲：小田島樹人）

142ページ 『シャボン玉』作詞：野口雨情 1922年（作曲：中山晋平）

149ページ 406ページ 『蘇州夜曲』作詞：西條八十 1940年（作曲：服部良一）

151ページ 『たなばたさま』作詞：権藤はなよ 補詞：林柳波 1941年（作曲：下総皖一）

153ページ 『一月一日』作詞：千家尊福 1893年（作曲：上真行）

169ページ 『たき火』作詞：巽聖歌 1941年（作曲：渡辺茂）

172ページ 『かもめの水兵さん』作詞：武内俊子1937年（作曲：河村光陽）

179ページ 『ほたるこい』わらべ歌（三上留吉採譜 1933年）

187ページ 『浜辺の歌』作詞：林古渓 1913年（作曲：成田為三）

214ページ 『悲しくてやりきれない』作詞：サトウハチロー 1968年（作曲：加藤和彦）

232ページ 『坊さんが屁をこいた』遊び歌

234ページ 352ページ 『銀河鉄道999』作詞：山川啓介・奈良橋陽子 1979年（作曲：タケカワユキヒデ）

238ページ 『遠き山に日は落ちて』作詞：堀内敬三（作曲：アントニン・ドヴォルザーク）

241ページ 『晴れたらいいね』作詞：吉田美和 1992年（作曲：吉田美和）

あとがき

この物語は、京都に実在するピアノをモデルとして書きました。旧京都市立明倫小学校（現在は京都芸術センター）に残るペトロフピアノです。

しかし、作品中に明倫小学校の名前は出てきません。

私は当初、明倫小学校のペトロフピアノがたどった現実の歴史にもとづいて物語を構成したいと思いました。ところが、ボヘミアの工場でいつ作られたのか？　いかなる経緯で、どのような道筋をたどって日本へやってきたのか？　また日本へ到着してからもどんな来歴を経て明倫小学校（当時は明倫尋常小学校）へやってきたのか？　今となってははっきりとわからないことが多かったのです。学校へ寄贈されてからも、日々詳細な記録が残されているわけでもありません。

そのためこの作品は、私が創作したストーリーやエピソードを、大きな比率で織り交ぜて再構築しています。主要な登場人物の多くも、オリジナルキャラクターとしました。

そのようなわけで、この本に登場するピアノは、明倫ペトロフピアノをモデルとしながらも、まるで別物のピアノになっています。ですから、物語の主要な舞台も風音小学校という架空の学校としました。

もし、この本がきっかけでペトロフピアノに興味を持たれた方がいらっしゃれば、ぜひ現実の明倫ペトロフピアノに会いに行ってみませんか。

先ほど、私は『旧京都市立明倫小学校に残る』という書き方をしましたが、実際は有志の人々の努力によって『残されている』とする方が正しいのかもしれません。

一九九三年に明倫小学校が閉校となり、二〇〇〇年に京都芸術センターとして再出発した校舎の中で〝再発見〟されたペトロフピアノの姿は、あまりにもひどい有様で、とても使用に耐える状態ではなかったそうです。響板は割れ、鍵盤やハンマーも傷んで音が抜け、表面もボロボロに傷ついていたと聞きます。

しかし地元の旧明倫学区には、先人が遺してくれた大切なピアノをもう一度よみがえらせようと行動を起こした人たちがいました。二〇〇四年に発足した「明倫ペトロフの会」が中心となり、十五回にわたるコンサートで費用を集め四年がかりで修復を実現されたのです（修復は山本宣夫氏が担当）。その道のりは決して平たんなものではありませんでしたが、成し遂げた時の喜びはひとしおだったそうです。

明倫ペトロフの会は、現在も定期的に「ペトロフ・ピアノコンサート」を開催し、ピアノの維持・保存に努力を続けておられます。このコンサートが明倫ペトロフピアノと会える機会になるでしょう。

また、日本画家・中村大三郎氏が明倫ペトロフピアノをモデルに描いた屏風画の名作「ピアノ」は、現在は京都市美術館の所蔵となっています。二〇二〇年春の同館リニューアルオープンの記念展では、大三郎氏の「ピアノ」は目玉作品の一つとして堂々と展示されました。新聞やテレビ等でも大きく取り上げられ注目を集めたので、新たに関心を持たれた方も多いのではないでしょうか。「明倫ペトロフの会」では、この作品を地元の京都芸術センターでも鑑賞できるよう原寸大レプリカを作るために募金活動を展開されています。

現代に蘇ったペトロフピアノの音色は、温もり、優しさだけでなく、どこか懐かしい郷愁の香りもします。心の奥のほっと安らぐ場所に引き戻されるような思いがします。

さあ、みなさんも、明倫ペトロフピアノの音色を聞き、その声に耳を澄ませてみませんか。きっと、みなさんそれぞれに自分だけの「ペトロフピアノの物語」を語ってくれるはずですよ。

二〇二〇（令和二）年十月

隅垣　健

Special Thanks to …

中村　実（洋画家）
山本宣夫（ピアノ修復師・調律師）
波多野みどり（ピアノ修復師・調律師）
植村　照（ピアニスト）
長谷川明（明倫ペトロフの会）
山口敬一（祇園祭山鉾連合会理事・事務局長）
京都市教育委員会
中谷　香（京都芸術センター／公益財団法人 京都市芸術文化協会 専務理事）
草木マリ（京都芸術センター／公益財団法人 京都市芸術文化協会）
高嶺エヴァ EVA TAKAMINE（チェコセンター東京支局長）
ヤクブ・ヴァーレク JAKUB VÁLEK（チェコセンター東京）
山内　敦（株式会社ピアノプレップ代表取締役）
学校法人 関西学院
西村加奈子
岡本俊昭
宇都宮哲
杉元広行
濱田安通

（順不同・敬称略）

■著者紹介

文・絵

隅垣　健（すみがき たけし）

1969年（昭和44年）、京都市生まれ。京都市立の小栗栖小学校と伏見南浜小学校で学ぶ。京都市立桃陵中学校、京都府立洛水高等学校、同志社大学商学部卒業。

2010年（平成22年）、長編「夏は来たりぬ　ウィーンの森の物語」で、紫式部市民文化賞受賞（宇治市主催）。

著書／「八月のサーカス」（京都新聞出版センター、2015年）、「エクストレイルと夜の歌」（京都新聞出版センター、2016年）、「電車のカタコト」（京都新聞出版センター、2018年）

■表現について
著作の執筆にあたり、現代では用いられない表現などもございますが、
その当時の雰囲気をあらわす表現として、そのままの採用にしております。

京都風音ピアノ100年の物語 〜この町で生きている〜

発行日　2020年10月28日　初版発行
著　者　隅垣　健
発行者　前畑　知之
発行所　京都新聞出版センター
〒604-8578 京都市中京区烏丸通夷川上ル
Tel. 075-241-6192　Fax. 075-222-1956
http://www.kyoto-pd.co.jp/book/

日本音楽著作権協会（出）許諾第2008657-001号
印刷・製本　株式会社 図書印刷 同朋舎
ISBN978-4-7638-0741-0 C0095